U0057179

【臺灣現當代作家 研究資料彙編】118

李 渝

國立台灣文學館
出版

部長序

　　十二月，是豐收的季節。在此時刻，國立臺灣文學館執行已十年的「臺灣現當代作家研究資料彙編」計畫，再次推出十位重量級作家研究彙編：吳漫沙、隱地、岩上、林泠、席慕蓉、吳晟、張系國、李渝、季季、施叔青，為叢書再添基石。

　　文化是國家的靈魂，文學如同承載這靈魂的容器，舉凡生活日常、思想智慧，或是歲月淬鍊的情感、慣習，點滴匯為龐大的「文化共同體」，莫不需要作家之眼、文學之筆，將之一一描摹留存，讓後世得以記憶，並了解自身之所來。

　　文化部近年來致力保存全民歷史記憶，透過「重建臺灣藝術史」計畫，找回屬於我們的記憶、我們的靈魂，承繼各個時代、各個領域的藝術家們為我們銘刻留下的時代精神。「臺灣現當代作家研究資料彙編」的出版，恰與此呼應：藉由重要作家與作品研究的系統化整理，從檔案史料提煉出臺灣文化多元、豐富的史觀，並透過回顧作家生平、查找文

學夥伴的往來互動及社團軌跡，再加上諸多研究者的評述，讓讀者不僅能與作家的生命路徑同行，更能由此進入臺灣特有、深邃的文學世界。我相信，當我們對於臺灣文學的認識越深入，對於這塊土地的情感也將更踏實，文化的創發也會更活潑光燦。

是故，欣見臺灣文學館將計畫第九階段的編選成果呈現出來。名單不乏讀者耳熟能詳的文學大家，但更有意義的，是讓許多逐漸為讀者甚至研究者遺忘的作家，再度重登文學舞臺，有重新被更多人閱讀、討論的機會，這正是我們重建文學史價值之所在。在此向讀者推介這一套兼具深度與廣度的文學工具書，提供國內外研究或關心臺灣文學發展者，期待我們能持續點亮臺灣文學的光芒。

文化部部長　鄭麗君

館長序

　　臺灣文學的範圍，遠比想像的長遠寬廣。以文字方式留存的文學、年代至少已三百有餘，原住民口語形式的傳統，歷史更是深厚而靈動。可以說，文學聚攏了我們一整個社會的集體記憶。然而文學不只有創作的努力，作者完成的工作，其實也經由文學的「研究」而散發更多意義。

　　國立臺灣文學館的使命，既是保存臺灣的文學創作史，也就必須借助文學的研究力。雖然臺灣曾有一段時期因為政治情境的壓制，致使臺灣文學科系在 1990 年代後才陸續成立，從而更加辛勤在重建我們應該集體記得的「文學史」。

　　針對作家和作品的評介和賞析，固是文學研究的明確入口，然而閱讀者的回應甚至反擊，其實也是隱含文思交鋒的珍奇素材，很值得系統性的保存、便於未來世代可以補足先人的思想圖譜。臺灣文學館因而開啟「臺灣現當代作家研究資料彙編」的編纂計畫，自 2010 年委託臺灣文學發展基金會執行，以「現當代」文學作家為界，蒐羅散布各處、詮釋多元的研究評論資料，以勾勒臺灣文學的整體面貌。

　　「彙編」由最早預定出版三個階段、50 冊的計畫，在各界期許中幾度擴編，至今已是第九階段，累積出版已達 120 冊。這一段現當代的範圍，始自 1920 年代臺灣的新文學世代，並融接戰後由中國大陸跨海而來的創作社群。第九階段彙編計畫包含吳漫沙、隱地、岩上、林泠、席慕蓉、吳晟、張系國、李渝、季季、施叔青十位作家的研究資料，探討了含括不同族群、性別、階層而匯聚在臺灣文學的歷程。

　　「彙編」計畫選定 1945 年以前出生的世代，為的是在勾勒他們共同經歷的特殊史跡——那個寫作相對艱辛、資料相對散佚、意識型態也格外沉重的時期。當然，部落社會的無名遊吟者、清末古典文學的漢詩人、以及在各個時代留下痕跡的文學家們，都同樣是高度值得尊崇的文學瑰寶。臺灣文學館的「彙編」期待能夠是一個窗口，引我們看見臺灣短短歷史撞擊出的這麼多種各異的文學互動，也寄望未來的資料科技協助我們將更多文學史料呈現給臺灣。

國立臺灣文學館館長　　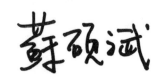

編序

◎封德屏

緣起

　　1995 年 10 月 25 日，在臺灣師範大學教育大樓的 201 室，一場以「面對臺灣文學」為題的座談會，在座諸位學者分別就臺灣文學的定義、發展、研究，以及文學史的寫法等，提出宏文高論，而時任國家圖書館編纂張錦郎的「臺灣文學需要什麼樣的工具書」，輕鬆幽默的言詞，鞭辟入裡的思維，更贏得在座者的共鳴。

　　張先生以一個圖書館工作人員自謙，認真專業地為臺灣這幾十年來究竟出版了多少有關臺灣文學的工具書，做地毯式的調查和多方面的訪問。同時條理分明地針對研究者、學生，列出了十項工具書的類型，哪些是現在亟需的，哪些是現在就可以做的，哪些是未來一步一步累積可以達成的，分別做了專業的建議及討論。

　　當時的文建會二處科長游淑靜，參與了整個座談會，會後她劍及履及的開始了文學工具書的委託工作，從 1996 年的《臺灣文學年鑑》起始，一年一本的編下去，一直到現在，保存延續了臺灣文學發展的基本樣貌。接著是《中華民國作家作品目錄》的新編，《臺灣文壇大事紀要》的續編，補助國家圖書館「當代文學史料影像全文系統」的建置，這些工具書、資料庫的接續完成，至少在當時對臺灣文學的研究，做到一些輔助的功能。

　　2003 年 10 月，籌備多年的「臺灣文學館」正式開幕運轉。同年五月《文訊》改隸「財團法人台灣文學發展基金會」，為了發揮更大的動能，開

始更積極、更有效率地將過去累積至今持續在做的文學史料整理出來，讓豐厚的文藝資源與更多人共享。

於是再次的請教張錦郎先生，張先生認為文學書目、作家作品目錄、文學年鑑、文學辭典皆已完成或正在進行，現在重點應該放在有關「臺灣現當代作家評論資料目錄」的編輯工作上。

很幸運的，這個計畫的發想得到當時臺灣文學館林瑞明館長的支持，於是緊鑼密鼓的展開一切準備工作：籌組編輯團隊、召開顧問會議、擬定工作手冊、撰寫計畫書等等。

張錦郎先生花了許多時間編訂工作手冊，每一位作家的評論資料目錄分為：

（一）生平資料：可分作者自述，旁人論述及訪談，文學獎的紀錄。

（二）作品評論資料：可分作品綜論，單行本作品評論，其他作品（包括單篇作品）評論，與其他作家比較等。

此外，對重要評論加以摘要解說，譬如專書、專輯、學術會議論文集或學位論文等，凡臺灣以外地區之報刊及出版社，於書名或報刊後加註，如中國大陸、香港、新加坡等。此外，資料蒐集範圍除臺灣外，也兼及中國大陸、香港、新加坡、日本、韓國及歐美等地資料，除利用國內蒐集管道外，同時委託當地學者或研究者，擔任資料蒐集工作。

清楚記得，時任顧問的學者專家們，都十分高興這個專案的啟動，但確定收錄哪些作家名單時，也有不同的思考及看法。經過充分的討論後，終於取得基本的共識：除以一般的「文學成就」為觀察及考量作家的標準外，並以研究的迫切性與資料獲得之難易度為綜合考量。譬如說，在第一階段時，作家的選擇除文學成就外，先考量迫切性及研究性，迫切性是指已故又是日治時期臺籍作家為優先，研究性是指作品已出土或已譯成中文為優先。若是作品不少而評論少，或作品評論皆少，可暫時不考慮。此外，還要稍微顧及文類的均衡等等。基本的共識達成後，顧問群共同挑選出 310 位作家，從鄭坤五、賴和、陳虛谷以降，一直到吳錦發、陳黎、蘇

偉貞，共分三個階段進行。

「臺灣現當代作家評論資料目錄」專案計畫，自 2004 年 4 月開始，至 2009 年 10 月結束，分三個階段歷時五年六個月，共發現、搜尋、記錄了十餘萬筆作家評論資料。共經歷了三位專職研究助理，近三十位兼任研究助理。這些研究助理從開始熟悉體例，到學習如何尋找資料，是一條漫長卻實用的學習過程。

接續

「臺灣現當代作家評論資料目錄」的專案完成，當代重要作家的研究，更可以在這個基礎上，開出亮麗的花朵。於是就有了「臺灣現當代作家研究資料彙編暨資料庫建置計畫」的誕生。為了便於查詢與應用，資料庫的完成勢在必行，而除了資料庫的建置外，這個計畫再從 310 位作家中精選 50 位，每人彙編一本研究資料，內容有作家圖片集，包括生平重要影像、文學活動照片、手稿及文物，小傳、作品目錄及提要、文學年表。另外每本書分別聘請一位最適當的學者或研究者負責編選，除了負責撰寫八千至一萬字的作家研究綜述外，再從龐雜的評論資料中挑選具有代表性的評論文章，平均 12～14 萬字，最後再附該作家的評論資料目錄，以期完整呈現該作家的生平、創作、研究概況，其歷史地位與影響。

第一部分除資料庫的建置外，50 位作家 50 本資料彙編（平均頁數 400～500 頁），分三個階段完成，自 2010 年 3 月開始至 2013 年 12 月，共費時 3 年 9 個月。因為內容充實，體例完整，各界反應俱佳，第二部分的 50 位作家，分四階段進行，自 2014 年 1 月開始至 2017 年 12 月，共費時 4 年，並於 2017 年 12 月出版《百冊提要》，摘要百冊精華，也讓研究者有清晰的索引可循。2018 年 1 月，舉行百冊成果發表會，長年的灌溉結果獲文化部支持，得以延續百冊碩果，於 2018 年 1 月啟動第三部分 20 位作家的資料彙編，為期兩年。2019 年 12 月結束費時十年，120 本的文學工具書之旅。

成果

　　雖然過程是如此艱辛，如此一言難盡，可是終究看到豐美的成果。每位編選者雖然忙碌，但面對自己負責的作家資料彙編，卻是一貫地認真堅持。他們每人必須面對上千或數百筆作家評論資料，挑選重要或關鍵性的評論文章，全面閱讀，然後依照編選原則，挑選評論文章。助理們此時不僅提供老師們所需要的支援，統計字數，最重要的是得找到各篇選文作者，取得同意轉載的授權。在起初進度流程初估時，我們錯估了此項工作的難度，因為許多評論文章，發表至今已有數十年的光景，部分作者行蹤難查，還得輾轉透過出版社、學校、服務單位，尋得蛛絲馬跡，再鍥而不捨地追蹤。有了前面的血淚教訓，日後關於授權方面，我們更是如臨深淵、如履薄冰，希望不要重蹈覆轍，在面對授權作業時更是戰戰兢兢，不敢懈怠。

　　除了挑選評論文章煞費苦心外，每個作家生平重要照片，我們也是採高標準的方式去蒐集，過世作家家屬、友人、研究者或是當初出版著作的出版社，都是我們徵詢的對象。認真誠懇而禮貌的態度，讓我們獲得許多從未出土的資料及照片，也贏得了許多珍貴的友誼。許多作家都協助提供照片手稿等相關資料，已不在世的作家，其家屬及友人在編輯過程中，也給予我們許多協助及鼓勵，藉由這個機會，與他們一起回憶、欣賞他們親人或父祖、前輩，可敬可愛的文學人生。此外，還有許多作家及研究者，熱心地幫忙我們尋找難以聯繫的授權者，辨識因年代久遠而難以記錄年代、地點、事件的作家照片，釐清文學年表資料及作家作品的版本問題，我們從他們身上學習到更多史料研究可貴的精神及經驗。

　　但如何在規定的時間內，完成每個階段資料彙編的編輯出版工作，對工作小組來說，確實是一大考驗。每一冊的主編老師，都是目前國內現當代臺灣文學教學及研究的重要人物，因此都十分忙碌。每一本的責任編輯，必須在這一年的時間內，與他們所負責資料彙編的主角——傳主及主編老師，共生共榮。從作家作品的收集及整理開始，必須要掌握該作家所

有出版的作品，以及盡量收集不同出版社的版本；整理作家年表，除了作家、研究者已撰述好的年表外，也必須再從訪談、自傳、評論目錄，從作品出版等線索，再作比對及增刪。再來就是緊盯每位把「研究綜述」放在所有進度最後一關的主編們，每隔一段時間提醒他們，或順便把新增的評論目錄寄給他們（每隔一段時間就有新的相關論文或學位論文出現），讓他們隨時與他們所主編的這本書，產生聯想，希望有助於「研究綜述」撰寫的進度。

在每個艱辛漫長的歲月中，因等待、因其他人力無法抗拒的因素，衍伸出來的問題，層出不窮，更有許多是始料未及的。譬如，每本書的選文，主編老師本來已經選好了，也經過授權了，為了抓緊時間，負責編輯的助理們甚至連順序、頁碼都排好了，就等主編老師的大作了，這時主編突然發現有新的文章、新的資料產生：再增加兩三篇選文吧！為了達到更好更完備的目標，工作小組當然全力以赴，聯絡，授權，打字，校對，重編順序等等工作，再度展開。

此次第三部分第二階段共需完成的 10 位作家研究資料彙編，年齡層與活動地區分布較廣，步履遍布海內外各地，創作類型也更為豐富多元。出生年代較早的作者，在年表事件的求證以及早年著作的取得上，饒有難度。以出生年代較近的作者而言，許多疑難雜症不刃而解，有些連主編或研究者都不太清楚的部分，作家本人及家屬絕對是一個最好的諮詢對象，對解決某些問題來說，這是一個好的線索，但既然看了，關心了，參與了，就可能有不同的看法，對於選文、年表、照片，甚至是我們整本書的體例，也會有更多想法，於是又是一場翻天覆地的大更動，對整本書的品質來說，應該是好的，但對經過多次琢磨、修改已進入完稿階段的編輯團隊來說，這不啻是一大挑戰。

1990 年開始，各地縣市文化中心（文化局），對在地作家作品集的整理出版，以及臺灣文學館成立後對日治時期作家以迄當代重要作家全集的編纂，對臺灣文學之作家研究，也有了很好的促進作用。如《楊逵全

集》、《林亨泰全集》、《鍾肇政全集》、《張文環全集》、《呂赫若日記》、《張秀亞全集》、《葉石濤全集》、《龍瑛宗全集》、《葉笛全集》、《鍾理和全集》、《錦連全集》、《楊雲萍全集》、《鍾鐵民全集》等，如雨後春筍般持續展開。

　　經過近二十年的努力，臺灣文學的研究與出版，也到了可以驗收或檢討成果的階段。這個說法，當然不是要停下腳步，而是可以從「臺灣現當代作家評論資料目錄」所呈現的 310 位作家、11 萬筆資料中去檢視。檢視的標的，除了從作家作品的質量、時代意義及代表性去衡量外、也可以從作家的世代、性別、文類中，去挖掘有待開墾及努力之處。因此這套「臺灣現當代作家研究資料彙編」，大部分的編選者除了概述作家的研究面向外，均有些觀察與建議。希望就已然的研究成果中，去發現不足與缺憾，研究者可以在這些不足與缺憾之處下功夫，而盡量避免在相同議題上重複。當然這都需要經過一段時間去發現、去彌補、去重建，因此，有關臺灣文學的調查、研究與論述，就格外顯得重要了。

期待

　　感謝臺灣文學館持續推動這兩個專案的進行。「臺灣現當代作家評論資料目錄」的完成，呈現的是臺灣文學研究的總體成果；「臺灣現當代作家研究資料彙編」的出版，則是呈現成果中最精華最優質的一面，同時對未來臺灣文學的研究面向與路徑，作最好的建議。我們可以很清楚的體會，這是一條綿長優美的臺灣文學接力賽，經過長時間的耕耘灌溉、風搖雨濡，百年臺灣文學大樹卓然而立，跨越時代並馳而行，120 冊作家研究資料彙編得千位作家及學者之力，我們十分榮幸能參與其中，更珍惜在傳承接力的過程，與我們相遇的每一個人，每一件讓我們真心感動的事。我們更期待這個接力賽，能有更多人加入。誠如張恆豪所說「從高音獨唱到多元交響」，這是每一個人所期待的。

編輯體例

一、本書編選之目的，為呈現李渝生平、著作及研究成果，以作為臺灣文學相關研究、教學之參考資料。

二、全書共五輯，各輯內容及體例說明如下：

輯一：圖片集。選刊作家各個時期的生活或參與文學活動的照片、著作書影、手稿（包括創作、日記、書信）、文物。

輯二：生平及作品，包括三部分：

1. 小傳：主要內容包括作家本名、重要筆名，生卒年月日，籍貫，及創作風格、文學成就等。

2. 作品目錄及提要：依照作品文類（論述、詩、散文、小說、劇本、報導文學、傳記、日記、書信、兒童文學、合集）及出版順序，並撰寫提要。不收錄作家翻譯或編選之作品。

3. 文學年表：考訂作家生平所進行的文學創作、文學活動相關之記要，依年月順序繫之。

輯三：研究綜述。綜論作家作品研究的概況，並展現研究成果與價值的論文。

輯四：重要文章選刊。選收作家自述、訪談紀錄以及國內外具代表性的相關研究論文及報導。

輯五：研究評論資料目錄。收錄至 2019 年 11 月底止，有關研究、論述臺灣現當代作家生平和作品評論文獻。語文以中文為主，兼及日文和英文資料。所收文獻資料，以臺灣出版為主，酌收中國大陸、香港、日本和歐美國家的出版品。內容包含三部分：

1. 「作家生平、作品評論專書與學位論文」下分為專書與學位論文。

2. 「作家生平資料篇目」下分為「自述」、「他述」、「訪談」、「年表」、「其他」。

3. 「作品評論篇目」下分為「綜論」、「分論」、「作品評論目錄、索引」、「其他」。

目次

■　李渝在臺大

【輯五】研究評論資料目錄

輯一◎圖片集

影像◎手稿◎文物

約1946年,李渝全家福。左起:李渝(前)、李渝母親、長姐李鐸(前)、父親李鹿芹。(郭志群提供)

約1955年,李渝留影於溫州街住所的內門前。(李鹿芹攝/郭志群提供)

1964年，時就讀臺灣大學外國語文學系的李渝，攝於臺大校園內。（郭志群提供）

1965年，李渝與郭松棻（右）合影於臺灣大學文學院前。（郭志群提供）

約1965年，李渝（後排右四）參與臺大外文系話劇公演，與校長錢思亮（後排右五）合影。（郭志群提供）

1960年代後期，時就讀加州大學柏克萊分校東亞系的李渝。（郭志群提供）

1969年，李渝與郭松棻（左）合影於舊金山金門橋前。（唐文標攝／郭志群提供）

1971年春，李渝與保釣運動夥伴為紀念五四運動52週年，共同策畫話劇《日出》公演，工作人員合影於加州大學柏克萊分校校園。前坐者左起：黃靜明（左二）、劉盧心（左四）；中排左起：戈武、傅運籌、李渝（坐者）；後排左起：唐文標。（劉盧心提供）

1972年2月12日，李渝與郭松棻（左）於美國內華達州瑞諾城公證結婚。（郭志群提供）

1970年代初期，李渝與友人同遊加州、內華達州邊界的太浩湖（Lake Tahoe）。左起：戈武（左一）、李渝（左四）、郭松棻（左五）。（郭志群提供）

1970年代初期，李渝留影於柏克萊朋友家中。（郭志群提供）

1982年，李渝與造訪紐約的林海音聚於畫家夏陽位於曼哈頓的公寓中。右起：李渝、林海音（坐者）、郭松棻。（郭志群提供）

約1975年，李渝與長子郭志群（右），攝於紐約皇后區。（郭志群提供）

1980年代初期，李渝留影於紐約威斯特徹斯特家中書房。（郭志群提供）

約1985年，李渝全家福，攝於紐約威斯特徹斯特。左起：郭志群、李渝、郭志虹、郭松棻。（郭志群提供）

1980年代後期，李渝與家人合影於亞利桑那州鳳凰城。左起：郭志虹（前）、李渝、郭志群（前）、郭珠美。（郭珠美提供）

1990年代，李渝留影於曼哈頓格林威治的紐約大學辦公室。（郭志群提供）

1991年，李渝拜訪夏志清夫婦，攝於夏宅書房。右起：李渝、郭松棻、夏志清、王洞。（郭志群提供）

約1995年，李渝與藝術家友人合影於紐約。左起：郭松棻、李渝、卓有瑞、司徒強、王無邪。（郭志群提供）

2004年，李渝與郭松棻（左）合影於紐約威斯特徹斯特自宅。（郭志群提供）

2005年10月，李渝出席紐約哥倫比亞大學東亞語言與文學系舉辦的「夏濟安、夏志清昆仲與中國文學」學術研討會。左起：陳東榮、張鳳、李渝、韓南、王德威。（張鳳提供）

2006年4月，李渝出席哈佛大學中國文化工作坊暨北美華文作家協會紐英倫分會所舉辦的「華文文學國際研討會」，部分與會者合影。右起：李渝、黎紫書、紀大偉、駱以軍、張鳳。（張鳳提供）

2009年8月，李渝與文友合影於臺北。後排左起：李渝、尉天驄（後）、林美音、黃春明、聶華苓、余梅芳、鄭愁予、季季、管管；前排左起：楊昇儒、尉任之、李黎、陳安琪。（王曉藍提供）

2009年，李渝與曾指導其小說創作的老師聶華苓（左）合影。（郭志群提供）

2010年9月，李渝至臺灣大學臺灣文學研究所「白先勇文學講座」就任特聘講座教授。右起：柯慶明、李渝、陳怡蓁、李嗣涔。（趨勢教育基金會提供）

2010年11月，李渝出席中國婦女寫作協會與華文女作家協會於實踐大學舉辦的聯誼茶會。左起：李渝、簡宛、譚青、張讓、封德屏、焦明。（文訊‧文藝資料研究及服務中心提供）

2011年，李渝與愛荷華國際寫作工作坊作家及藝文界友人餐敍。坐者左起：瘂弦、吳晟、聶華苓、方梓、楊青矗、鄭愁予；立者左起：向陽、王曉藍、李渝、封德屏、劉國松、黎模華、余梅芳、胡金倫、林載爵、董啟章。（王曉藍提供）

2011年1月，李渝（中央圍圍巾者）與臺大小說班學生合影。（楊富閔提供）

2011年6月，李渝與文友同遊花蓮。左起：李渝、陳列、封德屏、愛亞。（文訊・文藝資料研究及服務中心提供）

2012年，李渝留影於紐約大都會藝術博物館前。（郭志群提供）

我的志願

北一女高一　李渝

一個人既生存世上，就不能不有一個對於將來的希望，以發揚生命的光輝，充實生命的意義。

我的希望是將來成為一個女作家，當然在目前，只不過是幻想的幻想吧了。假如說人生是一片荒涼的沙漠，那麼文學便是我尋覓的綠洲！是它滋潤了我枯乾的心靈，是它帶來生命的曙光。

從小學到高中，短短的十一年來，小說是我生命中唯一伴侶，十一年來我看了數不盡的書，有詩歌、小說、文藝評論，但我特別偏愛戀劇性、文藝氣氛濃厚的小說，與我的個性有點吻合。

我會記得，在初中求學時代，國文老師曾對我說：「可能你會走上以寫文章為終身職業這條路的」當時我心中又喜又驚，當然囉，無異是一種慢性的自殺，古今那一個靠文章吃飯的，不是又窮又酸？可是他們錯了，他們不會領略其中的奧妙，其中的情人。

任何一個文學家，須要有最大的耐性，更須有克服一切困難的信心，不氣餒，不灰心，最後，成功永遠是屬於他的。

我必須發奮努力，化我的志向，我的理想，成為事實。

1958年9月8日，時就讀臺北第一女子中學一年級的李渝，發表〈我的志願〉於《中國一周》第437期，內容述及對以寫作為志業的嚮往。（文訊・文藝資料研究及服務中心提供）

李渝

夏日　滿街的木棉花

1965年5月，李渝於聶華苓「小說與創作」課程完成的第一篇小說〈夏日　滿街的木棉花〉，發表於《文星》第91期。（文訊・文藝資料研究及服務中心提供）

甄選小說首獎

得獎作品：江行初雪

得獎人：李渝

李渝，台灣大學外文系畢業，美國加州柏克萊大學博士，紐約大學近東語系助理教授，著有「任伯年」。

1983年10月，李渝以短篇小說〈江行初雪〉獲第六屆時報文學獎甄選小說首獎，於2～4日連載於《中國時報・人間副刊》。圖為連載期間報紙部分版面，內容包含獲獎消息、〈江行初雪〉部分內容。（文訊・文藝資料研究及服務中心提供）

1984年3月25日，李渝〈讓文學提昇政治，讓文學歸於文學——〈江行初雪〉不是政治宣言〉發表於《中國時報·人間副刊》。（文訊·文藝資料研究及服務中心提供）

1989年2月，李渝〈夢的王國梁山泊——女性和夢在「水滸」裡的位置〉發表於《聯合文學》第52期。（文訊·文藝資料研究及服務中心提供）

1991年9月，李渝畫作《陽光下呈棕紅色的屋頂》，曾為李渝短篇小說集《溫州街的故事》書封。（郭志群提供）

綿延的北海岸線　二○一○年秋台北　李渝

2010年，李渝畫作《綿延的北海岸線》。（趨勢教育基金會提供）

輯二◎生平及作品

小傳◎作品◎年表

小傳

李渝（1944～2014）

　　李渝，女，筆名李元澤、黃俞、廖臣美，籍貫安徽，1944 年 1 月 23 日生於四川重慶，1949 年隨家人來臺，2014 年 5 月 5 日辭世，享年 70 歲。

　　臺灣大學外國語文學系畢業，美國加州大學柏克萊分校東亞系碩、博士。曾任紐約大學東亞系助理教授、副教授、香港浸會大學駐校作家（2005）、臺灣大學白先勇講座教授（2010～2011）。1983 年以短篇小說〈江行初雪〉獲《中國時報》小說甄選首獎，1995 年以〈抗議和「不抗議」的藝術家〉獲第一屆帝門藝術評論獎，2013 年以短篇小說集《九重葛與美少年》獲第 38 屆金鼎獎文學圖書獎。

　　李渝的創作文類以小說為主，兼及文學、藝術評論。1960 年代就讀臺大外文系期間，受聶華苓等啟引而開始小說創作，〈水靈〉、〈夏日　滿街的木棉花〉等少作以詩化的唯美語言傾吐文藝青年的悠悠心事，可見現代主義的形式實驗及存在主義的哲思。大學畢業後赴美研讀藝術史，並於 1970 年代投身保衛釣魚臺運動，停下文學步伐。後因釣運質變，加之親赴中國，見證文革後期社會主義的崩壞，進而淡出保釣運動，沉潛讀寫，著力美術史的研究與評論。

　　1983 年，李渝以短篇小說〈江行初雪〉重返文學隊伍。揉合長年中國藝術史的訓練，借鏡中國繪畫的卷軸形式安排小說布局，以凝練文詞造境，意旨深遠，叩問人性與歷史實相。其後小說創作不輟，1990 年代陸續

交出《溫州街的故事》、《應答的鄉岸》兩冊短篇小說集，前者描繪溫州街里巷人事，寫盡時移事往的滄桑，沖淡自抑的文字中隱含對歷史創傷的初探；後者涵括大學少作及紐約生活，其中〈無岸之河〉提出「多重渡引」觀點，為 1990 年代以降的創作路徑定錨，此後創作逐步摒棄傳統敘事的起承轉合，以精細文字描繪日常景致、異地傳說乃至歷史暗角，將個人苦難昇華，導入抒情詩境，王德威嘗以「溫靜如玉」評述其文風。2010 年前後，創作〈待鶴〉、〈建築師阿比〉等作，內容接壤當代生活與傳說、異境歷驗，內蘊更切身的存在命題。諸多論者嘗指出，李渝的創作起點雖始於 1960 年代臺灣的現代主義土壤，1980 年代開始的創作實持續深化其脫胎自現代主義與中國繪畫的特有觀點與技法，可謂「戰後臺灣現代主義世代小說家當中，在『回返精神上的文化原鄉』及『尋返中國傳統宇宙觀』面向上，最不遺餘力的一位。」（黃啟峰）

評論方面，李渝著有延續博士論文主題的《任伯年──清末的市民畫家》，後有引介各國藝術的《族群意識與卓越風格》、《行動中的藝術家》，隱含作者對中國藝術去路的關切。《拾花入夢記──李渝讀紅樓夢》由 1990 年代的報刊評論改寫而成，細密觀照《紅樓夢》的書寫細節與小說技法，最能彰顯作者深厚的中國傳統文化及文學修養。

從早年存在主義虛惘心事，逐步觸及臺灣與中國的近、當代歷史創痕，李渝將集體苦難融攝於個人生命，在創作中不懈地探尋超脫之境，形成獨具一格的美學觀點與倫理思辨，誠如王德威所言，「歷史就是她所謂的無岸之河，書寫故事無非就是渡引的方式」。

作品目錄及提要

【論述】

任伯年——清末的市民畫家
臺北：雄獅圖書公司
1978 年 2 月，25 開，112 頁
中國畫家叢書 2

本書為作者對清末畫家任伯年的評傳，以任氏生平為經，清末社會樣態為緯，評述任氏各期創作風格，並肯定其在題材、技法上為清末畫壇開創新局。全書計有：1.前言；2.社會和畫家的關係——資本主義的萌芽和城市市民藝術的興起；3.市民畫家任伯年；4.繪畫；5.歷史的評價共五部分。正文前有〈「中國畫家叢書」出版的話〉、李渝〈封面說明——《女媧煉石》〉、徐悲鴻《任伯年先生畫像》一幅、任伯年作品選輯。

族群意識與卓越風格——李渝美術評論文集
臺北：雄獅圖書公司
2001 年 10 月，18 開，209 頁
雄獅叢書 14-006

本書收錄李渝 1977～1993 年間的藝術評論文章。全書分「族體和個體；異類和本類」、「讀余承堯」、「古典」、「譯與介」四部分，收錄〈民族主義・集體活動・心靈意志〉、〈從墨西哥到臺灣——文化入侵、弱勢風格的壓抑和復興〉、〈從俄國到中國——中國現代繪畫裡的民族主義和先進風格〉等 18 篇。正文前有奚淞〈導讀——激流中辨影〉、李渝〈作者序——藝術的共和國〉。

行動中的藝術家──美術文集

臺北：藝術家出版社
2009 年 9 月，18 開，157 頁

本書輯錄作者 1990～2005 年間關於藝術家的評述文章，聚焦藝術家與體制及自身搏鬥的創作歷程。全書分「地獄天使」、「內在的國土」二部，收錄〈日光靜好──維梅爾〉、〈藝術家參戰──馬奈〉、〈建構烏托邦──馬列維奇〉等 12 篇。正文內附錄李渝〈離散和團圓──圓明園銅獸首索歸事件〉，正文前有李渝〈自序──抒情時刻〉。

拾花入夢記──李渝讀《紅樓夢》

新北：印刻文學生活雜誌出版公司
2011 年 4 月，18 開，309 頁
文學叢書 282

本書輯錄作者 1993～1994 年發表於《聯合報・副刊》的《紅樓夢》評述文章。全書分「說故事的方法」、「精秀的女兒們」、「成長」三章，收錄〈顏色和聲音〉、〈小說家的書房〉、〈不管道德的小說家〉等 15 篇。正文後有李渝〈跋──致謝〉、附錄「紅樓圖錄」。

【小說】

溫州街的故事──一集

臺北：洪範書店
1991 年 9 月，32 開，233 頁
洪範文學叢書 226

短篇小說集。本書集結作者 1980 年代創作的小說，以 1950、1960 年代的溫州街為背景。全書收錄〈夜煦──一個愛情故事〉、〈她穿了一件水紅色的衣服〉、〈傷癒的手，飛起來〉、〈夜琴〉、〈菩提樹〉、〈朵雲〉、〈煙花〉共七篇。正文前有李渝〈集前〉，正文後附錄李渝〈郎靜山先生・父親・和文化財〉、〈臺靜農先生・父親・和溫州街〉。

應答的鄉岸──小說二集

臺北：洪範書店
1999 年 4 月，25 開，206 頁
洪範文學叢書 286

短篇小說集。本書集結作者 1964～1993 年創作的小說。全書收錄〈無岸之河〉、〈八傑公司〉、〈花式跳水者〉、〈從前有一片防風林〉、〈豪傑們〉、〈江行初雪〉、〈關河蕭索〉、〈臺北故鄉〉、〈四個連續的夢〉、〈水靈〉、〈彩鳥〉、〈夏日　一街的木棉花〉共 12 篇。正文內附錄李渝〈屬政治的請歸於政治　屬文學的請歸於文學〉，正文前有李渝〈作者序〉。

聯合文學出版社
公司 2000

聯合文學出版社
公司 2012

金絲猿的故事

臺北：聯合文學出版社公司
2000 年 10 月，25 開，186 頁
聯合文學 228・聯合文叢 202

臺北：聯合文學出版社公司
2012 年 8 月，25 開，206 頁
聯合文學 601・聯合文叢 539

長篇小說。本書前半部鋪敘將軍馬至堯來臺後的退隱生活，後半部以女兒馬懷寧遠赴中國西南尋訪歷史軌跡的旅程為軸，反映作者對近代歷史與個人生存處境的深刻思考。全書計有：1.梔子花；2.天使無名；3.望穿悃川；4.每種認知過程都是憂鬱的；5.春雨；6.胭脂紅；7.歡宴共七章。正文前有李渝〈心中的森林（序）〉。

2012 年聯合文學版：本書以 2000 年聯合文學版為基礎，重新梳理敘事脈絡改寫而成。全書計有：1.梔子花；2.天使無名；3.流動的地圖；4.所有認知過程都是憂鬱的；5.樹杪百泉；6.歡宴共六章。正文前刪去李渝〈心中的森林（序）〉，新增王德威〈物色盡，情有餘（經典版序）〉；正文後新增李渝〈再幻想（後記）〉。

夏日踟躇

臺北：麥田出版
2002 年 5 月，25 開，309 頁
當代小說家 18

短篇小說集。全書收錄〈號手〉、〈無岸之河〉、〈踟躇之谷〉、
〈尋找新娘〉、〈尋找新娘（二寫）〉、〈江行初雪〉、〈當海洋接觸
城市〉、〈八傑公司〉、〈夜煦——一個愛情故事〉、〈夜琴〉、〈菩
提樹〉、〈朵雲〉、〈夏日　一街的木棉花〉共 13 篇。正文前有王
德威〈編輯前言〉、〈序論：無岸之河的渡引者——李渝的小說
美學〉，正文後有郝譽翔〈給永恆的理想主義者——評李渝《金
絲猿的故事》〉、附錄〈李渝創作年表〉。

賢明時代

臺北：麥田出版・城邦文化公司
2005 年 7 月，25 開，209 頁
麥田文學 161

中、短篇小說集。全書收錄中篇小說〈賢明時代〉、〈和平時
光〉二篇，短篇小說〈提夢〉一篇。正文前有王德威〈「故事」
為何「新編」？——李渝的《賢明時代》〉、圖片集。

九重葛與美少年

新北：印刻文學生活雜誌出版公司
2013 年 6 月，25 開，278 頁
印刻文學 358

短篇小說集。全書收錄〈待鶴〉、〈給明天的芳草〉、〈夜渡〉、
〈三月螢火〉、〈建築師阿比〉、〈海豚之歌〉、〈叢林〉、〈倡人仿
生〉、〈亮羽鶇〉、〈傑作〉、〈收回的拳頭——溫州街的故事〉、
〈似錦前程——溫州街的故事〉、〈金合歡——溫州街的故事〉、
〈失去的庭園〉、〈水靈〉共 15 篇。正文後有李渝〈跋——最後
的壁壘〉。

【翻譯】

現代畫是什麼？

臺北：雄獅圖書公司
1981 年 3 月，25 開，83 頁
Alfred H. Barr, Jr. 著

本書由 Alfred H. Barr, Jr. 著，李渝翻譯，以風景畫、肖像畫、立體派、未來派等主題析介 19 世紀末期至 20 世紀中葉的繪畫作品，著重個別作品的欣賞，內容深入淺出。全書計有「導言」、「對比：兩張風景畫」、「對比：兩張戰爭畫」等 24 章。正文前有李渝〈譯者序〉、彩色頁圖版。

中國繪畫史

臺北：雄獅圖書公司
1984 年 10 月，16 開，179 頁
高居翰著

本書由高居翰（James Cahill）著，李渝翻譯。全書計有「早期人物畫：漢、六朝及唐（2～9 世紀）」、「早期山水：六朝至宋初（4～11 世紀）」、「宋代山水：中期（11～12 世紀）」等 17 章。正文前有高居翰〈為中國讀者而寫的一篇序文──原著者序〉、李渝〈就畫論畫──譯者序〉，正文後附錄〈中國朝代紀年表〉、〈圖序〉、〈索引〉、〈參考書目〉。

【合集】

那朵迷路的雲：李渝文集

臺北：臺灣大學出版中心
2016 年 11 月，25 開，525 頁
臺灣文學與文化研究叢書　文獻篇 6
梅家玲・鍾秩維・楊富閔主編

本書收錄李渝散見報刊雜誌的小說、散文、雜文、人物傳記、文學及電影評論。全書分五部分，「那朵迷路的雲──小說」收錄〈那朵迷路的雲〉、〈返鄉〉、〈簷雨〉、〈六時之靜〉共四篇；「重獲的志願──散文隨筆」收錄〈我的志願〉、〈五月淺色的

日子〉、〈華盛頓廣場〉等 26 篇;「莽林裡的烏托邦——民國的細訴」收錄〈漢奸和共匪的情史——多情漢子汪精衛和楊虎城〉、〈美人和野獸——張學良的幽禁／悠靜生活〉、〈父與女——抑鬱的陳布雷與叛逆的陳璉〉等六篇;「視者的世界——文學與電影評論」收錄〈童年雖然「愚騃」也永遠存在——評影片《城南舊事》〉、〈又荒唐‧又蒼涼——從馬奎茲到臺灣鄉土文學〉、〈童年和童年的失落——影片《童年往事》看了以後所想起的〉等 17 篇;「尋找一種敘述方式——李渝文學教室」收錄〈翻譯並非次等事〉、〈模仿與獨創〉、〈尋找一種敘述方式〉等八篇。正文前有〈圖輯〉、梅家玲〈導讀　無限山川:李渝的文學視界〉,正文後有鍾秩維〈啟引〉、楊富閔〈季節交換的時候〉,附錄〈「小說閱讀和書寫」課程及「文學與繪畫」課程〉、鍾秩維〈李渝創作‧評論‧翻譯年表初編〉。

【編輯】

郭松棻文集:保釣卷

新北:印刻文學生活雜誌出版公司
2015 年 11 月,25 開,403 頁
郭松棻著
李渝‧簡義明主編

本書集結郭松棻的保釣運動相關論述,文章多發表於 1970～1974 年間,可視為 1970 年代第一波釣運的第一人稱現場紀實與論述基礎。全書分「保衛釣魚臺列島運動宣言與刊物紀事」、「釣運論述」、「政治評論、國際局勢、瞭望」三部分,收錄〈中國近代史的再認識〉、〈保衛釣魚臺列島第一次討論會報告內容〉、〈一一五大會經過〉、〈北加州保衛釣魚臺聯盟一二九示威遊行大會召集書〉、〈一二九示威籌備大會決議書〉等 53 篇。正文前有彩頁圖片集、李渝〈編者前言〉、簡義明〈編者前言二　理想主義者的言說與實踐——郭松棻釣運論述的意義〉,正文後有李渝〈編者跋　射雕回看〉,附錄李渝〈在海外推展話劇運動是時候了〉、李渝〈《桂蓉媳婦》演出的話〉、李渝短篇小說〈雨後春花〉。

郭松棻文集：哲學卷
新北：印刻文學生活雜誌出版公司
2015 年 11 月，25 開，236 頁
郭松棻著
李渝・簡義明主編

本書集結郭松棻的哲學書寫，內容包含對西方哲學議題的譯介，內蘊對中國、臺灣知識圈存在問題的思考。全書收錄〈沙特存在主義的自我毀滅〉、〈這一代法國的聲音：沙特〉、〈從「荒謬」到「反叛」──談卡繆的思想概念（一）〉等 13 篇。正文前有李渝〈編者前言〉、簡義明〈編者前言二　行動者的哲學基礎──郭松棻的哲學閱讀與書寫〉。

文學年表

1944 年　1 月　23 日，生於四川重慶南溫泉，祖籍安徽。父親李鹿苹。為家中次女，上有一姐，下有一弟。

1949 年　本年　全家隨時任中央氣象局局長的父親遷臺。

就讀臺灣省立臺北女子師範學校附屬小學（今臺北市立大學附設實驗國民小學）。

1955 年　7 月　自臺灣省立臺北女子師範學校附屬小學畢業。

9 月　就讀臺灣省立臺北第二女子中學（今中山女子高級中學）初中部。

1957 年　8 月　5 日，〈國之本在家〉發表於《中國一周》第 380 期。

26 日，〈颱風〉發表於《中國一周》第 383 期。

11 月　11 日，〈秋〉發表於《中國一周》第 394 期。

18 日，〈陽光〉發表於《中國一周》第 395 期。

本年　因父親轉至臺灣大學地理系任教，遷入溫州街教職員宿舍。

1958 年　1 月　13 日，〈母親〉發表於《中國一周》第 403 期。

3 月　10 日，〈年趣〉發表於《中國一周》第 411 期。

7 月　自臺灣省立臺北第二女子中學畢業。

8 月　25 日，〈川端橋畔〉發表於《中國一周》第 435 期。

9 月　8 日，〈我的志願〉發表於《中國一周》第 437 期。

就讀臺灣省立臺北第一女子中學（今臺北市立第一女子高級中學）。

1961 年　7 月　自臺灣省立臺北第一女子中學畢業。

	9 月	進入臺灣大學外國語文學系就讀。其間曾於孫多慈畫室習畫。
1962 年	本年	結識時任臺灣大學外國語文學系助教的郭松棻。
1963 年	本年	選修聶華苓於臺灣大學中國文學系開設的「小說與創作」課程，完成第一篇小說〈夏日　滿街的木棉花〉。
1964 年	6 月	30 日，短篇小說〈四個連續的夢〉發表於《現代文學》第 21 期。
1965 年	5 月	19 日，短篇小說〈水靈〉發表於《中華日報・副刊》6 版。短篇小說〈夏日　滿街的木棉花〉發表於《文星》第 91 期。
	6 月	短篇小說〈那朵迷路的雲〉發表於《幼獅文藝》第 138 期。
	7 月	自臺灣大學外國語文學系畢業，輔修哲學系。
	8 月	19 日，〈五月淺色的日子〉發表於《聯合報・副刊》7 版。
	11 月	短篇小說〈彩鳥〉發表於《現代文學》第 26 期。
1966 年	8 月	與菲飛、映暑合譯 Raymond Durgnat〈故人 The Loved One——湯尼・李察遜〉於《劇場》第 6 期。
	12 月	與陳綺紅合譯 Tom Milne〈尚盧高達的《已婚婦人》〉、John Russell Taylor〈高達的新潮〉於《劇場》第 7、8 期。
	本年	與郭松棻共同赴美，就讀於加州大學柏克萊分校。原修讀視覺藝術創作，後因自覺基礎訓練不足，經陳世驤、高居翰建議，轉入藝術史學系，主修中國繪畫史。
1969 年	5 月	以論文" Wang Meng: One of the Four Great Masters of the Yüan Dynasty "獲美國加州大學柏克萊分校東亞系碩士學位，並繼續攻讀博士。
1971 年	春	為紀念五四運動 52 週年，與戈武、傅運籌共同編導話劇《日出》(原作者曹禺)，5 月 8 日於柏克萊高中小劇場首演，後受邀至史丹福大學、洛杉磯巡演。

本年　　參與保釣運動。與郭松棻、劉大任、唐文標、傅運籌等人策畫示威遊行、刊物出版、話劇演出等行動，並與臺、港留學生組成讀書會，研讀中國近代史。

1972 年　2 月　12 日，與郭松棻登記結婚。

　　　　10 月　短篇小說〈臺北故鄉〉發表於《東風雜誌》第 2 期。

　　　　本年　因郭松棻於聯合國任職，二人移居紐約。

1973 年　3 月　24 日，為慶祝三八婦女節，紐約華人女性社團「文社」於紐約哥倫比亞大學演出話劇《桂蓉媳婦》，李渝為節目單撰寫〈演出的話〉。

　　　　6 月　〈在海外推展話劇運動是時候了〉（筆名黃俞）、短篇小說〈雨後春花〉（筆名廖臣美）發表於《東風雜誌》第 3 期。

　　　　11 月　長子郭志群出生。

1974 年　7 月　與郭松棻、郭雪湖訪問中國，共 42 天。

1976 年　3 月　翻譯 Richard Blodgett〈超級畫商〉，以筆名「李元澤」發表於《雄獅美術》第 61 期。

　　　　11 月　〈反對新寫實主義的李斯利〉以筆名「李元澤」發表於《雄獅美術》第 69 期。

1977 年　5 月　〈版畫中的近代中國〉以筆名「李元澤」發表於《雄獅美術》第 75 期。

　　　　7 月　〈從山水到人物──中國後期人物畫的現實精神〉以筆名「李元澤」發表於《藝術家》第 26 期。

　　　　8 月　次子郭志虹出生。

　　　　9 月　〈七十年代回看抽象水墨畫〉以筆名「李元澤」發表於《雄獅美術》第 79 期。

1978 年　1 月　〈清末市民畫家任伯年〉發表於《雄獅美術》第 83 期。

　　　　2 月　《任伯年──清末的市民畫家》由臺北雄獅圖書公司出版。

　　　　3 月　〈中國傳統繪畫中的女性形象〉，〈歌唱的時代──西方電影

的新型婦女〉（筆名李元澤）發表於《雄獅美術》第 85 期。

1979 年	本年	父李鹿苹逝世。
1980 年	3 月	短篇小說〈返鄉——再見純子〉發表於《現代文學》復刊第 10 期。
	9 月	翻譯 Hilton Kramer〈溫室裡的前衛藝術——紐約「現代美術館」建館五十週年的反省〉，以筆名「李元澤」發表於《雄獅美術》第 115 期。
1981 年	3 月	短篇小說〈關河蕭索——給柏克萊保釣運動一二九示威十週年〉發表於《中報月刊》第 14 期。
		翻譯 Alfred H. Barr Jr.《現代畫是什麼？》，由臺北雄獅圖書公司出版。
	4 月	〈唯美和現實——評《潑水節——生命的讚歌》兼評文革後中國繪壇〉發表於《雄獅美術》第 122 期。
	9 月	〈記紐約大都會美術館艾斯特庭園及狄倫畫廊〉；翻譯 Hilton Kramer〈附譯——狄倫畫廊和艾斯特庭園國〉於《雄獅美術》第 127 期。
	12 月	以論文"The Figure Paintings of Jen Po-nien(1840-1896): The Emergence of a Popular Style in Late Chinese Painting"獲美國加州大學柏克萊分校東亞系博士學位。
1982 年	7 月	〈從俄國到中國——中國現代繪畫裡的民族主義和先進風格〉發表於《雄獅美術》第 137 期。
	本年	任教於美國紐約大學東亞語言與文學系。
1983 年	3 月	5 日，〈華盛頓廣場〉發表於《中國時報・人間副刊》8 版。
		8 日，〈女明星・女演員〉發表於《中國時報・人間副刊》8 版。
	4 月	4 日，〈五個東歐婦人〉發表於《中國時報・人間副刊》8 版。
		28 日，〈女性的故事〉發表於《中國時報・人間副刊》8 版。

〈讓藝術史的江河向前流去：《任伯年——清末的市民畫家》自評〉發表於《雄獅美術》第 146 期。

5 月　22 日，短篇小說〈金合歡〉發表於《中國時報‧人間副刊》8 版。

6 月　9 日，短篇小說〈並非敗者〉發表於《中國時報‧人間副刊》8 版。

26 日，〈人世的繪畫，歷史的繪畫〉發表於《中國時報‧人間副刊》8 版。

〈本土文化和外來影響〉發表於《雄獅美術》第 148 期。

7 月　〈我們期待已久——「新歐洲繪畫」的出現〉發表於《雄獅美術》第 149 期。

編譯 John Russell〈「新歐洲」畫家〉，以筆名「李元澤」發表於《雄獅美術》第 149～150 期，至 8 月止。

9 月　19 日，〈童年雖然「愚騃」也永遠存在——評影片《城南舊事》〉發表於《中國時報‧人間副刊》8 版。

10 月　2～4 日，短篇小說〈江行初雪〉連載於《中國時報‧人間副刊》8 版。

短篇小說〈江行初雪〉獲第六屆時報文學獎甄選小說首獎。

11 月　10 日，〈重逢〉發表於《中國時報‧人間副刊》8 版。

1984 年　1 月　30～31 日，短篇小說〈煙花——溫州街的故事〉連載於《中國時報‧人間副刊》8 版。

3 月　25 日，〈讓文學提昇政治‧讓文學歸於文學——〈江行初雪〉不是政治宣言〉發表於《中國時報‧人間副刊》8 版。

8 月　〈就畫論畫——《中國繪畫史》譯序〉發表於《雄獅美術》第 162 期。

9 月　2 日，〈又荒唐‧又蒼涼——從馬奎茲到臺灣鄉土文學〉發表於《中國時報‧人間副刊》8 版。

　　　　　　12 日，〈觀點與風格──光輝的中國文人傳統〉發表於《中
　　　　　　國時報・人間副刊》8 版。

　　　　　　〈走的人多了，也便成了路──看《半邊人》〉發表於《九
　　　　　　十年代》第 176 期。

　　10 月　翻譯高居瀚《中國繪畫史》，由臺北雄獅圖書公司出版。

　　11 月　短篇小說〈豪傑們〉發表於《聯合文學》第 1 期。

1985 年　　1 月　31 日，〈翻譯並非次等事〉發表於《中國時報・人間副刊》
　　　　　　8 版。

　　　2 月　9 日，短篇小說〈朵雲──溫州街的故事〉發表於《中國時
　　　　　　報・人間副刊》8 版。

　　　　　　16 日，〈模仿與獨創〉發表於《中國時報・人間副刊》8 版。

　　11 月　24 日，短篇小說〈從前有一片防風林〉發表於《中國時
　　　　　　報・人間副刊》8 版。

1986 年　　1 月　5～7 日，短篇小說〈夜琴──溫州街的故事〉連載於《中
　　　　　　國時報・人間副刊》8 版。

　　　春　〈寫實主義和先進風格（一）〉發表於《知識分子》第 2 卷
　　　　　　第 3 期。

　　　5 月　11 日，〈娜拉的選擇〉發表於《中國時報・人間副刊》8
　　　　　　版。

　　　　　　18 日，短篇小說〈花式跳水者〉發表於《聯合報・副刊》8
　　　　　　版。

　　　　　　25 日，短篇小說〈傷癒的手，飛起來──溫州街的故事〉
　　　　　　發表於《中國時報・人間副刊》8 版。

　　　8 月　〈童年和童年的失落──影片《童年往事》看了以後所想起
　　　　　　的〉發表於《當代》第 4 期。

　　12 月　〈童年的再失落──電影評論的多元性〉發表於《當代》第
　　　　　　8 期。

1987 年　3 月　〈明燈〉發表於《聯合文學》第 29 期。

　　　　5 月　23 日～6 月 1 日，短篇小說〈她穿了一件水紅色的衣服——溫州街的故事〉連載於《中國時報‧人間副刊》8 版。

　　　　9 月　30 日，〈誠意山水　情意山水——觀余承堯先生畫作〉發表於《中國時報‧人間副刊》8 版。

　　　10 月　2～3 日，〈小說推薦獎決審意見——尋找一種敘述方式〉連載於《中國時報‧人間副刊》8 版。

　　　　　　　14 日，〈決審意見——敘述觀點新奇的小說〉發表於《中國時報‧人間副刊》8 版。

　　　　　　　〈縱逸山水〉發表於《雄獅美術》第 200 期。

　　　12 月　7～8 日，〈索漠之旅〉連載於《自立晚報‧副刊》10 版。

1988 年　4 月　19～20 日，短篇小說〈簷雨〉連載於《中國時報‧人間副刊》18 版。

　　　　8 月　21 日，〈郎靜山先生‧父親‧和文化財〉發表於《中國時報‧人間副刊》18 版。

　　　　9 月　19 日，〈月印萬川——再識沈從文〉發表於《中國時報‧人間副刊》18 版。

　　　10 月　18～19 日，〈歷史和個人——宮闈電影的聯想〉連載於《聯合報‧副刊》21 版。

1989 年　1 月　〈繪畫是種不休止的介入——談余承堯山水〉發表於《當代》第 33 期。

　　　　2 月　〈夢的王國梁山泊——女性和夢在「水滸」裡的位置〉發表於《聯合文學》第 52 期。

　　　　　　　〈夢歸呼蘭——談蕭紅的敘述風格〉發表於《女性人》第 1 期。

　　　　　　　擔任《女性人》編輯委員。

　　　　6 月　8 日，〈永遠不失去希望〉發表於《中國時報‧人間副刊》

23 版。

7 月　23 日,〈六月是花開的季節〉發表於《聯合報‧副刊》27
版。

1990 年　2 月　27 日,〈煉獄進出〉發表於《中國時報‧人間副刊》27 版。
〈民族主義‧集體活動‧自由心靈〉發表於《雄獅美術》第
232 期。

6 月　7～12 日,短篇小說〈冬天的故事〉連載於《聯合報‧副
刊》29 版。

1991 年　2 月　13 日,〈臺靜農先生‧父親‧溫州街〉發表於《中國時報‧
人間副刊》17 版。
短篇小說集《溫州街的故事》獲選《聯合文學》策畫專題
「八十年度十大文學好書(作家票選)」第六名。

4 月　6 日,〈簡談「陽關」〉發表於《中國時報‧人間副刊》27
版。

6 月　〈從墨西哥到臺灣──文化入侵、弱勢風格的壓制和復興〉
發表於《雄獅美術》第 244 期。

8 月　〈失去的庭園〉發表於《聯合文學》第 82 期。

9 月　短篇小說集《溫州街的故事》由臺北洪範書店出版。

11 月　15 日,〈多一些想像力,就多一些傳奇〉發表於《中國時
報‧讀書生活》38 版。
28 日,〈葛蒂瑪的《朱利的族人》和她對「女作家」的看
法〉發表於《中國時報‧人間副刊》31 版。

1992 年　4 月　25 日,〈水流上的軟木栓──抗議的和不抗議的藝術〉發表
於《中國時報‧人間周刊》43 版。

8 月　23 日,〈追憶似水年華〉發表於《聯合報‧副刊》25 版。

10 月　26 日,〈禮物〉發表於《聯合報‧副刊》25 版。

1993 年　2 月　23 日～3 月 17 日,短篇小說〈無岸之河〉連載於《中國時

報‧人間副刊》27 版。

4 月　〈青花或青檸檬花〉發表於《今天》第 23 期。

7 月　1 日,〈鵬鳥的飛行——余承堯山水〉發表於《中國時報‧人間副刊》27 版。

16 日,〈夏天讀《紅樓夢》 1—— 顏色和聲音 〉發表於《聯合報‧副刊》35 版。

26 日,〈夏天讀《紅樓夢》2 ——不道德的小說家〉發表於《聯合報‧副刊》35 版。

8 月　14 日,〈夏日讀《紅樓夢》——女性的語聲〉發表於《聯合報‧副刊》37 版。

15 日,〈夏日讀《紅樓夢》——守護著的姐妹們〉發表於《聯合報‧副刊》37 版。

17 日,〈夏日讀《紅樓夢》——精秀的女兒們〉發表於《聯合報‧副刊》35 版。

18 日,〈翻譯比創作更重要〉發表於《中國時報‧人間文學》27 版。

9 月　28 日,〈男性的女性化〉發表於《聯合報‧副刊》35 版。

10 月　20 日,〈夢幻和儀式——《紅樓夢》的神話結構〉發表於《聯合報‧副刊》35 版。

12 月　30 日,以「《紅樓夢》探賞」為題,〈少年和老年同體〉、〈探春和南方〉、〈夢中的醒者,成年的代號——賈政〉、〈庭園子民〉發表於《聯合報‧副刊》35 版。

1994 年　2 月　17 日,〈《紅樓夢》探賞——兼美〉發表於《聯合報‧副刊》37 版。

1995 年　1 月　2 日,〈文藝失憶史〉發表於《中國時報‧人間副刊》35 版。

2 月　13～14 日,短篇小說〈當海洋接觸城市〉連載於《聯合報‧副刊》37 版。

春　〈月光持續〉發表於《今天》第 31 期。

5 月　8～9 日,〈來自伊甸園的消息——女動物學家和猩猩的故事〉連載於《中國時報・人間副刊》39 版。

7 月　以〈抗議和「不抗議」的藝術家〉(原〈水流上的軟木栓——抗議的和不抗議的藝術〉)獲第一屆帝門藝術評論獎。

8 月　9～11 日,短篇小說〈躑躅之谷〉連載於《聯合報・副刊》37 版。

9 月　14 日,〈跋扈的自戀——張愛玲〉發表於《中國時報・人間副刊》39 版。

1996 年　7 月　2～7 日,短篇小說〈尋找新娘〉連載於《中國時報・人間副刊》19 版。

9 月　9 日,〈保釣和文革〉發表於《中國時報・人間副刊》19 版。

10 月　〈盼望海洋〉發表於《今天》1996 年 10 月號。

1997 年　3 月　短篇小說〈號手〉發表於《中外文學》第 298 期。

4 月　25 日,〈情愛豪豔〉發表於《中國時報・人間副刊》27 版。

5 月　20～22 日,〈呼喚美麗言語〉連載於《聯合報・副刊》41 版。

6 月　夫郭松棻中風。

本年　為雷驤導演的紀錄片《作家身影——沈從文：邊城文魄》撰寫文稿。

1998 年　9 月　4 日,參與海外華文女作家協會於舊金山舉辦的第五屆雙年會,演講「女性體質與憂鬱症」。

1999 年　2 月　23 日,〈忘憂〉發表於《聯合報・副刊》37 版。

4 月　11 日,〈風定〉發表於《聯合報・副刊》37 版。
短篇小說集《應答的鄉岸》由臺北洪範書店出版。

6 月　14 日,〈莊嚴〉發表於《聯合報・副刊》37 版。

9 月　長篇小說〈金絲猿的故事〉連載於《聯合文學》第 179～180 期，至 10 月止。

11 月　21 日，〈煽情〉發表於《世界日報・副刊》D6 版。

12 月　〈弘一〉發表於《今天》1999 年 12 月號。

2000 年　1 月　11～12 日，〈內航〉連載於《世界日報・副刊》H10 版。

3 月　4～6 日，〈虛實——傳宋人〈溪岸圖〉〉連載於《世界日報・副刊》H10 版。

10 月　長篇小說《金絲猿的故事》由臺北聯合文學出版社公司出版。

2001 年　10 月　《族群意識與卓越風格——李渝美術評論文集》由臺北雄獅圖書公司出版。

12 月　11 日，〈給紐約〉發表於《聯合報・副刊》37 版。

2002 年　1 月　3～4 日，〈夢的共和國——舒茲壁畫事件〉連載於《聯合報・副刊》37 版。

5 月　短篇小說集《夏日踟躇》由臺北麥田出版出版。

10 月　〈被遺忘的族類〉發表於《聯合文學》第 216 期。

2003 年　5 月　18 日，〈藝術家參戰〉發表於《自由時報・副刊》43 版。

22～6 月 6 日，短篇小說〈提夢〉連載於《聯合報・副刊》E7 版。

7 月　與郭松棻共同接受廖玉蕙的訪問，訪問文章〈生命裡的暫時停格——小說家郭松棻、李渝訪談錄〉刊載於《聯合文學》第 225 期。

〈光陰憂鬱——趙無極作品一九六〇至一九七二〉發表於《藝術家》第 338 期。

10 月　短篇小說〈和平時光〉發表於《印刻文學生活誌》第 2 期。

2004 年　3 月　18 日，〈構造烏托邦〉發表於《自由時報・副刊》47 版。

4 月　與郭松棻共同接受舞鶴的訪問，訪問文章〈不為誰而寫——

在紐約訪談郭松棻〉由李渝整理，發表於《印刻文學生活誌》第 23 期。

5 月　14～15 日，短篇小說〈似錦前程──溫州街的故事〉連載於《聯合報・副刊》E7 版。

〈漢奸和共匪的情史──多情漢子汪精衛和楊虎城〉發表於《明報月刊》第 461 期。

6 月　〈日光女子〉發表於《印刻文學生活誌》第 10 期。

〈美人和野獸──張學良的幽禁／悠靜生活〉發表於《明報月刊》第 462 期。

7 月　〈父與女──抑鬱的陳布雷與叛逆的陳璉〉發表於《明報月刊》第 463 期。

8 月　〈戒愛不戒色──張愛玲與她筆下人物〉發表於《明報月刊》第 464 期。

9 月　〈在莽林裡搭建烏托邦──中國才子瞿秋白〉發表於《明報月刊》第 465 期。

10 月　9 日，參加華美人文學會於紐約華美協進社舉辦的「中國文學評論大師夏志清教授研討會」，演講「和夏先生聊文學──再讀《中國現代小說史》」，與會者有王德威、商偉、王海龍等。

〈以浪漫的自豪走過歷史橋樑──梁思成和林徽因找尋中國古建築〉發表於《明報月刊》第 466 期。

本年　謄打、整理郭松棻長篇小說《驚婚》手稿，歷時八年，於 2012 年 7 月由新北印刻文學生活雜誌出版公司出版。

2005 年　3 月　14～15 日，〈抖抖擻擻過日子──夏志清教授和《中國現代小說史》〉連載於《中央日報・副刊》17 版。

25 日，〈二枕記〉發表於《聯合報・副刊》E7 版。

4 月　12～13 日，〈悄吟和三郎──蕭紅和蕭軍的情愛和文學生

活〉連載於《中央日報‧副刊》17 版。

6 月　應聘擔任香港浸會大學國際作家工作坊駐校作家。

出席香港城市大學中國文化中心與《明報月刊》舉辦的「文化傳統與華文創作」座談會，與會者有白先勇、李銳、陳映真、劉再復、李歐梵等。演講紀錄〈創作無疆界〉後刊載於《明報月刊》第 476 期。

7 月　1 日，夫郭松棻再度中風，於 9 日逝世。

中、短篇小說集《賢明時代》由臺北麥田出版‧城邦文化公司出版。

8 月　19～20 日，短篇小說〈收回的拳頭〉連載於《聯合報‧副刊》E7 版。

獲美國富爾門基金會（Freeman Foundation）研究及教學獎（Professional Development Award, Curriculum Development Award）。

10 月　28～29 日，出席紐約哥倫比亞大學東亞語言與文學系舉辦的「夏濟安、夏志清昆仲與中國文學」學術研討會，演講「《水滸傳》的粗暴和溫柔──讀夏志清先生著《中國現代小說史》」，與會者有韓南、孫康宜、耿德華、齊皎瀚、林培瑞等。

2006 年　4 月　15 日，出席哈佛大學中國文化工作坊與北美華文作家協會紐英倫分會於哈佛大學燕京圖書館舉辦的「華文文學國際研討會」，與會者有王德威、張鳳、聶華苓、施叔青、也斯等。演講紀錄〈漂流的意願，航行的意志〉後刊載於《明報月刊》第 487 期。

12 月　20 日，短篇小說〈六時之靜〉發表於《聯合報‧副刊》E7 版。

2007 年　7 月　3 日，〈交腳菩薩〉發表於《聯合報‧副刊》E7 版。

9月　4日，〈故宮案〉發表於《中國時報·人間副刊》E7版。

26日，〈寫作——外一章〉發表於《聯合報·副刊》E7版。

12月　21日，〈飼虎〉發表於《聯合報·副刊》E7版。

2008年　5月　3日，出席加州大學聖塔芭芭拉分校舉辦的「重返現代：白先勇、《現代文學》與現代主義」國際學術研討會，參與全體作家座談，由王德威主持，與會者有聶華苓、葉維廉、白先勇、張錯、張系國等。

8月　8日，〈胖妹，你在哪裡？——參觀故宮〉發表於《聯合報·副刊》E3版。

30日，〈永春〉發表於《聯合報·副刊》E3版。

9月　9日，〈美豔校長〉發表於《中國時報·人間副刊》E4版。

10月　〈從文學潛質的美學傾向來凝視藝術——張錯著《雍容似汝——陶瓷、青銅、繪畫薈萃》新書出版〉發表於《藝術家》第401期。

本年　參與郭松棻小說集 *Running Mother and Other Stories* 英譯工作，隔年 1 月由紐約哥倫比亞大學出版社出版。（John Balcom 主譯）

2009年　3月　15～16日，〈離散和團圓——圓明園銅兔、鼠二首索歸事件〉連載於《聯合報·副刊》E3版。

5月　14日，〈美好時代——懷念高信疆〉發表於《中國時報·人間副刊》E4版。

8月　26～27日，短篇小說〈亮羽鶉〉連載於《聯合報·副刊》D3版。

9月　12日，〈抒情時刻〉發表於《聯合報·副刊》D3版。

《行動中的藝術家——美術文集》由臺北藝術家出版社出版。

本年　與簡義明著手整理、編輯《郭松棻文集：保釣卷》、《郭

松棻文集：哲學卷》，於 2015 年 11 月由新北印刻文學生活雜誌出版公司出版。

2010 年	3 月	〈夢裡花兒落多少——《紅樓夢》裡的童年和成長〉發表於《文訊》第 293 期。
	4 月	5 日，〈富春山居圖〉發表於《聯合報・副刊》D3 版。
	7 月	短篇小說〈待鶴〉發表於《印刻文學生活誌》第 83 期。
	9 月	擔任臺灣大學白先勇講座教授，於臺灣文學研究所開授「小說閱讀和書寫」、「文學與繪畫」課程。
	10 月	19～20 日，〈賈政不做夢〉連載於《中國時報・人間副刊》E4 版。
		24 日，〈我想看到的是……——花博測展觀後〉發表於《聯合報・副刊》D3 版。
2011 年	1 月	28 日，〈戰後少年〉發表於《聯合報・副刊》D3 版。
	4 月	〈岸上風雲——《溪岸圖》鑑別事件揭實〉發表於《印刻文學生活誌》第 92 期。
		《拾花入夢記——李渝讀《紅樓夢》》由新北印刻文學生活雜誌出版公司出版。
	5 月	16 日，出席臺灣大學臺灣文學研究所舉辦的「聶華苓學術研討會」，參與「我所認識的聶華苓」座談，與談人有白先勇、季季、Nataša Ďurovičová，由柯慶明主持。
		21 日，出席趨勢教育基金會、文訊雜誌社和國家圖書館共同舉辦的「百年小說研討會」，參與「愛荷華國際寫作計畫與華文小說家」座談，與談人有尉天驄、瘂弦、駱以軍、董啟章、格非等，由向陽主持。
		24 日，〈重獲金鈴子——向聶華苓老師致敬〉發表於《中國時報・人間副刊》E4 版。
2012 年	3 月	29 日，短篇小說〈倡人仿生〉發表於《聯合報・副刊》

D3 版。

短篇小說〈給明天的芳草〉發表於《印刻文學生活誌》第 103 期。

| 6 月 | 25 日,〈為《文訊》著急〉發表於《中國時報・人間副刊》E4 版。 |

8 月　長篇小說《金絲猿的故事》由臺北聯合文學出版社出版。

10 月　短篇小說〈三月螢火〉發表於《印刻文學生活誌》第 110 期。

12 月　30～31 日,短篇小說〈建築師阿比〉連載於《聯合報・副刊》D3 版。

2013 年　2 月　短篇小說〈夜渡〉發表於《短篇小說》第 5 期。

4 月　2～3 日,短篇小說〈海豚之歌〉連載於《中國時報・人間副刊》E4 版。

6 月　短篇小說集《九重葛與美少年》由新北印刻文學生活雜誌出版公司出版。

本年　短篇小說集《九重葛與美少年》獲第 38 屆金鼎獎文學圖書獎。

2014 年　2 月　短篇小說集《九重葛與美少年》入圍 2014 臺北國際書展大獎(小說類)。

26 日,〈敬念高居翰老師〉發表於《聯合報・副刊》D3 版。

5 月　5 日,於紐約家中逝世,享年 70 歲。

6 月　4 日,臺灣大學文學院、臺灣大學白先勇文學講座、臺灣大學臺灣文學研究所共同舉辦「鄉在文字中——李渝教授追思會」,由黃美娥主持,與會者有陳弱水、洪淑苓、柯慶明、白先勇、廖玉蕙等。

《文訊》製作「鄉在彼岸應答——紀念作家李渝特輯」,王曉藍〈李渝,走了〉、簡義明〈理想主義者的抒情時光——

		追憶李渝〉、楊佳嫻〈從未失去的庭園──悼李渝〉刊載於《文訊》第 344 期。
2015 年	11 月	28～29 日，臺灣師範大學全球華文寫作中心於國家圖書館舉辦「第二屆全球華文作家論壇」，「郭松棻／李渝論壇」由施淑主持，劉大任、康來新、梅家玲、范宜如主講。
2016 年	11 月	梅家玲、鍾秩維、楊富閔主編《那朵迷路的雲：李渝文集》，由臺北臺灣大學出版中心出版。
		《文訊》製作「那朵迷路的雲──重讀李渝」專題，李渝〈我的志願〉、短篇小說〈那朵迷路的雲〉、〈翻譯並非次等事〉、〈葛蒂瑪的《朱利的族人》和她對「女作家」的看法〉，柯慶明〈李渝小說簡論〉、梅家玲〈無限山川：李渝的文學視界──《那朵迷路的雲：李渝文集》導讀〉、蘇偉貞〈愛郭松棻〉、林俊穎〈白雲在天，道里悠遠〉、楊佳嫻〈情史與幽光〉、童偉格〈「鄉國」所指──簡評《那朵迷路的雲：李渝文集》〉、楊富閔〈不再重逢〉刊載於《文訊》第 373 期。
	12 月	17～18 日，臺灣大學臺灣文學研究所於臺灣大學圖書館舉辦「論寫作：郭松棻與李渝文學研討會」，與會者有柯慶明、郭珠美、彭瑞金、林淇瀁、蘇偉貞等。
2019 年	3 月	25 日，臺灣大學圖書館、臺灣大學臺灣文學研究所於臺灣大學圖書館舉辦「郭松棻先生與李渝女士藏書捐贈儀式暨座談會」，與會者有黃美娥、施淑、柯慶明、陳芳明、簡義明等。

參考資料：

‧鍾秩維，〈李渝創作‧評論‧翻譯年表初編〉，梅家玲、鍾秩維、楊富閔編《那朵迷路的雲：李渝文集》，臺北：臺灣大學出版中心，2016 年 11 月，頁 479～514。

・黃資婷，附錄一「李渝大事紀・作品年表」，〈待鶴回眸：李渝小說研究〉，成功大學中國文學系現代文學碩士班，2014 年，頁 165〜174。

輯三◎
研究綜述

李渝研究綜述

◎梅家玲・鍾秩維・楊富閔

一、前言

　　李渝是臺灣現代派最重要的作者之一。根據現行比較流通的資訊，李渝的創作生涯始於在《現代文學》雜誌上發表的〈四個連續的夢〉（1964），而迄於生前出版的最後一本小說集《九重葛與美少年》（2013），從上個世紀的 1960 年代到新世紀的第一個十年，寫作橫跨了五十年的時間。[1]不過由於李渝在臺大畢業後旋即赴美求學，並在加州大學攻讀博士學位時，曾經短暫捨下文學轉而投入政治運動，這些岔路使得其人寫作一度中輟[2]；何況長時間的身處海外，與臺灣主流文壇一度少有往來。換言之，李渝寫寫停停的創作生涯，或者在場域中的邊緣位置，致使李渝及其作品難免與當前「臺灣／文學史」十年一代、本土論的敘述程式格格不入。

　　不過歸根究柢，實際獻身政治運動的經驗，乃至從海外反思離散與本土論述之相對抽離的立足點，其實提供李渝對於「何為文學」，又「何為政治」，有較諸現代派其他成員愈發深刻地體認。這段經驗在李渝而言，正是

---

[1]不過近期根據散佚史料，最新整編出版的《那朵迷路的雲：李渝文集》來看，一方面李渝寫作的起點其實可以往前回溯至中學階段；另一方面，她的晚期作品也可以延伸到 2014 年為紀念老師高居翰（James Cahill）、與為「郭松棻文集」出版所寫的系列文章。見李渝著；梅家玲、鍾秩維、楊富閔編，《那朵迷路的雲：李渝文集》（臺北：臺灣大學出版中心，2016 年）。

[2]儘管一般說法都以為李渝在這個階段少有作品留下，但根據《郭松棻文集：保釣卷》附錄所收的三篇文章來看，李渝在當時保釣同仁刊物中應該還是有文章發表，這些被李渝稱為「戰報體」的文章有待進一步調查。另一方面，同樣根據《那朵迷路的雲：李渝文集》，李渝在以本名重返臺灣文壇前，也曾間或使用筆名「李元澤」發表藝術評論——「李元澤」究竟還發表了哪一些文章？除了「李元澤」以外，李渝是否還有其他筆名？都是值得再探究的議題。

所謂「憂鬱的認知過程」[3]，並在之後，逐漸引領小說家放慢她的腳步。1980 年代，李渝重回文學場域，不疾不徐地開始發表她的小說創作，同時規律刊出翻譯、文學與藝術評論，一直要到年過不惑，她才出版生平第一本短篇小說集《溫州街的故事》（1991）。

李渝的作品量少質精，雖然與白先勇、王文興、乃至王禎和等名家同為臺大外文系出身，往往被歸類為作品具有現代主義特色的創作群體，不過李渝作品的風格獨樹一幟，文體在現代派諸大家中儼然自成一格。目前各家研究大抵都指出這部作品把白色恐怖時期「臺灣知識界的心情、苦惱、寂寞縮影在溫州街那裡。」而這「一系列的溫州街故事非常感人，那年代知識分子的苦惱，說不出的、難以言傳的寂寞，被李渝寫進來」[4]，「應該在臺灣文學史上占有重要的一席之地」。[5]就因為小說文本展現了如此卓越的質地，儘管開始活躍的期間比較晚，21 世紀以來對於李渝文學的研究與日俱增，甚至可稱為蔚為風潮，不僅海內外皆有學位論文進行探討，亦有如鄭穎、黃啟峰等學者之研究專書問世，以及以李渝作品為主題的學術研討會議陸續舉辦。可以見得，環繞李渝及其文學已經累積相當分量的批評成果，足以顯示她在臺灣文學史上獨特的重要性。

本彙編即立基在這些論述之上，希望能從中勾勒出目前李渝文學研究的大致輪廓與主要趨勢。有鑑於現階段的李渝文學研究比較集中於作家形象與作品美學之梳理和建構，本綜述在一方面串連、簡述既有成果的同時；另一方面，也將適時補充相應的臺灣文學史發展脈絡、以至於說明本土文壇與其作品的受容過程。為此經由作家作品與外在時空環境的「裡應外合」，本綜述期待在梳理、整合前行研究成果之餘，也能對未來李渝文學的研究取徑提出一些新的方向。

---

[3] 借用李渝在《金絲猿的故事（經典版）》自己的說法：「所有的認知過程都是憂鬱的」，而這句話來自普魯斯特（Marcel Proust）。見《金絲猿的故事》（臺北：聯合文學出版社公司，2012 年）。

[4] 白先勇專題演講；張俐璇記錄整理，〈從《現代文學》的小說談起〉，《文訊》第 309 期（2011 年 7 月），頁 69。

[5] 李渝著；梅家玲、鍾秩維、楊富閔編，《那朵迷路的雲：李渝文集》，白先勇封底推薦文字。

　　而在正式進入正文的討論前，本綜述有必要先就文章選輯的標準略作說明。[6]目前環繞李渝文學展開的研究，就如前文指出的，已累積有相當的質與量，本彙編選收的標準，首先固然是考量該文在李渝文學研究之系譜上的代表性與開創性。比如王德威可說是最早體系性地鋪陳李渝其人其作之脈絡的研究者，而王的論文亦為絕大多數的後之來者引用、申論，他的研究成果是探索李渝文學難以跳過的界限。而同為本彙編所收錄的柯慶明、楊佳嫻、劉淑貞與應磊等人的文章，則更進一步釐定了李渝在現代華文文學史上的座標，探究了她的所承和所衍。另一方面，部分較為晚近的論述，則因開闢新的研究方向而值得注意。比如梅家玲透過 2016 年整理出版的新資料集《那朵迷路的雲：李渝文集》，凸顯了李渝對於「女性」議題的注意，也更精細地梳理了其人的創作觀念；蘇偉貞與黃資婷將李渝作為藝術史學者的訓練帶入研究視野，為討論李渝如何寫作小說的思考指引了跨領域的新方向；至於鍾秩維的文章則提示了李渝文學與當代批判理論相互連結的可能性。

　　「跨界」或者「越界」實為李渝寫作重要的主張，除了反映在蘇偉貞與黃資婷所說的「跨藝術互文性」之外，也體現在「研究者」和「創作者」身分的轉換上。本彙編因此也選錄了小說家童偉格、駱以軍、聶華苓以及魏子雲的評論文字，希望藉由他／她們作為創作同業的內行見解，看出學院研究者不容易注意到的門道。聶華苓是李渝開始學寫作時給予指導的老師，而魏子雲的評論可能是現存最早的李渝作品批評，其人的文章遂也具有獨特的史料意義。同樣收錄在本彙編中之夏志清與施淑的評論，也銘刻著特殊的歷史意義——前者發布於《聯合文學》創刊號（1984），可作為李渝重返臺灣文壇之見證；後者則吐露著作為——1970 年代鄉土文學、保釣運動，乃至左派的——「同代人」閱讀「傷心人別有懷抱」的文字後

---

[6]另要稍作說明的是，由於篇幅有限，本彙編原則上不節錄碩博士論文，與已經以專著形式出版的書籍。主要是因為一方面這類作品取得相對上較為容易；另一方面，若以節錄的形式呈現，難免影響到原作論點的推演過程。關於碩博士論文與專書的相關資訊，則可見本彙編的整理，詳參輯五「研究評論資料目錄」。

同情共感的喟嘆。最後，除了主題性（如女性）與文學史式的討論之外，本彙編也希望能兼顧對於李渝個別作品的批評意見。在前面提及的論文中，李渝大部分的作品都已經被專門地處理，比如施淑與聶華苓的討論，主要建立在之於《應答的鄉岸》的閱讀，而夏志清和駱以軍的意見甚至分別是對〈豪傑們〉與〈待鶴〉進行闡發。比較特別的是奚淞就著《族群意識與卓越風格》作序、析論的文章，它則是目前極少數向著李渝的藝術評論投以關注的批評文字。

　　而在編排上，本彙編分成三輯，以李渝兩篇訪談開場，以研究論文作為中堅骨幹，並以兩篇兼具報導性與文獻性的文章收尾。在收錄於第一輯的兩篇訪談中，李渝現身說法談她的經歷、她的閱讀與她的寫作，為批評家的我們了解作者的李渝提供了第一手的珍貴資料。選錄在第二輯的文章，其之理由（如上述），與對解讀李渝文學的重要啟示（詳下述），本綜述皆有詳細的交代，這裡意欲強調的更是編排它的原則——本彙編基本上按照發表的時間為其排列，如此做的原因，則更希望貼近李渝作品批評史所展開的歷史軌跡。第三輯則以李渝晚年返回臺大擔任講座教授，時任課程助教的楊富閔，對於作為「教師」的李渝，其人於教學現場與相關側身描寫予以紀念性的總結。

二、李渝研究綜述

（一）抒情文體的養成

　　李渝，1944 年出生於二戰時期的陪都重慶，戰後不久因為國共內戰旋即又隨著家人搬遷來臺，定居臺北，在這座城市度過她的童年與青少年時光，也在此開啟她的文學生涯。從現有的文獻來看，一方面，李渝在就讀北一女時就展露願以作家為職業的自我期待[7]；另一方面，在考取臺大外文系之後，她亦選修了知名作家聶華苓（1925～）開設的「現代散文」與

---

[7]李渝，〈我的志願〉，《那朵迷路的雲：李渝文集》，頁 72～73。

「小說創作」課程，習作〈水靈〉和〈夏日　一街的木棉花〉且得到聶華
苓的推薦，獲刊於當時重要的報刊。[8]臺大畢業之後，李渝選擇留學美國加
州柏克萊大學，跟隨高居翰（James Cahill）研讀中國藝術史；與此同時，
她也參與北美保釣運動，對「祖國」懷抱亢奮的熱情。不過這份情緒在
1974 年實際訪問大陸，接觸文革現實後徹底幻滅。[9]1981 年李渝完成以晚
清畫家任伯年為主題的博士論文。1982 年，開始任教於紐約大學。1983 年
發表講述當代中國社會殘暴現象的故事〈江行初雪〉而得到時報文學獎，
重新受到臺灣主流文壇的注目。[10]其後直到 2014 年逝世於紐約自宅，以臺
灣作為主要的基地，李渝穩定地發表作品，包括一系列以 1950、1960 年代
的臺北城南為背景，深刻雋永的「溫州街的故事」；而在創作之餘，李渝也
撰寫文學和藝術評論、參與文學獎評審，乃至於支持文學、文化刊物的創
辦，頗為活躍。[11]李渝目前流傳的作品除了長、短篇小說集數種以外，亦有
文學與藝術評論以及翻譯的出版，寫作面相可謂豐富多元。

　　目前對於李渝文學的定位，最典型的就是將之歸入興起於 1960 年代臺
灣的現代主義流派。[12]而之所以做如此想，大抵因為李渝來自臺灣現代派的
大本營臺大文學院，並與外文系創辦《現代文學》的同仁深有淵源。換言
之，不論就文學的教養訓練，或者文壇的人脈連結，李渝的確與當時現代
派的文藝青年頗為契合。在本彙編收錄的兩篇訪談中，李渝現身說法，羅

---

[8]見李渝，〈漂流的意願，航行的意志〉，《那朵迷路的雲：李渝文集》，頁 468，對於這段因緣的說
　明。
[9]可見李渝在兩篇訪談中的夫子自道，〈鄉的方向——李渝和編輯部對談〉，《印刻文學生活誌》第
　83 期（2010 年 7 月），頁 74～87；宋雅姿，〈鄉在文字中——專訪李渝〉，《文訊》第 309 期
　（2011 年 7 月），頁 30～42。
[10]以本彙編收錄的文章而言，王德威、施淑、劉淑貞、應磊與聶華苓等都分析了這篇小說在李渝寫
　作歷程、乃至臺灣文學史的重要性。不過〈江行初雪〉以不興波瀾的靜述狀述中共暴行的寫法同
　時也引起了一些爭議，可見李喬，〈編輯報告〉，李喬編，《七十二年短篇小說選》（臺北：爾雅出
　版社，1984 年），頁 1～10；與李渝的回應，〈屬政治的請歸於政治，屬文學的請歸於文學〉，《應
　答的鄉岸——小說二集》（臺北：洪範書店，1999 年），頁 151～156。
[11]相關活動紀錄可參考鍾秩維編，〈李渝創作・評論・翻譯年表初編〉，《那朵迷路的雲：李渝文集》，
　頁 479～514。
[12]這是既有成果大多認可的定見，本彙編所收錄的篇章大抵都提及這一點；亦可參考白睿文、蔡建
　鑫主編，《重返現代：白先勇、《現代文學》與現代主義》（臺北：麥田出版，2016 年）。

列了她的文學閱讀書單，許多經典作品同時也影響了其他現代派成員，在
《現代文學》雜誌亦有製作專題——[13]

> 啟明書局出的世界著名小說翻譯本大致都看過，那是我們那時代的精神
> 食糧。泰戈爾迷過一陣子，後來讀到福克納的〈紅葉〉，好幾天腦子都轉
> 不回來，於是把何欣翻譯的《福克納短篇小說集》當範本，一讀再
> 讀……（大學時期）去哲學系選修歐洲存在主義，看紀德、卡繆、卡夫
> 卡等……大學時松棻進入生活，松棻要我看杜斯托也夫斯基，尤其是
> 《卡拉馬助夫兄弟》。[14]

> （影響李渝寫作的）經典裡，有福樓拜的《包法利夫人》，吳爾芙《到燈
> 塔去》，喬艾斯的《都柏林人》，海明威的《在我們的時代》，普魯斯特的
> 《記憶過去的時光》（按：即《追憶似水年華》）等，芥川龍之介、谷崎
> 潤一郎等，魯迅、沈從文等。[15]

　　而魏子雲的〈那朵乘上吉林馬傑洛機車迷路的雲〉，則從一個在場的他
人之角度，將 1960 年代現代派文藝青年的「藝術實驗」生態做了生動的呈
現。魏子雲之識得李渝，就是應聶華苓的邀請，到臺大文學院參加以 1964
年小說創作班為班底舉辦的「小說朗誦會」的緣故——這一朗誦會的原委
可見同樣收錄於彙編之中的聶華苓〈癡情嘆息〉之說明，據說是「臺灣第
一次小說朗誦會」——[16]當晚的朗誦還搭配吉他伴奏，演奏者亦大有來頭，

---

[13]其他現代派成員的說法，與《現代文學》譯介卡夫卡（Franz Kafka）、吳爾芙（Virginia Woolf）、喬
艾斯（James Joyce）和福克納（William Faulkner）等專家專輯的設想，可見白先勇主講，白睿文訪
問，〈來自廢墟中的文藝復興：白先勇談《現代文學》雜誌的起源〉，《重返現代》，頁 22～51。
[14]李渝，〈鄉的方向——李渝和編輯部對談〉，《印刻文學生活誌》第 83 期，頁 78。
[15]李渝，〈鄉的方向——李渝和編輯部對談〉，《印刻文學生活誌》第 83 期，頁 79。
[16]不過魏子雲和聶華苓記憶中李渝當天朗誦的作品有所出入，前者以為是〈水靈〉，後者回憶是
〈夏日　一街的木棉花〉——當然也可能這兩篇都有宣讀——見魏子雲，〈那朵乘上吉林馬傑洛
機車迷路的雲〉，《幼獅文藝》第 138 期（1965 年 6 月），頁 19～21；聶華苓，〈癡情嘆息——讀
《應答的鄉岸》隨感（上）〉，《聯合報》，2000 年 1 月 8 日，37 版。

乃是來自工學院的旁聽生，後來也成為優秀小說家的張系國（1944～）。[17]
李渝在朗誦會上朗讀少作〈水靈〉與〈夏日　一街的木棉花〉，這時的李渝
「聲音清純、透著點兒羞澀」[18]，而儘管「像一隻受了驚擾的小燕子」，初
登板的李渝其之「語言中流漾出的韻致，至今仍幽靈似的迴旋在我的腦
際。」[19]

　　許是基於這段淵源，魏子雲後來為李渝刊登在《幼獅文藝》上的小說
〈那朵迷路的雲〉寫了評論，亦即〈那朵乘上吉林馬傑洛機車迷路的雲〉，
而它很可能是第一篇針對李渝文學所做的批評。〈那朵迷路的雲〉的故事環
繞一次中橫健走的團體活動展開，但李渝志不在紀實性地交代沿途的見
聞，相對地，魏子雲在他的評論中指出其之特色在於——

> 可以說她見到聽到的，全和其他遊了橫貫公路人一樣，而李渝卻不光是
> 使用了她的眼睛與耳朵——不是照相機樣的錄音機樣的，把她見及的攝
> 取到心的底片上，收錄到心的紙帶上，而是運用了上帝賦予藝術家們特
> 有的心靈，去提煉那現象中的詩情畫意，從感受中通過藝術觀然後再把
> 它們表達出來。[20]

這種透過主觀的心象來折射——而非社會寫實意義上的反映——現實，實為
1960 年代在臺灣現代派社群中備受青睞、倚重的創作觀念。透過對於歐陸的
福樓拜（Gustave Flaubert）、卡夫卡、吳爾芙、喬艾斯，以至於美國的福克
納、海明威（Ernest Hemingway）等現代主義大師之譯介、閱讀與模仿[21]，
一種帶有濃厚抒情色彩的文體在李渝這一世代創作者的實踐中逐漸成形。[22]

---

[17]聶華苓，〈癡情嘆息——讀《應答的鄉岸》隨感（上）〉，《聯合報》，2000 年 1 月 8 日，37 版。
[18]聶華苓，〈癡情嘆息——讀《應答的鄉岸》隨感（上）〉，《聯合報》，2000 年 1 月 8 日，37 版。
[19]魏子雲，〈那朵乘上吉林馬傑洛機車迷路的雲〉，《幼獅文藝》第 138 期，頁 19。
[20]魏子雲，〈那朵乘上吉林馬傑洛機車迷路的雲〉，《幼獅文藝》第 138 期，頁 20。
[21]可參考《重返現代》第一部現代派成員的現身說法，以及第二部學者的分析討論。
[22]可見葉維廉，《中國現代小說的風貌（增訂版）》（臺北：臺灣大學出版中心，2009 年），一書的分析。

（二）文體煉成的另一條路

不過一文體之能夠形成絕非朝夕可及之事，創作主體對自身社會歷練的反思、人生體悟的沉澱，以至於對該文體反覆的演練，都需要時間；同樣重要的是，現代派諸君在 1960 年代傾心學習的文學技法，大抵都是來自西方的「橫的移植」，它與在地的歷史情境、表意的符號系統，也需要長期的磨合協商過程。換言之，在初起步的階段，一方面，在仍「不識愁滋味」的大學生李渝的筆下，這一向內探索、著重自我剖析的抒情風格所展現的毋寧比較是「遐想空靈，沉浸淡淡的頹廢色彩中，十足文藝青年的苦悶與悸動姿態。」[23]雖然「天真」直率，卻也不免是有些「矯情」的強說愁[24]；另一方面，這個階段的習作遂不免也帶有後來的鄉（本）土派所批判的，由於「現代主義文學欠缺土地的滋潤、缺乏生命力，加上其被引介到臺灣的時期晚了西方半世紀」，使得它「只能是西方的『仿冒』，其多半只停留在語言、風格、體裁層次的挪用。」[25]

依據現有的研究來看，臺灣現代派的臻於成熟約莫是在 1980 年代前後，郭松棻的〈月印〉（1984）、白先勇的《孽子》（1983）與王禎和的《玫瑰玫瑰我愛你》（1984）等代表作陸續發表。[26]也是在這個時間點，李渝帶著〈江行初雪〉與「溫州街的故事」重返文壇。然而儘管沿著類似的軌跡演進，劉淑貞認為，李渝的現代主義路線——

> ……卻也很顯然地與臺大外文系的《現代文學》系統分殊開來，有著極為根本性上的差異；在《現代文學》諸君扛著創新、西向的大旗，巍巍

---

[23]王德威，〈無岸之河的渡引者——李渝的小說美學〉，李渝著，《夏日踟躕》（臺北：麥田出版，2002 年），頁 9。

[24]王德威，〈無岸之河的渡引者——李渝的小說美學〉，《夏日踟躕》，頁 9。

[25]陳培豐，〈鄉土文學、歷史與歌謠：重層殖民統治下臺灣文學詮釋共同體的建構〉，《臺灣史研究》第 18 卷第 4 期（2011 年 12 月），頁 144。

[26]可見張誦聖的相關討論，比如〈臻於成熟的現代派作家：文化批判與文本策略〉，《現代主義‧當代臺灣：文學典範的軌跡》（臺北：聯經出版公司，2015 年），頁 125～206；與〈郭松棻〈月印〉和二十世紀中葉的文學史斷裂〉，《文學評論》2016 年第 2 期，頁 169～176。

朝向「現代」的殿堂走去之際，1966 年赴美、1970 年代出返北美保釣運動的李渝，已在保釣失敗後陡然堆疊起來的歷史瓦礫碎片中，照見「現代」廢墟裡最為神祕的內核——關於時間，歷史，與人之存在。[27]

換言之，與「詮釋社群」主要座落在臺灣島內的現代派（如白先勇、王禎和乃至楊牧），其人透過 1970 年代一連串環繞「鄉土文學」展開的「回歸（臺灣）現實」走勢比較起來[28]，赴美留學，投身「保釣運動」，加入憧憬紅色「祖（中）國」、所謂「左統派」的李渝，她依循的是另一套將舶來的現代主義加以歷史化的程序。[29]而這一路線的歧異，大概也就是何以在標記李渝的文學史位置時，論者——包括李渝自己（見本彙編中的〈鄉的方向〉、〈鄉在文字中〉）——更著重對於她的書寫在中國現代文學史上之傳承關係的勾勒，反而不大實質地探討其人在臺灣現代派發展裡的脈絡。[30]輯錄在本彙編中的許多文章都顯示出這樣的取捨標準，比如楊佳嫻透過分析李渝的文學批評論述，加以解釋她所受容的分別是沈從文與蕭紅的哪一些特定面向[31]；應磊則是從「宗教之救贖 v.s. 歷史的暴虐」來串連沈從文和李渝有關中國現代史之荒謬、甚至荒蠻的反思[32]；而王德威的李渝綜述更進一

---

[27]劉淑貞，〈歷史的憂鬱：李渝小說的重寫敘事〉，「論寫作：郭松棻與李渝文學研討會」（臺灣大學臺灣文學研究所，2016 年 12 月 17～18 日）。收錄於本彙編的版本經過作者的增補。

[28]戰後臺灣文學的「詮釋社群」之形構與轉化可參考陳培豐，〈鄉土文學、歷史與歌謠〉一文的分析。至於這一「詮釋社群」在 1960、1970 年代之際發生的重大轉型所賴以展開的時空情境，蕭阿勤提供了一個詳實的分析，見《回歸現實：臺灣一九七〇年代的戰後世代與文化政治變遷》（臺北：中央研究院社會學研究所，2010 年二版），特別是第二、三、四章。

[29]曾參與保釣運動而後回歸文學創作的作者在臺灣文學史上自成脈絡，可見王德威，〈秋陽似酒：保釣老將的小說〉，《眾聲喧嘩以後：點評當代中國小說》（臺北：麥田出版，2001 年），頁 388～393。

[30]這或許也解釋了何以李渝文學在既有的主流臺灣文學史敘述結構中，很難找到合適的位置的原因。比如陳芳明在其文學史中談及李渝時，並非將其人作置放於 1960 現代派與 1970 鄉土派相互競合、辯證的脈絡中加以解讀、定位，而是聊備一格地列入「眾聲喧嘩：臺灣文學的多重奏」一章的陳列，見《臺灣新文學史（下）》（臺北：聯經出版公司，2011），頁 697～698。

[31]楊佳嫻，〈河流與抒情：沈從文、蕭紅、李渝〉，「論寫作：郭松棻與李渝文學研討會」。收錄於本彙編的版本經過作者的增補。

[32]應磊，〈負傷的觀音：從沈從文到李渝〉，《明報月刊・附刊》第 30 期（2016 年 6 月），頁 28～33。收錄於本彙編的版本經過作者的增補。

步經由鉤沉「河」和「黃昏」這一組其人小說的經典意象與沈從文的淵源，比較兩世代現代中國文學者對於歷史之混沌的（不能）澄清，流亡以至於離散處境的（無法）調和。[33]

　　無論如何，寫作技術進入成熟階段的李渝，其人看待生命和歷史的視野也連帶地更上一層樓，對於曾經以為不過是窩聚在溫州街的「失意官僚、過氣文人、半吊子的新女性」這些那些失魂落魄的敗者，及其所背負的中國現代史，有了更深沉的同情與理解，感慨與啟發。[34]王德威認為《溫州街的故事》是「走在鄉愁的路上」的一趟旅程，而李渝的回顧姿態「不流於簡單的抗議或傷痕文學的例子」，相反地，透過有意為之的低調、簡潔，與對濫情俗套的抗拒，李渝秉持「敬謹的人道主義立場，寫戰亂政變的非理性，寫流亡死亡的悲愴，還有愛情與親情的牽引。」[35]她的志向在於「描摹一種生命的風範」，並從中賦形一種理想的、審美的「鶴的意志」。[36]換言之，儘管現代中國和臺灣存有的處境充滿戲劇性的斷裂，殘虐暴力無處不在，不過用李渝自己的話來說，傑出的文學家應當致力於「從醜裡寫出美」、「從暗裡寫出亮」、「從頹廢裡寫出璀璨、從惡裡寫出華來」。[37]而帶著「文學精神上」這般不自甘墮落的「華燦、光華、昇華」[38]，李渝終於領悟，原來窩聚在溫州街的「這些失敗了的生命」，其實一直「以它們巨大的身影照耀著導引著我走在生活的路上。」[39]

（三）小說的母題與敘述的層次

　　不停留在社會現象表面的世態炎涼、人心不古；不耽溺於液態的（liquid）愛慾、官能的快感；不執迷於「感時憂國」（obsession with

---

[33]王德威，〈無岸之河的渡引者──李渝的小說美學〉，《夏日踟躇》，頁14～19。

[34]李渝，〈臺靜農先生・父親・和溫州街〉，《溫州街的故事》（臺北：洪範書店，1991年），頁232。

[35]王德威，〈走在鄉愁的路上──評李渝《溫州街的故事》〉，《眾聲喧嘩以後：點評當代中文小說》，頁325～326。

[36]王德威，〈無岸之河的渡引者〉，頁13。

[37]李渝，〈戒愛不戒色──張愛玲與她筆下人物〉，《那朵迷路的雲：李渝文集》，頁211。

[38]李渝，〈戒愛不戒色──張愛玲與她筆下人物〉，《那朵迷路的雲：李渝文集》，頁211。

[39]李渝，〈臺靜農先生・父親・和溫州街〉，《溫州街的故事》，頁232。

China）的道德窠臼[40]，而更是要從「只有泥濘和泥濘，一切都淪陷在不能掙扎的泥濘裡」，「以虛無來應付虛無」，等待能夠「拉長視線」的時機，好完成「憂鬱的認知過程」。[41]李渝如此分梳她認為「卓越的」小說家的質素——

> 現實的海洋是戰爭、屠掠、疾疫，是陰謀威脅、混亂、恐懼、焦慮，是伺伏的危險，貪婪的吞噬，血腥的暴力。《勸導》的最後一段，奧斯婷寫安成為航海者的妻子而容光煥發，可是「對未來戰爭的恐懼卻能使她的陽光黯淡」。海的真相，在某種程度上小說家也都是明白的。

> 屬於歷史的歸歷史，屬於政治的歸政治，屬於文學的歸文學。[42]當高鶚和奧斯婷拿起筆的一時，所有實際在他們筆下都頑石成金一般地開始蛻變，外在政治社會文化等的糾纏釋解了，公眾的和個人的沉淪躍升了，理想召喚，奇景出現，是這麼的欣慰，遼闊，歡暢；卓越的小說家給予我們海洋，許諾了出航。[43]

---

[40] 識者已經分析，夏志清鑄造的術語"obsession with China"指的不一定如現行流通的「感時憂國」，正面表述了承擔「中國」的意旨；相對地，夏志清其實也藉由這個詞來總綰了他對於現代中國知識分子在道德、乃至世界觀過度執迷或情迷於「中國」，而難見其他可能性的批判。可參考陳國球，《情迷家國》（上海：上海書店，2007 年）；史書美著；楊華慶譯：蔡建鑫校訂，《視覺與認同：跨太平洋華語語系表述・呈現》（臺北：聯經出版公司，2013 年）。

[41] 李渝，《金絲猿的故事（經典版）》，頁 193、196、197。

[42] 根據上下文的分析可知，李渝對於「文學」與「政治」如何（不）產生關聯的論述是經過深思熟慮的結果，而絕非輕率的「去政治化」發言。有趣的是，現在吾人看待李渝何以發表〈屬政治的請歸於政治，屬文學的請歸於文學〉大多以為她劍指的是以李喬為代表的鄉土或本土派評論者。這樣的認識固然有其合理的淵源（見前文之說明），不過同樣值得注意的是，夏志清在評論李渝同樣講述中共暴政的小說〈豪傑們〉——本篇批判的案例是一胎化——時，也以為「李渝以憂國憂民的心態，以反諷而帶沉痛的筆調寫出在中共暴政下過日子的『豪傑們』，自己才真正稱得上是為女中豪傑。」夏志清因而也該認可李渝為「維護人的尊嚴，揭露社會的黑暗，領導讀者走向中國的、人類的光明之路」的「新文學家」。在這個意義上，李渝儼然就是個反共的、為民喉舌的社會寫實作家，而她本人對此定位想必不無莞爾。夏文發表時（1984 年 11 月）李渝的〈屬政治的請歸於政治，屬文學的請歸於文學〉已經發表，但其中的意見其實也可有效地回應夏志清環繞〈豪傑們〉展開的評論。夏志清〈真正的豪傑們〉一文初出為《聯合文學》，創刊號（1984 年 11 月）；後也轉載於《聯合報》，1984 年 11 月 19 日，8 版。

[43] 李渝，〈請給我們海洋：簡・奧斯婷的《勸導》〉，《拾花入夢記——李渝讀紅樓夢》（新北：印刻文學生活雜誌出版公司，2011 年），頁 116。在這篇文章中，李渝比較了同為 18、19 世紀之交的

區別歷史、政治現場的海洋，與文學描述的海洋，李渝主張，小說家固然得認識、乃至認清「現實」，但寫作者的卓越超群不是由「寫實」得夠不夠高清來判定，能否提升現實，締造——用李渝自己的話說——「傳說」、「傳奇」才是優秀與否的量尺。[44]而現實之能朝向傳奇邁進關鍵在於「層次」，李渝嘗言：「大多數小說家寫完第一層，重視表面的聲光動作以後就會停筆……曹雪芹的筆氣特長，不慌不忙，慢陳細訴，抽繭一樣進入了好幾層。」[45]於是乎《紅樓夢》總是能在

> 一件生活上的小事混漾出不止的漣漪，一種心情牽引出另一種心情，一節感受醞生出再一節感受，層層入裡，綿延不絕。這裡脂批「寫形不難，寫心維難也」，從第一層漸入許多層，正是從「寫形」到「寫心」的艱難過程。[46]

　　至於「層次」如何在李渝小說中實際展開，根據柯慶明的歸納，它大抵依循這樣一道程序——小說人物不安於凡俗的日常、無聊的生活，而對一個理想心生「嚮慕」，由於這份「嚮慕」之情，他或她得以「走向某種『自由』，也就是向更為廣大的天地邁進」，遂生成一種與他人「共同存在」之共感，「走向自我實現的第一步。」在如此過程中，諸如「好感」、「愛意」，或者「離散」感傷等種種正、負面情緒紛至沓來。在這裡已累積有至少三個層次，不過李渝不願就此打住，她更進一步地去暴露這些情緒所奠定的那個情境——極端者如戰爭與白色恐怖，平凡者如波瀾不興的日常生活——之「恐怖」感，從而帶出人間關係遍布著的「背叛」、乃至「叛

中文與英文小說——曹雪芹、高鶚的《紅樓夢》以及簡‧奧斯婷（Jane Austen）的《勸導》（Persuasion），尤其二者將「個體的舒放」與「海洋」的意象相連結的傾向，見頁115。

[44]李渝在她的文學評論、以至於小說中都反覆琢磨這個概念，相關分析可參考柯慶明，〈李渝小說簡論〉，《文訊》第373期（2016年11月），第三節。

[45]李渝，《拾花入夢記——李渝讀紅樓夢》，頁73。

[46]李渝，《拾花入夢記——李渝讀紅樓夢》，頁73。

亂」本質。據此，李渝小說最強烈的張力通常表現在怎麼和生活中的「背叛」共處，而其最動人之處遂在徹悟、終於能接受這種「背叛」的「你可以原諒你自己」的時刻——[47]借用柯慶明的說法，識者不妨視李渝的寫作為一次（又一次）「救贖、重生」的「療癒」歷程。[48]如此繁複的層次鋪陳，無怪駱以軍斷言，李渝的小說所示現的是宛如迷宮一般的「歧路花園」。[49]

　　不過駱以軍似乎不那麼肯定李渝文學的「療癒」效果。在駱以軍看來，在李渝「隱藏在雨滴般斷句、暗夜芙渠不斷打開感官的細節後面」雖然「有一極嚴謹的結構」[50]，但這個結構不一定允諾救贖，相對地，他認為——

　　　　那在歷史時空遞轉更迭而今是昨非的「欲辯已忘言」，李渝或因「因為理解，所以慈悲」，她在招魂「渡引」他們進入故事隧道時，常不止是沈從文黃昏河面上的悲傷與抒情；且奇異地進入一個無比孤獨，他們內心的瘋魔旅程、疾病的長廊。[51]

　　　　那不再只是蟄伏於溫州街那個所有人困陷於一個時光果凍般的微物之神，靜置世界裡的「惘惘的威脅」；而是「只是當時已惘然」的「惘然記」。[52]

　　引文兩個段落的「那」指的都是李渝透過「極嚴謹的結構」加以呈顯的小說格局，在「那」裡面常常住著一個與世界、與自己對峙著的「瘋了的人」、「發瘋的女子」或者「迷宮中的將軍」。[53]於是駱以軍採用「哥德大

---

[47]李渝，〈待鶴〉，《九重葛與美少年》（新北：印刻文學生活雜誌出版公司，2013 年），頁 51。
[48]柯慶明，〈李渝小說簡論〉，《文訊》第 373 期，尤其第五、六節。
[49]駱以軍，〈哥德大教堂與曼陀羅〉，《印刻文學生活誌》第 83 期（2010 年 7 月），頁 64、66。
[50]駱以軍，〈哥德大教堂與曼陀羅〉，《印刻文學生活誌》第 83 期，頁 64。
[51]駱以軍，〈哥德大教堂與曼陀羅〉，《印刻文學生活誌》第 83 期，頁 69。
[52]駱以軍，〈哥德大教堂與曼陀羅〉，《印刻文學生活誌》第 83 期，頁 70。
[53]駱以軍，〈哥德大教堂與曼陀羅〉，《印刻文學生活誌》第 83 期，頁 68。

教堂與曼陀羅」這類帶有恐怖驚悚、迷魂陣暗示的意象，來總綰李渝的小說寫作。

（四）多重渡引的美學

　　而駱以軍所說的「極嚴謹的結構」，也就是李渝自己一再強調的「說故事的方法」。施淑藉由《應答的鄉岸》的分析指出，對李渝來說，「重要的似乎不在掌握或還原」事件「具體的情境」，與其張揚「戲劇性的動作或衝突」，李渝常用的「抒情性的第一人稱敘述」，寧願「游移在想像和觸引想像的事物或事件之間」，敘述的態度也奉行節制簡約，意象、甚至抽象化的原則，比如「曾經熱火朝天的保釣示威紀念，只落得『關河蕭索』四字」。[54]這或許即為李渝對於「寫作為何」所做的歸結：「努力剔除字裡行間的不必要的熱情和其他各種 nonsense。」[55]另一方面，同樣著眼於《應答的鄉岸》，作為李渝業師的聶華苓盛讚這本小說集某些段落的描寫「可以比美福樓拜的包法利夫人」，而《應答的鄉岸》最值得注意之處在於它多元地呈現了李渝處理差異題材的多元手法，包括「寫入潛意識的……寓言式的……用電影技巧展現時光不再的……輕描淡寫、諷刺自在其中的……」等現代主義式的技巧，以及最重要地，李渝自己發明的「由一個故事進入另一個故事的多重渡引觀點」。[56]

　　聶華苓的評論觸及李渝創作的一個核心主張，亦即「多重渡引」。王德威認為多重渡引乃是李渝提出的「一種美學」的世界觀[57]，是任何想要對其人作品進行解讀最好的敲門磚。李渝在〈無岸之河〉一篇開門見山地透過對《紅樓夢》36 回「齡官放雀」的討論，如此解釋何謂她所提議的「多重渡引」——

　　　……小說家布置多重機關，設下幾道渡口，**拉長視的距離**，讀者的我們

---

[54]施淑，〈世變與事變——評介《應答的鄉岸》〉，《聯合報》，1999 年 6 月 14 日，48 版。
[55]李渝，〈再幻想〉，《金絲猿的故事（經典版）》，頁 206。
[56]聶華苓，〈癡情嘆息——讀《應答的鄉岸》隨感（下）〉，《聯合報》，2000 年 1 月 9 日，37 版。
[57]王德威，〈無岸之河的渡引者——李渝的小說美學〉，《夏日踟躇》，頁 19～25。

要由他帶領進入人物，再由人物經過構圖框格般的門或窗，**看進如同進行在鏡頭內或舞臺上的活動，這種長距離的，有意地「觀看」過去**，普通的變得不普通，寫實的變得不寫實，遙遠又奇異的氣氛出現了，難怪人物**寶玉在窗外看得心恍神迷**，悟出了天地皆虛無的道理。[58]

其後再經由沈從文帶有戀屍色彩的〈三個男人和一個女人〉指出——

小說家……頻頻更換敘述者，**綿延視距**，讀者的我們經過小說家，經過「我」，再經過號兵，聽到一則傳言，而傳言又再引出傳言，步步接引虛實更迭，之後，像小說家自己所說的，日常終究離去了猥瑣，「轉成神奇」。[59]

顯而易見地，李渝在其中反覆強調了「觀看的方式」——小說家布置「構圖框格般的門或窗」的「多重機關」、小說家「頻頻更換敘述者」——與「觀看的距離」（「拉長視的距離」、「綿延視距」）——經由小說家這些有意為之的技術調度，人物可以拔升至頓悟「天地皆虛無的道理」的抒情時刻，庸俗、乃至變態的都能「轉成神奇」，煥發「華燦、光華、昇華」。[60]

而這種對於「觀看」、「觀點」的強調，首先當然與李渝本身的藝術史訓練有關。蘇偉貞與黃資婷對於其人小說「跨藝術互文」現象的考察指出，在李渝的跨界實踐中：「文字書畫與虛構體驗接榫，傳遞懷舊，不外言情。」[61]更進一步而言，這份在「錯誤重複，災難一再發生，欠缺是一個與生俱來、無法改造的基因」的「蠻荒」處境中，仍不懈思索、精進「觀

---

[58] 李渝，〈無岸之河〉，《應答的鄉岸》（臺北：洪範書店，1999 年），頁 8。強調為引用者所加。
[59] 李渝，〈無岸之河〉，《應答的鄉岸》，頁 9。強調為引用者所加。
[60] 李渝，〈戒愛不戒色——張愛玲與她筆下人物〉，《那朵迷路的雲：李渝文集》，頁 211。
[61] 蘇偉貞、黃資婷，〈立望關河到鶴群歸來：李渝小說跨藝術互文的懷舊現象——以〈關河蕭索〉、〈江行初雪〉、〈無岸之河〉、〈待鶴〉一組小說為主〉，《臺灣文學研究學報》第 24 期（2017 年 4 月），頁 195。

看」之道，用之以「言情」——述說、抒發情實、情感、情境——[62]的文學、以至於文學評論寫作，所體現的毋寧為一種不放棄追求「抒情時刻」的行動的意志。[63]奚淞在批評李渝的藝術評論時，將她之所以起心動念進行寫作的心態闡釋得十分貼切——

> 縱身於激變世潮，李渝提筆寫美術，總不忘相關的政治、社會、經濟等相牽連的時空因緣。當然，人脫離不了環境、種族、世界而獨存。然而，藝術家在真正創作的時候，畢竟是孤獨的。而鑑賞者，在真正欣賞作品時，也是孤獨的。在這裡，李渝談到了解脫種種外在枷鎖，達到美術卓越風格的創造，以至於鑑賞者如何與作品合一的「默契」。[64]

與觀看的對象、他人合而為一的「默契」，也就是「你迎上前，不激動不流淚，只是要和他相擁，慶幸有了起死回生，殘軀復原的機會」的「抒情時刻」。[65]

（五）視者的世界圖像

另一方面，「觀點」實際上也是「現代主義」美學最念茲在茲、著意經營的文學方法。[66]綜覽其人的文學評論，梅家玲發現李渝非常重視的「敘述的方式」特別展現在她對於「視者」如何調度觀看觀點的分析。[67]在現代中國文學史上，李渝對沈從文和蕭紅格外青睞，對於沈從文她如是解析——

> **沈從文的戲劇絕不急躁地暴露在文字或情節的表面，他寧取遙遠而安靜**

---

[62] 「情」在中文抒情傳統中的多義性可參考王德威之分析，見〈導論：「抒情傳統」之發明〉，《史詩時代的抒情聲音》（臺北：麥田出版，2017年），頁25～100。

[63] 李渝，〈抒情時刻〉，《行動中的藝術家》（臺北：藝術家出版社，2009年），頁5。

[64] 奚淞，〈激流中辨影〉，李渝著，《族群意識與卓越風格——李渝美術評論文集》（臺北：雄獅圖書公司，2001），頁V～VI。

[65] 李渝，〈抒情時刻〉，《行動中的藝術家》，頁5

[66] 邱貴芬，〈翻譯驅動力下的臺灣文學生產：1960—80現代派與鄉土文學的辯證〉，《臺灣小說史論》（臺北：麥田出版，2007年），頁222～225。

[67] 梅家玲，〈無限山川：李渝的文學視界〉，《那朵迷路的雲：李渝文集》，特別是第三節。

的，俯瞰而悲憫的角度，以第三者的口吻，娓娓訴說著日常瑣細。卻在委婉優柔的字行裡埋伏著無限叮嚀，不在紙面，而在你我讀後的心理迴盪激昂。**旁觀底下有介入，蕭靜底下有吶喊，寬容底下有譴責。**[68]

（以〈丈夫〉、〈靜〉與〈蕭蕭〉為例）**敘述的基線不能放得再低了**，可是從基線的底下油生出從來沒有這樣從容和堅韌的耐性；**有一雙眼睛靜置在敘述的後邊**，包容了體諒了悲喜全體。從這樣的角度來看，**沈從文的觀點**有點像佛眼，又有點接近**中國繪畫中的俯瞰透視**，隱藏在某處的無所不見的寬宏的視角，容納下了無限山川。[69]

至於蕭紅，李渝是這樣評述的——

（〈手〉的）平淡語氣**來自遙遠的視點**，作者與題材拉出「**觀**」的距離，使讀者——作者——題材之間的關係發生了移位……隱身在「我」裡的作者觀察著王亞明，他局限了的視角正是讀者局限了的視角，他的不介入的心情也正是讀者的不介入的心情……在遠看題材時，反和**旁觀者的**我們站在一起了。[70]

（蕭紅的作品中）傳統小說常用的線狀結構不見了，沒有一個向前引進的明確故事脈絡，**沒有固定而統一的觀點，視界不明**。敘述者和題材之間的距離曖昧起來……**不知在哪個立足點發聲**。但是作者讀者之間的距離卻拉近了……兩者都親臨現場、親身參與。[71]

---

[68] 李渝，〈童年和童年的失落——影片《童年往事》看了以後所想起的〉，《那朵迷路的雲：李渝文集》，頁258。

[69] 李渝，〈月印萬川：再識沈從文〉，《那朵迷路的雲：李渝文集》，頁284。

[70] 李渝，〈夢歸呼蘭——談蕭紅的敘述風格〉，《那朵迷路的雲：李渝文集》，頁318。

[71] 李渝，〈呼喚美麗言語〉，《那朵迷路的雲：李渝文集》，頁357。

在李渝的討論中，觀看觀點的狀態，諸如「遙遠而安靜，俯瞰而悲憫」、「靜置」、「局限了的」、「旁觀」與「沒有固定而統一」，及其發揮的「容納了無限山川」和「反和旁觀者的我們站在一起了」等等效果，反覆被強調。楊佳嫻歸納這些特質為敘述的「低觀點」與某種「疏離」於外界、他人的現代感性[72]，並且從而指出：「這些特性而使得小說出現了詩化、抒情化的傾向；而李渝又從中淬煉出『多重渡引』的方法，層層引渡……主導了她『溫州街的故事』系列小說基調。」[73]而沈從文和蕭紅的影響除了作用於李渝的小說美學之外，對於她知人論世態度的形塑上也產生深遠的效用。梅家玲就認為「『視者』同樣是李渝……看待人生、看待歷史的方式。」[74]梅家玲援用李渝對於張學良、陳布雷與陳璉、乃至瞿秋白等高度爭議的民國人物之評點為例子，指出李渝之所以總能夠在戰爭動亂、詭譎的政治風雲等宏大敘述之外（或之下），看出個人私密的記憶、情愛與初衷的志向，而領悟「文學」作為「綠洲」或者「曙光」的可能性[75]，就是因為受到沈從文和蕭紅觀看觀點的啟示。[76]

或許也基於同樣的理由，李渝也調整了「少年在臺灣，對傳統莫名地感到反感」之癖性[77]，重新認識「準確性和速度」都非常「驚人」的中文表達。她指出「《左傳》、《三國演義》、唐人小說在很短的句子中凝聚時間和空間的能力令人歎為觀止」，而尤其鍾情於《紅樓夢》──「手邊書架上，……《紅樓》……就和《包法利夫人》、《追憶似水年華》等置放了在一起。」[78]而隨著閱讀上的重拾古典，李渝，一方面，也開始創作一些改寫古代典故的「故事新編」小說，輯錄為《賢明時代》（2005）。[79]其次，李渝

---

[72]楊佳嫻，〈河流與抒情：沈從文、蕭紅、李渝〉，「論寫作：郭松棻與李渝文學研討會」，第三節。

[73]楊佳嫻，〈河流與抒情：沈從文、蕭紅、李渝〉，「論寫作：郭松棻與李渝文學研討會」。

[74]梅家玲，〈無限山川：李渝的文學視界〉，《那朵迷路的雲：李渝文集》，頁 16。

[75]李渝，〈我的志願〉，《那朵迷路的雲：李渝文集》，頁 72。

[76]梅家玲，〈無限山川：李渝的文學視界〉，《那朵迷路的雲：李渝文集》，第三節。

[77]李渝，〈鄉的方向──李渝和編輯部對談〉，《印刻文學生活誌》第 83 期，頁 78。

[78]李渝，〈跋──致謝〉，《拾花入夢記──李渝讀紅樓夢》，頁 171。

[79]梅家玲，〈李渝的小說美學觀及其〈和平時光〉：現代主義、女性意識與故事新編〉，「中國傳統的創造性轉化：中國文學國際研討會」（恒生管理學院，2018 年 12 月 10～11 日）。

對於古典的致意，也使她被視為「現代抒情傳統」重要的實踐者。[80]

　　總而言之，秉持這一由將距離拉長、拉遠的視者所採取的低觀點，李渝的回視、反思過去總能夠聽見宏大的主導論述其弦外之音，同時看到社會寫實的教條之外，人之為「人」的理由、生活之為「生活」的實態。就是因為如此，李渝才許下這樣的自我期待——

　　　　希望有一天，溫州街也能成為我的約克那帕托法、我的馬康多。如同文
　　　　藝復興之城的屋頂總是呈現金黃的顏色，溫州街的屋頂，**無論是舊日的**
　　　　青瓦木屋還是現在的水泥樓叢，無論是白日黃昏或夜晚，醒著或夢中，
　　　　也會永遠向我照耀著金色的溫暖的光芒。[81]

　　在這個意義上，李渝的懷舊鄉愁不只是單純的眷戀過去，它更是時態現在式、朝向未來衍生的，所謂「反思型的鄉愁」（reflective nostalgia）。[82]正是因為不斷地在過去／現在、中文傳統／西方現代、臺灣／北美這種種悖反、對立之間離返穿梭，聲「東」擊「西」[83]，在此岸彼岸的強烈拉扯下，李渝有時不免也陷泥於「那麼無是什麼？有是什麼？」的無解難題。[84]所幸李渝的敘述在面臨這種瀕臨崩潰的邊緣時，大概都能推敲、拔升出一個俯瞰的「視者」觀點，藉此反思旁觀那無所適從的絕境，好將行將崩潰的故事拯救起來。王德威如此總結晚期李渝的一次「再幻想」：「一切生命形式奮起交錯、試驗創新有時而窮，唯有灰飛湮滅之際，純淨的情操汨汨湧現」，他稱之為一種「物色盡而情有餘」的境界。[85]表象的繁華或者墮落

---

[80] 見如王德威，〈〈江行初雪〉‧〈遊園驚夢〉‧〈遍地風流〉：白先勇‧李渝‧鍾阿城〉，《抒情傳統與中國現代性》（北京：三聯書店，2010 年），頁 200～231。

[81] 李渝，〈臺靜農先生‧父親‧和溫州街〉，《溫州街的故事》，頁 233。

[82] 蘇偉貞、黃資婷，〈立望關河到鶴群歸來：李渝小說跨藝術互文的懷舊現象——以〈關河蕭索〉、〈江行初雪〉、〈無岸之河〉、〈待鶴〉一組小說為主〉，《臺灣文學研究學報》第 24 期，頁 177。

[83] 童偉格，〈「鄉國」所指：簡評《那朵迷路的雲：李渝文集》〉，《文訊》第 373 期（2016 年 11月），頁 127。

[84] 李渝，〈待鶴〉，《九重葛與美少年》，頁 38。

[85] 王德威，〈物色盡，情有餘：李渝《金絲猿的故事》〉，《金絲猿的故事（經典版）》，頁 14。

都褪去後，低觀點的視者總能體察「不說的時候和說不出的時候說得更多更細」那逃逸於言外的、「有餘」的情意。[86]在這個意義上，離散與回歸其實相互闡發，李渝「這朵迷路的雲」，其實未曾「迷路」，反倒始終沿著「鄉在文字中」的航道向著未來、向著寫作者的烏托邦邁進。

三、結語

相較於其他早熟的現代派成員，李渝受到文壇的矚目不過是這十多年來的事。環繞其人其作展開的研究雖然還不至於汗牛充棟的地步，卻也累積了相當的質量。本綜述一方面從「抒情文體的養成」、「文體煉成的另一條路」、「小說的母題與敘述的層次」、「多重渡引的美學」以及「視者的世界圖像」五點來梳理、定位既有的研究成果；另一方面也期待從現行研究中挖掘可以進一步發展的議題。事實上，李渝文學多采多姿，以現階段而言，仍有許多議題還有待被更著意地探究。從當今的文學理論議題看來，比如王德威、蘇偉貞與黃資婷等學者的論文都提及的「鄉愁」，以及劉淑貞談到的「重寫」──亦即「重複」（repetition）──究其實質都關係到「時間／感」（time/temporality），遂也直指「世界中」的「存有」及其「倫理」的問題，值得再深入追究，何況李渝對於「女性」的邊緣處境其實非常關注，更加豐富了她世界觀的層次。[87]而就李渝穿梭在文學與不同藝術媒材之間精采的「跨藝術實踐」來說，在文學與文化研究紛紛朝著新物質、新媒體轉向的當前此刻，亦可被援為最佳的案例。[88]

除此之外，從本綜述所收錄的文章之作者來分析，尤其是王德威、夏志清、施淑與聶華苓等重要批評家都在李渝才出版第一或二本小說時，就專文推薦其作品──夏志清推薦的甚至是〈豪傑們〉這一篇文章，而不是

---

[86] 李渝，〈待鶴〉，《九重葛與美少年》，頁49。

[87] 梅家玲，〈無限山川：李渝的文學視界〉、〈李渝的小說美學觀及其〈和平時光〉：現代主義、女性意識與故事新編〉二文對李渝的女性觀這一議題已有頗為深入的分析。

[88] 國內對於相關議題的轉向及其側重的解析可見陳春燕，〈從新媒體研究看文學與傳介問題〉，《英美文學評論》第27期（2015年12月），頁127～159。

一本書；但那時（1984）李渝甚至連《溫州街的故事》都才剛提筆在撰寫──同時就如前文也述及的，李渝從 1980 年代開始就頗積極地投入臺灣文壇的各種活動，而那時的她，嚴格來說，不過是個「新人作家」。這種種不尋常的活躍跡象，不免促使吾人得重新看待李渝在臺灣文學場域建立聲譽的模式。[89]另外，回到文學史，李渝對於「真實」與「虛構」的思考也突破了 1990 年代以來「後現代」與「後殖民」對於「真實」有無可能爭執不下的僵持。[90]以〈待鶴〉來說，在故事行接近尾聲時，一個依稀為逝者「郭松棻」的形象驟然降臨，前來拜訪旅次中的「我」。而兩人就著藝術能否彰顯「真理」、乃至拯救「現實」有如下的辯論──

> 那為什麼要去懷疑呢？他說。
>
> 懷疑什麼？不明白。
>
> 如果一則傳說已經以完整的形式等待著你，就無須再追究了。
>
> 可是，難道情節不都是虛擬的，不都是勉強的湊合？
>
> 有什麼關係呢？只要你信任它，它就能發生你需要的作用。
>
> 怎樣的作用？難道可以用來應付，用來抵擋嗎？
>
> 是的，可以的，他說，如果你安心迎接它。
>
> 怎麼個安心法？現實才是扎實和實際的。我說。
>
> 別小看傳說的力量，是傳說，不是現實，能對付現實。他說。
>
> 這樣的嗎？我說。
>
> 不相信？他說。
>
> 不相信。
>
> 可是，你不就正在做件事麼？他笑起來。

---

[89]張誦聖採取文學社會學的分析方法對臺灣 1980 年代文壇所做的描述在這個議題上值得借鑑，見張誦聖著；劉俊、馮雪峰等譯，《臺灣文學生態：從戒嚴法則到市場規律》（江蘇：江蘇大學出版社，2016 年）。

[90]劉亮雅，《後現代與後殖民：解嚴以來臺灣小說專論》（臺北：麥田出版，2006 年），一書對解嚴後臺灣文學發展中「後現代」與「後殖民」兩套話語的交鋒有詳實的分析。

> 啊,這樣的?
>
> 人間的錯失和欠缺,由傳說來彌補罷。他說。
>
> ⋯⋯
>
> 請留步,我說。
>
> 我會再來的,他笑著回答。[91]

　　宛若彌賽亞的突然到來[92],宕開因為沉迷於「虛構是什麼?真實是什麼?」的迷宮——這可視為前此對於「那麼無是什麼?有是什麼?」之無解追問的變形——而眼看就要無以為繼的敘述,指引「我」頓悟:「你可以原諒你自己,讓一切由傳奇來承擔罷;明天會是個好天呢。」[93]由此延伸,李渝其實也觸及了「藝術」和「人生」如何共存、共處的互古難題。

　　總而言之,李渝文學在臺灣文學、以至於華語語系文學的領域中,都開創了許多新的美學層次與文化議題。本彙編和本綜述對於既有研究成果的整理,一方面盤點前行研究的洞見與不見;另一方面,亦試圖從現有論述中找到新的學術話題,期待藉此拋磚引玉,增益李渝及其作品的研究。

---

[91]李渝,〈待鶴〉,《九重葛與美少年》,頁47～48。
[92]應磊〈負傷的觀音:從沈從文到李渝〉即以找尋彌賽亞的故事開啟討論,她提出的宗教觀點對於李渝文學的詮釋仍有待後之來者繼續深入。
[93]李渝,〈待鶴〉,《九重葛與美少年》,頁51。

輯四◎
重要評論文章選刊

鄉的方向
李渝和《印刻文學生活誌》編輯部對談[1]

◎李渝筆述
◎周昭翡訪問整理[*]

一、成長背景

問：您的文學創作起始於激情、理想燃燒、強調個人化的 1960 年代，雖然當時的臺灣社會仍處於重重的禁錮中，卻也不免受到歐美思潮的影響；對創作的您而言，在傳統與新潮兩種文化的激盪中，如何看待這段歷程，譬如說父母親對您的影響。

李：讓我們避免一下「激情」和「燃燒」，用比較實在一點的詞彙來回看歷史罷。臺灣 1950、1960 年代政治上是白色恐怖時期。政治迫害造成很多災難，摧毀很多人才，可是它也帶來意外的好處；它使大家畏懼討厭迴避政治的同時，卻也讓精力多一點花在了念書寫字上。1950、1960 年代歐美文化來到 20 世紀現代時期一個發展的高峰，當時國民黨政權不懂它是什麼，以為它是安全的，不須防範的，雖然禁讀瞿秋白、聞一多、魯迅、沈從文等，卻沒禁止一樣厲害的卡夫卡、卡繆、貝克特、齊克果、沙特、德布娃[2]等，一個歷史的機緣，竟讓極具置疑和介入精神的現代西歐進入了臺灣，深深影響了一個世代。

---

[1]本文由周昭翡書面提問，與李渝進行筆談，經雙方多次商討完成修訂。《印刻文學生活誌》當時編輯群對本文亦有貢獻。
[*]發表文章時為《印刻文學生活誌》副總編輯，現為聯合文學出版社總編輯。
[2]編按：即西蒙・德・波娃（Simone de Beauvoir, 1908-1986），法國哲學家、女性主義者。本文遇與現今通行譯法有出入的譯名，均保留時譯。

傳統與新潮兩種文化的激盪，早已發生在 20 世紀初，甚至 19 世紀末的中國，是「五四」的主題，不是企圖掙脫政治封鎖和禁錮的臺灣1960 年代的主題，不過顛覆與創新的意願則能貫通中西和時空。戰後歐洲必須在廢墟中重建，舊秩序已經失效，新秩序不知在哪兒，惶然、虛無、焦慮的心情，臺灣青年可以共分。1950、1960 年代臺灣青年生活的土壤，反叛的種子已經播下。何況當時政權用國家機器所推動的一種華夏傳統文化也太乏味了。這樣的時代脈絡裡，父、母親代表了傳統和權威，自然也是要反的。可是父母親的影響由不了你，它是隨形的影子。在離開臺灣，到美國念書，時空完全改變，從另一種距離和角度來看傳統時，到底是看見了這影子，在某種程度上才明白了這影子的巨大。

問：在《臺大六十年專刊》裡，您曾提到您父親是個文人氣質很濃厚的人。

李：父親來自皖南的一個地主家庭，年少時離家北上，改名，差一點成為五四左翼青年。母親在北平的師範學校念音樂，兩個兄弟都是地下共產黨員，他們曾勸父親一起去延安。後來父親到南京中央大學跟張其昀先生念了地理學。

父親是個很古典的文人，感覺細膩，情感收斂，不說的遠比說出的為多，樣子長得特別俊秀，我很少看見有父親這種氣質的中國人。

小時在家裡，就像那時代的家庭一樣，吃飯時父親坐在飯桌的另一頭。一直要到在國外讀中國藝術史，讀現代史，才恍然明白了父親內在也許是什麼樣的構造，他的時代，他的生活經驗，感到了和父親的親近，才明白了父親是怎樣在耳濡目染的日常中滋育著我，給予了怎樣豐足的資產。普魯斯特說失去了才獲得，或者像趙無極離開了中國才中國，大概就是這意思罷。

問：從《溫州街的故事》到《金絲猿的故事》，甚至在〈和平時光〉中，「父親」都是非常重要的人物。這正是您成長期間所看見的整個「父親」一輩嗎？他們從故土漂離出來之後，在人世裡載沉載浮，王德威

　　所言「一代知識分子落難遷徙的滄桑」。

李：這些小說裡的「父親」不是傳記性的,「父親」的故事和我父親的經歷
　　都沒多少關聯。「父親」大概是某種先輩／父邦的原型,或者代表了某
　　種失落了的,或者注定要失落的價值之類。我自己的父親提供了一個
　　可能的典型。

　　描述父輩知識分子的滄桑沒錯,只是,如果能把人物臻昇成一種代
　　徵,借歷史經驗而掙脫歷史時空的限制而進入生命普及經驗,就會成
　　為真正的文學,我希望自己某日可以寫到這種層次。

問：相較於「父親」,「女性」意謂著什麼樣的角色?在成長的記憶裡您對
　　身旁的女性,感受較深刻的是什麼?

　　在一篇訪問您和郭松棻的文章中,有一段很有趣的討論,提到〈月
　　印〉中女主角文惠,她是很傳統的女人,當你們倆一起被問到為什麼
　　不以像謝雪紅或陳進那樣的進步女性來摹寫,您率直的回答,大意是
　　說,那就讓詰問這個問題的人自己去寫呀,那是另外一個作品了!

李：我在祖母身邊長大,童年和少年的記憶大多跟祖母有關,大多在廚房
　　裡,例如和她一起在廚房剝豆子,給狗洗澡,看她坐在小板凳上梳頭
　　髮、修腳,給她剪頭髮,給她做膳食小工等。奶奶不識字,腳是「改
　　良腳」,就是綁了一半新時代到來就又放了的腳。年輕嫁到李家,丈夫
　　年紀已經大了,在家中被歧視和欺負,沒有姓名,來到臺灣填身分證
　　時隨便填了個「李尤氏」,既然是氏,自然也是無名的。

　　奶奶的一生也能代表了某種近百年女性壓迫史罷,但是我從來沒聽到
　　她口裡有過任何抱怨,她總是在廚房裡忙這忙那,對人對事都隨遇而
　　安,很沈從文。後來回想,日常點滴生活,其實對我是形成了一塊隱
　　形的磐石。

　　文學書寫很重要的一件事,對我來說,是必須從真的感動出發。何況
　　一旦來到小說,「進步」這類詞彙都該迴避。你要是叫沈從文去寫「進
　　步女性」,鐵定讓他第三次自殺。

問：或許可以這樣說，女性看來似乎是柔弱的，但就像沈從文筆下的「長河」，雖蜿蜒、委曲地靜靜流淌，卻能在時間空間中映照、體現出那分堅貞不撓的有情質地。而這種看似無形的有情之感，也早早就由這些親人傳到您身上了。您既有了「隱形的磐石」，那麼站在這磐石上，誰曾指引您的目光，帶您往哪個方向？請您談談大學時代的學習生活。

李：我在學業上的運氣很好，一路遇到的都是不凡的老師。臺大時跟聶華苓老師念散文和創作。聶老師現在八十多歲了，一路走過來，經歷過多少複雜人事，卻始終不曾失去人格上的純真，性格上的誠實誠懇，這是驚人的。陳世驤老師是儒者，為人有一種古典的道德風範，待每個學生都像兒女一樣。高居翰（James Cahill）老師的嚴謹研習風格真正教訓了我這種大而化之的學生，華夏文明的精采由他的眼睛而得。在加大讀研究所時，正逢輕狂年紀，一切隨興而為，又遇上保釣運動，胡來的事很多，可是陳老師和高老師對我的寬容是不能形容的。還有孫多慈老師，她的情事著名於民國史，一種師生關係卻使我始終不忍將她寫入小說。年輕時我是個不用功的學生，正書不看看閒書，上課時間往往不知人在哪裡，年長了才了解到實學、紀律等事，才來惋惜失去的時間，和補救。各位老師的身教、學教畢竟發揮了作用。每每想起老師們對我的寬諒，銘記在心，後來我自己做老師，記得第一天進教室，在門口對自己說，這是你回報的時候了。

問：郭松棻也曾是您的老師？

李：是的，大二時的英詩老師，不過跟他上課上到後來，都上到「田園」去了。松棻常說人要提升自己非常難，沉淪卻是 overnight 一夜的事；郭松棻的人格沒有灰塵，時常自己拂拭是個原因。我想，在文字表述上，人一墮落，語言就會墮落，不得不小心。

問：是的，就像您說過的「文字是騙不了人的，文字裡邊的人是最真的人」。但我要說，那是因為您跟郭松棻本來就是這種質地存在的人，那種對小說、對藝術的純粹絕不妥協的人，才能彼此拉升對方。一般的

創作者不小心就會墜毀的。所以你們倆一再強調的「小說就是小說」，不為了什麼。

李：小說之為小說，在於它載負了美學的重任，這和散文、論文不一樣。我不會支使小說去做別的事。對小說我是孔子說的「如見大賓」，其實是如臨大敵，像參加聯考一樣，不敢胡來。

問：這使人想起《明報》月刊上您的六篇「民國的細訴」，寫的是陳布雷、瞿秋白、楊虎城等人，用的是紀史性散文形式，而非小說。

李：這些民國人物的凜冽令人肅然，當生命以極莊嚴的面容出現時，當生命突然顯現無比強烈的意義時，文學未必能載負，文學也有無力和靜默的時刻。

問：這就是「不忍寫入小說」的時刻了？

李：是的，可以這麼說，當你對人的尊敬更多於寫小說時。生活究竟比小說重要。

問：您會蛻變這些人物成小說，還是會繼續用散文、論文的形式寫下去？

李：民國是個大躍升和大沉淪同時發生的年代，非常的迷人，但是要把公眾歷史蛻變成個人小說，還得好好地摸索揣度。至於是否會繼續以「民國的細訴」的散文形式寫下去，因為很快要在臺大教書，時間用去在備課上，一時不會再寫這些。

二、關於「閱讀」

問：您曾提到沈從文在您心中是祖師爺級的「老師」，「洋老師」則是普魯斯特，我想他們對您具體而微的影響應該是在您開始寫小說以後吧，那麼之前呢？是哪些書伴隨著您的成長。您是有系統有計畫的閱讀書籍嗎？

李：我是「閒書」看的遠比課本正書多，翻譯遠比中文書多，從安徒生童話、格林童話開始。中學時看舊俄小說，屠格涅夫、契訶夫、托爾斯泰等，再來是看布郎寧姊妹的《咆嘯山莊》、《簡愛》等，奧斯婷的

《傲慢與偏見》等，狄更斯的《雙城記》、《塊肉餘生錄》等等。啟明
書局出的世界著名小說翻譯本大致都看過，那是我們那時代的精神食
糧。泰戈爾迷過一陣子，後來讀到福克納的〈紅葉〉，好幾天腦子都轉
不回來，於是把何欣翻譯的《福克納短篇小說集》當範本，一讀再
讀。上外文系的時候，凡是選為課本的一律不喜歡，這跟文學教授泰
半是文學殺手有關。去哲學系選修歐洲存在主義，看紀德、卡繆、卡
夫卡等，教授只談哲學思想，不談文學，反而給文學欣賞留出了空
間。這時閱讀偏重起歐洲文學來。大學時松棻進入生活，松棻要我看
杜斯托也夫斯基，尤其是《卡拉馬助夫兄弟》。松棻沒有一天不看書，
他的書單是驚人的，閱讀力和悟力是過人的。我在閱讀上因此而開始
出現重點，逐漸醞釀出以後的讀書習慣和品味。

問：那麼關於傳統中國的部分呢？您的小說布局和技藝形式的鍛鑄，兼容
　　高度的現代性和中國傳統藝術凝鍊之美學，很難想像一個現代主義作
　　家竟能對中國的古典如此優游自在地穿入與運行。

李：少年在臺灣，對傳統無名地感到反感，學習的興趣自然是沒有的。說
　　來慚愧，一直要到中年以後，且在外國，還是因為教書的原因，才看
　　中國古典小說的。也許是機緣到了罷，這一看卻不可收拾，由衷地敬
　　佩起來，對古典中國的認識真正是後知後覺。後來寫〈賢明時代〉和
　　〈和平時光〉，很大一部分是向古典小說致敬。這又是個因失去而獲得
　　的例子。

問：換句話說，如果您居住在臺灣，可能不會有這樣的轉變。

李：恐怕不會罷。我在西化中長大，現在又可算是個「紐約人」，可是關心
　　的題目，和在文字敘寫上，都越來越華夏，如果在臺灣，猜想航道不
　　會向傳承回溯，而發展出這樣的 fusion──匯合。我現在看書，原文中
　　文已經多過翻譯。如果住在臺灣，恐怕仍舊在翻譯文學中。

問：傳統中國東西比較老成，幾乎是到某種年齡才能懂得。這麼改變航
　　道，有了新的視點，景觀一定很不同吧。

李：中文的準確性和速度是能夠非常驚人的。就速度來說，它可以在有限中載負無限，唐詩是個最明顯的例子。《左傳》、《三國演義》、唐人小說在很短的句子中凝聚時間和空間的能力令人嘆為觀止。唐人小說〈紅線〉裡，在紅線夜潛田承嗣寢帳，偷盜枕下金盒之前，有寫紅線如何從婢女換裝成俠女的一段，不到五十個字，它的明確、快捷、綺麗，叫人只能拜服。緊接下來寫夜行來去，一種推進速度把時間和空間壓縮到了極限，充滿了敘述的勁力，再進一步每行句子就要像鋼絲一樣啪地一聲斷了，這樣的寫法真是充分開發了中文的能量。此外，中文有四聲，有頭、尾韻，要鏗鏘要柔軟綿延都可以，音韻、節奏感都非常強。而且還有字形，例如絞絲邊的字一行排開來，視覺上也是綿密得了不得。

問：聽您說由東往西，又再次從西返東的這段旅程，令人感動與感慨，像一段尤里西斯的精神之旅。能把中西兩個似乎悖反的美學模式摸熟，然後透過小說翻飛迴旋而來達成屬於個人的風格，這是一個小說家最大的成就。這當然不是幾年的工夫能做到的，而是幾十年的努力。除了隨著生命變化而來的視野打開，具體來說，哪些作品對您寫作的「拔升」起了較大的影響？

李：經典裡，有福樓拜的《波法蕊夫人》，吳爾芙的《到燈塔去》，喬艾斯的《都柏林人》，海明威《在我們的時代》，普魯斯特《記憶過去時光》等，芥川龍之介、谷崎潤一郎等，魯迅、沈從文等。魯迅文字之緊密強勁，之能筆中驅逐情感而埋伏巨大的情感，現代中文小說寫到今天都還沒人能追及。

早時的閱讀對後來寫小說影響很大，我能說出的幾個自己的寫法，背後都有閱讀的根源。現在的閱讀也有敬佩的作家，例如卡爾維諾、包赫斯，和大江的散文等，但是少年時的那種讀後的激動沒有了。

問：普魯斯特的中文版書名不是《追憶逝水年華》嗎？怎麼用不同的翻譯名？

李：因為《追憶逝水年華》美化了原名（*Á la recherche du temps perdu*），使原書看起來好像是部言情小說。

問：這和您收斂的文筆很一致，如果把抒情解釋為情感洋溢，您應該是反抒情的，對吧？

李：可以這麼說，如果「抒情」是美化，或者感情溢於言表。但是如果你也可以認為像卡夫卡、魯西迪那樣荒誕的，像英國畫家培根那樣猙獰或者美國畫家 Edward Hopper 那樣冷漠的，也是抒情，我就一點也不反抒情。

問：您的文字，尤其是藝術評論，有時讓人誤以為出自男性作家的手筆。

李：那最好不過了。性別不在我的思路裡。對我來說，性別是政治、社會性論題，屬於公眾範圍，不在筆的考慮中。用論文來討論性別則是另一回事。

三、關於學生運動

問：談到社會和政治，我們正好可以回顧一下 1970 年的「保衛釣魚臺運動」，您曾經是核心分子。

李：保釣運動柏克萊這一支由香港留學生發起，臺灣留學生響應，香港留學生大多負責實務，臺灣留學生大多負責文宣。所有活動的決定和執行都是集體性的，很有左派的激進開明精神。

柏克萊第一次示威的對象除了日本、美國政府外，還加臺灣國民黨，這第三項是其他地方舉行示威時沒有的，可見柏克萊抗爭意識的強烈。後來周恩來邀請北美保釣成員訪問中國，柏克萊這一支也不去。

問：有一說是您和郭松棻在文革時期去中國是受周恩來邀請？

李：我也不只一次看到這樣的寫法，就藉此澄清一下吧。周恩來的確邀請過，不過真實的情況是這樣的：

1971 年初秋的一個黃昏，舊金山東風書店老闆陳先生突然造訪我們在 Oxford 街的公寓。因為就在學校西北角，大門不用鑰匙就能開，我們

的公寓當時是釣運活動大本營。陳先生匆匆進屋，神情緊張，立刻要求到隱密的房間去說話，那只能是最裡間我們的臥室了。原來陳先生帶來祕密的口訊，周恩來邀請北美各地釣運成員訪問中國，柏克萊是其中之一。陳先生交代後又匆匆離開，大家就留在公寓即刻討論。因為認為和政權掛鉤對運動的發展不利，商量後一致決定了都不去。我說的大家，是包括了港、臺留學生的「保衛釣魚臺行動委員會」核心成員，大約有七、八人左右。

1974 年我們去中國，是利用聯合國的回籍假作私人旅行，和周恩來的邀請無關。

問：參加釣運，體會是什麼？

李：保釣初期，理想主義肯定了人性中的光明面，保釣後期政權和實利介入，揭示不少「《紅樓夢》／張愛玲時刻」，就是人性的晦暗面，卻也因此現出運動的「人性」。

對人的了解，得之於釣運的體驗甚多。

問：保釣迄今已有四十多年了，當年的熱情參與，您現在回想起來，考慮過以這一運動為背景來寫小說嗎？

李：釣運當時的確是華人留學生中的熱情大事，但是如果你現在從歷史的角度來看，運動對那時和後來的兩岸釣魚臺政策，或兩岸其他政治、社會、文化等等方面都沒起什麼作用，對北美華人／華裔社會也沒留下影響，歷史意義是欠缺的。對個人，左派理想中的以革命運動滌洗人性的事好像也沒發生；原來是怎樣的，後來還是怎樣。它的影響大概是在個人生活軌道方面吧，例如如果不是因為保釣，我們可能會留在加州或者已經回臺灣之類，或者可能從事另一種職業等，這類作用是有的。

釣運是生活中的一件發生，作用也等同，沒有特別的突出性。小說裡寫了篇〈關河蕭索〉，也不是完全寫保釣的。我和郭松棻日常兩人聊天很少說到保釣。政治運動不可能是我寫小說的動機或主題。給稱為

「保釣作家」，常給捺入政治意識形態的上下文裡來被詮釋，也沒辦法，不過我並不在意。

問：曾經積極介入政治活動，在文學表述上卻寧取「政治的歸政治，文學的歸文學」，辨識上是否出現了矛盾？

李：如果你認同文學／藝術可以涵蓋政治，而政治無法涵蓋文學／藝術，就會看出一致來。因保釣而重讀民國史、魯迅等，民族情感自然是很強的，但是於我，1960 年代美國學生運動的反叛、激進的人文精神更是啟發，更是主要的動力，追根究底，它們都還是在理想主義的範圍內。理想／自由主義和民族主義之間並不能畫等號，這是我在保釣意識上跟典型保釣成員以民族主義為導不盡相同的地方。釣運在後期轉型為統運，學生運動變成政治活動，抗議政權變成擁護政權、加入體制時，退出的時間於我就是到了。Bob Dylan 曾經積極參與 1970 民歌抗爭活動，後來有人問他為什麼又很快退出，他回答說他是一名歌手，不是民權分子，我想在若干程度上是可以相通的。

有人因為郭松棻很會作煽動的演說，政治論文寫得很激進，後來卻從事一種深鬱沉靜的小說，而說他「人格分裂」，如果明白歐洲存在主義、俄國結構主義、義大利戰後新寫實、法國影視新潮派、新小說、英國「憤怒青年」、20 世紀左派、1960 年代學生運動等等這些 20 世紀現代時期的思潮和活動在理念上有共通的地方，很多疑問就會豁然而解。王德威說我們參加學運本身就是一種現代主義的體現，是很對的，只有他看出了這點。

四、語言的演變

問：1965 年前後您連續發表了幾篇後來被評論家認為是典型現代主義的小說，例如〈夏日　一街的木棉花〉，然後隔了 15 年，在 1980 年《現代文學》復刊上才再發表〈返鄉〉，卻是完全不同的社會寫實手法。這樣斷層式的改變，難道不是政治活動的影響嗎？

李：是，也不是。中間停筆的原因很多，念學位、成家、就業等，政治活
動只是其中之一。不過這是個很好的文學本位的問題。

1965 年寫小說，年紀非常輕，全憑直覺和敏感，所以寫的是「文學少
女的囈語」，年紀不同感知不同，經驗了生活，自然不會再那麼寫，否
則就變成了無趣的「永恆的少女」了。重回文學這件事，我在別處解
釋過，簡單地再說，就是一個人如果本質上是文學的，終究會回來文
學；我不能想像除了文學、美術以外我還會、還能做什麼，我在其他
方面都是沒辦法的。

問：終究回來文學。再開始，是從藝術史寫起的。

李：是的，寫藝術史不要求文字特別，研究做得差不多，思路梳通了，就
可開動。寫小說壓力太大，語聲不對就無法啟筆。

退出學生運動後，語言變成問題，保釣時期先編《戰報》後編《東
風》，文學語言早已失落，1980 年〈返鄉〉寫得很糟，無論內容或文
字，都滯留在戰報體餘波中，這種模樣甚至延伸到 1983 年的〈江行初
雪〉和〈豪傑們〉。但是這是過渡性的，不久就想越過十五年空隔，重
新和 1965 年的〈夏日　一街的木棉花〉作某種變相的銜接，因為基本
上〈夏日〉的語言才是文學的語言。《溫州街的故事》裡有不少篇都顯
示了這種嘗試、過渡或轉型。

問：藝術史和小說性質很不一樣，同時寫，想必會有互動和衝突罷？

李：藝術史和小說，一個用理性把紊雜的現象歸納成秩序，一個全面顛覆
理性，瓦解秩序；一個唯恐說得不詳盡，一個寧願盡在不言中。乍看
好像兩者對立且相駁。其實不是，因為在真正的生活和人性裡，理性
和非理性正是一體的。人的「正常」或「不正常」的確兜不出《紅樓
夢》所說的假似真來真亦假的圈圈。我曾經精神狀態失序過，在自己
的失序和人間的「秩序」之間擺撞了好幾年，深深明白「反常」未必
不正常，正常卻常常「卡夫卡」。

問：您的美術評論和小說，在文體上似乎呈現了兩種寫法？

李：松棻常說我美術評論文字很綿密，到了小說就鬆懈了下來。我自己也很在意這問題。小說要處理的是非理性，然而敘述的高標，卻是理性經營的結果，但是這成果又不能讀來像論文，又要回到非理性，像蛹化蝶，蛇脫皮一樣，反反覆覆好幾重蛻變，太難了。論文不需要經歷這種過程。

如果要講互動，小說停滯時，藝術史於我是替換場所，讓腦子休息的地方，整頓以後再到小說這邊來揉捏；寫小說是非常耗神的。不過這是以前，現在隨時可以互換，或同時進行。

問：如果可以同時進行，表示心情有所改變，有了另一種領悟了？

李：能夠同時進行，仍舊是一個文體的問題。以前是在兩個完全不同的場域內活動，現在兩者有殊途同歸 merge 的傾向，不需要再「人格分裂」了，這是文字捏得熟了一點的緣故。不過，是的，也是心境有所改變。

我曾經進出地獄兩次，歸來再看生活，知道了王維寫的：「回看射雕處，千里暮雲平」是什麼意思，很多斤斤執著都學著放下。

問：兩次和郭松棻先生的病和逝有關的大傷，是否用書寫來治療？

李：完全沒有。這樣看書寫，就小看了書寫了。

寫作是一部精密的機器，環節、層次等扣接得頗複雜，要想啟動這部機器，身心必須健全。的確有朋友勸我以寫作為治療，或者認為我為了療傷而寫作而出版等，這些都出自好意，但是事實是，寫作於我不可能是治療性的，不可能有任何業餘／消閒／非寫作功能性的傾向，就是在平時，身心不是在均衡狀態，也不能啟動這一部精密的機器。因此於我是身心均衡後訴諸於書寫，不是用書寫來均衡身心，程序正好相反。

問：也就是說，現實和文學之間，後者是凌越前者的。

李：你說得很好。這本不需要再解釋，不過在文學的功能性強盛，喜歡找意識形態的中文體系裡，仍舊是一個問題。

問：大多評論家把您劃歸為「現代主義小說家」，同意嗎？

李：中文評論家喜歡用成規套語來框人，就像工廠操作線上給經過的瓶子貼商標，打發一個作者再來一個作者，瓶子裡裝什麼，是懶得管的。
　　現代主義是我成長時所遇到的主要風格，自然深受它影響，至於是不是「現代主義小說家」，是另一回事。如果從文體來說，有意不同於傳統常識性的敘述法，追求異樣述寫，也許可算是現代主義罷，可是，文學史上，哪一個時代的作者又不是在做這樣的事呢？你方才說，很難想像一個現代主義作家竟能對古典中國這麼感興趣，其實就已經幫我回答問題了。現代主義注重精讀，追究文本品質，留意書寫藝術各環各節的細密運作，不會像文化論一樣用社會、政治，還是電影等等來打混戰，不管書寫美學的要求。現代主義在這方面的執著使它成為一種基本功，像練劍一樣，你不覺得，經過它鍛鍊以後再入場比較有備而來嗎？中國大陸小說家有故事，欠語言，敘述方式很老舊，和現代主義在發展史上缺席不無關係。

五、〈待鶴〉

問：我們來談談新作〈待鶴〉。表面看來它寫兩次旅行，當然它不是寫旅行。是什麼機緣促生了這篇小說呢？

李：蘇東坡有一篇記述和長老仲殊聽琴的〈破琴詩（并引）〉，引文部分寫得虛虛恍恍，像回憶紀實，又像是編造傳奇，現實和夢想之間隨意進出，困惑了我很久。
　　蘇軾寫文章喜歡把現實和夢寫在一起，兩者併置像兩個相連的房間，腳下通行自由無阻。他不安排橋接來為讀者作心裡過渡，也不像包赫斯、曹雪芹等夢大師們營造奇夢讓我們驚訝，卻把夢處理成敘述流程不需特別注意的一截，從現實入夢，從夢入現實，莫非像吃飯接喝水一樣通常。今日閱讀奇夢不難，已經熟悉路徑，這種夢的平庸化——banality of dream，或者平庸的夢——dream of banality，卻讓人迷惑得

很。

我想借題發揮，卻在〈琴〉文裡轉來轉去轉不出，某日寫了三兩段後不知不覺寫去了〈待鶴〉。而在小說結束的時候，腦子裡想的正是「夢的日常性」。

問：〈待鶴〉啟章就是繪畫《瑞鶴圖》。以前的作品，例如〈夜琴〉裡有豎琴、〈菩提樹〉裡有口琴、〈賢明時代〉有壁畫、〈和平時光〉談琴奏；您的小說總是和藝術有關，以藝術為依歸。

李：沒錯，我想要做好每種行業都必須具有那種行業的基本條件，於政治是狡黠，於商業是心貪——都沒有價值評斷的意思；於藝術則是誠實。唯有藝術寬容異端，唯有藝術追求人的善性和昇華的可能。只有在藝術中我們可以讓較好的我們，較好的現實出現。

問：那麼，這就是〈待鶴〉的上升的主題了。在意象上，相對於鶴的飛升，小說的內容不斷在寫「下墜」：墜入深淵的不丹丈夫；墜下圖書館天井的學生，墮落的精神治療醫生……

李：是的，人間常見的，以「下墜」為多，包括了日常的自己，這是生活的本性本質，不可能改變到哪裡去。無論有意無意，人每天都在邊塌陷邊過日子，《紅樓夢》早就說清楚了。上升只有發生在藝術中，這是藝術的虛妄和迷人的地方。

問：〈待鶴〉文字比以前「流暢」，可是我知道您是有意不讓小說文字朗朗上口的作家。

李：寫小說，以前喜歡在句子上拗，故意扭曲詞彙和句型，務必要讀來奇異，經營所謂「句子的冒險」，求私人語言。現在卻覺得能奇自然好，著意去製造、追求則沒什麼必要了。藝術的張力——tension，像《左傳》或唐小說，是內含的，裡邊有東西，外貌自然精神，否則都是花招。現在比較注意的可能是鋪陳或演繹罷，例如從〈她穿了一件水紅色的衣服〉到〈和平時光〉到〈待鶴〉，應該是有這樣的走向。

問：您的小說文體和藝術史文體似乎在這裡匯流了，說故事的性質也比較

多，是否就是更注意起鋪陳或演繹的緣故？

李：演繹就是敘述，仍舊是文字的進行程序。當代華文小說很多在文體和情節上都推到了極限，都看不懂了，而把研究報告、文藝評論、科驗紀錄等等大量直接用進文內的寫法也不少，於是小說是什麼這一老問題又進入了思索。

　　我總覺得小說的說故事的傳統還是很重要的，若是能說成了例如安徒生的〈夜鶯〉、〈雪后〉等一樣那麼簡單又動人的故事，對目前的我來說，還是最不容易的。

　　這麼想著寫著，寫著想著的時際，寫了〈待鶴〉。

問：〈待鶴〉裡有兩個地輿，一個是過去經過的地方，一個是不丹。前者像是根據體驗而寫，後者可能是真實，也可能是虛構。

李：我沒去過不丹，借用了地理上遙遠的國家，不過是設立一個彼邦、另地、他鄉，一廂情願，願它能成為替換的場域，在實況不盡理想時，可以轉境過去，就像蘇東坡一步走進夢，或者哈利波特穿上隱形衣躲過壞人一樣。

　　說它是昇華，超越，逃避，作白日夢，失常，發神經，都可以。

問：可是〈待鶴〉的結尾是很光明而昂揚的。

李：有這樣嗎？這樣讀也好，只是我卻覺得結尾寫的是生存而已。年輕時去練十八般武藝，一心以為可以出人頭地，改變世界，現在才明白，原來這些充其量不過都是些生存的拙技而已，到時能保全自己，不被世界吞噬掉就已經夠幸運的了。我常覺得，例如玄奘西去求經，固然有宗教上的崇高動力，讓自己活下去恐怕是更深沉的目的。李叔同的例子也一樣。人如何和自己和解是最難的。

　　美國當代畫家 Chuck Close 在創作的高峰時候中風，經過一段沮鬱時期，把筆綁在手指上努力畫了回來。最近有人訪問他，因他不斷有新作，不斷嘗試不同的畫法而恭維他「有膽量──audacious」，他回答，不是的，是為了存活──"It's not audacious, it's survival." 就是這

樣的。

六、華文作家和漂流文學：「鄉」的意義

問：向另地、他鄉前去，也是一種「漂流」罷？「漂流」是否對海外華人作家具有較深的意義，一直長居臺灣的作家可能無法感受？

李：不一定。有些作者永遠在漂流，無論他身體在什麼地方，待多久。在地一旦成為習慣，鄉愿就容易出現，有些人是追求漂流的。漂流不是只有字面的意思，它涵蓋面很深廣。

你可以說，例如不斷追求敘述的更新，也是一種「漂流」的。（駱以軍跑到旅館去寫，不是「漂流」嗎？）

問：長年住在紐約，經常回來臺北，對於您來說，「臺北」是什麼？「紐約」是什麼？

李：籠統地來說，兩者都是我愛和恨的城市，同時也都具有此地和彼鄉的意義。

問：如果要您選擇，願意住紐約還是臺北？

李：紐約的緊張，和臺灣的安逸，如果是魚與熊掌，我寧取前者。在地如果安穩，人容易鬆懈，失去危機意識。紐約是不穩定的，變化的，隨時有見到所謂「cutting edge——新銳」的機會，又有高標像胡蘿蔔一樣領在眼跟前。要是想寫東西，還是寧住紐約，臺灣一般生活的溫馨舒服容易把人解構了。

在紐約生活比較寂寞，這是異國，你是「外」人，可是好處是，你注意周遭的發生卻不用動心，可以保持距離而專志。在臺北是不可能的，對這社會的關心和期待一定會驅使人介入政治社會議題，變成異議者、抗爭者，所謂「公眾知識分子」，這也是很好很應該的，只是我所學所累積的就會變成沒用的東西。

不過臺北始終是一種原鄉。

問：原鄉作為創作的動力，現在的意義是什麼？

李：「鄉」這個漢字，字形很美，音也好聽，尤其是用廣東話或臺灣話來念，華夏民族對「鄉」的感覺是很滋潤豐饒的。《溫州街的故事》明顯的處理著「鄉愁」，寫〈待鶴〉時，那種地域性的、回憶性的、追憶永恆少年的鄉愁已經很少了。「鄉」一向不一定指實際的土地，對現在的我，甚至非關原鄉或記憶了。

問：不是土地，不是原鄉或記憶，這個「鄉」是什麼？在何處？

李：清末民初畫家任伯年生活在華夏從帝國淪落為半殖民地的歷史時期，離開故鄉浙江山陰前去了上海，以賣畫為生，在畫上常書「山陰任頤寓居海上」。

任伯年有一組畫特別動人，大都題名為「關河一望蕭索」，畫面總有一個旅人，手牽一匹馬，佇立在山崖水邊，或者什麼也沒有的漠地上。旅人轉過頭，回望走過的路；人物的五官在線描下都變得細細瞇瞇的，好像在茫然的時空裡失去了面容。馬在身邊耐心地等著，下一個時辰，他就要再上馬，繼續前行。

生命是個流程，你必須跟著起伏，沒有去留的選擇，你或許能停下，稍微休歇一下，喘口氣，畢竟要拾起路程，再往前走。

鄉在未知的前方。

——選自《印刻文學生活誌》第 83 期，2010 年 7 月

鄉在文字中
專訪李渝

◎宋雅姿[*]

臺北少年

　　旅美四十餘載，2010 年秋，李渝回國第一次在母校臺大教書，整整一學期，每天走在成長的溫州街上，想著「真是走在如來佛的手掌！」這年少時一心想逃離的地方，出國後漸漸在不同的時間以不同的意義浮現。李渝第一本小說集，即以《溫州街的故事》（1991，洪範書店）為名，寫於1983 至 1989 年間。溫州街之為故鄉，成為她創作的源泉。

　　應臺大「白先勇文學講座」邀約在臺文所開設「文學和繪畫」、「小說閱讀和書寫」兩門課，她準備了很久。這麼用心，是因為「我受之於臺灣社會甚多，希望有機會把所知所學回報給培育我的這塊土地。」李渝和學生很親近，除了授課，學生們常找她聊天、談心事。「也許因為我是女老師，學生的顧慮比較少，可以說說家常。」由此，李渝看到了這一代年輕人的努力和壓力，「努力是在學業方面，壓力來自傳統社會的規範和成見，還有自己加給自己的壓力。」面對新一代臺灣學子，回看自己走過的路，李渝設身著想，傾聽他們。她看到當年自己的身影，「這一代比較沒有意見，我們那一代比較叛逆。」

　　年少在臺灣，李渝對傳統無名地反感。「在戰後戒嚴時期，一切都很壓抑，當局一心要建立道統權威，教育方式籠罩在政治高壓下，所有都以當

*作家。曾任《婦女》雜誌主編、《中央日報》國際版藝文主編兼《世界華文作家週刊》主編、《人間福報》副刊主編。

局規範的正統發言，教你如何服從，反而帶來了反效果，使人越發不想聽話。那時候一見傳統就只覺得無趣，莫名的對所有中國東西都抗拒著。」如今回看，「在對華夏文化的承續上，1950、1960 年代提供了學子基本文化訓練，打下了某種了解文明的基礎，其實後效甚巨——我自己就算個例子吧。現在凡事再不能『只說一個故事』的時候，就事論事，我們不得不承認，戰後時期白色恐怖是事實，教育並沒有荒廢也是實。在物質匱乏、內外飄搖的險境中，當局是盡量維持了某種對知識的重視。」回看歷史，千絲萬縷的華夏文化在臺灣畢竟獲得了承續，和對岸競爭，臺灣的優越性在這裡。「可惜的是臺灣不警惕，沒有危機意識，這幾年，尤其在國際上，這優勢已一步步被大陸占據了。」她回來教的是古典繪畫史，帶學生到故宮看古畫、看瓷器，同時她也提醒，「如果你看到了郭熙的《早春圖》、夏圭的《溪山清遠》覺得感動，就請不要忘記它一路來到我們眼前的曲折過程，不要忘記它在臺北故宮的這裡。不要忘記了，在當前兩岸較勁中，故宮收藏是臺灣最大的文化籌碼。」

回眸和復歸

到美國研讀中國藝術史，李渝終於體會「真正的華夏藝術，煥發的是曖曖如珠玉般的光輝，它的風華是收斂的，內蘊的，持久的。我想，從小所受的教育，後來終於是從底層向我透顯了這一種光輝。」

剛出國的時候，李渝並不覺得臺灣、臺北是值得留戀的地方，只想逃脫。「你靠臺北很近的時候，看到的都是缺點和不喜歡。」研讀學位的過程中，她重新了解歷史和傳承。溫州街再出現，拉出距離，透過了某種沉澱後的視角，她重看這一條度過了少年、青年時光的街巷，畢竟明白了深深孕育在內的也一樣是如珠似玉的光輝，「它並不耀眼，但那種流轉、那種光芒，那種整個時代的風華，這是經過了很長一段時日，和地理上的距離，才明白的。」這種心境的蛻變過程，她陳述在《溫州街的故事》的序言中——「少年時把它看作是失意官僚、過氣文人、打敗仗的將軍、半調子

新女性的窩聚地，痛恨著，一心想離開。許多年以後才了解，這些失敗了的生命，卻以巨大的身影照耀著、引導著我往前走在生活的路上。」

有感於普魯斯特所言「失去了才獲得」，李渝在藝評〈光陰憂鬱〉裡說到趙無極「畫家離開中國，卻獲得了中國。」趙無極本來不是畫水墨的，但離開中國，在極其躁鬱的時間，拿起了毛筆，獲得了心靈的寧靜，「人似乎總要失去了才能獲得，這真是沒辦法的事。」

李渝寫小說，始於 1962 年。臺大外文系二年級時選修聶華苓的「創作」課，「作業都是寫小說，寫完交上去，老師拿給《文星》和《中華日報・副刊》發表，就這麼開始寫起來。」最早的幾篇：〈夏日　一街的木棉花〉、〈彩鳥〉、〈水靈〉、〈四個連續的夢〉，文字隨興而走，她自謙「多為囈語夢話童言，後來自己不敢再看，藏放起來數十年，只有松棻常提醒，那幾篇才是小說。」1999 年，為了納入《應答的鄉岸》結集出版，「硬著頭皮讀下去，了解了這話的意思。這幾篇面容天真無邪，後來寫的多少都戴上了面具。」因小說家同行的另一半郭松棻特別鍾愛〈夏日　一街的木棉花〉——「一種純摯的小說氣質再難自動流露」，李渝在重刊這篇小說時，寫著「就以這篇記誌和松棻同度過的少年時光」。

郭松棻是李渝大二時的英詩老師，「他教書的時候，不會按照課本宣讀，卻會去談很多 20 世紀俄、法文學，尤其是虛無主義、存在主義、托爾斯泰、杜斯托也夫斯基、紀德、卡夫卡、卡繆、沙特、德布娃等。對當時的我來說，這比英、美作家如 Austin、T.S. Eliot、Henry James 等都更吸引人。」「戰後一代的我們，很能認同戰後一代的歐洲。」

她指出，戒嚴時代臺灣青年在外經受政治規禁，在內壓抑，看起來好像無所事事，貌似疏離虛無，心中卻是聳動著異議，醞釀著行動的。「當時我們有意拒絕傳統文化，迴避在地文學，寧看翻譯作品，寧願從外國文學中汲取養分，這或是被 1980 年代本土論所非難的『崇洋媚外』了。」這究竟是不是「崇」和「媚」，而在半個世紀以後，它究竟帶來了怎樣的成效？「隔著時空再看許多事情，也許歷史的進展可以淘洗、澄清出認知的層

次，改變一些斷論，減少一些偏見。」

小巷弄間翻湧著民國大歷史

隨家人從內陸輾轉遷臺的記憶，李渝已然模糊。擔任中央氣象局局長的父親，在國共內戰瀕臨決鬥，中央無暇顧及的關頭，被授以自行決定把氣象局轉移去重慶、海南，或臺灣的重責。父親的決定是臺灣。「只記得在廣州等了好幾天，下一個記憶已經在海上。海浪顛簸，人人都暈船了，只有我這小小女孩子高興地在甲板上跑來跑去，全不明白周圍已是存亡的關頭。」

來臺住的第一個家在建國南路一段臺糖宿舍的對面，一棟寬敞的木質日式平房，「有雕花的屋樑和蜿蜒的迴廊，貼著廊緣高過屋簷的一棵芒果，沿著後牆的整排聖誕紅，和伸出大門牆頭的一棵老樟樹。」李渝和祖母同一間房，從小在祖母身邊長大，童年和少年的記憶大多與祖母和食物有關。「例如和奶奶一起在廚房剝豆子，給狗洗澡。看她坐在小板凳上梳頭髮、修腳。幫她剪頭髮，給她做膳食小工。」祖孫倆最常待在廚房裡，「剛開始是我做下手，慢慢變成我當大廚，奶奶當幫手。」李渝仍清晰記得，當年出國時深刻的一幕，「汽車離開巷子前的一瞬間，從車後窗看見奶奶轉身扶門回門裡，舉手擦著淚。」

從祖母身上她學到很多人生哲理，主要是一種對生活的泰然。祖母的一生也代表了某種中國近百年來的女性壓迫史，「但是我從來沒聽過她抱怨，總是在廚房忙這忙那的，有一點實惠就很高興和珍惜，對人對事都隨遇而安，後來我在沈從文的小說裡，畢竟是看見了這樣的人物。」

初中一、二年級時，政府中央人事變動，氣象局改制，父親轉至臺大地理系教書，全家便從建國南路搬進溫州街 96 巷 5 號，「前屋主是臺大園藝系的一位職員，有一個種了木麻黃、龍吐珠、扶桑、棕櫚、夾竹桃、龍舌蘭、番紅花、芭樂樹，還有一個小水池，池旁垂著一棵楊柳的庭院。」這就是《溫州街的故事》的發源地。

　　李渝的父親是那時代的文化人之一。在她眼中，父親「是個感覺細膩，情感收斂，樣子特別睿秀的文人。」像當時傳統家庭一樣，吃飯時父親坐在飯桌的另一頭，是一家之主。其實父親個性內向溫和，愛靜靜地坐在書房讀書寫字，「寫著文徵明體的小楷，稿子謄寫得工工整整的沒有一個錯字，後來給我寫信也是這麼工整。只有松棻寫字比得上他。」一直到在國外讀了中國藝術史、現代史，以及溫州街逐漸在腦中浮現，李渝才重新了解父親，感到了和父親的親近，「我很少看見像父親這種氣質的中國人，我想傳統美學陶冶出來的知識分子，應該是這樣的吧。」從而明白了，父親「在日常的耳濡目染中是怎樣的滋育著我。」

　　重新了解父親，李渝回記以往從父母口中聽到的家常；溫州街的瑣瑣碎碎出現了意義。例如父親下班回來，邊脫鞋邊說：「哎！胡適又在找牌搭子了！」原來胡適夫人江冬秀女士要打麻將了。或者母親說：「黑轎車又停在門口了！」那是張道藩來看蔣碧薇了。蔣碧薇就住在斜對面。或者是大人們打麻將時，沒頭沒尾的幾句閒話。多年後因保釣而重讀民國史，她忽然發現，在這日常的有一句沒一句的話語裡，在沉悶的洗牌聲中，「原來上一代的豪傑們，歷史的千軍萬馬，都奔騰在其中。」

　　1950 年代父親曾任《中國一周》主編，和文化界接觸頗多，從父親口中，和到家裡來訪的客人裡，她知道了蘇雪林、謝冰瑩、鍾梅音、孟瑤、琦君、張漱菡、張秀亞、陳紀瀅、王藍等戰後遷臺作家們的名字，接觸到他們的一些著作。當時這些作品都不是她最喜歡讀的，但是隔著時空再看，她覺得它們自有其文學史上的意義，「1950 年代遷臺作家遞接了五四新文學，其中女性作家們的成績尤其可觀，她們不但承續了 1930 年代女性作家，例如陳衡哲、廬隱、凌叔華、馮沅君等所開啟的白話文體，而且對臺灣後來的女性書寫，尤其在散文方面，題材和文字上，都起了很大的作用。整理 1950 年代遷臺作家的作品，給以應有的歷史位置，是時候了。」臺灣史評家們能夠以寬諒的觀點詮釋日殖時期作家——她強調，殖民的「殖」，不是治理的「治」，給予他們的作品以時空的重要性，「現在這些史

評家們是否也能用一樣的胸襟和眼光，來對待戰後遷臺作家呢？」「文學史的敘文，應該是擺脫意識形態的挾持而自主的——無論這意識形態來自哪一方，由哪一方形成。」

她覺得，基本上，「以 1949 年為界，就中國菁英來說，左派留在了大陸，右派來到了臺灣。」但是「落在左右、黑白、政黨之間無法界分的地帶，才藏著歷史的層次和故事。」她想起臺靜農和殷海光兩位先生，當時一是文學院院長和父親的朋友，一是邏輯學老師，都屬於日常人物；上下學她常會遇見殷先生走在巷子的前後，「個子很小，頭髮往上聳，眼睛往前看，頸背挺得特別直。」多年後經過歷史的認知而回記，畢竟看見了兩位照耀在當代史上的光輝，「還有從史傳上讀到的，例如瞿秋白、陳布雷、沈從文等民國人物，也都是介於左與右的無法界定的曖昧地帶，或許都是政治史上的敗者，卻是生命史上的贏家；政治喧譁中聽見了細訴，歷史暴力下有幾分溫柔，莫過於因為他們的存在。」這些人格會出現在小說中嗎？應該可以吧，她說，不過還在摸索。

永遠的左派

1960 年代末期，李渝和郭松棻一同前去柏克萊，校園內的美國學生運動已發展到末期，卻進行得仍舊熾烈，臺灣青年受到啟發，心中蠢蠢欲動的行動欲望，畢竟實現在保釣運動上。她負責的是寫文宣和話劇活動。保釣運動激發民族、歷史意識和鄉土認同，「臺北很快就在文字中出現。」在 1971 年保釣雜誌《東風》上，她寫了第一篇有關臺北的〈臺北故鄉〉，後來收集在小說集《應答的鄉岸》中。

李渝對人性的了解，得之於保釣運動甚多。「釣運開始時，一片天真爛漫，運動逐漸深入局面也就逐漸改觀。學生運動的理想主義層次自然有其美德，可是就站在它的對面，人性中的嫉妒心、私利心、對權力的欲望、貪婪、自我膨脹等，也是一樣強盛而隨時可以啟動的。也許我們每個人都逃不了在正反兩者之間來回擺盪的生活規律。」1972 年聯合國承認中國，

情勢發生變化，在美國的國、共對換角色，國民黨銷聲，中國代表團強勢進駐紐約。官方介入，政治和商業利益都放來桌面，大大影響到保釣的學生運動性質。外在抗爭對象消失，成員們轉向「內部矛盾」，在立場和路線上爭個不休，同志、伙伴變成了仇敵。釣運迅速轉型為統運，統派成為國族主義、民粹主義者，移來「無產階級專政論」，堅持「正確路線」，以正義之聲發言而越發強悍。場域中又出現了新因子臺獨，臺獨中也有左右路線之爭。各處遍是喧囂憤怒，甚至聞到了文革式的火槍味。「釣運的意義對我一直就不完全是民族主義，更不是國族主義，無法去擁靠哪一種政體或強權，於我，這是該退出的時候了。」「政治活動並不適合我，我必須回來文學。」

回到文學，她說，倒不是就離開現實，「唯美抒情去了。」文學和政治固然相剋，「左傾自由主義思想和行動，卻和 20 世紀文學關係密切，甚至是它主要的精神所在和動勢，20 世紀代表作家們無不具有它獨立於政權和體制的氣質。思想上、藝術上的左和政場上的左未必相等，臺灣常把左派解釋成共產黨或親中派，是完全不對的。文學上的左傾和政治上的馬列或國族主義之間不能畫等號，就獨立思考來說，恐怕還是相反的。」回顧保釣，「年輕時作左派很容易，年長後從左變右也一樣容易。只希望從現代主義、文學革命、存在主義，各種新思想新藝文運動，到學生運動，一脈相承的左傾自由思想的反省意識、自覺，對原則的持守，外貌上萎縮也罷，精神上不要改變。」

保釣後有一段時期，她翻譯，寫雜文，寫電影、美術評介等，「什麼都寫，寫得亂極了。」多年的學生運動，文學語言變成問題，「但一個人如果本質上是文學的，終究會回來文學。」隔了 15 年，1980 年才在剛復刊的《現代文學》發表作品〈返鄉〉，卻自評寫得很糟。「寫〈返鄉〉時，已經生疏到不知怎麼啟動小說。無論內容或文字，都還停滯在《戰報》體中。」但這只是過渡期，她一直想越過時空，和往日的文學語言銜接。

1983 年，李渝以〈江行初雪〉獲《中國時報》文學獎小說首獎，以一

位知識分子返鄉探親，獲悉文革一場駭聞為經，宗教與藝術的冥思為緯。主角為尋找玄江菩薩來到 1970 年代的中國大陸。李渝分別在一、二節插入兩段引文——玄江寺的歷史、觀世音菩薩變相故事，讓小說穿梭來去古代、明清以至於現代。小說結尾，敘事者愴然乘船離開，江面初雪，一片肅靜，「只見一片溫柔的白雪下，覆蓋著三千年的辛苦和孤寂。」河流帶動了歷史想像空間，有些人認為這是一篇反共小說，或者文化反思，李渝特別在《中國時報‧人間副刊》為文說明「屬於政治的，請歸於政治；屬於文學的，請還給文學」。因為「文學就是文學，尤其在小說藝術中，不可能為政治、歷史、文化服務。如果要作後者這件事，不如到非虛構性的史傳、評論等範疇去發揮。」好在作一個寫小說的人，她說：「文學必須以文學形式，而非文化形式，來完成。後一件事，就讓史評家們去忙吧。」

靜定中的多重渡引觀點

　　然後她開始寫《溫州街的故事》。

　　《溫州街的故事》被譽為「臺北文學重要的一頁」，有〈煙花〉、〈菩提樹〉、〈她穿了一件水紅色的衣服〉、〈夜琴〉、〈朵雲〉、〈夜煦——一個愛情故事〉、〈傷癒的手，飛起來〉。這七篇作品曾先後被收錄於不同類別的選集，所展現的原創形式及藝術手法皆驚人的成熟。李渝處理被政治傷害的人；〈夜琴〉、〈菩提樹〉都和白色恐怖有關。也寫知識分子的流離遷徙；〈夜琴〉寫一位丈夫在白色恐怖中被「兩個土黃色中山裝」帶走，從此一去不回的漂零女子。〈菩提樹〉描述加入地下政治活動而被捕的青年學子。〈她穿了一件水紅色的衣服〉則以蔣碧薇為原型，「她喜歡穿綢料的唐衫，上身粉紅色，下身湖綠色。」「其實和蔣碧薇也沒什麼關係，只是借一個視覺上的映像，杜撰一篇故事而已。我不會用小說來影射真人真事，如果要這樣，不如寫傳記。」

　　整個《溫州街的故事》，都透過女孩阿玉的視角來敘述。〈朵雲〉開頭第一句：「阿玉曾經 16 歲。那時候，天比較藍，太陽比較亮，風比較暖

和。」阿玉代表的是私人的經歷，可是當讀者被提醒，小說是「在失去的時空裡尋找私人的和眾人的記憶」時，才了解在阿玉貌似天真的敘事背後，隱藏著另一層歷史文本，而在追記的過程，作者自己說：「非但記憶出現了，曾經失去了的文學性的敘述文體，也逐漸重現。」

　　1993 年李渝寫〈無岸之河〉，收在 2002 年出版的《夏日踟躕》中。小說一開頭，她就寫：「一篇小說吸引人的地方，通常在它的敘述觀點或視角。視角能決定文字的口吻和氣質，這方面一旦拿穩了，經營對了，就容易生出新穎的景象。」繼而借《紅樓夢》第 36 回〈放雀〉情節提出她的「多重渡引觀點」：「小說家布置多重機關，設下幾道渡口，拉長視的距離，讀者的我們要由他帶領進入人物，再由人物經過構圖框格般的門或窗，看進如同進行在鏡頭內或舞臺上的活動。這麼長距離的，有意地『觀看』過去，普通的變得不普通，寫實的變得不寫實，遙遠又奇異的氣氛出現了。」這「多重渡引觀點」，被評論家視為李渝小說的一種美學，從《溫州街的故事》、《應答的鄉岸》、《金絲猿的故事》到《賢明時代》，一路貫穿她的小說，而且運用得越來越細緻複雜。藝術史的專業，也引發不少創作靈感，尤其對繪畫與文字間的輝映，很能切中渡引美學的要害。這種以文字和視覺雙面並進的述事方法，離開了《溫州街的故事》的寫法，持續在 2005 年的小說集《賢明時代》，2010 年的中篇〈待鶴〉中出現，也是 2011 年春出版的讀《紅樓夢》的《拾花入夢記》所著力經營的方向。

文學藝術道路上的良師

　　「從小我對視覺就比較敏感，最喜歡拿了一本著色簿，坐在有光的地方為圖畫上色。」小學作文〈我的志願〉，別人都寫「工程師」、「邊疆屯墾員」，她則寫「畫家」。中學最喜歡的是美術課，可惜一星期只有一堂。大學聯考填志願時，只想到「先把臺大填滿再說」。臺大沒有藝術系，父親為滿足女兒學畫的願望，送她至孫多慈的私人畫室。這段課外學畫時光，回想起來如同昨日。「每個星期天的早上，一起床就開心，提起畫箱，騎上腳

踏車，沿著新生南路的瑠公圳，騎過穿梭在木麻黃的針葉間的晨陽，右轉上和平東路一段。」當年四十多歲的孫多慈，在學生眼裡特別的有韻味，「長髮在頭後挽成一個長髻。旗袍的顏色雅致極了，不是鑲邊就是掐邊，兩眉中間有顆菩薩般的硃砂痣，在畫室裡總是笑咪咪的。」她們的師生關係很親近，「那時信友堂就在我們家的斜對面，白色的小樓房，寬敞的院子，住著外籍傳教士夫妻，本地女佣常蹲在門口吃甘蔗。孫老師的先生許紹棣先生禮拜天有時會來信友堂講道，走在巷子裡，小小的個子，直著背，腋下夾著本聖經。後來我讀到有關他與王映霞、郁達夫的資料，原來也是位轟轟烈烈的民國人物。孫老師曾和徐悲鴻有段著名於民國史的愛情，後來遵從父旨，單方了結了這段因緣而且嫁給了許先生。」這樣有意思的故事，那麼為什麼還不寫呢？李渝的回答是，「孫老師自然也可以作為一種原型而置入筆下的。但是寫小說得揉捏扭曲人物，訴之於孫老師則甚覺不妥，似乎應該規矩地用史傳來寫才是。」孫多慈一生坎坷，可是在學生眼中卻始終那麼和藹鎮定，「蔣碧薇在回憶錄中寫廖靜文毫不留情，卻稱孫老師為安琪兒，我想在這點上兩方都是了不起的，都是民國氣度吧。」

大學時，她畫畫的興趣比寫作大，以為將來會在前一方面發展。後來赴美進研究所，先試念視覺藝術學科（fine art），「可是基本訓練太不夠了。」後由陳世驤教授和高居翰教授（James Cahill）鼓勵，轉至藝術史，念完了中國繪畫史的學位。李渝和兩位老師的關係也十分親近。高居翰教授拒收了不少臺灣來的好學生，「主要是學習方式和脾性不合的緣故吧。居翰老師非常注重『目鑒』，很像文學上的精讀，不太喜歡『書鑒』，就是從考證、考據等方面來定局，也不喜歡用政治、社會、哲學等論述來掩蓋美學。這一點，我和他很契合，算是碰對了老師。雖然強調『目鑒』，可別以為他只管看畫而已，老師在考據上作的功夫，引用中文文本之恰當，對中國社會史、文化史的研讀，中國學者未必趕得過。」學生最服老師的地方是，「有一種拗氣，不怕挑戰傳統畫學上的『真理』，而且能把他的異端之論呈展得水洩不通。他那受畫學義和團譏諷的『外人』的眼睛，倒正是教

我看到了傳統中國看不到的，卻是最好看的東西。」

　　跟隨高居翰研習中國藝術史，學習到了怎麼收集材料，組織思路，「老老實實地寫報告。」「老師治學方法特別嚴謹細密，真正教訓了我這種臺灣來的大而化之的學生。」經嚴師的導引，她認識了華夏文明的精采。

　　「我的運氣很好，一路遇到的都是不凡的老師。」想起孫多慈、聶華苓、陳世驤、高居翰這些師長的栽培和寬容，後來自己當老師，第一天進教室，李渝在門口對自己說：「這是你回報的時候了！」「這些老師教給我的，不止是學識而已，更是一種風範，無論是在做學問上，還是在做人上。」

樂園和失樂園

　　郭松棻進入聯合國工作後，在安靜的紐約郊區安頓下來，除了職業外，這對文學夫妻各自努力寫作。「我們的生活很單純，節奏、習慣、趣味都一樣。只是松棻比我用功得多，專志得多。做人處事嚴整得多。」一早起床就穿好衣服，直到夜晚上床前，兩人不會以睡衣相見，「我們都很不喜歡中國人那種穿著睡衣，挖著耳朵，挑著牙籤的閒蕩相。」早飯後，共用一個茶袋泡兩杯茶，各自拿到書房和工作的地方，一直到下午一、兩點吃午飯才會再碰面。在這樣可以全心讀書、寫字的週末假日，通常上午她會在爐子上煨一鍋湯，誰經過就去照看一下，「中午做個湯麵，午餐就解決了。」郭松棻有舒適的書房，自己則四處遊走，「我的書桌常在廚房、餐廳、等小孩的方向盤上，還有火車上。」家裡有兩個寫作的人，有時自然得「讓位」，「我們家有一個作家，一個管家，」她笑說，「低手讓出時間給高手。」

　　在寫作上，她很重視郭松棻的意見。年輕時寫藝術評論頗為坦直，1986 年曾寫了一篇影評，〈童年和童年的失落〉刊登在《當代》雜誌上，激起臺灣新電影界連手合擊。「當時松棻很擔心，怕我不能抵擋。我回寫一篇好好應付了。事後松棻要我就此打住，別再寫評論了，說，沒有人會在

乎的，傷到的是自己，意思是說，經常評這評那，容易損傷自己的本質。是的，的確如此，評論容易使人鋒利尖銳，而寫小說最忌如此。我便給自己在寫評論上定了一條規則，凡是八十歲以上的畫家，凡是正面的話不能多說的，就不寫不說。當然，我不了解的、沒有感想的，也不能寫和說。」直到現在，她仍持守了這一條規則。

小說家的個性是不是比一般人複雜？李渝說：「每一個人都很複雜，生命的來去都很複雜。小說作者必須意識到，你所處理的人和事都很複雜，而且缺憾甚多。」

原本她平穩的生活一直依賴著郭松棻的相知相助。「松棻為我築了一道防火牆，社會方面的煙氣、人際方面的火星等，都沾不到我。」某一個晴朗的週末，李渝正在園中剪枝，跟自己說：「如果人間有天堂，這裡就是一種了。」沒想不久即從天堂掉到了地獄。1997 年 6 月 30 日凌晨一點左右，郭松棻因中風而數度危急。李渝從初始的強行應付而至精神崩潰，竟此有一年不能讀不能寫。第二次的天搖地動來自郭松棻八年後的驟逝，而這一次則是五年後才勉強恢復正常。

風雲驟變，一腳跌出園外，「《紅樓夢》說『門外即天涯』，天涯即等在眼前。」她說。可是「天涯」這樣逼來，倒是使她增長了對人與世務的認識。「人的本性是嗜血的，鱷魚的眼淚、幸災樂禍、弱肉強食、落井下石、趁火打劫等，不過都是人的常性常情，遇到了也就不要抱怨什麼，因為如果角色對換，你也好不到哪裡去，可能還更糟。只是人既以為你失效，也就不必虛與委蛇，赤裸露出了真面相，事後卻不好再掛回面具，就此失去許多關係，倒是頗為遺憾。人與人真顏相對，往往兩相猙獰，始終戴著面具交往是比較理想的，我已失去了這類的優惠。」兩度進出地獄，李渝在自己的失序和人間的秩序之間擺盪了好些年，深深明白「反常未必不正常，正常卻常常荒唐。」「本來只在書本裡讀到的荒謬，原來就在自己周圍，原來就是自己。」至於怎麼恢復過來的呢？她說：「追根究柢，是一個活或不活的題目，我們每人在生活中面對的其實都是這題目，卡繆這麼說

過。」她記得一位佛教朋友曾勸導——生命不過是剎那與剎那的相接，來去莫非剎那，於每人都一樣，無須太執著，何況這一剎那暗淡，並不表示另一剎那就不會光亮。她也記得曾在報上讀到一位鄧姓女醫師在談日本雅子妃的病情時，對憂鬱症的詮釋——憂鬱症並不代表失敗，反是堅持自我的存在，與外界抗衡的一種必然狀態 。「的確，自覺性不強，滿於現狀的人，泰半不會得憂鬱症。」她覺得這類正面的解讀頗有助益，對正在遭受精神失去方向的人，她願以這些比較振作的看法共享，並且誠懇的說：「告訴你自己，無論糟到什麼地步，都是暫時的，都會過去的。告訴你自己，你不比別人差，甚至還更好，為什麼別人都能活，而你不能呢？原諒你自己的糊塗荒唐，撐一天就是一天。記住、記住，你一定會好的。」她對患者周圍的人的忠告是——「耐心，耐心，和耐心」。也希望臺灣心理治療界能明白，心理病人表面混亂，其實比誰都敏感清楚，都明白自己和周遭發生著什麼事的。「別把他們當傻瓜白癡瘋子；拿出專業的耐心來，不要矇哄欺負，不要用藥丸來打發。」

現代精神

　　2006 年春天，在哈佛大學燕京學堂一場以「離散」為主題的座談會上，李渝稱 1950、1960 年代是「抒情的世代」，是「殉情的世代」，是「現代主義的一代」。關於現代主義的定義，一向眾說紛紜，李渝覺得 1980 年代「鄉土論戰」中的鄉土派把現代主義當成無病呻吟、崇洋媚外、脫離現實的東西，也許是打錯了靶，選錯了例子，更可能是因為當時臺灣的現代主義作品還沒有成熟的緣故。「現代主義」和臺灣 1960、1970 年代的現代主義並不全然相等，不能以後者為前者下定義或者怪罪前者。「現代主義實驗文字，對敘事風格特別敏感，但是這種對形式的注重並沒有使它架空於環境，它的現實意識絕對不會比鄉土寫實少，如果不比它還更尖銳更『此刻』。」「現代主義處理疏離、虛無、荒謬等主題，不僅僅停留在文玄情奇的表述層次而已，它的核心精神是反省、違抗，行動。它具有強烈的人本

精神和介入志願，甚至可以說，沒有當下意識，沒有前衛性，就不是現代主義。」「現代主義追究純粹性，對生命的看法頑強而積極。」她就以經典作品吳爾芙的《到燈塔去》為例：「《到燈塔去》結尾處，畫家莉莉在戰後重回 Ramsey 家的海邊莊園，這時 Ramsey 太太已經去世了，昔日的熱鬧都成了煙雲。她坐在原地，想再啟動畫筆卻不能。她想著、想著，恍惚見 Ramsey 太太又出現在多年前讓她畫像的眼前臺階上，莉莉記起了 Ramsey 太太說的話，生活，就在這裡，而終至於能再畫出第一筆。《到燈塔去》，還是《自己的一間屋子》，都不能再好的說明了現代主義的浪漫、積極，和純粹，純粹到能為原則而不惜玉碎。」

王德威認為，在 20 世紀中文小說創作的脈絡裡，現代主義影響深遠，可是總未受到應有的重視。1930 年代的上海、1960 年代的臺北，都曾一度引領具有現代意識的文學風潮，然而我們的傳統以感時憂國、鄉土寫實是尚，「這也是為什麼我們應當重視像李渝這樣作家的原因。看李渝如何經由現代主義的信條重探傳統文化的門路，如何遍歷感時憂國的考驗歸向方寸之間的啟悟，永遠耐人尋味。」

小說的鄉原或密園

經歷臺灣戰後文學時空之洗禮、海外學生運動自由主義之覺醒，藝術史專業之浸染，和生活的歷練，李渝筆下越來越沉靜，「寫小說要安靜下來很久，沉澱很久，一點點念頭才會萌芽成長。」「好的小說，要故事說得有趣，同時文字又有風格，所謂文質兼備，雖人人皆知，可是動起筆來仍舊是工程。」在她看來，「散文像陶瓷，不要求多少變貌。小說像雕塑，必須經歷轉化而不能成形。」小說的蛻變過程，就隨意用煲湯或打果汁來做例子吧，她說：「閒話、傳聞、經驗、訊息、資料、觀察、考究等，都放進鍋裡瓶裡，經過一番熬化衝擊，才能燉出打出那麼一口高湯一杯美汁。」她不太喜歡，也不太習慣寫自我抒發性較高的散文，「臺灣充滿了無情可抒的抒情，捷運站內的廣告、政府文宣、區公所公告，都是漫天的感性，文字

扯不開的抒情，沒情硬寫出情。」「這當然是我個人的偏見，我是說，散文和評論，對我的挑戰性沒有小說那麼大。」「小說之為小說，在於它載負了美學的重任。」小說的轉化過程有時出人意表，像〈待鶴〉本來是想寫篇論文的，寫著寫著離開了原定計畫，「一進入小說的文字魔障，就像走入八陣圖，飛沙走石，身不由己。」

她覺得「小說作者提筆，拿捏出一個個字，一個個標點符號，一行行句子，就像煉石一樣，努力想鋪陳出的，莫非是一條通向鄉原或密園的小徑。」她承認寫小說時不敢輕忽語言，非常尊敬像魯迅或英文系統中喬艾斯那種對語言的慎重，「魯迅的文字端莊簡勁，砍去了多餘的語法枝節，漂去了不必要的情感，倔骨嶙嶙，華文書寫到今天仍是唯一，仍是典範。」

同時寫藝術史和小說，兩種文體不盡相同：「一個唯恐說得不詳盡，一個寧願盡在不言中。」「前者注重溝通，文字是屬於公眾性的，好下筆得多；後者是私密的，訴之於自己。這屬於內在的個人語言是什麼？很難找到。」「進入小說狀態並不容易。」而且，「文字藏不了假，人的缺點、本性等，都能在小說文字中露出馬腳。」「如果在日常的待人接物上鍛鍊出某種德行也是修煉，那麼寫小說對我來說，就是一種修煉了。」

描述鄉園的形狀

這次在臺北近半年，她體驗臺北人的生活，深覺「臺北人真幸福。」就一般食衣住行、社會福利來說，「世界上沒有幾個地方的人能享有臺北市民這樣豐足便利的條件的。」而作臺灣作家又更是幸福，「世界上也沒有一個國家像臺灣這樣寵愛自己的作家的。」臺灣山川美麗，資源豐富，人情溫暖，人脈流通，無論是過日子、作研究等都十分理想，可是「就是不合適寫作，尤其是寫小說。」這當然也是個人的看法，她說。從寫作的角度她體驗了紐約不同於臺北的地方，「紐約有一種 edge——『邊緣性』，一種對處境的敏銳和警覺，各處對高標的不妥協。」在紐約，沒有專業水平不可能上場，無論何人都得隨時面對評論界的奚落斬殺，大師和鉅作多得

像燒餅一樣的情況不可能出現。她和臺灣作家朋友們聊到這些，朋友們說，寫作哪會這麼緊張的，有必要嗎？「是的，在評論界友善，讀者熱情，寫作環境安逸的臺灣，好像的確沒有這麼緊張的必要。」但是，「動人的作品不都是令我們不安的嗎？」「在臺灣，你是知名作家，到處有人讚有人捧，像明星一樣，志滿意足；在紐約，你是無名小卒。如果想寫下去，還是留在紐約吧。」

選小說課的學生每星期要交一篇日誌，李渝要學生們別信賴才氣輕忽訓練，別在字句上矯情，特意去「創新」，卻要好好地，仔細地觀察周身，盡量體會生活，多鍛鍊文字的基本功夫。對於時下魔幻、科幻小說在青年作者和讀者間流行，她請學生們啟引一下，學生們告訴她：「因為我們不知道跟什麼認同，不想跟什麼認同，沒有什麼認同。」由是談到了臺灣學子的「外邊看起來什麼都有，裡邊卻很空」，「不知道目標在哪裡」，「漂浮」。聽到這些感想，她倒沒覺得意外，「青年期的虛無不分時代，大概人人都要經歷吧。」不過，「意識形態對立爭鬥，不容另種聲音，聯手使下一代在認同上冷漠，總算成績斐然！」

認同是難解的題目，必須自己摸索，她告訴學生，好在作一個寫者，「不必跟國族、政體、黨派認同，卻可以和文明、文化認同。」或者，「和文學史上偉大的作家們認同吧。」學生們問她，舒服的玻璃房其實和魯迅的鐵屋在效應上差不多，需不需要打出去呢？她回答：「如果生活會永遠是暖房，你就不需要打出去。」她覺得臺灣嘉年華式的文學活動太多了，文學獎太多了，多到讓小孩子們整天為這些事惶惶然，專心不了。但是受冷落的純文學需要這些來鼓勵也是事實。那麼怎麼辦呢？「這是大環境。海明威曾經說過，寫者每公開露面一次，就退掉一層自我。趙無極也說過，要想畫畫，就把嘴巴閉上。只好不時以這樣的警言戒語來提醒自己了。」臺灣極力倡導庶民文化固然可喜，但是在庶民文化興盛的同時，她也看見了忽視卓越、排斥菁英的趨向（菁英的水平夠不夠自然也可以再討論）。「通俗和精練並不相互抵觸或對立，各有各的發展路程，是能並存而共榮

的。」 她舉出文人畫和年畫的例子,「只要能達到自己場域內的高水平,都是精采的。」「任何一種文化類型變成氾濫的勢力,從而阻擋、拒斥其他文化類型,都會產生單一的霸權,造成挾持或噤聲的場面。」她鼓勵學生盡量閱讀經典作品,「如果大環境不能提供,就由自己的努力摸索出層次來吧。」

小說班的學生們相處了一個學期,珍惜一同學習的時光,課程結束後自己組成讀書會,把經典繼續念了下去,文章寫了下去,李渝說:「學生們這麼自覺,對文學這麼誠懇,令人看到一種前景,也是作老師的安慰和鼓勵吧。」

除了認同、文化參照層次等題目以外,這些未來的臺灣作家們也很關心「鄉土文學」和「新鄉土文學」。她的想法是,「文學自然是有其鄉土的,鄉土的『土』歸之於泥土、土地,地理上的土源。『土』有其必要,否則立足點會有浮游的危險。可是『鄉』卻是另外一回事,無須和『土』綁在一起來理解。『鄉』在漢字中從來就不曾止步於土,始終都有它豐沛無比的延伸意義。文學中的鄉和土可以分離,甚至必須分離而不能從地面拔升起來,臻進另一種境域。」「卓越文學作品無不見證此事,它們固然都有其土,更有其『鄉』,鄉的成分才是更動人的。我們在臺灣鄉土作家們很喜歡提到的西班牙語系南美作家們的作品中,常能見到實例。」

重新走在溫州街上,她說「半是看舊,半是尋新,看見舊東西保存了很高興,新事物出現還更開心,只怕新得不夠好。」一些老樹留下了、巷弄人家花草繁榮、追求簡樸生態的小本經營、巧克力店細工求品質,都令她讚賞,那些著意布置出歐洲情調的咖啡屋,她倒覺得「有點矯情」,寧願在辦公室或宿舍,而不在「氣質咖啡屋」進行訪談。

《溫州街的故事》的寫法,那種感思,她認為「該過去了」。「個人和歷史記憶自然不會衰竭,故事還有得說下去,但是情思不可重複同一個起點,寫小說究竟不是寫回憶錄。」「小說中的記憶,和回記、懷舊不同,後者可以油然而起,前者卻是有意的索思。」而時間不斷過去,經驗不斷累

積，生活不斷改變人的想法，「小說中的記憶，應該是在隨著每一分秒的過去而持續擴展更新，並且在反省中來回提煉的生活。」「每一個過去的時間都能提供寫小說的能源，引出光，可是這光可得讓它燃照到此刻和前方才有亮度。」

溫州街、臺北、紐約是土地；歷史、記憶、生活是能源。追根究柢，一個寫小說的人，「願為讀者更為自己都能好好地活著，摸索出某種鄉園的形狀。」至於鄉園是什麼，在哪裡呢？ 她說，「在文字中。」

——選自《文訊》第 309 期，2011 年 7 月

那朵乘上吉林馬傑洛機車迷路的雲

◎魏子雲[*]

　　是前年的冬天，還是去年的春天？記不清了。只記得在臺大執教的聶華苓女士，舉行了一次現代小說朗誦會，朗誦的作品有張愛玲的〈玻璃瓦〉，朱西甯的《鐵漿》，司馬中原的〈洪荒〉（好像以時間不夠，未能朗誦），聶華苓朗誦自己的那篇〈蜻蜓・停屍間〉，另一篇就是李渝自誦的〈水靈〉；那時，〈水靈〉還沒發表。儘管，〈水靈〉並不是一篇可以光在聽覺上取得藝術效果的作品，但從語言中流漾出的韻致，至今仍幽靈似的迴旋在我的腦際。直到我讀到〈水靈〉的原稿，才更真切地見到了那位名叫安綾的水靈。就在那晚朗誦會結束後，大家蜂擁著在臺大校園裡走著時，華苓曾問我：「你以為〈水靈〉如何？」我答說〈水靈〉很美；作者塑造的那個在水中失去的女孩子，美得像雲中的仙子似的逗人遐思。「是嗎？」華苓說。「我把你的讚美轉告李渝。」於是華苓告訴我，〈水靈〉是李渝的處女作；「第一篇就寫得這樣好。」我問發表在哪裡？答說是還沒發表。想不到兩年後，〈水靈〉才跟讀者見面（見 5 月 19 日《中華日報・副刊》），竟發表在〈夏日　滿街的木棉花〉之後。還有，使我不曾忘記的是，李渝那天朗誦完了她的〈水靈〉，並沒有再回到坐位上來，她逕自從講臺上走下──像一隻受了驚擾的小燕子似的，從樑上飛下打從窗口飛出──她從那扇小門跑了。「那孩子怎麼跑了？」我問華苓。「她害臊。」也難怪，她第一次當著

[*]魏子雲（1918～2005），安徽宿縣人。散文家、小說家、評論家、戲劇家。發表文章時為藝術專科學校（今臺灣藝術大學）兼任教授。

我們那多人朗誦她寫成的第一篇作品。

　　似乎這兩年來，李渝都在尋找她心目中的那位變成水靈的安綾，她由海尋到山上──她在橫貫公路的山谷中，尋到了〈那朵迷路的雲〉；那是她自己呢？還是安綾？

　　我猜那〈夏日　滿街的木棉花〉就是〈那朵迷路的雲〉；就是那從水上升起升起，升起來的〈水靈〉。不過，李渝在那「夏日」的「滿街的木棉花」的迷茫氤氳中，很想把握到一些真實的存在。但，又好像越來越失去了自己。

　　年輕人的想法，大都如此的。海明威在迷失了三十年之後，才認清了人生的真諦；在〈老人與海〉中才下了他的結論：

　　人是不會認輸的，

　　一個人可以被毀滅，但不能屈服。

　　但年輕時的海明威，卻不是這樣的看法。他小說中的人物，大多像一隻被拋棄在茫茫大海中之無舵的小舟，不能自主的隨風逐浪而飄蕩；由於其本身已失去了主宰，所以他們對於人生的方向無所選擇。於是，在時代的動盪中恐懼、懷疑、徬徨、迷惘，並否定生之價值，認定死亡是一個無法逃避的人生結局。所以他眼光中的世界是一片虛無，他眼光中的人類是一窩可憐蟲──他認為生活在世界上的人類，悽悽惶惶有如露營篝火燃燒的木頭上的螞蟻。因而他小說中的人物，其生活總是縱慾、酗酒、莫名其妙的冒險、自戕、顛狂、意志消沉、空虛絕望、莫之所知，莫知所為⋯⋯只求官能上的享樂，以滿足精神上的快慰！這些，他全在〈老人與海〉中否定了。雖說，海明威的《在我們的時代裡》已經整整延續了四十個年頭了，而海明威也早於 1962 年間離開了這個世界，可是，生活在這 20 世紀 70 年代的青年們，迷失的心情似乎更深更廣也更迷麻。在英國，不是有所謂「憤怒的青年」（The Angry Young Men）嗎！在美國，不是又出現了所

謂「搜索的一代」（The Beat Generation）嗎！那麼，我們當前這一代青年在文藝上思潮上，波湧出一種什麼樣的情韻呢？可以說是「自艾」性的。如陳映真的〈我的弟弟康雄〉、〈啊！蘇姍娜！〉，陳若曦的〈喬琪〉，季季的〈沒有感覺是什麼感覺〉，以及李渝的〈夏日　滿街的木棉花〉。看起來，這一類的作品，還會繼續出現。不過〈水靈〉則是一篇從浪漫主義的氣質中蛻變出來的。讀起來就使我想起葛萊齊拉那個女孩子，以及拉馬爾丁抒發在《葛萊齊拉》中的那種詩的情韻。而我卻要說，李渝的〈水靈〉，散文的旋律具有更新的節奏。她終究是一位 20 世紀 70 年代的作者。〈水靈〉的可愛，就在這裡。

　　〈那朵迷路的雲〉，可以說是一篇橫貫公路的遊記；從題材上說，顯然地，它是作者在橫貫公路上旅行了八天後的見聞記錄。可是，我們看李渝見聞到的是一些什麼？可以說她見到聽到的，全和其他遊了橫貫公路人一樣，而李渝卻不光是使用了她的眼睛與耳朵──不是照相機樣的錄音機樣的，把她見及的攝取到心的底片上，收錄到心的紙帶上，而是運用了上帝賦予藝術家們特有的心靈，去提煉那現象中的詩情畫意，從感受中通過藝術觀然後再把它們表達出來。最主要的是，藝術家們絕不是工匠樣的憑據了一些材料編製工藝品，而是題材能在他們的心靈上孕育成一件藝術品。換言之，題材只是一粒種籽，它必須能在作家的感受心靈上受精，經過孕育形成一個生命產生出來。有如女人生孩子，並不是女人要孩子，而是她腹中有了一個經過受精形成的小生命要從母體上分裂出來。工匠便不是這樣，他們不僅可以依據別人交給他們的式樣去作，就是自己設想出來的式樣，也只是為了要討好商場上的顧客而已。就拿本期刊出的黃文宏先生譯的這篇〈吉林馬傑洛機車〉來說好了，它是一篇小說式的論文──作者採取小說的形式來批評海明威之死。看起來，它似乎屬於一篇過於偏於技巧的作品，那就是說，這種寫法也近乎工匠之製造工藝品似的，他先想好了這麼一個形式，然後才把他要寫的東西，一樣樣非常技巧的安置在他這篇作品的形式裡面（這種寫法，確是匠氣的）。可是，作者雷・卜瑞堡要寫這

篇小說的動機，則出於內心的要求。因為自海明威死後，這三年以來，卜瑞堡便一直為海明威的死因懷疑而痛苦著。認為海明威的死不僅是個「謎」，是個「神祕」，更認為海明威死非其時。他的論點是，如果海明威在 1954 年 1 月 24 日那天墜機事件中死去，將會在人類中永存不朽。而他居然在八年後的一午隆晨，用自己的獵槍自殺了。因而作者依據了他的這個論點，寫了這篇小說，希望能把海明威從那個錯誤的墳墓裡發掘出來，飛到 1954 年 1 月 24 日那天去。說來，自仍不失為一篇有中心思想的好作品；更是一篇從種籽受精經過孕育的生命體。可疵的就是作者在技巧上太雕琢了。似還不能稱得上是一篇上乘的文學作品。

　　總之，作家必須具有處理題材的能力。不過〈那朵迷路的雲〉，作者處理題材的基礎是放在感情上的，〈吉林馬傑洛機車〉之處理題材的基礎是放在理性上的，所以，我們能從〈那朵迷路的雲〉的一言片語中，吟味到作者在那大自然中被觸發出的感情氤氳，而〈吉林馬傑洛機車〉，則我們勢必能明瞭海明威的作品背景以及海明威的寫作歷程等等，才能全面見及這位作者在技巧上的工力。本文不是要在作品上作細節的分析，不多說了。相信海明威是我們大家最熟知的一位外國作家。讀了這篇〈吉林馬傑洛機車〉，一準能了解到其中涉及的，有關海明威的作品等知識上的問題。作者自己說，這篇小說不只是一個「幻想」，而且是一篇「悼辭」。無可置疑的，卜瑞堡是一位喜愛海明威的人。正因為他太愛海明威，所以他在幻想中企圖把海明威從 1962 年 7 月 2 日馳回到 1954 年 1 月 24 日去。他把海明威載上他的時間機車，推出九十哩的速度從陸地的路上升到天上去，使他快樂地感到他在飛……

　　啊，〈那朵迷路的雲〉呢？我本想把它捉來載上吉林馬傑洛機車讓之飛向……反而找不到了。又還魂於水靈了呢？還是散成了滿街木棉花？請別的讀者去尋尋吧。

真正的豪傑們

◎夏志清[*]

不久前，《聯合文學》編輯部把創刊號的目錄和短篇小說航寄給我先睹為快，也希望我寫篇短評。《聯合文學》這樣的巨型文學月刊，經三年之籌備，能順利出版，的確是國內文化界的大事。創刊號上的短篇小說「風雲六家」——李渝、施叔青、王璇、司馬中原、張系國、黃凡——都是大家所熟知的。收到小說清樣那一晚，我有意當晚把六篇讀畢，但讀了李渝的〈豪傑們〉後，我深為感動，再也沒有心思讀其他諸篇了。標題上的「豪傑們」指中國自古以來在書本（包括方志在內）上有所記錄的那些女子，她們若非三貞九烈，年紀輕輕就把自己的命送掉，至少也勇於割股，把臂腿上的肉割下來熬湯給病中的父母公婆吃（連胡適的母親也如此做過，事見《胡適文存》第一集：「先母行述」）。當然自宋代至民初，即是老來子孫滿堂，年輕時未受公婆、夫君虐待的全福太太，幼年都受過纏足的痛苦，一生行動不方便——憑此二事，她們也有資格被封為「豪傑」了。

民國以後，一般小說家歌頌的都是不顧世俗道德、肯為自己幸福而奮鬥的新女性，那些乖乖聽話、受苦受難的舊女子反而變成了憐憫的對象。大陸淪共之前，一般農村、小城市裡的封建思想還是根深柢固的；中共專政之後，人民都得為那些不合情理的政策效勞而備受折磨——三十多年來，大陸婦女們在封建社會和中共暴政兩種勢力夾攻之下，透不過氣來而自殺、而喪命的更何止千千萬萬。「四人幫」下臺以後，大陸作家自己揭露

---

[*]夏志清（1921～2013），江蘇吳縣人。學者、評論家、散文家。發表文章時為美國哥倫比亞大學東亞語文系教授。

婦女生活痛苦的作品已不知有多少。李渝是加州大學的美術史博士，從小在臺灣生長，但近年來住在紐約，也有機會到大陸去訪親。〈豪傑們〉寫了常州女子慶華，大陸嚴厲推行節育新政策——一家只准生一個孩子——後幾百萬、幾千萬受害者中的一個。常州真可能是李渝自己母親的故鄉。否則她似乎沒有必要在那裡逗留一月之久。

慶華面色青黃，營養不良，三十多歲早已有了個六、七歲的女孩。這次再度受孕，她在冬季穿了寬大的棉衣，竟未被紡織廠食堂裡的同事看破。但懷孕七月，無論如何瞞不過人了，她在街道主任、婦聯主任等官方人員利誘威脅的勸導之下，硬送進醫院，把早已成形的胎兒打掉，孕婦自己身體受損更不必說。相比起來，按照我國農村古法，嬰孩落地後，活活把它溺死，至少母親健康少受損害，還比較人道些。李渝寫的中共社會，骨子裡還是封建的，但同時它得聽上面命令，執行那些新政策，硬把人民帶進了比封建社會更恐怖的「美麗新世界」。慶華乖乖墮胎後，當然有人慰勞她，她自己和家裡人都受到些官方優待：

> 在這眼前的榮譽和緊接而來的獎賞，與一個活生生的孩子之間，慶華想作怎樣的選擇，大約是不問也可知的吧。好在她並不需要面對這種選擇；沒有選擇權的人，同時也豁免了選擇的焦慮和痛苦。況且，美麗新世界不就在眼前麼？一切都準備妥當，只須靜心接受領導，一步步地做去，真也不能不算是幸福呢。

事有湊巧，讀〈豪傑們〉之前，我剛看到了《唐朝豪放女》這部攝製極佳、回味無窮的古裝電影。但魚玄機雖稱得上是位「豪放女」，電影仍把她的一生美化了。在唐代，所謂女道士往往即是變相的妓女（晚清北京有幾家尼姑庵，也就是高級妓院），連詩人魚玄機也不能例外。電影裡的魚玄機，高傲不羈，個性很複雜，由夏文汐演來，雖穿了唐代的服裝，卻是代表 20 世紀末期、有獨立人格的新女性。但生在唐代，魚玄機也「豪放」不

到哪裡，她徒有與「風流之士」狎玩的自由。很可能，唐代筆記《三水小牘》沒有造她謠，魚玄機生性狠毒，真把「女僮」綠翹活活打死的。但到頭來，女詩人終為官方所戮（不管是什麼藉口）；唐代豪俠雖多（見《柳氏傳》、《霍小玉傳》、《無雙傳》等傳奇小說），而且魚玄機確「為豪俠所調」，但臨死絕不會有什麼俠客劫法場失敗後而甘同她一起殉情的──一般說來，中國的俠客們對淫婦、對「豪放女」，道德的偏見還是很深的。魚玄機短暫的一生當然比當今常州女工慶華過得痛快得多了，但她仍只能算是李渝式的女中「豪傑」，一個封建社會的犧牲品。

　　二十四史裡，除了后妃公主略有記載外，大半「列傳」也備有「列女」這項節目，簡述些「列女」的事蹟。《宋史》裡連李清照這樣傑出的女子都無小傳，魚玄機這樣的女道士、小詩人當然並無資格名列新、舊《唐書》了。有資格放進新舊《唐書》、《宋史》「列女」部分的都是封建社會裡李渝式的豪傑們。《宋史》卷帙比其他正史更為浩繁，凡 496卷，大陸中華書局版共一萬四千二百多頁。精讀此史至少得花兩年時間，但其「列女」部分僅 16 頁，半小時工夫就讀畢了。除了孝事父母公婆、相夫教子之外，一個古代中國好女子自己是沒有歷史的，甚至連名字也沒有的，寫她的傳記只有自我犧牲那一節稍微有趣，但每人死法都差不多，無怪歷代編修正史的大臣們不想在那些婦女身上浪費篇幅了。《宋史·列女》小傳 39 條，所記人物不外乎是「×娥」、「×氏」、「××婦」、「××妾」、「×××母」之類。最後一位毛惜惜，有姓有名，因為她是「高郵妓女」。另有一位「韓氏女，字希孟，巴陵人，或曰丞相〔韓〕琦之裔」，情形也比較特殊。更有一位崔氏，是包拯包大人給兒子娶的媳婦，講道理應有一個名字，卻也沒有。

　　《宋史·列女》不妨抄錄兩小段，讓我們看看那些列女的「豪傑心腸」：

　　　〔建炎〕三年春，盜馬進掠臨淮縣，王宣要其妻曹氏避之，曹曰：「我聞

婦人死不出閨房。」賊至，宣避之，曹堅臥不起。眾賊劫持之，大罵不屈，為所害。

涂端友妻陳氏，於紹興九年（建炎、紹興都是高宗的年號），也為盜賊所擄，「幽之屋壁」，倒沒有給殺死。但「居數日，族黨有得釋者，咸齎金帛以贖其孥」，倒反而害了陳氏：．

賊引端友妻令歸，曰：「吾聞貞女不出閨閣，今吾被驅至此，何面目登涂氏堂！」復罵賊不絕，竟死之。

不知何人，前兩年寫了一本書，把中國、日本、韓國、新加坡諸地近年來工商業之繁榮，歸功於「新儒學」（Neo-Confucianism）。此說一出，附和的人很多，在我們的「大傳統」裡找到一個足以自傲的特點，總讓人感到很高興的。但纏足始盛行於宋代，而那些代表「新儒學」的道學先生竟未加以反對。「婦人死不出閨房」、「貞女不出閨閣」的教條，宋以前沒有聽說過，顯然是北宋那幾位道學先生所發的妙論。纏足女子，行動早已不方便，嫁人後不准擅離閨房，連逃難的權利也給剝奪了。

慶華這位常州女子，比起宋代那些烈女來，畢竟聰明得多了。她懂得自己偽裝，不讓人家看出她大了肚子。到最後被迫墮胎，心裡當然是不願意的，毫無曹氏、陳氏那種視死如歸的氣概。我們可以說，中共社會比古代社會更可怕，但今日大陸的婦女，也不像十年、二十年前那樣容易上當受騙了，她們至多是勉為其難的「豪傑們」，而不是甘願赴湯蹈火的古代「貞女、義女、順女」了。

李渝以憂國憂民的心態，以反諷而帶沉痛的筆調，寫出在中共暴政下過日子的「豪傑們」，自己才真正稱得上是位女中豪傑。事實上，晚清秋瑾以還，有多少女作家、女豪傑寫了她們自身的、和她們女同胞的苦處，多少促進了社會的進步，也提高了婦女在社會上、家庭裡的地位。我們甚至

可以說，新舊文學最大不同之處，即舊文學差不多完全給男人所包辦，連李清照為自己寫照，也逃不出男子創造出來的那個弱不禁風、多愁善感的女子典型。陳端生、邱心如這樣有心為女子訴苦告狀，揚眉吐氣的彈詞女作家畢竟不多。而晚清、五四以來，「新文學」一開頭，就是男女作者、學者、批評家攜手合作創造出來的聯合文學。其主要目標為維護人的尊嚴，揭露社會的黑暗，領導讀者走向中國的、人類的光明之路。只可惜大陸作家多少年來失掉了說真話的權利，「四人幫」下臺後，我們才看到不少合乎新文學標準的真實作品。

　　但男女作者為共同目標而奮鬥的聯合文學，陣容這樣堅強，終有一天，連大陸也會變成一塊大家有權自由講話、不受政黨欺壓的快樂土地的。《聯合文學》創刊號刊載了陳若曦〈大陸上的女作家〉這篇文章，我尚未看到。大家都知道，大陸近年來最受重視的作家，也正是那些女作家。她們有自由不停寫作，中共官方也就掩蓋不了大陸的生活真相，壓抑不住一般人民渴思自由、愛情的心聲。

　　除了〈大陸上的女作家〉此文外，《聯合文學》創刊號更推出了自由中國海內外老中青三代女作家的新作。上文已提到了李渝、施叔青、陳若曦三人，此外更有凌叔華、琦君、林文月、蓬草的散文，廖天琪、黃碧端、康來新的文章和書評。這十位女作家、女學者，只有蓬草一人我從未見過，也沒有同她通過信。李渝住在紐約，每年總有幾次社交場合上同她會面。凌叔華、琦君、陳若曦我都曾有專文評介過。林文月的中國文學研究、散文和《源氏物語》中譯本，同施叔青的小說和報導文學一樣，都早已有口皆碑。黃碧端、康來新二位是漢學界的後起之秀，前途無量。廖天琪我同她僅有一二面之緣。她久居西德，這篇紀念德國翻譯家庫恩（Franz Kuhn）的文章應該寫得非常出色。李渝寫中國數千年不受苦受難的「豪傑們」，讓我一個晚上不能工作。但跟著想起臺灣、大陸、海外有這樣多的優秀女作家，又不免讓我高興起來。她們才是真正不斷改正社會風氣，豐富了我國文化的豪傑們。

1984 年 11 月 3 日

——選自《聯合報‧副刊》，1984 年 11 月 19 日，8 版

走在鄉愁的路上

評李渝《溫州街的故事》

◎王德威[*]

　　溫州街位於臺北市南區、新生南路與和平東路兩條幹道之間。這條街幅面不大，巷道蜿蜒，首尾遙通師範及臺灣大學。兩校的教職員宿舍羅列其間，歷來即富文教氣息。早年的溫州街猶存有大量日式建築，花樹掩映，曲巷幽幽。雖然建築物本身日益敗落，卻自有一份寧謐寂寥的氣息。

　　李渝的《溫州街的故事》即是以這一條街道為背景，敘述里巷人家的滄桑，漫漫歲月的流逝，還有掩映其下的，一場又一場歷史創傷。這本小說集共收有短篇小說七篇、散文兩篇，寫作的時間約自 1983 年到 1989 年。李渝的創作一向量少質精。這些作品正足以見證她惜墨如金的嚴謹風格。

　　《溫州街的故事》裡，到底敘說著什麼樣的故事呢？這裡刻畫了少女的初戀往事（〈煙花〉、〈菩提樹〉）、大陸遷臺學者的落拓生涯（〈菩提樹〉）、異鄉遊子的魂縈舊夢（〈夜煦〉、〈傷癒的手，飛起來〉）、無可奈何的往日情懷（〈她穿了一件水紅色的衣服〉），還有揮之不去的戰爭與政治夢魘（〈夜琴〉、〈夜煦〉）等。仔細讀來，李渝的題材其實相當有限。她的主要人物是一群國共內戰後，倉皇遷臺的外省人。照李渝的說法，溫州街是「失意官僚、過氣文人、打敗了的將軍、半調子的新女性的窩居地。」這些人局促在溫州街的日式房子裡，將養著疲憊的身心，倉忙應付著一夕數驚的政局，並且孕育了他們的下一代。或悲或喜，往事不堪也不應回首，

---

[*]發表文章時為哥倫比亞大學東亞語言文化系教授，現為哈佛大學東亞語言文明系 Edward C. Henderson 講座教授。

但舉手投足間,鄉愁早已悄然襲上心頭。

李渝的《溫州街的故事》因此使我們想起了白先勇二十多年前的《臺北人》。白先勇以 1950 年代的臺北為舞臺,搬演一群異鄉異客的涕笑生涯。溫州街即曾出現在《臺北人》的〈冬夜〉中。在那篇有名的故事裡,兩位五四精英歷經半世紀顛仆飄泊,重又在霪雨霏霏的溫州街口相逢。少年子弟江湖老。多少豪情壯志,盡付臺北冬夜淅瀝的雨聲中。

儘管《溫州街的故事》有著〈冬夜〉之類作品的影子,李渝畢竟有過於白先勇之處。白的文字洗練流利,情節尤以感傷傳奇見長。李渝也是調理文字的高手,但恰與白相反,她以沉潛簡約的姿態,刻意壓縮筆下敘述的密度。她的故事或許更較白離奇浪漫,但由她寫來,不見激情,惟存感喟。李渝以詩人筆法來寫小說,較之白先勇的「說故事者」姿態,自有不同。在這一方面,她的師承應是廢名及晚期的沈從文。

但《溫州街的故事》最引人注目處,是李渝對政治的深切關懷。現代中國作家不談政治者幾希!但能把政治事件融入詩情,而不流於簡單的抗議或傷痕文學的例子,並不多見。《溫》書中幾乎每一篇都涉及近代史上的政治事件,從抗戰到內戰,二二八事件到臺共整肅,白色恐怖到文化大革命,均有觸及。李渝的批判意圖,歷歷可見。但她志不在作意識形態上的辯論,而是以敬謹的人道主義立場,寫戰亂政變的非理性,寫流亡生死的悲愴,還有愛情與親情的牽引。最好的例子是〈夜琴〉及〈夜煦〉。前者以一北方婦人來臺後,歷經二二八事件為骨幹,敘說一則匹夫匹婦的亂世悲劇。婦人兀自壓抑的憂傷,對照狂飆意識形態者的喧囂,讀來在在令人怵目驚心。而李渝終以象徵宗教救贖的暗夜琴聲,作為尋求解脫的可能。另一作〈夜煦〉的野心更大。李渝以一對紅伶與琴師的遭遇,刻畫兩個中國深陷於政治迫害與被迫害狂的歲月。「匪諜」與「國特」成了可以互換的圈套,牢牢坑陷了一代中國人的政治意識。這樣的局面在 1980 年代有了轉機。紅伶與琴師在海外重現舞臺,而紅伶的一曲清音,竟融化了一個遊子冰冷的心。

　　在此我們或許可作一寓言式的閱談：正如前述兩作的琴韻與歌聲所代表的救贖希望，李渝有意以文字（文學）作為滌清歷史混沌的另一種藝術媒介。她敬謹的寫作方式因此不只出於小說家的我執，也更代表一種回應、批判與超脫亂世的方式。這種對藝術的烏托邦式寄託，亦可見於〈傷癒的手，飛起來〉中對繪畫、〈菩提樹〉中對口琴、〈煙花〉中對鋼琴的描述。而附錄兩篇各以攝影家郎靜山先生及書法家、作家兼學者的臺靜農先生為中心人物，李渝的用心，可以思過半矣。

　　李渝本人曾是溫州街的居民。她的部分小說（如〈朵雲〉、〈菩提樹〉）也似有些許自傳經驗的光影。當年的李渝，如其追記臺靜農先生一文所述，曾恨不得早早離開溫州街及其所代表的一切。時移事往，溫州街已成為李渝鄉愁的所在、創作靈感的源泉。她有意使溫州街幻化為福克納的約克那帕托法，或賈西亞‧馬奎茲的馬康多──一個詩化的、神話的故鄉。但更貼切的意象大約是出自〈朵雲〉，在其中少女阿玉經病中的夏教授指點，初讀（當時被禁的！）魯迅的〈故鄉〉。《溫州街的故事》代表李渝探溯歷史、檢討鄉愁的重要開端，如果未來她能在題材上再作開拓，並且稍微放鬆已跡近自苦的內斂風格，成就當可更上層樓。

──1991 年

後記

　　像李渝這型深受當年現代派洗禮，又維持相當「傳統」人文關懷的作者，已不多見。她的《應答的鄉岸》（洪範，1999）及《金絲猿的故事》（聯合文學，2000），均值得推薦。

──選自王德威《眾聲喧嘩以後：點評當代中文小說》
臺北：麥田出版，2001 年 10 月

世變與事變

評介《應答的鄉岸》

◎施淑[*]

　　幾年前，李渝的《溫州街的故事》問世，文如其名，這集子以風浪隱去的「故事」面貌，為那也許可以稱之為 1960、1970 年代臺北異議的、疏離的知識分子的精神原鄉的溫州街，留下一則則帶有傳說意義的傳記，走入她的小說世界，不論是否有過那樣的生命經驗，大約都會被那白色恐怖陰影下，錯落在悲歡情愛和尋常生活景致裡的一些流離的、失敗的生命，以及由之導引出來的、不可思議的理想和一切美好的祝願，深深魘住。

　　幾年過去，遭逢個人生命變故的作者，以《應答的鄉岸》為她的第二個小說集命名。如同《溫州街的故事》，這個集子在篇目安排上仍舊依照寫作時間，由近及遠，像書畫的冊頁一樣，摺疊著一個個看似獨立的生活的波折或生命的紀念，溯流而上，我們可以一一到臨作者寫作生涯的重要地標：異鄉異地的都會一角、大陸行腳、重返臺北故鄉、保釣運動，及至記憶深處的青春歲月。其間，揮之不去的似乎仍是對作者來說已然像是福克納的約克那帕托法、馬奎茲的馬康多的臺北溫州街。

　　不過不同於溫州街故事之經常在持續而緩緩流動的時間感覺裡，以綿密遷延的事件敘述，呈現著喪亂時代的惶惑情緒，喘息甫定之後，存在於麻將聲和流言之間的精神虛脫，還有時時可見的噤聲的、戒嚴的知識分子的心理振動，這個在寫作時間上與上述作品有著相當大程度重疊的新集子，給了我們作者在小說藝術的不同發展面向以及看待世界的方法。

---

[*]本名施淑女。發表文章時為淡江大學中國文學系教授，現已退休，並為淡江大學中國文學系榮譽教授。

除去集末四篇帶著實驗性質的少作，展示著 1960 年代現代主義影響下，不無誇張，而事實上連自己也不能確定是否就那樣發生和存在的不安與追求。這個集子裡，歷歷可見近二、三十年羈旅海外的臺灣知識菁英共有的生活現實和歷史動態，如〈臺北故鄉〉、〈關河蕭索〉的保釣運動，〈江行初雪〉、〈豪傑們〉的大陸見聞，〈從前有一片防風林〉、〈花式跳水者〉的都會生活和回憶。但這些有跡可循的篇章，在作者筆下，重要的似乎不在掌握或還原什麼具體情境，而是再現小說人物怎樣介入、怎樣經驗發生著的事件和境遇。因此這些幾乎都以抒情性的第一人稱敘述來完成（在這裡，取代了溫州街故事的阿玉），而且絕大部分不見戲劇性的動作或衝突的小說，在發展上，經常游移在想像和觸引想像的事物或事件之間，而書寫的過程和目的，有時是像作者說的：「過去一年你就不要一些東西。過去很多年你就不要很多東西。有一天你就什麼都不要。」因此，溫州街故事裡那些印象式的，以簡短的句子自成一個段落的表現方式，在這個集子裡越來越占有主導的位置，曾經熱火朝天的保釣示威紀念，只落得「關河蕭索」四字，文革時被大金大紅地扮裝彩繪的玄江寺觀音，在敘述者痛感一千三百年文明點滴不存之餘，依然感懷和接受了大金大紅之後隱現的「慈苦的笑容」。

　　然而人世的滄桑流轉之後，細緻而認真地生活著的作者，她的往返於現實和想像的寫作，她這些扭轉日常事件和歷史事變為藝術的小說篇章，究竟給予作者自己和讀者什麼啟發或忠告呢？1990 年代完成的〈八傑公司〉和〈無岸之河〉，應該是目前為止能有的答案。在那裡，作者提示了她自擬的「多重渡引觀點」，也即是透過頻頻更換的敘述聲吻和視角，在對話，在可能被增刪的事件枝節之間，讓故事情節淡化昇華，讓「現實醞生出幻象，日常演化成傳奇」，從而使人間的紛擾變故層層蛻化，終至「許諾了寓言的可能」。在無河的臺北新生南路瑠公圳，在已然是寓言的臺北溫州街鄉岸，相信還相信文字創造的力量的讀者和作者李渝，都會得到希望的應答。

——選自《聯合報》，1999 年 6 月 14 日，48 版

癡情嘆息

讀《應答的鄉岸》隨感

◎聶華苓*

> ……我不知道為什麼百合九月開花。不過，我從不知道百合應該在幾時
> 開花。儘管我曾想，那該是一個灑滿陽光的日子，花上閃著光彩……

李渝聲音清純、透著點兒羞澀，看著手稿，朗誦〈夏日　一街的木棉
花〉。

張系國坐在一旁，漫不經心撥弄吉他，卻是有意配合李渝的聲調。

> ……沒有死亡的愛情是多麼沒意思啊！平淡得像一杯沖了好幾回的茶，
> 一個很久很久以前的故事……

1964 年春天，我在臺大教的小說創作班舉行小說朗誦會。那是臺灣第
一次小說朗誦會。那時臺灣已有現代詩的朗誦了。詩的音樂節奏和長短適
於朗誦。冗長平淡的小說，誰來聽呢？我突發奇想，來個小說朗誦會吧，
是李渝那篇〈夏日　一街的木棉花〉給我的「靈感」。而且，我也有點兒不
服氣，誰說小說不能朗誦？好小說就不怕沒聽眾。我那班上只有五個學
生，工學院的張系國是旁聽。居然有工學院的年輕人對寫作有興趣！漂亮
多才的張系國給寫作班添了些光彩。一直到現在，我仍然驚嘆張系國一手
寫出精采的小說，一手玩弄動輒得錯的電腦，不知哪兒來的第三隻手處理

*作家，美國愛荷華大學「國際寫作計畫」榮譽退休教授。

匹茲堡大學系主任的任務，還在匹茲堡和芝加哥的家之間奔波。我在班上提到小說朗讀會，每個人都叫好，其實，每個人都沒把握。為了吸引聽眾，張系國自告奮勇彈吉他伴奏，免得太單調，也算是個創舉吧。那天，臺大寂靜幽黯的文學院鮮活起來了。教室坐滿了人，還有幾位作家自動來了。

　　……我喜歡黑暗，看著暮色點點滴滴的下降，心裡就高興。至少，不會感到街那麼長，那麼無聊了……

張系國又撥弄幾下吉他。教室裡空氣凝定得有些嚴肅了。

　　……日子很好過，二十年。就這麼過去了，什麼也是，什麼也不是……

　　現在，我在愛荷華河上的鹿園，讀到李渝《應答的鄉岸》，三十五年，就這麼過去了，什麼也是，什麼也不是。
　　三十五年的歲月，日子很好過，也很不好過。李渝會同意吧。正因為也有了很不好過的日子，李渝的小說內容豐富了，題材廣闊了，含義深沉了，文字純淨了。李渝的小說家丈夫郭松棻鍾情〈夏日　一街的木棉花〉。我對那篇也舊情難忘（剛聽過紫薇的〈回想曲〉）。三十五年的情分啊！我和李渝情淡如水，卻相知日深，只憑她一年一張寫滿了字的聖誕卡，我一年一紙短簡，就心領神會了。我讀《應答的鄉岸》裡每篇小說，是把它當作李渝所說的「一種獨特而完整的體系」來讀的。
　　李渝在序裡說：「我在前一個集子的幾篇中，反覆想試出某種特別的呈現形式，這裡的各篇敘述都比較直接，好讀得多。」豈止「好讀」而已？李渝運用文字的工夫更深了，不見痕跡、不見雕鑿，所以好讀。那「好讀」的文字，在你不知不覺間，描出巧妙的意象，架出複雜的結構，「普通的變得不普通，寫實的變得不寫實」。《應答的鄉岸》中的〈八傑公司〉，

是個很好的例子。這篇小說原載《聯合報・副刊》。

　　小說的主角是傳教士、傳教士夫人、年輕的見習生。李渝要講的是這三個人之間的情愛關係。沒有一個「情」字，沒有一個「愛」字，也沒有具體明顯的細節。一扇窗子是舞臺，拉長了距離，遠遠看去，人物只是模模糊糊的人影。「遙遠又奇異的氣氛出現了」。她又用對比、反諷的筆法，將三個人的故事放大成人生世事的滄桑，透著隱隱約約的嘆息。小說首先提供人物和背景。

　　　　教堂旁邊有一片田，長著綠油油的稻苗，一旁種了菜花，風吹過起伏成綠色的波濤、翻出金色的浪花。
　　　　教堂二樓住著傳教士夫人。星期天當鐘聲敲起驚醒夜宿閣樓的麻雀，啾喳飛過二樓的窗前，窗子打開，白色的鏤花窗簾撩開，她那美麗的臉，就會現出在簾開的中間，帶著兩朵早起的紅暈和微笑俯望著垂著眼，真像聖堂裡的瑪琍亞。

　　這一段關於傳教士夫人的描寫可以比美福樓拜的《包法利夫人》。這兒的窗子就是舞臺了。那一片稻苗和菜花也不是信手寫來的，也是作者預設的「機關」。

　　　　傳教士溫州街人叫他牧師先生，是個一樣俊美的人，總帶著和氣的笑容，黃昏時候候喜歡一個人散步，把中間的路讓給你，退在一旁禮貌地欠身，用「您」跟你說話⋯⋯

　　　　早，祝您一日和平，主賜福給您。
　　　　禮拜天的早晨，穿了極挺的服裝在門口迎接你。

　　小說接著寫教堂後門裡邊搭出的違章建築，住著門房兼做雜工和車夫

的一家子。他的太太阿銀生了七個女兒和一個小兒子。李渝如此形象生動
地描寫阿銀：

> ……，我們常能見她帶著小兒子，悠閒地蹲在後門口的陰溝的石板蓋上
> 吃甘蔗。一口口用虎牙撕下來送到兒子的口裡，腿底堆起白花花的渣
> 子，露出桃紅花的裡褲。
> 這其間，過來和阿銀作伴聊天的是教堂隔鄰取名「桃源商店」的老闆
> 娘。

阿銀，老闆娘，還有商店在來來往往的人，聊天少不了東家長西家短
的閒話。他們都成了那扇窗子裡「戲」的觀眾。

最後，年輕的見習生來了，需要陽光的蒼白的臉，父親一路送來的。
那淡淡幾筆，就點出了脆弱的年輕人，對牧師自然是仰慕而又依賴的。李
渝善用電影的技巧，將視頭拉得遠遠的，顯示他們在天邊最後一片晚霞
中，在不同的地方散步，碰到人寒暄的時候，見習生總是退到牧師身後，
很有禮貌地點頭問好。

> 天漸漸晚了，兩人在最後的迴光裡並肩如魂似影地走著，臉上帶著微
> 笑，緩慢而悠閒，聽不見腳步的聲音。
> 天完全黑下的時候他們總能回到教堂的原址，沒入門內。

李渝銀幕上沉重的教堂的門砰地一下關上了。黑暗中，門內的人也魂
影相隨嗎？你愛怎麼想就怎麼想吧。現在，牧師夫人在依銀幕上出現了。
三人在一起，牧師夫人彈風琴的手停住了，屋外有人唱〈秋水伊人〉，男
人憋住了嗓子唱。三人都靜靜地聽，沉迷在那男不男女不女的歌聲中。三
人都有什麼心事吧。見習生請牧師夫人再彈下去。這時，我們看到牧師夫
人的手了，「指甲剪得很乾淨的一雙又長又白的手」。

　　見習生二十歲生日，牧師夫人用特別的麵食，細緻瓷器，還有一把鮮花。給見習生一個意外的慶生晚餐。見習生鬱鬱寡歡，談到寂寞。燭光，美酒。在微醺中，他和牧師談到自己的身世。他本想做旅行的歌手，聽父親的話才念神學。牧師本想做指揮家，也是父親要他學習神職，他們倆有共同的語言——由音樂轉入神職。三個主角錯綜的關係，若隱若現。作者蜻蜓點水，點到此為止。

　　現在，李渝的銀幕上，二樓的窗簾映出兩個半身人影，面對面的姿勢。雜貨店老闆娘和阿銀兩個旁觀者摻入了。她們成了提供消息的人。根據她們兩人各自所知道的，所聽到的，歸納成以下的說法：牧師和夫人不睡在一起，一個在二樓睡，一個在教堂後邊的小房間睡。那麼，二樓窗簾上的另一個人影是誰呢？有三種可能：牧師和牧師夫人；牧師夫人和見習生；見習生和牧師。阿銀清掃房間，在牧師床頭和見習生床尾撿起髒衣服，也分不清是牧師的衣服呢，還是見習生的衣服，因為兩人的身材相像。牧師和見習生的關係有點可疑。

　　我們已經看到牧師夫人彈琴的「一雙又長又白的手」。現在，李渝的銀幕上又映出了一雙手。

　　　修長白皙的手指尋覓著，遲疑地接觸到彼此。撫摸每一節指節每一條紋路每一寸皮膚。指與指以十字的姿勢交合，對貼起掌心，緊緊地纏握在一起。

　　老闆娘看到窗上的人影：兩人摟在一起。那修長白皙的手就是牧師夫人的手嗎？不一定。作者利用老闆娘的夢來故弄玄虛，製造懸宕，她夢中的牧師也有一雙又長又白的手。

　　見習生的手給蟑螂咬了，嚇得大叫。阿銀看到的。

　　見習生去牧師房裡，牧師的手托著見習生的手，輕輕撫摸著痛的地方，還將見習生的手指放在口裡吸吮。

老闆娘的女兒也作了一個夢。夢見和見習生幽會，一雙手長長地伸過來。

因為這隻手，三人之間的關係，模稜兩可，有六種可能性：

牧師先生和見習生產生了兄弟的情感。

牧師夫人和見習生產生了姐弟的情感。

牧師先生、牧師夫人和見習生產生了兄弟姐妹的情感。

牧師先生和見習生發生了不可告人的關係。

牧師夫人和見習生發生了不可告人的關係。

牧師先生、牧師夫人和見習生發生了不可告人的關係。

那雙手到底是誰的呢？作者終於要揭開謎底了。教堂禮拜天的晨會因為地板塌陷而停止了一段時期。禮拜天的晨會再開始時，見習生形容憔悴，「他的歌唱得真是更好了」──李渝這一筆有畫龍點睛之妙。聊聊幾筆，細緻地勾畫出一個戀愛中的年輕人的形象。

沉寂，悶熱，沒有風。雷雨過後，「瑠公圳浮起一截爛了的肉體」，這是當年的新聞，李渝用來烘托抑鬱沉悶的氣氛，反映那種氣氛中的人物對生活的渴望。父親來帶走了見習生。為什麼？用不著多說。其中必有差錯。牧師照常在那幾條路散步，仍舊穿著整齊的黑西裝，仍舊有禮貌地和人打招呼，只是少了見習生。但聽說牧師夫人病了。很奇怪的病，不睡覺，站在臥室裡，走廊上，樓梯口，壇臺上，院子裡──等待什麼人嗎？或是重溫什麼抹不掉的記憶嗎？牧師和夫人必須遷出教堂，因為教室地板繼續陷塌，因為夫人無緣無故打破了幾扇玻璃窗。為什麼？也用不著多說。夫人精神出了毛病。李渝這種旁敲側擊的手法，讓讀者自己去想像，也就更逗人回味。

李渝對小說細節的安排也別具匠心。小說開頭寫到吹過金色菜花的風。小說結尾時，人事全非，甚至「風吹過不再像從前掀起柔軟的波浪，卻在草稈之間鳴鳴。風大的時候被遺棄了的田就會發出一片長長的呻吟。」李渝甚至也不肯輕易放過阿銀的七個小女兒，和雜貨店女兒。她們

長大了，「合夥買下了面對羅斯福路的整段樓面……鋪上光潔的大理石地，裝上晶亮的落地長窗，樓面高聳，鑲上金底金字的招牌，是為八傑公司。」

小說結尾妙極了，點出人事滄桑，也道出社會的變遷，世道的變化。反諷透著那麼一聲輕微的嘆息。

《應答的鄉岸》中每篇的技巧不同，主題、含義也不同。〈江行初雪〉也是一篇分量很重的小說，也值得細細咀嚼。這篇小說於 1983 年得《中國時報》文學獎小說甄選獎。李渝聽到在大陸生吸人腦的事，那就是這篇小說的種子。然後又聽到大陸來美的一個人隨口而說的一句話：「這又算得了什麼？」這句話就為李渝的小說定下了基調。但她還不甘心只寫這樣一則聳人聽聞的故事。她將研究藝術史的考證經驗和知識，將這篇小說深化了，內容擴充了。李渝跨越時空，利用玄江菩薩的故事，從庸俗、冷漠、殘酷的現實，延伸到「莊嚴揉和著人情」一片金光中的六世紀的菩薩。現在，小說要寫的是中國四千年文化的孤寂，而不只是一則生吸人腦的故事了。李渝用一整頁的篇幅、極其細膩的文字來形容考證所看到的圖片中玄江寺水成岩的菩薩：

> 追隨六世紀風格的軀體在肩的部分已經略微渾圓起來。菩薩左手做著施願印，右手做著施無畏印。素淨的佛袍摺成均勻而修長的線條，從雙肩滑落到膝的周圍，變化成上下波動的皺褶，像泉水一樣地起伏著，呈托在蓮花座的上面。

> 這行雲流水似的身體上，菩薩闔著眼，狹長的睫縫裡隱現了低垂的目光。鼻線順眉窩直雕而下，在鼻底掀起珠形的雙翼。嘴的造型整潔而柔韌，似笑非笑之間，游走得如同蠶絲一樣的輪廓，靈秀地在嘴角扯動了起來……

作者在潯縣經過一番波折之後，終於可以看玄江寺的菩薩了，並且還有一位從未見過面的表姨同行。現在看到的菩薩是個什麼樣兒呢？

> 眼前矗立著一尊從頭到腳水洩不通的金色菩薩……左手齊腰合掌垂下，右手當胸推前，印相是完全相同的。可是，全身披掛著叮噹的珠璣瓔珞，卻是和圖上的完全不同，更不用說這一身金了。
>
> 當胸就有幾串大小長短不整的珠鍊，齊腰紮了幾條蓮花圖案接成的束帶，肩上加出飄帶，佛衣滾上紅黃藍三色邊，頭上還有一頂碩大的高冠，疊鑲著各色寶石。
>
> 不消說，珠寶金玉都不是真貨……把圖片裡的如水似雲的風格全數破壞了。

作者探知 1975 年縣委病癒後，為了謝菩薩，用金油漆將菩薩塗得一身金光。她又發現寺內黑洞洞的牆角坐著一個老婦人，看上去和菩薩有些相似。這兩個細節都是伏筆。

李渝在小說中穿插了三則有關玄江菩薩的故事。第一則故事講到玄江寺建於東晉。梁文帝寵愛的公主患了重病，文帝在玄江設齋向菩薩祈福，公主病癒。文帝修飾玄江寺。第二則故事講天上的慈航導者悲憐眾生疾苦，投胎成為妙善公主，長大後出家修佛。父親妙莊國王百般阻難，最後下令焚燒公主修行的白雀寺，甚至遣人斬殺公主。公主全都安然無恙，終於修成正果，在父王病重時，剜目斷臂救父。公主就是玄江寺供奉的觀世音菩薩。

第三則是菩薩和現實有關的故事，而且反襯出一千三百年累積的文明所遭受的玩弄和漠視。這則故事是由表姨講出來的。朝陽街上住著母女倆。女兒十五、六歲，長得秀美，在縣委的威懾下，不得不去服侍縣委的白癡兒子。縣委得了嚴重的偏頭痛，八十歲的中醫所開的藥方是「用身健體清的姑娘，趁命氣活躍時直接收入，由血脈即時運至腦中，以腦治腦……」那夜，

人們聽見一聲淒厲的叫聲。母親在黑夜的街頭等女兒回家。清晨回來的是「後腦結纏著凝血的頭髮間，碎了一小片腦殼」的女兒。

人們在亂竹林裡發現吊死了的縣委的白癡兒子。縣委病癒，下令整修玄江菩薩。菩薩的臉看來很像那年輕姑娘的臉。母親從此不肯離開玄江寺，坐在黑暗的角落裡，守著貌似女兒的菩薩。

這個巧妙的結尾，意味深遠。作者在庸俗冷漠的現實中，對於中國文化的命脈，也癡情地守望著。

> 我從艙窗回望，卻已看不見潯縣，只見一片溫柔的白雪下，覆蓋著三千年的辛苦和孤寂。

李渝在得獎後接受訪問時，批評這第三節應該像羅生門那樣，由一個個不同的人和觀點講出來，而不是表姨一個人的敘述。我很佩服一個作家能這麼客觀冷靜地自我批評。

《應答的鄉岸》呈現李渝各種不同的題材，不同的手法：由一個故事進入另一個故事的「多重渡引觀點」，寫人潛意識的「新生南路中間曾有一條瑠公圳」，寓言式的「鶴的意志」[1]，用電影技巧展現時光不再的〈從前有一片防風林〉，輕描淡寫、諷刺自在其中的〈豪傑們〉。李渝 1960 年代寫的〈四個連續的夢〉、〈水靈〉、〈彩鳥〉、〈夏日　一街的木棉花〉，靈透、純淨、和年輕的李渝一樣，我讀起來，另有一番滋味，不說也罷。

——選自《聯合報》，2000 年 1 月 8～9 日，37 版

---

[1]編按：短篇小說〈無岸之河〉由三段故事構成，分別為：1.多重渡引觀點；2.新生南路中間曾有一條瑠公圳——溫州街的故事；3.鶴的意志。

激流中辨影

◎奚淞[*]

作為人類一項特殊的表情工具——美術的存在本是很自然的事，但當美術的創造力萎弱、停滯，而美感的傳達顯得曖昧、媚俗或虛偽時，這就不免引發檢討：究竟人出了什麼問題了？

讀李渝所寫，自 1970 至 1990 年代一系列的美術評論文字，重新浮顯出「中國繪畫從哪裡來、要往何處去？」的大問題。的確，天色變幻、腳底立足點也浮動可疑。在中國近代幾近與傳統斷裂的巨大變動中，政治、社會、經濟乃至於藝術活動，俱都化為濤濤激流。

激流中，人的面貌如何？美術的風格在哪裡？我想這是李渝想盡力探討的。激流中辨影，非尋常心力所能獲致，讀李渝文章，感受到一份誠摯和殷切。

首先觸目的，是李渝寫藝評遣文用字的好。彷彿是在試圖用文字敲擊造形世界，使沉默的美術發出告白來。李渝學的是中國美術史，卻也是優秀的小說家；以文學才華，探討美術真相，別有一番動人。

在這激變的時代中，中國傳統的美學用詞已顯得古奧朦朧，幾近於失去效用。而呈初生狀態的現代美術評論，又往往陷身於斷章取義、移植來的觀念中而不自覺，這就像坐在孤絕的象牙塔中，空談玄學，令人無法親近。李渝切實的文字，為當代的美術評論及美學用語，開出一條有可能性的路來。

讀李渝自述撰文情況：「非得耐住性子，找資料、梳理思路、連接字句

---

[*]曾任《漢聲雜誌》編輯、《雄獅美術》主編，現已退休，專事繪畫、寫作。

成可讀的章節……你必須靜下來，排除蕪雜、集中精神，否則什麼念頭都沒有，一段也寫不成，更不用提思想或深度了。」足見李渝在美術論文上用力之深，使賞鑑提升到創作的高度，才足以照見美術史遷演的真相。也因此，一連串美術評論的集成，也就更具分量了。

或許正是懷著對傳統莫名的愛，才會如此全方位的尋找彌補斷裂的新契機吧！在評論文集中，可以讀到一般少為人注意的墨西哥及俄國近代美術介紹。然而，談墨西哥在強勢文化入侵後，如何從西化的學習中找回代表自己面貌的「卓越風格」；或是談俄國近代畫家赴歐汲取新視覺經驗，他們究竟從何處下手學、又發展出什麼風貌……這些彷彿遙遠的事物，經李渝取來與中國近代的畫家、美術發展軌跡比並來看，有了借鏡和參考點，中國近代繪畫之所以欠缺風格和典範的問題就鮮明化了。如此，即使李渝藝評題目寫的是美國、是歐洲，總有一份作為借鏡的用心，要尋找的，是中國人更真切的面貌。

縱身於激變世潮，李渝提筆寫美術，總不忘相關的政治、社會、經濟等相牽連的時空因緣。當然，人脫離不了環境、種族、世界而獨存。然而，藝術家在真正創作的時候，畢竟是孤獨的。而鑑賞者，在真正欣賞作品時，也是孤獨的。在這裡，李渝談到了解脫種種外在枷鎖，達到美術卓越風格的創造，以至於鑑賞者如何與作品合一的「默契」。

幾篇描述余承堯其人其畫的文字，令人感動。李渝是余承堯作品的早期推介者之一。想來，流浪尋索所謂中國畫現代風格的李渝，必然是在老畫家蒼鬱純樸的作品中，得到了一份安寧和休息罷：文中記述 1987 年，由紐約飛來的她與老畫家及作品相見。「濕悶的氣候，盆樹在黑暗的室外兀立，冷氣滋滋響著，是這樣的一個夏夜……」李渝寫到當時在住家中觀畫的情境：「……直軸繼續懸掛，手卷放在地上用紙鎮壓住，客廳的天地形成山水的壁壘。遠岫遙引、林木蔥蘢；溪澗蜿蜒如幽靈、山脈堆砌連鎖、峰巒房舍重重地逼過來，在這樣的山水中間，使人逐漸感受到了一種幾近物體性（physical）的壓力、無法抵抗，不得不令人凝神屏息了……」

　　這便是藝術創作與鑑賞者歷經磨練，一併解脫世累、達到相見忘我的「默契」狀態。心源現形、寧靜誕生，藝術又一度證明自身的存在。「……畫家89歲的和氣而寧靜的容顏就在眼前，人如其畫、畫如其人，這一件可遇而不可求的事，倒是就這麼遇見了。」李渝追述道。

　　若從足以寬慰的角度來看，美術從來也不曾發生過什麼問題。美術，正如同文字、語言，一旦發生，即成為人類存在於地球上的獨特本能和標幟。固然傳統會衰朽、轉變，人們需要辛苦探求新風格形式來喚醒心源。但人與美感的邂逅，總也會一再重來的。我這麼想。

　　此外，經由李渝「人如其畫、畫如其人」令我想起友人說及余承堯最後年月裡發生的小故事。1992年，朋友赴廈門，探望高齡94歲的余承堯。談話間，也告知老人，他的一幅四聯屏作品，在拍賣會賣出了六、七百萬的天價。老人笑了，用閩南語答道：「這和我全沒關係。」

　　那麼，什麼是和他有關係的呢？蕭然四壁，在他所住的親人家中，就連一張他畫的作品也沒有。一生作品，全散盡了。那時老人的身體還好，人來求字，他總為人寫，不叫人失望回去。

　　這樣的人，才叫如畫吧。

　　就這樣，美被注視、被分辨、被驗證、被放下；經歷了美的人，達到寬容和圓成。人的容貌也美起來了。

　　在此祝福李渝，願她在累人的文字工作中，常能享有直抵心源的愉悅，如她文中所寫：

　　……再坐回常坐處，面對熟悉的古人和圖畫，心中卻寧靜歡喜。而《江行初雪圖》裡的，《富春山居圖》裡的那條河仍舊流著；在世上所有的瑣碎，所有的紛擾，所有的成敗中，有比它更永恆的麼？

——選自李渝《族群意識與卓越風格——李渝美術評論文集》
臺北：雄獅圖書公司，2001年10月

無岸之河的渡引者

李渝的小說美學

◎王德威

　　在 20 世紀中文小說創作的脈絡裡，現代主義影響深遠，卻總未受到應有的重視。1930 年代的上海，1960 年代的臺北，都曾一度引領具有現代意識的文學風潮。然而我們的傳統以感時憂國、鄉土寫實是尚，絕不因政權、意識形態的遞嬗有所改變。有意思辨主體心性、琢磨形式風格，甚或遐想家國以外生命情境的作者，注定是寂寞的，1980 年代以來海峽兩岸眾聲喧嘩，現代主義所曾標示的信條其實不無催化之功。（君不見，1980 年代初力倡現代主義的高行健，二十年後甚至拿下了諾貝爾獎？）然而後現代的實驗風起雲湧，百無禁忌，時至今日，再談什麼主義，似乎都是多此一舉了。

　　但在新世紀初檢視前此數十年海峽兩岸的創作，我要說現代主義其實未完。我所意謂的是，當下文學現象如此龐雜多元，以致使作者有了無不可為，也無可為，的尷尬。現代主義所強調的審美情操及主體信念，未嘗不督促我們反求諸己，回歸基本面。另一方面，前此現代主義作家所示範的風格，以及所經歷的生活及創作轉折，依然有待讀者及評者探討思辨。我的說法當然不僅止於為某一文學形式復辟而已。恰相反的，我以為如果我們藉現代主義再思「現代」一辭所暗示的「當下」及「流變」意義，我們對這一風潮的回潮，可以成為擬想未來——下一個「現代」的起點。

　　這也是為什麼我們應當重視像李渝這樣作家的原因。李渝 1960 年代末赴美後，並未與臺灣文壇保持聯繫，她與同為作家的先生郭松棻曾一度參與保釣運動，同輩的戰友尚有劉大任等人。釣運一役來得急、去得快。那

段政治歲月也許只留下電光石火的痕跡，但卻成為這幾位作家創作修行的開始。比起上文所交代的背景，現代主義似乎不應與李渝、郭松棻這些作家發生關係。因為他們所曾經堅持的政治信仰，其實是反現代主義的。[1]但唯其如此，我們得見李渝還有其他同道這些年所經歷的變與不變。他們曾為了改造中國，急切擁抱以社會、民族、現實是尚的主義；到了中年驀然回首，他們反而了解捕捉現實、更新民族的要徑之一，就是在於堅守個人的意志，操演看似最為無用的文學形式。但有沒有如下的可能呢：他們的民族主義原就是基於一種純粹的審美理想，他們的海外運動打從頭起已帶有荒謬主義的我執色彩？果如是，現代主義與社會主義，個人節操與民族情感竟可不斷的以二律悖反形式，在他們生命／作品中形成辨證。[2]

我以為在她最好的作品與文論裡，李渝反覆思辨這一問題，而且將其複雜化。現代主義的定義一向眾說紛紜。由李渝所示範的特徵，從敘事、時間邏輯的渙散到文字修辭的「一意孤行」，由主體意識的辨證到社會參與的隱遁，不過是最明顯的例證。比起王文興、郭松棻、七等生等人，李渝未必是徹底的實踐者。但看她如何經由現代主義的信條重探傳統文化的門路，如何遍歷感時憂國的考驗歸向方寸之間的啟悟，永遠耐人尋味。用李渝自己喜歡的意象來說，在歷史或文字的「無岸之河」裡，我們載沉載浮，都在找尋「多重渡引」的方式。此岸或是彼岸，已經無從聞問。怎樣在流變中接駁渡引而偶得其情，反而成了重點。如此說來，現代主義於她沒有別的，正是一種渡引的方式。

一、鶴的意志：一種風格

李渝的創作始於 1960 年代。彼時她就讀臺大外文系，已深受所學及師

---

[1] 有關現代主義與馬克思主義文學觀的著作，見如 Eugene Lunn, *Marxism and Modernism: An Historical Study of Lukács, Brecht, Benjamin, and Adorno* (Berkeley: University of California Press, 1982)。

[2] 有關現代主義與臺灣文學的傳承，詮釋與反挫，參看 Sung-sheng Yvonne Chang, *Modernism and the Nativist Resistance: Contemporary Chinese Fiction from Taiwan* (Durham & London: Duke University Press, 1993)。

友影響；前輩作家聶華苓正是鼓勵她寫作的師長之一。我們回顧她早期作品，如〈水靈〉、〈夏日　一街的木棉花〉、〈彩鳥〉等，遐想空靈，沉浸淡淡的頹廢色彩中，十足文藝青年的苦悶與悸動姿態。「誰知道永遠有多久？也許三年就是永恆，也許就是那麼二三分鐘」；「我渴望遊戲和死亡，我總是這樣，像一個瘋子」；「活著是沒有理由的，因為我們只是上帝的玩物罷了。」[3]這樣的呢喃吶喊，無不顯露現代主義式症候群。而要等到多年後，當李渝回首往事，寫出一篇篇《溫州街的故事》，我們才了解她看來天真矯情的敘事後，還有另一層歷史文本：一代知識分子落難遷徙的滄桑（〈菩提樹〉），他們子女懵懂的南國經驗（〈朵雲〉），還有尋常百姓的亂世歷險。政治禁忌，欲望壓抑，曾怎樣的驅促作家和她同代的學院青年另謀出路？文字裡所喚生的虛無或感傷，成為一種逃避，或更是一種頡頏方法。學者張誦聖（Yvonne Chang）曾有專論探討 1960 年代臺灣現代主義的歷史因緣及修辭政治，李渝的少作恰又可以為例。[4]

　　李渝大學畢後赴美專攻藝術史，與此同時，她捲入保釣運動。比起國家民族大義，創作已成小道，她的停筆並不讓人意外。我所有興趣的是，曾是現代風格實驗者的李渝何能搖身一變，成為愛國運動者？這一改變除了意識形態的選擇外，是否更有美學因素？江山如畫、故國情深，對海外遊子這只是最表面的誘因。我更願猜測似李渝這般的作者，可能曾企求自愛國運動中，找尋一種純淨的個人寄託。遠離滯塞嚴苛的島嶼家鄉，遙想遼遠的神州大陸，新中國的一切成了不折不扣的圖騰，煥發「雄渾」（sublime）的魅力。從這個角度來看，「愛國」其實是「愛己」的辨證延伸，「回歸」與其說是回歸祖國，更不如說是回歸夢土。現代主義的潔癖與社會主義的衛生學於此居然有了詭祕的結合。[5]

---

[3]李渝，〈夏日　一街的木棉花〉，《應答的鄉岸》（臺北：洪範書店，1999 年），頁 202。
[4]參看 Sung-sheng Yvonne Chang, *Modernism and the Nativist Resistance: Contemporary Chinese Fiction from Taiwan*。
[5]亦可參見學者王斑（Ban Wang）對中國現代美學中雄渾意識與政治信念的複雜關係，參見 Ban Wang, *The Sublime Figure of History: Aesthetics and Politics in Twentieth-Century China* (Stanford, California: Stanford University Press, 1997)。

　　但這樣的結合注定是脆弱的。當保釣激情散盡，文革痛史逐步公開，失落的不應只是政治寄託，而更是一種美與紀律的憧憬。1970 年代中期以來，曾參與保釣的知識分子作家如劉大任、郭松棻、李渝等，都沉潛下來，等他們再出發時，作品的面貌率皆一新。歷經政治的大顛撲後，他們反璞歸真，以文學為救贖。昔時釣運種種，其實不常成為敘事重點，然而字裡行間，畢竟有許多感時知命的線索，竄藏其間。在最輕描淡寫的階段，一脈不甘蟄伏的心思，還在上下求索；越是無關痛癢的筆墨，越讓我們覺得悸動不安。小說敘述成為一種謙卑的反觀自照，一種無以名目的行動藝術。[6]

　　1983 年李渝以〈江行初雪〉一作得到《中國時報》小說大獎。這篇作品以旅美知識分子返鄉探親，獲悉文革一場駭人聽聞的事件為經，以宗教與藝術的冥思與超越為緯，代表李渝創作的重要轉折，下文當再論及。倒是好事者將此作附會為傷痕、反共文學，引來作家的反應：〈屬政治的請歸於政治，屬文學的請歸於文學〉。[7]這樣的宣言也許聽來如老生常談，但對李渝而言應別有一番滋味。不過十多年前，她不也曾投身政治而無所反顧？然而我從這樣的宣言看到她藝術進程的裂變，也看到延續。如前所述，如果釣運狂熱可視為她現代主義美學政治化的癥兆，回歸寫作後的她堅壁清野，以藝術是尚，骨子裡的自我砥礪堅持，只有更變本加厲——而這又何嘗不是一種「政治」姿態？

　　而李渝的考驗未完，1997 年夏，李渝的先生郭松棻突然中風，她自己因為壓力太大，落入不可名狀的驚恐和躁狂，以致崩潰。[8]對一個潔身自重的作家而言，身體成為一道最後的，也最脆弱的關口；身體的潰散，因此幾乎帶有寓言色彩。什麼是主體的完成？什麼是形神的琢磨？面對這些（現代主義）問題，從卡夫卡到吳爾芙，從芥川龍之介到阿陶（Artaud），

---

[6]見我的書評〈秋陽似酒：保釣老將的小說〉，《眾聲喧嘩以後》（臺北：麥田出版，2001 年），頁 388～393。

[7]李渝，〈〈江行初雪〉附錄〉，《應答的鄉岸》，頁 156。

[8]見李渝，〈作者序〉，《應答的鄉岸》，頁 3。

卻紛紛以肉身的崩毀來反證理想的可望而不可及。李渝不能自外於此。她曾寫道，從「地獄般」的療程走回人間，「任何時候腳下裂開，就可能又掉進去。」[9]她的告白真誠坦率，卻猛然讓我們想起現代藝術的要義之一，不正源自時間、肉體、信念「惘惘的威脅」，源自一種如臨深淵的掙搏，一種不見退路的決絕？歷劫歸來，李渝依舊靜靜的寫著，一種危然而又孤高的美學，已兀自瀰漫字裡行間。

截至目前為止，李渝已出版了兩本短篇小說集，《溫州街的故事》（1991）和《應答的鄉岸》（1999），以及長篇小說《金絲猿的故事》（2000）。《溫州街的故事》以座落臺北南區的溫州街為場景，敘述里巷人家的滄桑，漫漫歲月的流逝，還有掩映其下的戰爭與政治的創傷。識者或要以白先勇的《臺北人》與《溫州街的故事》作比較，而白的華麗感傷恰與李渝的清淡內斂形成對照。她的角色即使落魄，也依然保持某種靜定的姿態。如李渝自述，少年時的她把溫州街「看作是失意官僚、過氣文人、打敗了的將軍、半調子新女性的窩居地，痛恨著，一心想離開它」，多年以後才了解到「這些失敗了的生命卻以它們巨大的身影照耀著導引著我往前走在生活的路上」。[10]不錯，溫州街早已構成李渝的原鄉之路，彳亍其間，她的想像豁然展開，敘事與記憶的線索也因之就序。

《應答的鄉岸》則收有李渝 1965 到 1996 年間的作品 12 篇。時間的跨度如此之大，作家的改變與堅持自然突顯出來。從早期的存在主義式小品到 1980 年代〈江行初雪〉、〈關河蕭索〉等對藝術與歷史的反思，再到 1990 年代〈無岸之河〉寓言式接力敘述，李渝追尋一種明淨的形式，用以觀照生命流變的用心，在在可見。尤其〈無岸之河〉一作，開宗明義點出，「一篇小說吸引人的地方，通常在它敘述的觀點或視角。視角能決定文字的口吻和氣質，這方面一旦拿穩了，經營對了，就容易生出新穎的氣

---

[9]李渝，〈作者序〉，《應答的鄉岸》，頁 3。
[10]李渝，〈臺靜農先生・父親・和溫州街〉，《溫州街的故事》（臺北：洪範書店，1991 年），頁232。

象。」[11]所謂的觀點或視角，指的是敘事技術，但又何嘗不是應答世事的修養？這篇小說強烈的自覺意識，可以視為進入李渝創作的門徑。

《金絲猿的故事》則是一個以溫州街為背景的長篇傳奇。有爭戰歷險，也有豔情親情，原應當頗有看頭。李渝寫來，卻化喧嘩為蕭索，使之成為一齣幽幽的道德劇場。小說中的將軍半生戎馬後退居臺灣，但更艱難的挑戰方才開始。將軍所經歷的榮辱浮沉，竟與當年一場有關金絲猿的傳奇糾纏一起。這是宿命，還是奇譚？小說後半段將軍的女兒現身，重回金絲猿現場，穿雲撥霧，探尋真相，這才明白原來人間的恩怨仁暴是如此撲朔迷離，信仰與背叛的代價是如此沉重難堪。如何了斷，成為小說最後用心所在。

就故事論故事，李渝的作品不乏動人元素，但她刻意低調的處理，使我們必須追問她的「視角」、「觀點」何在？我以為故事之外，李渝更努力描摹一種生命的風範。這風範可以落實在人物的行為上，如《溫州街的故事》裡的那些失意落拓卻不減傲氣的角色；也可以顯現在某些事物的形象上，如《金絲猿的故事》中那傳奇的金毛藍臉的奇猿，或〈江行初雪〉中慈悲的菩薩塑像上；或更抽象的，可以游離於特定的自然情境、氛圍中——有什麼比「無岸之河」所烘托的氣氛更為深邃淒迷？貫串其間的，則是李渝個人意志的結晶：高潔的意志，審美的意志，「鶴的意志」。

我想到的是〈無岸之河〉最後一則故事，〈鶴的意志〉。鶴是古中國的「神祕之鳥」。漢朝的帛畫、唐朝的服飾、宋朝的彩繪，都記錄了鶴的蹤跡。李渝記得當年遊赤壁的蘇軾，夜半放舟，頓思生命的倏忽與虛無；劃過江面，正有一隻孤獨的鶴悄悄飛過。《紅樓夢》中中秋夜宴後林黛玉與史湘雲藉月賦詩，觸景傷情，闃寂的湖面驀地也飛起了一隻鶴。曾幾何時，鶴「在我們的世界消失」。世事倥傯，人生紛雜，那綺麗又玄雅的巨鳥棲身

---

[11]李渝，〈無岸之河〉，《應答的鄉岸》，頁7。

何處？它偶然的出現，又是怎樣讓故事中的角色如癡如迷？

　　這是李渝的現代與李渝的古典交接的時分了。順著鶴的想像，她有意召喚那高潔華美的境界，卻終必喟然而退：一切只剩下意會了罷。但意志力的風範或曾殘留一二？小說結束，李渝描寫一種白肚灰身的候鳥依然靜靜過境啄食。「牠們立下南飛的志願，遙路上常在溫暖的臺灣停留，通常不能完成飛行便衰竭在途中。」[12]

二、河與黃昏：一種史觀

　　初讀李渝作品的讀者往往可能懾於她文字的沖淡，留下不食人間煙火的印象。這恰與李渝所要書寫的材料相反。中國現代史上的血淚不義——革命、戰爭、迫害、背叛、流亡——構成她作品的底色。《溫州街的故事》裡的那些居民，像〈夜煦〉裡顛沛流離的名伶、〈夜琴〉裡歷經二二八事件的外省婦人，或像《金絲猿的故事》中大勢已去的將軍，新作《夏日踟躕》中〈踟躕之谷〉裡漂泊山谷中的畫家／將軍，都可以為我們演述一場又一場的離奇故事。但李渝志不在此，她竟似把那些有血有肉的人物、情節抽血去肉，以致要讓亟亟於「被感動」的讀者失望了。不僅如此，李渝在鋪排故事時，也不能完成傳統的起承轉合的要求，時時顯得稜角突兀。

　　如果敘事不僅止是說說故事，而是一樁事件，一項回應時間，編織人事的工程，那麼敘事總已內蘊歷史動機。李渝的專業是藝術史，上下古今，文字以外的媒介，閱歷既多，眼界自然又有不同。如前所述，看她的作品，情節之外，更引人注目的是她經營氣氛，造作意象的功力。是在這些方面，她獨特的時間與空間想像，她個人的歷史感喟，才得以抒發出來。

　　以曾得（《中國時報》文學獎）大獎的〈江行初雪〉為例。故事中從事藝術史工作的敘事者在文革後來到江南以古寺聞名的潯縣。她是來瞻仰聞

[12]李渝，〈無岸之河〉，《應答的鄉岸》，頁50。

名的玄江菩薩塑像的。行文中穿插了三則有關菩薩的故事：東晉天竺僧人
慧能建寺的故事；觀世音變相為妙善公主，剜目斷臂救療父王的故事；文
革中少女慘死，幹部生吸人腦的故事。李渝將一則人吃人的慘案套在神
話、歷史、宗教的脈絡裡，相互指涉，使她的視野陡然放寬。「過去、現
在、將來，都是歷史前去時的一個時態；神話、志異、民間傳說，無非是
人生投射的故事。」[13]千百年來中國的蒼生承接苦難，未有盡時。菩薩靜靜
俯視眾生，微笑之後有無限慈悲憐憫。小說結尾，敘事者愴然乘船離開，
江面初雪，一片肅靜，「只見一片溫柔的白雪下，覆蓋著三千年的辛苦和孤
寂」。[14]

　　常為我們忽視的是小說中的江水，以及其篇名〈江行初雪〉。有鑒於李
渝的藝術史背景，她顯然受到南唐趙幹同名的畫卷〈江行初雪〉的啟發。
在那幅畫裡，初冬的江南水上細雪霏霏，舟子漁人迎著寒風，營求生計。
一派安詳的俗世生活寫真裡，卻擋不住蕭瑟的寒意。一千年前古畫裡的江
水必曾縈繞李渝的異鄉關懷；江水悠悠，流淌多少悲歡生死，以迄無窮。
大歷史的起起伏伏，畢竟是浪頭泡影。一個意象，一幅畫，反而超拔一
切，指向永遠。

　　而江河之水不必只是中國的。〈關河蕭索〉中，參加愛國運動的留學青
年來到紐約長輩處投宿，一進門「一排流水從室內數面長窗就在這時一迸
翻騰進我眼中」。[15]這河水（赫德遜河？東河？）「朦朧卻又清麗得如同元朝
上好的青瓷器色，夜闌人靜，透過窗戶湧入敘述者心扉。愛國者的示威如
波濤洶湧，而去國者的鄉愁則涓涓流入那異鄉的大河，再歸向大海。多年
後回顧往事，中夜不眠的時分，「那天窗河水便老友一樣的來到，用它了解
而可靠的拍動和光澤安慰我。」[16]

　　更放開來說，河水何必有岸。無岸之河，浩浩蕩蕩，屬於「少年的無

[13]李渝，〈江行初雪〉，《應答的鄉岸》，頁153。
[14]李渝，〈江行初雪〉，《應答的鄉岸》，頁153。
[15]李渝，〈關河蕭索〉，《應答的鄉岸》，頁158。
[16]李渝，〈關河蕭索〉，《應答的鄉岸》，頁158。

懼理想和疆域」[17]，卻也是現世人生永恆的虛無的「惘川」。[18]沉浮其中，李渝寫下了〈無岸之河〉。故事之一裡的外國修士與青年男子間的靈犀感應，像是玄奇的志異，卻也是莊嚴的見證。修士與青年的關係曾引起猜測；多年後老去的修士昏迷不醒，已屆中年的男子摒擋一切，悄然而至看顧他，又悄然而去。船過水無痕，一日修士突然醒來，彷彿一切如昨。這篇作品讀來「不像」真的，唯其如此，反而更挑動我們的心弦。那無岸的河究竟意味什麼？是〈江行初雪〉的渺渺江水，是〈關河蕭索〉中框於窗內的大河；或現實中，那河可是溫州街畔的瑠公圳，或竟是漂滿血絲蟲的大水溝？我們每個人心中都有一條河——就像故事中的男子所日夜懸念的？

到了《金絲猿的故事》裡，將軍的女兒為了完成亡父遺志，回到大陸找尋金絲猿的現場：

> 河程開始，時間重獲，延伸到過去與未來，進入各種時態和處境，無界無際……追隨落日和落月的軌道，逐步進入曖昧又清楚，晦暗又光明的過去。
>
> 延展著流向看不見的前方，河水伸入記憶的深處，在溫煦降臨的一陣灰色的光線中，經過半個世紀的時間，千萬里外的空間，鳥瞰的視點，故事重現。[19]

中國現代文學史上早有一位作者最擅寫河流，不是別人，就是沈從文。他的名作如《邊城》、《湘行散記》等，無不以河流的意象籠罩全書。相對於那些勤寫皇天后土的五四作家，沈從文一任自己滑入湘西水色，靜聽波聲漁唱，耽想凡夫俗子的哀怨與歡喜。《長河》一作，更點明了江河流

---

[17]李渝，〈作者序〉，《應答的鄉岸》，頁4。
[18]我想到的是《金絲猿的故事》中「望穿惘川」一題。
[19]李渝，《金絲猿的故事》（臺北：聯合文學出版社公司，2000年），頁95。

轉，載負、淘洗歷史無限的暴虐混濁。《長河》本身因戰亂而未寫完。歷史
嬗遞，敘事中斷，迫使河的故事終究不能到岸，反而留下更多無岸的空
白。[20]李渝的作品嫌少，尚不足以敷衍出沈從文筆下那種豐沛綿延的氣勢，
然而在想像川流的幽沉柔韌，畢竟與沈從文有一脈相承之處。

正如河流帶動了歷史空間想像，李渝反藉著黃昏參看時間的光影。黃
昏，在晝與夜的交口，在確定與不確定的時序裡，總使李渝和她的角色有
了莫名所以的感觸與惆悵。〈八傑公司〉裡，「特別美麗的黃昏，夕陽入
巷，一片光的起點出現兩位陌生人……逆光在影中向你一步步的走過
來。」[21]一場神祕的故事隨即展開。在那逆光倒影之下，人與事，過去與未
來，都恍然變得不真實起來。但這曖昧的時間也挽留、或托出另一種真實
吧。李渝在回憶自己的臺北生涯時寫著：

> 看完電影出來，竟是黃昏了，雲霞漫天如彩麟飛羽。武昌街的底端，淡
> 水河上的半空中，一輪巨大的橘紅色的落日等待著。下個時辰就要和夜
> 的水河匯成一體前，街在一片金紅色的餘夕中輝煌。[22]

《金絲猿的故事》裡，劃著雨絲的黃昏使城市一片晦暗；「可是當你拉
高視線，從一個遙遠的角度設法再見城市，朦朧細雨中在城市的上方，如
銀如水，如古青瓷般閃著光芒，柔美纏綿的新的城市出現了；抒情還是可
能的。」[23]

但黃昏的降臨也攪亂了另一些人的心理及生理時鐘。〈無岸之河〉裡的
男子一切有成後，突然染上了黃昏症。當「鬱黃的光線全面占領了空間」，
「一種惶惶然無依恃無前途的感覺」漫延開來。晝夜之交，因著光質的改

---

[20]見我的討論，*Fictional Realism in 20ᵗʰ Century China: Mao Dun, Lao She, Shen Congwen*(New York: Columbia University Press, 1992), Chapter 6.7。
[21]李渝，〈八傑公司〉，《應答的鄉岸》，頁 54。
[22]李渝，《金絲猿的故事》，頁 90。
[23]李渝，〈作者序〉，《應答的鄉岸》，頁 9。

變，從進取到退縮，從肯定到懷疑，「突然宣告一天就要結束」。[24]大勢已去，何可憑依？類似的症狀發生在〈夜煦〉裡。敘事者患了焦慮症，必須避開五點鐘的人潮。漫步黃昏的湖畔，夜色將近，「然而這時林的背後往往升起一片豔紅的顏色，像似整座城都燒燃起來了。」[25]黃昏是回憶的時刻，也是回憶失落的時刻。〈無岸之河〉與〈夜煦〉都以此為線索，講述時光流散，今生恍若隔世的故事。而李渝由此進入人間的幽黯面，並探尋救贖的可能。

　　似曾相識，既陌生又親切，李渝是不自覺的「詭異」（uncanny）效果的試驗者。根據（佛洛依德）心理分析的觀點，「詭異」的感覺不只來自我們面對陌生事物的不安或憂懼，也更來自一種難言的誘惑：那陌生的事物可曾是我們所熟悉的，「家常」的一部分？[26]李渝的黃昏敘事起於氣氛的琢磨，終必成為心理的，及倫理的，反覆運作機制。她故事的核心，就是在「奇異與普通」的現象間的觀看、凝想，分分合合，旁敲側擊。雖然她所要說的，要指認的，彷彿總已無辜的陳列在檯面上，但由著光影、視角、及距離的介入，卻讓我們心有戚戚焉了。

　　無獨有偶，沈從文曾有一篇名為〈黃昏〉的小說，寫長江中游小城裡的浮光掠影。午後雨歇，例行的殺人場面正要展開。驚惶的犯人，老於此道的獄卒，心有旁騖的監斬官，等著收屍的家屬，看熱鬧的孩子，共同交織成一場詭異的血祭。沈從文對天地不仁的慨嘆我們不難看出。難的是他竟在這最暴虐的生命即景中，展露抒情技巧。

　　　　日頭將落下那一邊天空，還剩有無數雲彩，這些雲彩阻攔了日頭，卻為日頭的光烘出炫目美麗的顏色。這一邊，有一些雲彩鑲了金邊、白邊、

---

[24]李渝，〈無岸之河〉，《應答的鄉岸》，頁26。
[25]李渝，〈夜煦〉，《溫州街的故事》，頁3。
[26]有關精神分析「鬼魅性」（the uncanny）的理論，請參閱 Sigmund Freud, "The Uncanny" (1919), *The Standard Edition of the Complete Psychological Works of Sigmund Freud*, ed. and transl. by James Strachey. Vol. XVII (London: Hogarth Press, 1955), pp.219-256。

瑪瑙邊、淡紫邊，如都市中婦人的衣緣，精緻而又華麗。雲彩無色不備，在空中以一種魔術師的手法，不斷的在流動變化。

我在他處已對此一抒情修辭的前衛意義詳加討論。這裡要強調的是，沈如何藉著黃昏的光影，對生命的得失投擲曖昧、包容的眼光。當一切殺戮、喧嘩逐漸平息時，「天上的地方全變為黑色，地面一切角隅皆漸漸的模糊起來，於是居然夜了」。[27]

三、多重渡引：一種美學

「多重渡引」是李渝討論小說技巧時所使用的一個觀念。在〈無岸之河〉裡，她以《紅樓夢》及沈從文的小說作為開場。《紅樓夢》第 36 回，賈薔與齡官為了一隻籠雀放生與否，你來我往，百般周折。齡官佯怒似嗔、賈薔以退為進，無限深情盡在不言中。此景為寶玉窺見，推己及人，不覺癡了。近二百年後，沈從文在〈三個男人和一個女人〉中，經由不同的敘事者輾轉述說了一則湘西傳奇。有愛情、有暴虐，更有詭祕的自殺與屍戀，但層層推衍傳述後，這則故事「便離去了猥褻轉成傳奇」。[28]

李渝藉此暗示說部製作的美學要義，絕非一般寫實主義「反映人生」或「誠中形外」的要求所道盡。她於是寫道：

> 小說家布置多重機關，設下幾道渡口，拉長視的距離，讀者的我們要由他帶領進入人物，再由人物經過構圖框格般的門或窗，看進如同進行在鏡頭內或舞臺上的活動，這長距離的，有意的「觀看」過去，普通的變得不普通，寫實的變得不寫實，遙遠又奇異的氣氛出現了。[29]

---

[27] 沈從文，〈黃昏〉，《沈從文文集》5 卷（廣州：花城出版社，1983 年），頁 374～375。
[28] 沈從文，〈三個男人和一個女人〉，《沈從文文集》，頁 258。
[29] 李渝，〈無岸之河〉，《應答的鄉岸》，頁 8。

　　李渝以〈無岸之河〉現身說法。她從《紅樓夢》講到沈從文，再接入自己某一黃昏之約的奇遇，以及聽來的故事。由此敘事又轉向前述的修士與青年男子的故事，而以另一則〈鶴的意志〉故事作結。這些故事間其實缺乏「合理」的聯繫，李渝將它們串起，總令人覺得有點蹊蹺。奇怪的是，「如同引起一場蛻變」，一種魅力反而誕生。

　　多重渡引的例子在李渝的作品中隨處可見。《溫州街的故事》中的〈夜煦〉，就是另外一則聽來的故事；〈傷癒的手，飛起來〉、〈朵雲〉則藉觀點與時序的轉換，達成意義層出不窮的感覺。新作《夏日踟躇》中，〈尋找新娘〉同一故事甚至寫了兩次，產生錯綜的對位效果。〈踟躇之谷〉中的軍官歷盡戰爭與死亡的考驗，晚年成為畫家。他又與一位陌生教師間發展出知音般的友誼。兩人藉繪畫的媒介，捕捉、定義彼此在人間的定位。無岸之河、踟躇之谷，流盪徜徉，正是渡引的場域。而這兩作在行腔運事上似有呼應之處，又形成另一種渡引關係。

　　李渝顯然明白渡引手法在文學藝術的表現中其來有自。「聲東擊西，借此喻比，用不定或『偶發』的事故，襯出主意」[30]即可借鏡。或更如蘇軾所說的，「畫此畫非此畫，賦此詩非此詩」，亦差堪近之。[31]歸根結帳，渡引需要匠心，一種觀人睹物的視角。李渝的藝術史專業，必曾給予她不少靈感，尤其她對繪畫與文字間的輝映，頗能切中渡引美學的要害。〈關河蕭索〉中的敘事者迎著窗框，隔著玻璃，觀看那彷如鑲嵌入畫的河水，這才有了意思。某夜「隨著月光的移動，那六面長窗竟也像舞臺上的布景一般，明亮了，活動了……六窗流水終於連接成一條河，完整地呈現在我眼前。」[32]而更好的例子來自李渝閱讀王無邪的畫作〈河夢〉。在畫中河的流程被分融切割，形成似重疊又錯開的，個別靜止框面或停格：「一個靜止的畫面──這靜止的一截，就是因個別的意願，從流動的整局中截出個人的

---

[30] 李渝，〈〈江行初雪〉附錄〉，《應答的鄉岸》，頁153。
[31] 此原為李渝引蘇軾〈書鄢陵王主簿所畫折枝二首〉，常被引用的是第一首的頭四句：「論畫以形似，見與兒童鄰；賦詩必此詩，定非知詩人。」
[32] 李渝，〈關河蕭索〉，《應答的鄉岸》，頁163。

時間。對時間整體來說，它是不影響大局的暫時停止，對個人來說，它具備了特殊的意義；它是一個乍現的思索，一個懷想，一節夢戀，使人不禁停步要再看；一片過去的生活，記憶閃過，使人心中湧出惦念，流連。」[33]

李渝對繪畫與文字的觀照，亦可見於〈傷癒的手，飛起來〉、〈踟躕之谷〉、〈當海洋接觸城市〉等。渡引的美學不僅止於文字與繪畫間的交錯。在〈夜煦〉裡，那超拔人間不義與荒謬的媒介是女伶的歌聲，在〈夜琴〉及〈菩提樹〉中是琴韻。而《溫州街的故事》附錄二作，各以攝影師郎靜山先生，及書法家、作家兼學者臺靜農先生為人物，李渝敬懷大師之餘，對他們藝術造詣的關注，亦可思過半矣。

渡引的美學更可以推而廣之，涵蓋李渝的史觀及人間倫理省思。回顧她與現代中國文學的譜系，小說界的兩大巨擘，魯迅與沈從文，對她應各有深遠影響。魯迅的深鬱奇絕，以及對民族及個人意識的自省，必曾深深感動過年輕時的李渝。〈朵雲〉中的夏教授在大陸淪陷後倉皇來臺。他的下半生充滿困頓齟齬，但他卻是少女阿玉的文學啟蒙者：他介紹阿玉進入了魯迅的〈故鄉〉等作品的世界。在那樣肅殺的歲月裡，一脈五四香火，就不經意的由一個落魄文人傳引到一個天真敏感的少女手中。

但以氣性及文字表現而言，李渝更趨近於沈從文的世界。我在前述以河與黃昏二題，說明李渝的時空想像，如何與大師有相互對話之處。相對於五四以來文學的涕淚飄零，沈從文的敬謹寧識其實是個異數。他所展現的抒情風格恰與彼時以「吶喊」、「徬徨」為大宗的寫實主義相逕庭。沈的抒情修辭看似一清如水，卻自有其深沉的歷史感喟。我在他處已一再論辯沈從文憑藉有情觀點見證人間最血腥無情的事實，因能將抒情傳統的潛力推向極致。[34]他的敘事法則，每每讓我們想起當代批評常提到的「寓意」（allegorical）修辭。與強調內爍自明的「象徵」經驗相較，「寓意」表達

---

[33] 李渝，〈民族主義、集體活動、心靈意識〉，《族群意識卓越風格》（臺北：雄獅圖書公司，2001年），頁 17。

[34] 見拙作 *Fictional Realism in 20th Century China: Mao Dun, Lao She, Shen Congwen*, Chapter 6。

偏重散漫的具體經驗、符號間的類比衍生，將內爍意義作無限延擱。所謂情隨意轉，意伴「言生」。語言、形式、身體這些「外物」，其實不必永遠附屬於超越的意義、內容、或精神之下。也唯其如是，語言也不必作為任何意識形態、美學成規決定論的附庸，被動的反映什麼，鼓吹什麼。

　　在 1930 年代的氛圍裡，沈從文的抒情風格注定是不討好的。多年以後，我們才猛然發覺他「非政治」、「不前衛」的寫作，才真正含藏了一種激越的美學：語言、文字是「他自己」的文化材質，用以指涉生命雜然分屬的萬相。置之死地而後生。沈從文把他的故事逼到種種生命絕境，卻由他文字、意象左右聯屬，重新賦予生機。儘管中國的現實四分五裂，沈從文對生命本能的驚奇，並不因此而受挫，他對文字之間接駁──渡引──意義的可能（而非必然），未曾失去一再嘗試的興趣。

　　這樣的抒情策略自然是李渝心嚮往之的境界了。再舉一例。李渝回顧五四以後「無數轟動的小說人物中，哪一個最叫人心動？」她想到的竟是沈從文〈三個男人和一個女人〉中的號手：「一幅幽靜的田野，閃爍的石塊旁邊有個瘦小無名士兵。他依靠著石塊，低著頭，在月光的底下仔細搓擦著手中的喇叭，直到它也晶瑩得像月光，然後他小心的爬到石上，在什麼人也沒有的夜裡，吹起了它。」[35]李渝曾希望以此為題，寫出故事，我們尚未得見。倒是另一個號手的號聲響起，挑動了一個在政爭中失勢被囚，等待死刑的軍官的深情（〈號手〉）。軍官半輩子在詭譎的歷史中打滾，終於沒有好下場。然而生命倒數的時日裡，暗無天日的囚牢中，他倒體悟出似水柔情，不能自己。死亡終於來臨，號聲響起，「在幾個優美的音階上變化著旋律，悠揚著，可又委婉柔麗的重複著，像一首殷殷叮嚀的情歌時，不止是軍官，連我們都被他深深的感動了。」[36]

　　渡引的流程持續著，我們又記起李渝汲自近現代藝術名家的心得。她博士論文的題目是清末市民畫家任伯年，由其上溯，明末清初的一批畫家

---

[35]李渝，〈作者序〉，《應答的鄉岸》，頁 2。
[36]李渝，〈號手〉，《夏日踟躇》，頁 42。

如弘仁、董其昌、王原祁、吳歷、龔賢、髡殘等，已自形成一種外於主流的畫論與畫風。李渝認為畫家把山水樹石等元素分解成視覺符號，在畫面上反覆排列組合，創造了抽象空間的形式結構。尤其龔、髡等人渲染墨色、累積線條，所展現的層次光影，竟可視為先於 19 世紀末西方的印象派技法。而　重光更以「層層相映，繁簡互錯，而轉轉相形」，「位置相戾」、「虛實相生」、「繁簡恰有定形、整亂因手與會」的觀點，總結這一畫風的形式主義特徵。[37]

現代畫家中，李渝崇敬李可染、陸儼少。對西方的影響，如 19 世紀末的「流浪人」（Wanderers）畫派，墨西哥的里維拉（Diego Rivera, 1886-1957）及歐洛斯科（Josè Clemente Orozco, 1883-1949），俄國的夏卡爾（Marc Chagall, 1887-1985）的成績也都多所致意。而縈繞她心中的，總是民族情操如何與現代意識接筍的問題。在這些大家中，最讓她心儀的應是余承堯（1898～1994）。

余承堯 48 歲時已官拜中將，卻「以一顆自贖的心，自軍中退伍」。國共內戰，他隻身來臺，與家人斷絕音訊。然後 56 歲那年他拿起畫筆，盡情沉浸於胸中丘豁。以後三十年，這位退役的將軍以那突兀崢嶸的山川河流，細密繁複的皴擦點染，呈現一幅幅畫作。余自謂沒有師承，筆下天地卻與傳統大家有了奇妙應答；他立意與世俗隔離，但一股憂鬱遒勁的氣勢，卻透露他強烈的人文關懷。是什麼原因促使畫家在筆墨中找尋自贖？而在什麼樣的情況下，他的對歷史、人事的介入是以推離方式產生？李渝必曾不斷的叩問著。她的作品如〈號手〉、〈踟躕之谷〉、《金絲猿的故事》等，俱以軍官為主人翁，余承堯的影子或曾出沒其中。她寫余氏畫作「試驗著各種共存或敵對的可能。有時它們擺下均衡的陣勢，有時有意抗爭，有時纏綿追隨，有時又分裂、狙擊和異起」。[38]將視景與理性形式意識連結，化故國風景為結構山水，看似與時代現實無關卻又綿綿相屬，引伸開

---

[37]李渝，〈江河流遠：《任伯年——清末的市民畫家》補記〉，《族群意識與卓越風格》，頁 154。
[38]李渝，〈鵬鳥的飛行〉，《族群意識與卓越風格》，頁 116。

來，這不正是她對自己小說美學的期盼？

　　而在所有人間世無岸的航程中，又有什麼能比郭松棻對李渝的渡引更為幽遠深刻？郭松棻又是另外一位中國現代主義文學的重鎮，他的寫作也始於 1960 年代，也是量極少而質極精。這對夫妻作家都對文學、繪畫及其他視覺藝術有深刻訓練，曾經共歷保釣的高潮與低潮，也曾在 1990 年代末期一起度過天翻地覆的身體病變。他們當年曾狂熱的參與國家運動，日後似乎也刻意以「一顆自贖的心」，退隱江湖，以虛構來超拔現實的紛亂不明。郭松棻的成就，早該受到肯定；他的創作風格也必須另有更長的篇幅交代。與李渝並列，兩人顯現許多相似處，他們行文運事，都以簡約凝練是尚，視覺意象的經營尤其與眾不同。他們對風格幾近自苦的要求，其實是一種淩厲的（藝術或政治的）生活信念延伸。但細讀比較，我們可以看出郭松棻的世界充滿狂暴荒涼的因子，而在最非理性的時刻，一股抑鬱甚至頹廢的美感，竟然不請自來。相形之下，李渝的敘事和緩得多；無論題材如何聳動，溫靜如玉是她最終給予我們的印象。

　　如果郭松棻的作品如評家所言，充滿沙漠荒蕪氣息[39]，無岸之河則是李渝小說及藝術評論恆常出現的意象。這河是空間的河，也是時間的河，無涯無際，蒼茫蕭索。而生於四川，長於臺灣，居於美國的李渝，也曾航越了多少江河滄海，找尋可棲之岸？回首前半生的跋涉，她終必了解無岸的必然。就像釣運十年後，她重返母校柏克萊，「面對熟悉的古人和圖畫，心中卻寧靜歡喜。而〈江行初雪〉圖裡的，〈富春山居〉圖裡的那條河仍舊流著；在世上所有的瑣碎，所有的紛擾，所有的成敗中，有比它更永恆的麼？」[40]

　　彷彿之間，無岸之河上似乎飛舞著白鶴。但定睛一看，那白鶴也不必是古中國的白鶴，而可能是臺灣的鷺鷥。正像《金絲猿的故事》的高潮裡，將軍的女兒大陸歸來，從降落臺灣的機身翱旋中，看到騰飛起兩隻白

---

[39]吳達芸，〈齎恨含羞的異鄉人〉，《郭松棻集》（臺北：前衛出版社，1994 年），頁 519。
[40]李渝，〈江河流遠：《任伯年——清末的市民畫家》補記〉，《族群意識與卓越風格》，頁 157。

色大鳥，這才明白，「在她無論是升起還是降落的時候，原來故鄉田野裡的鷺鷥，總是以飛行著的巨大十字，賜福與她。」[41]

——選自李渝《夏日踟躇》

臺北：麥田出版，2002 年 5 月

---

[41]李渝，《金絲猿的故事》，頁 186。

哥德大教堂與曼陀羅

◎駱以軍[*]

　　李渝在小說〈無岸之河〉的起章，以《紅樓夢》36 回寶玉窺見賈薔、齡官之「放雀」情事，或沈從文小說〈三個男人和一個女人〉，提出一「多重渡引觀點」，那似乎是她小說中亭臺樓閣、花園幽徑，層層迂迴的神祕起手勢，一個時光之夢的入口，一個震懾華麗交響樂的序曲。包括〈無岸之河〉，《溫州街的故事》裡的〈夜煦——一個愛情故事〉、〈她穿了一件水紅色的衣服〉、〈夜琴〉、〈菩提樹〉諸篇藝術性臻於不可思議完美的短篇，以及《金絲猿的故事》，甚至後來的《賢明時代》……這是一個非常奇特的，關於敘事的「觀看——運鏡縱深」或「說故事——故事包裹故事乃至於說不完的故事」最後卻產生出傳奇效果的內在結構。她的小說總帶有一種時間之謎，讓人迷惘又悵然的霧夢世界，很奇怪的是，以文字的精準控制和近乎嚴厲的自覺，她（以《溫州街的故事》為標示）可說是不折不扣的現代主義者，但從「多重渡引觀點」後面所欲「渡引」而出的，卻又是一個什麼非如此無從召喚而出的——昨日之街？壓抑著祕密、傷害之謎的煙鎖重樓？失去線索的巨大文明？一段穿行過百感交集難以言喻的傾城之戀？一種說故事的意志，那種懸逗和魔魅不僅在其印象派點描畫式的風格文字，而是這意志的相反兩面：作為讀者，李渝小說始終給我一個印象，那高度疏離，抑斂情感的視覺或空間歧路花園，似乎在延阻著我們過早抵達核心，將讀者之心智在詩化語言、繁複的文明場景、閃藏遮掩其後歷史公案或羅生門式謠言、耳語、新聞、傳說之多版本真相之暗示（如同整個「紅

[*]小說家。

學」?）……這種種延異之意志中消耗殆盡；但後面卻有一不斷「渡引」故事，故事如被封印之妖獸在迷宮的最裡面蠢蠢欲動，妖幻發光的敘事熱情。

年輕時抄讀李渝的小說，那隱藏在雨滴般斷句、暗夜芙渠不斷打開感官的細節後面，其實有一極嚴謹的結構。那總讓我想到哥德式大教堂的尖拱、拱肋和飛扶壁（flying buttress），哥德式建築利用它那「大樹張開的樹枝」般的拱頂肋架，那像撐開的帆或吊起之罩篷，將磚牆結構的拱頂由稜筋與束柱連結成一種垂直向上，輕靈飛昇的幻覺；而牆面上愈開愈多，愈開愈大的彩色玻璃窗（那些薔薇花窗），讓映照進建築物裡的光線，產生一種層層疊映、神祕壯麗、盈滿垂灑的天堂臨場感，而為了達到這樣「垂直朝上」且「光陰流動」的效果，他們將原本支撐高聳建築物本身重力與側推力的難題（彩色玻璃窗的比例甚至超過牆磚部分），分散到建築物之外，像角架般的飛扶壁（輔臂）。

如同王德威先生在〈無岸之河的渡引者——李渝的小說美學〉中，指出李渝的「渡引」，從沈從文「如何藉著黃昏的光影，對生命的得失投擲曖昧、包容的眼光」，〈三個男人和一個女人〉畫面最後那個在月光下吹喇叭的小兵；渡引至藝術（或藝術史？）的「無岸之河」：

> 面對熟悉的古人和圖畫，心中卻寧靜歡喜。而《江行初雪圖》裡的，《富
> 春山居圖》裡的那條河仍舊流著；在世上所有的瑣碎，所有的紛擾，所
> 有的成敗中，有比它更永恆的麼？
>
> ——李渝，〈江河流遠，《任伯年》補記〉

〈夜煦〉中那近乎《愛在瘟疫蔓延時》經歷半世紀被歷史荒謬蹂躪、剝奪、損毀的一對傳奇戀人，琴師和美麗女伶，如今已是兩個蹣跚疲憊的老人，但李渝寫到他們在舞臺提弓鳴弦，老婦啟唇輕唱時整個「奇異、閃爍著光」的魔術，「從陰沉晦黯的焦土，進入繁花甜雨的世界」；〈踟躕之谷〉最終將軍（畫家）迷醉消失於自己的畫中悟境；或〈無岸之河〉最末

由小女孩之眼將故事的時光惘然憮慨拉遠成展翼飛行的，雪白之鶴。

或如鄭穎在《鬱的容顏——李渝小說研究》中提及李渝以《賢明時代》為代表的三篇小說「從文字——物質性、時空——共時性、記憶——多異性、場景——再現邏輯、經驗——受創的主體」之現代主義式「多重渡引」世界，慢慢走進一個「審美意識」，一個烏托邦，「和平時光」：

> 小說的結尾總往上翻騰……一個更大的救贖，像入巴布爾花園，一處神的國度，或如面對端坐如斯的交腳菩薩，時間與事件於是在光的後面隱去。

那種朝上的、向陽的，一種對人類更高度文明的嚮往與飛昇，譬如〈傷癒的手，飛起來〉結尾引商禽詩〈鴿子〉：「無辜的手啊，現在，我將你們高舉，我是多麼想——如同放掉一對傷癒的鳥一樣——將你們從我雙臂釋放啊！」又如同在〈無岸之河〉層層故事多重渡引的尾聲，那個幾乎失去自我純潔少年原型的男子離開本來庸鬱的生活，寄回給家人的一張黑白照是一座建築：

> 沉厚的造型猜想源自心靈的宗教感，秩序和莊嚴的結構或者來自條理的尊敬。已被時間蝕化了的樑柱的頂端，有一種婉轉流暢靈活嫵媚的線條稍縱即逝，卻透露了遠古人類的綺麗心思。

那之後便寫了一小段似乎和小說前段情節並無極大關係的「鶴的意志」：一個小女孩在已成為工地、廢墟意象的城市，近乎不可能地看見一隻美麗的白鶴，於是李渝寫到宋徽宗的《瑞鶴圖》：

> 精緻的工筆，描繪出典麗的殿簷，浮現在低低的雲層中。二十隻白鶴中的兩隻，停歇在簷兩端的魚尾飾上，其餘愉快地翱旋著。雖然是簡單的黑白複印，我們仍能讀出上元節次夕，當晚空呈現銀灰藍色，一群白鶴

飛來時，從來沒有一位皇帝一位畫家的心靈能比他更綺麗更憂鬱的徽宗的感動呢。

李渝〈待鶴〉的開頭，奇妙地又引了徽宗在 12 世紀那個綺麗的黃昏，「剎那的一個時空，當神話和現實同時出現而無法辨分時，藝術家以真實明確的圖繪錄述感動」，似乎仍是以鶴的雪白羽翼翩翩飛行的視覺印象，作為一種飛昇、上旋、美學上的輕盈（卡爾維諾說的「輕」）渡引那人世的、歷史的、無法辨明的暴力和苦難。然而，這個《瑞鶴圖》飛昇的意象放在小說的開頭，〈無岸之河〉作為結尾的寧靜曠遠缺憾還諸天地的感受不見了，李渝「多重渡引」的魔術展開，我們發現那與「鶴的意志」逆反的，反而是層層累聚的，一個接一個賦格迴奏的「下墜」的故事。暗夜行路。一趟旅程（前往不丹看傳說中的鶴和窟藏繪畫），啟動了一段時間中的經歷，而又召喚了「我」記憶中幽微困惑，一個深沉黯黑不斷下墜的井。我第一遍閱讀這篇小說的驚動是：那座「垂光幻麗的哥德式大教堂」不見了，同樣的「多重渡引」，但已進入到一個凶險的、歧路花園的、昆德拉說卡夫卡的「一個曠野漫遊之終點」，那一堵一堵機關迷宮的牆，甚至那將內心視覺由平行拉成一垂直鳥瞰的唐卡・壇城，或文中提及的「曼陀羅」。

小說的起始，一個不丹男子墜崖的意外，驟臨的死亡，似乎替這翻展而出的故事籠上一難以除魅的陰鬱與不祥。

作為一個「觀看者」，不僅是那崇山峻嶺構圖裡人成為一如此渺小、脆弱、瞬即掉落消滅的存有之嗟嘆；更被一種歌德風「闖入者啟動了一個封閉世界原本靜止和諧之秩序的異變」，一個外侵者自覺的深層不安（「我突然害怕起來，一陣恐懼湧上。這身邊圍著的一圈人，難道他們究竟要自己動手來處理事情了嗎？想必他們終究是明白，這批外來過客都是某種程度的剝削掠奪者，都是偽善的人，明白這批人才是真正的肇禍者，應該為此事負責的」）；「觀看者」在這裡像剝洋蔥打開了幾組不同的「觀看方式」（梅洛龐蒂）。我們被猝不及防的災難撲襲籠罩、恐懼與哀憫，但同時被作

者多重渡引的故事層層包裹；像降靈會，像一種靈媒的儀式。「大難將臨，唇乾舌燥」：像班雅明在〈早點鋪〉中所寫：「灰色的夢境頑固地將根鬚留在靈魂的更深層……一半過渡到白晝這邊，另一半留在夢境的彼岸。」

接著小說進入到一幕接一幕極大扭力的身分（或身世）的間錯和它們各自背後那麼豐饒繁複的時光體悟。從沈從文〈丈夫〉的群山淡景視覺對那喪夫女子災難驟臨的同感：「現在屋裡的世界看來日常又平和，顯然當事人已經離開那一時間，好好地往前走了，我真為她高興，然而旁觀者的我，卻仍舊滯留在原時間，糾纏在原情況中。如同發生了放演故障的影片，記憶的畫面軋在機件的齒輪上無法移動，掙扎在幾個定格之間前前後後，不能往前走。」這已不再是沈從文了，而偷渡進卡夫卡那冰冷無援的精神治療空間，或超現實的大學機構；一種傅柯式的「瘋顛」的被描述，自我定義的被剝奪與奪回：「在《一千零一夜》裡莎赫札德說的其中一個故事就是講述自己為什麼要說這些故事，而我們都知道這是為了拖延逃避她的死期。」

小說寫到任教大學圖書館裡一個天井總有學生在此跳樓（「中庭天井滑石子地面的幾何圖形，在構造上和色調上都引起崇山岧嶺，峰巒尖聳的聯想」；「從樓上往下看，這天井地面更會變成叢叢更迭的深淵，一整片陰險的迷陣，發出令人昏眩的誘惑力，好像招呼你跳下來一樣」），校方在邊樓圍封上塑膠玻璃板，不想還是有一醫預科學生，翻過高牆跳樓自死。「我」再度由旁觀者的視覺，越界進入自殺者被死亡引誘跳下，那「滯留的時間」：「在他佇立在這空隙前，尚未跳下之前，他一定像徘徊在地獄的斷崖邊一樣地辛苦」；「我」因這「同感」的恍神，反而讓自己掉進了一個「影像卡在放演機的齒輪間，固執地拒絕前移」，一個曼陀羅式的現代性機構場景：一個無比孤獨的荒原。「我」成為同事狐疑眼神、醫療系統與話語、無感性無同情理解能力的醫生、地下室的診所……層層包圍旋轉，在卡夫卡的迴廊建築惶惑迷走的，「瘋了的人」。

其實「被瘋狂（或比瘋狂更巨大、恐怖的人類集體的愚行）摧毀的女

子」的畫像，在李渝之前的小說便可窺見，那形成一種沉鬱、失語、內向暴力的後臺幽靈。譬如〈江行初雪〉、〈夜煦〉的女戲子，《金絲猿的故事》將軍的年輕妻子，那皆充滿一種讓人想尖叫的隱晦抑鬱的瘋狂，像孟克的《吶喊》，但李渝以其精鍊內斂的文字，亂針刺繡其畫像外延環境的花木濃蔭、廊簷院落、巷弄街景、人聲浮動……

這樣的被靜默的暴力層層包裹住的「發瘋的女子」——總讓人想到《牡丹亭》裡青春抑鬱卻無路可出而進入一理想性自畫像的少女；或 D. M. Thomas《白色旅店》那大屠殺時刻無數個無名身體其中一個女子不為人知的內心世界竟是那無比妖異豐饒的「歇斯底里症的內心地貌」——從〈菩提樹〉、〈她穿了一件水紅色的衣服〉裡的阿玉，到〈賢明時代〉的永泰公主李仙蕙，這樣的青春、純真、代表救贖幻影的「少女神」，在《溫州街的故事》或《金絲猿的故事》時期，她們似乎在不同時光的落點，像浸泡顯影劑的底片，幅展著吳爾芙，不，普魯斯特式的洶湧的、在回憶折光裡所有感官放大顯微、所有的光影像蕨草細微葉脈同時呈現，她們純真、善美、卻又憂悒而無能表述自我，在焦灼的欲望、延擱的迷惘、或某種核爆過後怪異的寧靜……成為戰爭、白色恐怖、大逮捕年代、暴動、種種「亂世」的河流上粼粼之再現波光水影。套句老話，她們腦中的記憶體，她們的「瘋狂」，正如《AI 人工智慧》裡那個經歷、目睹「人類這個會自我毀滅的低等文明，卻又創作出詩歌、戲劇、足球……讓另外更高等文明迷惑」某一時期的機器人小男孩，它腦殼中的記憶體，在人類完全在地球滅絕之後，成為一考古地層化石般的證據。

這樣的「少女神」——或等待果陀的女人、青春抑鬱的女人、臉上的線條被什麼畫面外的東西傷害損毀的女人、殉情的女人——與之對峙的常是那「迷宮中的將軍」，造成李渝小說中那哥德式建築隙光垂麗、流幻曖昧、禁錮時間並籠罩一切靜物的「真正的瘋者」：將軍、畫家、君王、或父親背後那看不見的、必須在自家飯桌壓低聲音談論的「老大哥」。這類型的人物，其複雜，恰正是閱讀李渝小說的那醍味、豐腴、《牡丹亭》式「良辰

美景奈何天，賞心悅事誰家院」的哀愁、不安之惘惘威脅亂世預感的抵達之謎；像《往事並不如煙》裡，某一個歷史的擱淺停頓時刻中，一群彷彿契訶夫《櫻桃園》裡具有高度教養、審美趣味的沒落貴族、老派高官、老將軍、赫赫有名的五四人物……他們在她那微物之神的攝影術素描下，像鬼魅被困在《溫州街的故事》、《金絲猿的故事》一張張舊昔劇場照片裡。

那閱讀時總讓人濃愁耿耿、難以言喻的（以小說後輩來說，難以模仿的）專屬李渝說故事的「體」（如黃錦樹說郭松棻的「病體即文體」）、「味」與「魂」，核心有一謎面或即是「教養」：生活上的、美學上的、人情世故的貼近權力核心之吉凶徵兆判斷，對於人事飄萍或變故之靜斂，或〈跑蹀之谷〉裡那個經歷過中國現代史上諸次大事件，「出於愛國憂國的原因，或陷獄或暗殺了一些人」的情治軍官，最後走進山水畫裡，成為一以繪畫重建一靜默宇宙的畫家……。那在歷史時空遞轉更迭而今是昨非的「欲辯已忘言」，李渝或因「因為理解，所以慈悲」，她在招魂「渡引」他們進入故事隧道時，常不止是沈從文黃昏河面上的悲傷與抒情；且奇異地進入一個無比孤獨，他們內心的瘋魔旅程、疾病的長廊。

而在〈待鶴〉中，曾經救贖、拔升、渡引、安慰寧靜這些附魔者內心的山水畫、琴樂、巴布爾花園；他們「進入結構、融入脈絡組織、動勢中的靜勢，繽紛中的簡純，喧囂中的安寧」（《金絲猿的故事》）……似乎被更迫近、更凶險、「更大的災難要來」的恐怖、瘋狂、虛無給「反包圍」，「我」作為創造者，竟也身陷那曼陀羅層瓣迴旋的、魔眾入侵的圍城，成為那個迷宮中的將軍。似乎這趟不丹之旅，遇見不同的人物，乖異近乎超現實的事件，於小說家（或她之前的小說）像一趟寶玉神遊太虛幻境般的自證：只是那前八十回皆已發生過了，或尤里西斯在漫長流浪來到費阿克斯人當中，他發現他們所傳誦多年的故事其實就是他本人的歷險。或像唐僧師徒終於歷經艱苦來到西天，渡河時搭無底船，望見自己的屍身從眼前順流漂下……

關於曼陀羅（梵文 Mandala 之音譯）一般意譯為「壇城」、「中圍」，象

徵修行密法、觀想的地域,宇宙萬物居所的縮圖;「無限大宇宙」與「內在微觀之小宇宙」的層層包覆反錯。它可能是一種永劫回歸的時間簡史;或是一對人心劫壞滅墮經歷的抽象描述;或是有關「無限」的劇場式展現(它或即是波赫士描述的「阿萊夫」)。似乎是佛的宮殿,但又有「發生」、「聚集」之義,是「為了在修行密法的時候,防止魔眾入侵而建築的」。那些坐於曼陀羅壇城中心的主尊,常有不同自我的化身、變貌、或動畫分格畫片展演生命不同激情時刻(恐懼、歡愛、悲慟、憤怒)的鎮懾或覺悟。

且看李渝在新作〈待鶴〉中如何描述繪卷梵畫裡的「曼陀羅」:

……把痴想和慾望全部畫出來,用熱情甚至於縱情的風格來追求性靈的寧靜空淨,從繁華到肅穆、喧囂到安靜、放肆到謙卑、執著到捨棄,從有到無,實到空,用入世的手法來達到淨世的目的,這荒瘠的洞穴豈不是變成了善惡決鬥的場地,在肅穆中進行的不都是一場接一場的喧騰的血戰了?

每筆每色底下都埋伏著色相和慾望,處處皆是誘惑和陷阱。古典中國畫家的課業執行在下筆前,修身養性寓情的功夫事先把墮落的因子一一去除,險局一一化解,落筆往往已是清明景象,這裡卻是把世界的建構元素全體都列出,戰鬥的時態是此刻、當下式的;如果文人畫爭取靜止的境界,這裡則是行動的疆域,唯一的武器是對自己的信任,對人性的肯定,而一個失誤,於中國藝術家莫非是退隱遁逸,這裡卻是失身墮入深淵,要粉身碎骨,萬劫不復的……

這段文字,讀來讓人驚心動魄、迫近且如許真實地感受那曾經發生過的「戰鬥」:肉身的崩壞、存在的孤寂、瘋狂經歷的地獄之景,卡夫卡式的箍桶般的現代寓言世界……

那不再只是蟄伏於溫州街那個所有人困陷於一個時光果凍般的微物之

神，靜置世界裡的「惘惘的威脅」；而是「只是當時已惘然」的「惘然記」。這似乎是一則創作者對已完成、封印於小說中的「極限光焰——神祕追尋」藝術家渡引之途畫軸的反轉、時光積木的重組、那個花木豐豔、鳥鳴宛轉、流泉潺潺的天堂「巴布爾花園」噩夢般地拆毀、離散、倒帶回驚悸恐怖、刀光劍影的戰場。一個如王德威所說「身體的潰散，因此幾乎帶有寓言色彩。什麼是主體的完成？什麼是形神的琢磨？面對這些（現代主義）問題，從芥川龍之介到阿陶（Antonin Artaud, 1896-1948），卻紛紛以肉身的崩毀來反證理想的可望而不可及」的「現代主義」創作者最嚴酷、凶險、「時態是此刻」的反詰和更複雜況味的體悟。如何在神形散潰、「額頭被插上一柄斧頭」（太宰治語）、看清人是如何孤單渺小之境，還能召喚殘兵剩卒，如何調度？如何凝神？手捏彩沙，直線、圓弧、塊面、涓滴成形，一層一層複繪上那方圓相間，儼然世界縮影的「曼陀羅」構圖？

——選自《印刻文學生活誌》第 83 期，2010 年 7 月

物色盡，情有餘

《金絲猿的故事》經典版序

◎王德威

　　《金絲猿的故事》是作家李渝在新世紀之交所出版的一部小說，時隔12 年後重新修訂問世。如果只就情節、人物而論，新舊兩版幾乎沒有差別，但風格卻有明顯不同。李渝所謂的修訂何止停留在文字的潤飾訂正而已，她所投注的精力已經跡近改寫。

　　李渝的作品量少質精，早已經贏得讀者的尊敬。她重寫《金絲猿的故事》，顯然對這個故事情有獨鍾。藉著一則有關中國西南森林中有關金絲猿的傳奇，李渝回顧上個世紀中期以來的家國動亂，也思考救贖種種創傷的可能。更重要的，她對金絲猿傳奇的敘述，直指她對一種獨特的書寫美學與倫理的省思。金絲猿因此成為一個隱喻，既暗示歷史盡頭那靈光一現的遭遇，也點出書寫本身所帶來的神祕而又華麗的冒險。

一、

　　《金絲猿的故事》篇幅並不算長，所要講的故事卻不簡單。1949 年國民黨撤退臺灣，身經百戰的馬至堯將軍開始後半生的退隱生涯。敗軍之將，何以言勇？將軍韜光養晦，極力彌補過去的缺憾。他的原配曾經為了另一種政治信仰棄他和幼子而去，再娶的妻子成為他最大的寄託。夫人像極原配，貌美貞靜，歌喉婉轉，生下乖巧的女兒。偏安的歲月竟然成就了將軍宜室宜家的夢想。

　　島上日子卻不能完全如人所願。亞熱帶的低壓迴旋糾纏，在將軍地中海式宅第的迴廊角落，在草木蔥蘢的庭院深處，禁忌騷動，欲望滋長，而

且一發不可收拾——就像那恣肆展開的羊齒葉莖。將軍家裡有了綺聞。

對李渝而言，這才是故事真正的起點。主義信仰的爭奪，國家政權的遞嬗，兵馬倥傯的征戰，千山萬水的流亡，效忠與背叛，前進與撤退，多少嚮往，多少悵惘，逼出一次又一次歷史危機的臨界點。而時過景遷，李渝的將軍竟是在至親的私密關係裡，驟然領會歷史最曲折的報復與創傷。

李渝的筆鋒一轉，又寫到三百年前中國西南曾經發生的天國聖像事件，以及三百年以後事件的重演。將軍的一生功過比諸三百年的興亡動亂，又要如何論斷？而一切的大歷史，還有大歷史裡種種個人恩怨，最終竟凝聚成一則所謂的金絲猿傳奇。

金絲猿渾身閃閃金毛，像披著「金大氅」成群結隊，不離不散，從林間頂端越過時，閃閃爍爍，「連成一片金光，夢裡一樣。」更稀奇的是金絲猿有一張藍色的臉，善發人聲，居然「嘴角還會笑」，不啻是「人間至寶」。

有心的讀者可以從李渝的敘事追蹤出將軍和狩獵金絲猿的關係。但我認為這不是她的本意。金絲猿稀有珍貴，來去無蹤，甚至帶有一絲詭譎氣息，是李渝小說裡只可意會、不可言說的核心——謎樣的核心。藉著金絲猿的閃爍出沒，故事情節層層展開，此起彼落、若即若離，形成微妙的網絡。就此，李渝不再斤斤計較傳統敘事的起承轉合；她要召喚的是一種互緣共生的想像，一種只宜屬於詩的抒情境界。

而這裡也正埋藏李渝看待歷史的態度。20 世紀中國的動亂曾經帶來太多傷痛，各種各樣的言說，無論左右，都企圖找尋脈絡，給出「說法」。但歷史千絲萬縷的因果哪裡能夠輕易釐清，交織其中的個別的生命悲歡更不容一筆勾銷。李渝彷彿從金絲猿那片閃爍的金光看出了什麼：在那絕美的不可捉摸的剎那，啟悟發生，情懷湧現，「故事」展開。

李渝有意以金絲猿的故事作為她個人理解歷史的方法。小說裡的將軍征戰多年，殺戮重重，辜負也被辜負了太多。唯有在退守臺灣，經歷了至親之人的背叛與羞辱，將軍痛定思痛，乃至豁然開朗。晚年的將軍有女兒馬懷寧為伴，回顧往事，恍如昨世：「散漫的點滴連成片段，接續成記事，

一件事領出另一件事，情節引發出情節，環生出應答的細節，呈現了連貫意識……以為忘了的許多都記了回來，汩汩漫漫湧出如細流的泉水。」

更重要的，將軍的回憶彷彿述說他人的故事。「又驚險，又奇異，又纏綿，又壯麗，種種妙質由他成為說者，退去旁觀的局外，反倒欣賞到了。」將軍審視自己前半生的功過，娓娓道來，從而理解，從而包容。他竟然對發生在自己身邊的不堪也生出原諒的心：什麼是愛，什麼是恨？成全了別人，也就是成全了自己。於是，「他前半生的黑暗化成後半生的光明，使他的惡開出了花。」

訴說故事是將軍自己面向歷史、相互和解的方式，也是他自我救贖的開始。唯其如此，小說的後半部分才更為動人。多年以後，將軍故去，成年的馬懷寧旅居美國，卻在某夜「遇見」父親，得知將軍仍然有一樁遺願未了。懷寧回到臺灣，攜帶父親的骨灰深入當年鏖戰的現場。溯河迤邐而上，真相逐漸浮出：天國聖像顯靈的所在，身陷重圍的將軍，玉石俱焚的殺戮，百難解脫的抑鬱，多少是非恩怨來到了結的階段。迷離的山野，悠悠的河水，金絲猿的故鄉，懷寧見證往事，如真如幻，一切好了。也在這個時候：

> 從她的視點可以望及的方向，很遙遠又很鄰近的樹林也被風吹開了，林木的華蓋，從過去到現在到未來，有一片晶瑩的光等待著她醒來，不呈傳說中的金黃，而是一種曖曖內含精彩的灰顏色，好像是月暈的凝聚還是繁星的竄聚。是的，它們在林頂穿梭飛躍，在枝葉間搓擦出颼颼的聲響，然後如同一簇流星，一片月光，一截載負著月光的河水，以目眩的速度飛掠過林端，完成任務，消失在視覺的底線。

二、

現代主義在 20 世紀中國文學至少經過五起五落。1920 年代中期到抗戰前夕，李金髮、王獨清等提倡象徵主義詩歌，劉吶鷗、穆時英等引領新

感覺派風騷，還有京派的朱光潛、梁宗岱等的美學實驗，為現代主義奠定基礎。抗戰中期，不論是後方的馮至、穆旦，上海的張愛玲，甚至延安的艾青、哈爾濱的爵青，都在現實主義的大纛下逆向操作，寫出幽深動人的作品。與此同時，臺灣從風車詩社到 1940 年代銀鈴會的活動形成平行脈絡。1950、1960 年代臺灣和海外的現代文學風潮銘刻了一個時代最複雜的「感覺結構」，時至 1980 年代大陸的尋根先鋒文學，則標榜又一波的現代意識捲土重來。

　　李渝所代表的現代主義創作奠基臺灣，成熟於海外，卻嘗被兩岸的文學史所忽視。與其他同在海外創作的同輩作家如白先勇、施叔青、叢甦等不同，李渝來美之後並沒有立即投入創作。1960 年代末政治氣氛高漲，她與郭松棻等都投入了保釣運動。這場運動以擁抱祖國、投身革命始，以離去夢土、告別革命終。但對李渝等而言，戰事還沒有結束，戰場必須清理。政治的幻滅砥礪出最堅毅的創作情懷，過往的激情化成字裡行間的搏鬥。

　　論者嘗謂現代主義琢磨形式，淬鍊自我，昇華時間，因此與強調完成大我的革命理念背道而馳。但李渝這樣的作家卻是在經歷了政治冒險後轉向文學。他們的現代主義信念原來就和他們的政治烏托邦相輔相成，重回寫作之後，他們更多了一份過來人的反省和自持。歷史與形式不必是非此即彼的選擇；書寫就是行動。精緻的文字可以觸發難以名狀的緊張，內斂的敘事總已潛藏「惘惘的威脅」。

　　我們現在更明白《金絲猿的故事》何以要讓李渝一再述說。因為那不只是關於她父母一代中國人的故事，更是關於她自己這一代人的故事。我指的不是李渝寫出什麼「國族寓言」。恰恰相反，李渝毋寧將筆下的歷史事件作為引子，促使我們深入勘查「歷史」作為你我存在的狀態，還有歷史界限以外的「黑暗之心」。這歷史是血腥的，也是情色的；是理想的，也是混淆的——殺人無算的殘暴，壯志未酬的遺憾，方城之戰的喧譁，三輪車裡的誘惑，梔子花的幽香，水晶玫瑰加沙翻毛酥餅的鬆軟，迴廊傳來的歌聲，電影院散發的豔異光影……形成繁複的織錦，就像將軍宅第那塊眩人

的波斯地毯。

　　是在這一晦暗的邊際上，現代主義敘事彷彿成為不可預測的探險，一場耗費心血的戰爭。李渝要如何運籌帷幄，理出頭緒，賦予組織，化險為夷，不只是形式的挑戰，也是心理的考驗。小說後半段李渝描寫將軍的伏擊狩獵，堅壁清野，奇襲突圍，「衝鋒，陷陣，埋伏，暗算，背叛，棄離；水域，山崗，坡原，谷壑，樹林，沼淖，」何嘗不是作家在文字裡的鏖戰？調動文字，組合象徵，「風中輪廓搖擺，疆界在移動歸併。」將軍的冒險不妨是李渝自己的冒險。而如果我們知道 1990 年代末以來李渝個人生命的跌宕起伏，她筆下將軍的暴虐與溫柔、沉鬱與解脫就令人更心有戚戚焉了。

　　上個世紀末後現代主義、後社會主義的風潮曾經席捲一切。李渝一如既往，堅持自己的信念。從 1980 年代的〈江行初雪〉到 1990 年代《應答的鄉岸》，務求以最精準的書寫捕捉生命最不可捉摸的即景。告別革命啟蒙，無視解構結構，她像筆下的將軍一樣，以一顆「自贖的心」追記往事、返璞歸真。從大陸到臺灣到美國，從美術史專業到現代文學創作，從《紅樓夢》研究到民族風格畫論，這些年來李渝經過了大轉折，終將理解歷史就是她所謂的無岸之河，書寫故事無非就是渡引的方式。

　　由此來看，《金絲猿的故事》何必只是李渝持續現代主義的作品？由現代轉向古典，由彼岸回到此岸，由現實化出魔幻，連綿相屬，密響旁通，「乍看的紛雜混淆，零亂倏忽，無法預測掌握的突然和偶然，都自動現出了合理的秩序，在所有無非都變成為故事的這時，現出了它們的因緣和終始。」

　　我想到《文心雕龍》裡的話，「古來辭人，異代接武，莫不參伍以相變，因革以為功，物色盡而情有餘者，曉會通也。」物色：萬物感應，撼人心魄；色相流轉，情動詞發。一切生命形式奮起交錯、試驗創新有時而窮，唯有灰飛煙滅之際，純淨的情操汩汩湧現。驀然回首，你彷彿看到一種物體一閃而過，「如同一簇流星，一片月光，一截載負著月光的河水，以目眩的速度飛掠過林端，完成任務，消失在視覺的底線。」曖曖含光，悠

然迴駐。是金絲猿麼？物色盡而情有餘，這大約是李渝的追求了。

——選自李渝《金絲猿的故事》

臺北：聯合文學出版社，2012 年 8 月

最後一朵的火焰
讀李渝《九重葛與美少年》

◎鍾秩維

　　小說家李渝在 2013 年夏日推出了全新的小說集《九重葛與美少年》[1]，輯錄了李渝自第一篇小說〈水靈〉（1965）以降，各個階段的作品；這些作品大都歷經了反覆的改寫、甚至重寫，小說家的用心和堅持可見一斑。《九重葛與美少年》故而可謂是一本從頭、重新寫起的小說集。而不論就內容本身的完整度，或者形式、敘述方法的突破性，它都堪列入今年度（2013）、甚至新世紀以來最有原創性的作品之林。

　　倘若要簡單概括《九重葛與美少年》的特色——本小說集是一次文字和形式都高度知性化，敘述在鄉愁的反思與重新記憶的政治之間辨證、推進，故事境界從而被引領至抒情時刻的領悟之小說書寫——大概是再貼切不過的說法。這裡所謂的「反思」與「重新記憶」包括了透過外省族群／離散／學院菁英／女性的視角，回過頭來述說 1950、1960 年代的臺灣往事（例如〈給明天的芳草〉、〈收回的拳頭〉）、1970 年代海外保釣運動的經歷（〈待鶴〉），乃至當代臺灣各種光怪陸離的社會現象（〈三月螢火〉和〈海豚之歌〉等等）。而與此同時，李渝亦頻頻重訪其人以前的小說座落過的場景，《九重葛與美少年》中的有些橋段甚至是由小說家過去作品的情節重新編寫而來——比如〈待鶴〉一篇，罹患精神疾病的「我」輾轉求醫、屢見精神治療奇觀的歷程，早期小說〈夜煦〉（1989）其實已經有頗為類似的紀錄——藉由諸如此類的重返、反省，李渝顯然很有意識地在「拉長視的距

---

[1] 李渝，《九重葛與美少年》（新北：印刻文學生活雜誌出版公司，2013 年）。

離」，以求將閃現於生活的長河中之愛的軌跡與啟示，「離去了猥瑣，『轉成神奇』。」[2]總而言之，《九重葛與美少年》中「重新記憶」的程序使得這部小說集核心的地景，「溫州街」，成為重層的、紛紜的大小敘述相互闡發的一個「時間的地點」（spot of time）[3]；敘述遊走於這些牽連在一起的線索之間，一方面向外（臺灣文學、以至於臺灣史），另一方面亦向內（李渝個人的寫作史、乃至小說文本自身）折疊出複雜的皺褶。

而再次卻顧所來徑，李渝此番投注了更多的視線在比較庶民，或者說底層的面向上；比如〈收回的拳頭〉與〈似錦前程〉裡對於溫州街的違章建築，垃圾小山的景象和氣味，與日常生活中的交通工具及麵包西點等之交代。同時敘述者也悄悄提醒讀者，行走於溫州街甚至可能遭遇色情危機的！包括蟄伏在角落的露陰狂，乃至公車癡漢鬼祟的揉挲等下流行徑，也都是 1950、1960 年代溫州街都市風景線的一拼圖。同樣的日常觀照也作用於小說所呈現的當代浮世繪——《九重葛與美少年》的內容似乎也是第一次，李渝小說的主題這樣地貼近當下時空環境的動態——〈三月螢火〉述說流連咖啡館的中年編輯，其人事業之失志及婚姻的失意；〈建築師阿比〉揭露了美國社會對於弱裔族群的歧視、乃至於性別偏見；〈待鶴〉敘述者「我」在精神科診接連遭遇的荒唐失序；〈叢林〉呈現今日臺北都會的生活實態從粗野到細緻的品味光譜；至於〈海豚之歌〉則是批判水族館的機械化管理，以及建國（中華民國？）百年慶典之大而不當——凡此種種都直接暴露了太平洋兩岸的臺灣與美國其當前此刻的社會矛盾。而就著這份對於當代處境性的認知，李渝為《九重葛與美少年》沉澱下底氣——索漠的餘生、世代的速迭，意義的消殞，以及最重要地，書寫的徒勞。

彰顯了這層底氣，始能見出李渝「重新記憶」工程的深沉寄託。簡言之，小說家之意圖不僅是在當代各種意識形態的視域之外，再做私家版本

---

[2]李渝，〈無岸之河〉，《應答的鄉岸——小說二集》（臺北：洪範書店，1999 年），頁 9。
[3]「時間的地點」（spot of time）是英國浪漫派詩人華茲華斯（William Wordsworth）的說法，見其《序曲》（*The Prelude*）。

的溫州街史料補遺；相對地，其人的志向更在於兩個方面——其一是對「現代史」提出另類的（alternative）認識論方案；其二則關係到當前此刻的文學處境，李渝要問的是「寫作」在一切都朝視覺（化）轉向的現在，它仍有什麼樣的可能性。李渝以小說寫下一個又一個當代「傳說」作為她對這兩個大哉問的回答。扼要言之，輯錄在《九重葛與美少年》之中的小說有一些共通的特質，包括它們都帶有某種超現實的詭譎元素，或者說都沾染著「傳奇」的色彩；而之所以如此，是因為在「重新記憶」的過程中，輾轉流連於不同的個體之記憶，報刊史料、研究論著等大小敘述之間，孰為「真」、孰為「假」早已模糊了界線。而處在這個失焦的點上，李渝志不在新探「真實」或／與「虛構」的老問題，也不樂意加入後現代對於本源、對經典的耍玩。對治中國藝術史的李渝來說，真真假假何嘗是在當代才變得難以區辨？早在 12 世紀宋徽宗的《瑞鶴圖》裡，紀實或者幻想就已經是疑點重重。然而「當神話和現實同時出現而無法辨分時，藝術家以真實明確的圖錄繪述感動」，確實「為我們留下了不朽的祝福。」[4]換言之，在李渝看來，孰真孰假不只是延宕寫作——寫作對其人而言，更是一種介入性的「行動」[5]——的語意遊戲，它更是靈感能夠啟動的契機；而是假是真其實也不妨礙抒情時刻的達成，重點在於吾人是否仍信任親眼所見、親身經歷的感動。

　　這份感動或可被稱為力比多（libido）或者情動力（affect），在《九重葛與美少年》的小說文本中，它常以某種情感、情色，或情欲（但不同於前述的色情）——以下權以「愛欲」統稱——的迷魅誘惑來曝現。例如〈叢林〉，這個故事一方面講述「我」少年時曾前往美軍「招待所」應徵工作的叛逆行為；而另一方面，啟動「我」追索這段記憶者，乃是聲稱來自臺北林森北路的臺美混血兒福克納，故事時間的當下他剛剛抵達美國，打

---

[4]李渝，〈待鶴〉，《九重葛與美少年》，頁 8。
[5]李渝，〈抒情時刻〉，《行動中的藝術家——美術文集》（臺北：藝術家出版社，2009 年），頁 4～6。

算尋找未曾謀面的非裔生父。又或者如〈三月螢火〉中的男性被敘者、與
〈倡人仿生〉裡偶人柳,其之英挺的身體感與俊美氣質所激盪升起的愛欲
想像,分別是激勵漫長餘生(前者),與接續被湮沒的歷史(後者)之推動
力。而最能說明《九重葛與美少年》所展現的愛欲及其效果的小說當是
〈夜渡〉。這篇小說講的是敘述者「我」在田野現場與各種文獻論述中穿
梭,以求解釋中國西南水域源源不絕的自殺現象之故事。小說的末尾,李
渝寫道——

> 環繞史政經社等等論述的大道理是否觸及的都是事態的表層,那內在的
> 跡象,隱藏的衝動,其實不過來自一種天生的性情,直覺的感受,自然
> 的生活,來自一種簡單的宿命論,和由這些種種醞釀而成的抑鬱症呢?[6]

　　但是,這樣的宣稱不意謂客觀意義上的實際從此不必認真計較,寫作
只要單純訴諸直覺、或者憑藉感性就大功告成。恰恰與此相反,《九重葛
與美少年》不論就文字質地而言、或者從敘述的方式來看,都有一股雋永
的知性力量作為其之支撐。而這裡所說的知性指的不單單因為李渝在行文
的字裡行間穿插了豐富的跨領域知識性素材,它更由寫作者的李渝將這些
被徵引的知識與小說中的其他元素——如那股啟動敘述的愛欲——綜合在
一起的心智的想像力來彰顯。例如以下這一段來自〈建築師阿比〉的文
字——

> 阿比設計出螺旋式升級法,用精密的數字計算出磚石向上疊高時,層與
> 層之間可容許的細微錯差,層層連續延進、相互依搭,漸次凌空而升,
> 形成無梁覆斗形結構。[7]

---

[6]李渝,〈夜渡〉,《九重葛與美少年》,頁87。
[7]李渝,〈建築師阿比〉,《九重葛與美少年》,頁136。

　　與其說這段文字的知性氣質是由於作者套用了建築學術語如「○○升級法」、或者「××形結構」——生硬地堆砌這些術語反而可能造成刻意炫學的惡效果——不如說它其實顯示在李渝將這些專業詞彙與敘述「層與層」的其他部分,「連續延進、相互依搭」地綜合出一種縱橫上下的空間感之心智的想像力。這份心智的想像力落實在文學實際運作的層面上,大概可以所謂「陌異化」(defamiliarization)來觀察。而李渝在這裡所操作的陌異化方法讓人聯想到她自身藝術史專業的訓練。就以上面列舉的這一段文字而言,一方面,李渝敘述的意圖不只是再現(represent)一個建築的實體,而是將這一實體當作一個畫面在描述(descript)。另一方面,古典中國美術批評語彙的詩意性相信也在李渝勾勒、描述空間時,提供給她許多的靈感;這一點在〈待鶴〉描寫風景、以及〈倡人仿生〉狀寫偶人的段落中展現得更加清楚。三者,上面列舉的來自〈建築師阿比〉的引文,其中經營畫面的手法也可以辨認出中國古典文學構造空間(畫面)——尤其名山麗水、亭臺樓閣——之套式影響的軌跡;而類似的文體風格其實散見於《九重葛與美少年》許多段落,譬如〈夜渡〉有關「玉龍山」及當地服飾、習俗的錄述,〈待鶴〉描述《瑞鶴圖》與不丹山川的段落,乃至〈三月螢火〉所呈現的崇山峻嶺的視景。

　　進而言之,知性的、心智的想像力在《九重葛與美少年》中還發揮著更整體性的作用。這本小說集涉及許多帶有懸疑、色情以至於異國情調的題材,比如〈叢林〉裡那對來得毫無頭緒的情侶,〈亮羽鶼〉在野外激情的紅衣女與黑人士兵,〈夜渡〉中「我」巧遇了一對不知是偷渡客、還是精靈神怪之謎樣「母女」,更遑論〈待鶴〉那一趟航向遙遠、未知國度不丹的旅程。換言之,就故事層面來說,《九重葛與美少年》毋寧遊走在誌怪、甚至獵奇的緣側;不過李渝的敘述總能夠在情節就要流入通俗、走向濫情的當口及時懸崖勒馬,婉轉將敘述宕開,「再次達到精神方面的強度而使人感動」。[8]

---

[8]李渝,〈跋——最後的壁壘〉,《九重葛與美少年》,頁275。

而之所以能夠在擘畫衝突的戲劇性之外，還能達成某種拔升、超越，「觀點」的有意操作無疑扮演著重要的角色。「雙重性」或甚至「多重性」大概可以被提出來當作《九重葛與美少年》敘述觀點最顯著的特徵——「雙（多）重性」在這裡指的是說故事的視角常常在偷窺的挑逗、告白的暴露，以及「拉長視的距離」的分析性這（至少）兩重層次之間做參差對照——而觀看的雙（多）重性一方面將情節的軸線不斷在詭奇與理智、浪漫和知性、墮落及昇華乃至庸俗與不凡等各種端點之間交錯、衍生，以至於跨越、超越；換言之，它的意圖不滿足於故事既有的格局，而更朝向新局面的展開。用李渝自己的話來說，就是經由「多重渡引」，使得「日常終究離去了猥瑣，『轉成神奇』。」[9]另一方面，就敘述的特徵來看，在「轉成神奇」的程序中發揮關鍵性作用的「拉長視的距離」，它在敘述中通常表現為一種跳脫故事本身的抽離，一種延宕情節之往前推進的出神。而伴隨著從情節發展的因果律中抽離、逃逸，敘述不再只是為交代故事來服務，它開始有了「抒情」的餘裕。

　　以〈給明天的芳草〉為例，這篇小說由「九重葛」及「美少年」兩章構成——而這似乎就是小說集名之所由——各自述說了發生在溫州街的一起桃色風波和一則（情）謀殺疑雲。換言之，在題材的層次上，〈給明天的芳草〉很符合前面談到的《九重葛與美少年》的典型選材，懸疑與色情。而為求發酵懸疑與色情緋聞的原料，李渝大篇幅地將事發當場各階層、各種類的眾口鑠金統統網羅在一起，從而展示了一時空、一社會是如何地被蜚語流言的亂流牽動起壓抑在其之深層的不安與焦慮。不過〈給明天的芳草〉的敘述觀點不願意充當個隨輿論起舞的流俗看客，相反地，它的視角始終維持著旁觀的警醒、透澈，敘述者或者尾隨、旁觀奇情故事的發生，間或也澄清、說明八卦怪談的原委。而更重要的是，與此同時，〈給明天的芳草〉的敘述觀點亦不間斷地將視線投向非關事件發展的——比如花草

---

[9]李渝，〈無岸之河〉，《應答的鄉岸——小說二集》，頁9。

（九重葛！）、穿著打扮（美少年！），乃至季節交替的體感，雨晴和晨昏的光影變化——大小細節之上，而且就著這些那些岔出情節因果律的風景與物件，感官的印象和記憶的軌跡，進行不憚其煩的描述，與審美的評點。而這些看起來無關主題宏旨的枝節，究其實質，才真正是小說家李渝用心的所在，她的作品之所以發人深省的根源。首先，當讀者疑惑何以那麼認真地描述這些與主題無涉的插曲的時候，難免也會納悶，難道城西大戶人家的二姨太與她的女兒情色醜聞的真相，或者某將軍的兒子到底是不是同性戀，就擔當得起「宏旨」之名？這裡毋寧存在一個反諷，透露著李渝對戒嚴時代臺灣公共圈欠缺判斷力的盲目躁動之批判。認識到這一點，那些跳脫到故事情節之外的出神的視線，其之不凡的意義遂也浮現出來——透過這一出神的引導，敘述觀點始能從眾聲嘈雜的竦動故事裡退場，轉而朝著抒情的飛地（lyric enclave）走去[10]；而隨著敘述觀點這一改道，小說家畢竟給予了在長滿「九重葛」的庭園裡，不為人知的「光陰的流逝和累積」[11]，得以被看見的可能；「美少年」胸口「那一朵悲傷的花樣」，也終於能夠表述它自己。[12]在這個意義上，「九重葛」與「美少年」實可視為蟄伏在本小說集內核的「愛欲」它範例性的意象；而這一意象的可以成立，就是因為敘述觀點所留下的抒情的餘地。

　　循此以下將進入對於《九重葛與美少年》所展現的抒情性的討論。前面業已述及，這部小說集的觀點以一種雙重性的方式在運作，而它實際運作在敘述上，就體現為知性的心智力量與感官、情感的愛欲，二者的總是相互闡發、彼此牽連。〈待鶴〉這篇作品最深刻地演繹了這一雙軌運作。就主題的層面來說，〈待鶴〉牽涉的題材廣泛，涵義深邃；表面上它觸及了國族、生態與醫療等議題，不過究其實質，敘述者「我」上下窮索的是愛、死亡和寫作的哲學。在某種程度上，李渝是以〈待鶴〉紀念了與丈夫郭松

---

[10]借用蕭馳（Xiao, Chi）教授的術語。見 Xiao, Chi. *The Chinese Garden as Lyric Enclave: A Generic Study of the Story of Stone* (Ann Arbor, Michigan: The Regents of the University of Michigan, 2001)。

[11]李渝，〈給明天的芳草〉，《九重葛與美少年》，頁72。

[12]李渝，〈給明天的芳草〉，《九重葛與美少年》，頁79。

棻（1938～2005）的愛情——郭在妻子赴香港講學時在紐約遽然離世，對她造成了難以言說的愴痛——〈待鶴〉為李渝在郭松棻過世以後，第一次在小說中寫下「松棻」的名字，這使得這篇作品具備了「哀悼」（mourning）的儀式性意義。而或許因為敘述者「我」亟欲沉澱、澄清愛人的死亡所造成的混沌、乃至於憂鬱（melancholia）；或許也因為李渝其實不曾實際到過作為故事主要場景的不丹，小說對於不丹的呈現純粹是紙上的談兵——〈待鶴〉推動敘述的方式高度倚賴對於知識性素材的編排、解說，以及對於人間、人的處境性的思辨。但是，即使敘述者的心智的力量推演到極致，「我」依舊無從消解不丹人嚮導突如其來的墜谷意外所引起的歉疚（癥結 1）；仍然無法有效回答跳樓自殺的醫預科生誘發之：「那麼，無是什麼，有是什麼？」[13]的天問（癥結 2）；更不能從精神崩潰的危境中挽救回「我」自己（癥結 3）。面臨著情節再往下一步就要無以為繼的緊張，〈待鶴〉藉由帶動敘述觀點看向——宛若沈從文〈丈夫〉般的溫馨畫面（方案 1）；「松棻覺得《金閣寺》寫得很好，可是更喜歡谷崎的《春琴操》。」[14]之默契靈犀（方案 2）；和「還有誰，是松棻呢。」[15]這樣泯除生死疆界，在夢境、文學的鄉域裡終始如一的依偎陪伴（方案 3）——這些無法為理智囊括、解釋的愛欲情動力，才終於牽引敘述走出情節陷入的僵局，重新啟動對於山川萬物、懸崖金頂的描述、評析，循此再次擘畫了一片抒情的飛地。

在這裡，故鄉（溫州街）與愛人（郭松棻）可以重新被記憶，而引領「我」跨越憂鬱、超越猥瑣——「你可以原諒你自己」[16]——迎接自我更新、拔升的「抒情時刻」。[17]在《九重葛與美少年》後記〈最後的壁壘〉中，李渝自覺而且非常沉重地表達了在新媒體時代的當前此刻，寫小說，

---

[13]李渝，〈待鶴〉，《九重葛與美少年》，頁38。
[14]李渝，〈待鶴〉，《九重葛與美少年》，頁38。
[15]李渝，〈待鶴〉，《九重葛與美少年》，頁51。
[16]李渝，〈待鶴〉，《九重葛與美少年》，頁51。
[17]李渝，〈抒情時刻〉，《行動中的藝術家——美術文集》，頁4～6。

或許也包括了讀小說，它的其實不是非如此不可。不過正是因為坦然接受了「小說」、以至於「文學」的可有可無，仍堅持走在寫作的道路上所意謂的，遂也就是自己對於文學不隨時空條件改變而消失的使命與信任。在這個意義上，「最後的壁壘」不啻為一個小說家之風骨的比喻，它總結了《九重葛與美少年》所展現的，對於文學還是為抒情保留著餘地的相信：

> 就算是最後的一朵火罷，就算是最後一朵火的最後燃燒，就算是黑夜將
> 吞噬大地，全世界都將淪陷或早就淪陷了，也不會放棄對美德的執守，
> 在晦黯中倔然地燃點著。[18]

書名《九重葛與美少年》並列的兩個意象其實就象徵著那朵在一切都已（將）淪陷的暗夜中，仍兀自燃燒、倔強著不願熄滅的愛欲火焰——那即使處於濁流、逆境，也還是懷抱著他方的抒情意向。

──選自《極光電子報》第 366 期，2013 年 8 月
──於 2019 年 8 月修訂

---

[18]李渝，〈待鶴〉，《九重葛與美少年》，頁 43。

負傷的觀音：從沈從文到李渝

◎應磊*

> 拉比約書亞在洞門口遇見先知以利亞……他問以利亞：「彌賽亞何時到
> 來？」
>
> 以利亞答：「你自己去問他吧。」
>
> 「他在哪兒？」
>
> 「坐在城門口。」
>
> 「我如何認出他來？」
>
> 「他坐在遍體鱗傷的貧苦人中間。旁人同時解開所有的傷口，再將它們
> 包上。他則每次只解開一處傷口，只包紮一處傷口。他對自己說，也許
> 有人會需要我，我必須隨時做好準備，以免延誤。」

這個故事來自猶太法典《塔木德》。20 世紀天主教神學家盧雲（Henri J.
M. Nouwen）在其文章〈負傷的癒療者〉起首援引這則典故。[1]故事的焦點
在於尋找彌賽亞。然而，對期待找到他的人而言，彌賽亞是何面貌並非顯
而易見。據先知教導，彌賽亞埋跡城邦邊緣，置身貧苦人間，尤其值得留
意的是，彌賽亞是以一個傷痕累累的形象出現的。他一邊處理自己的傷
口，一邊掛念著更需要他的人。

負傷的彌賽亞的典故，照亮我們即將看到的兩位現代作家的作品：沈
從文的散文集《湘行散記》與旅美臺灣作家李渝的短篇小說〈江行初雪〉。

*發表文章時為哈佛大學東亞語言與文明系博士候選人，現為安默斯特學院亞洲語言與文明系助理
教授。

[1]Henri J. M. Nouwen, "The Wounded Healer," in *The Wounded Healer: Ministry in Contemporary Society*
(Garden City, N.Y.: Doubleday, 1972), pp. 83-84.

1934 年 1 月，沈從文自北平返回故鄉湖南鳳凰探望病重的母親，沿沅水及其支流辰水，一路溯流而上。《湘行散記》便脫胎自此次歸程中沈從文寫給妻子張兆和的書簡。李渝發表於 1983 年的小說〈江行初雪〉，同樣關乎一場初冬的旅行，目的地設在中國南方潯江江畔的一座古寺。這兩部作品之間有一個耐人尋味的聯結：河流及河畔負傷的觀音。

或隱或顯，《湘行散記》與〈江行初雪〉都記錄了一場對「彌賽亞」的追尋以及在此過程中對「神聖」的體認。此處的彌賽亞不是別人，正是大乘佛教傳統裡以慈悲濟世最廣為人知的菩薩：觀音。據佛教典籍記載，觀音以自在神力，遊於娑婆世界，觀無量眾生受諸苦惱之音聲，化種種形，一一施以解脫。一系列大乘經典，尤其是五世紀初由鳩摩羅什譯成漢文、流布最為廣遠的《妙法蓮華經》，塑造了一個憑藉無邊法力應機變幻形象以普渡眾生的觀音，為其在東亞佛教傳統裡的諸多變身提供了理論依據。[2] 然而，在這兩位現代作家筆下示現的觀音，卻與佛教正典裡智能兼備的菩薩形象大相徑庭。這裡我們要探究的不僅是差異何在，而且是這樣的差異可能意味著什麼。觀音應機而變，方便施法。我們即將看到，觀音變得如此現代，正因為她的法力穿透 20 世紀中國晦暗的歷史現實。這兩位觀音與習見的菩薩形象反差如此劇烈，她們帶來的啟示如此震攝心魄，以至於體認她們所寓意的神聖，不僅關乎文學想像的力量，也教兩位作家付出肉身的參悟。

「無岸之河的渡引者」

我們且先來看李渝的〈江行初雪〉。小說講述一位藝術史家為瞻仰一尊六世紀的觀音造像而遠赴潯縣玄江寺的旅程，同時亦是一位久寓海外的華人涉足文革後的大陸的探親之旅。《江行初雪圖》是南唐畫家趙幹的傳世之

---

[2] 鳩摩羅什譯，《妙法蓮華經》，卷七「觀世音菩薩普門品」，見高楠順次郎、渡邊海旭主編，《大正新脩大藏經》（東京：大正一切經刊行會，1924～1935），第 9 冊，第 262 號，頁 56c～58b。關於觀音菩薩在漢傳佛教傳統裡的演變，見 Chün-fang Yü, *Kuan-yin: The Chinese Transformation of Avalokiteśvara* (New York: Columbia University Press, 2001)。

作。藝術史專業出身的李渝看似信手拈來，實則深意暗藏。看一位藝術史家寫一位藝術史家，透過虛構的「分身」的旅行，讓人聯想到作者的真實歷程。李渝 1944 年生於重慶，五歲舉家遷至臺灣。就讀臺大外文系時，在創作上初試啼聲，並結遇日後的靈魂伴侶郭松棻。1960 年代後期，李渝赴柏克萊專攻藝術史，郭松棻亦轉至柏克萊修讀比較文學。懷抱馬克思主義政治激情的一對璧人，雙雙投入保釣運動，似乎只為在風雲詭譎散盡、親睹文革痛史之後，攜手重返方寸天地，借鏡虛構反觀歷史，寄託文學再覓救贖。獲得 1983 年《中國時報》小說大獎的〈江行初雪〉，便是整裝重發的李渝的一篇具有里程碑意義的作品。

為親睹玄江菩薩慈容，故事裡的藝術史家不遠千里輾轉而來。故事外的小說家縱覽千年，銜扣三段觀音傳奇，編綴菩薩前世今生。南亞文學學者 A. K. Ramanujan 說，在南亞和東南亞的語境下，從來沒有人是第一次讀《羅摩衍那》，因為故事早已在那裡，而且永遠如此。[3]同理，我們亦可說，在中國文學和佛教文學的語境下，從來沒有人是第一次讀觀音故事——觀音故事早已在那裡，而且永遠如此。三段觀音傳奇，將小說嵌入一個圍繞觀音為中心的源遠流長的文學與表演藝術傳統中。第一段感應故事上溯六朝，交待玄江寺成為靈驗之地的緣起。第二段乃是妙善公主剜目斷臂醫治父王的故事，民間最耳熟能詳的觀音本事。第三段故事則發生在 1974 年冬，孤弱少女橫死，幹部生吸腦髓，自此霧鎖潯縣。次年春觀音誕，玄江菩薩變作少女面容，含著「慈悲而淒苦的笑容」凝望世間。[4]菩薩的臉，讓歷經此一番意外發現的藝術史家觸動不已。

隨著敘述的推進，地方祕辛浮出水面，吃人暴行重演，罪魁直指新社會權貴。小說被惟意識形態馬首是瞻的庸俗讀者貼上「反共文學」的標籤，毫不令人意外。對此作者在獲獎次年聲明，「屬政治的請歸於政治，屬

---

[3]A. K. Ramanujan, "Three Hundred Rāmāyaṇas: Five Examples and Three Thoughts on Translation," in *Many Rāmāyaṇas: The Diversity of a Narrative Tradition in South Asia*, ed. Paula Richman (Berkeley: University of California Press, 1991), p. 46.
[4]李渝，〈江行初雪〉，《應答的鄉岸》（臺北：洪範書店，1999 年），頁 127。

文學的請歸於文學」，抗議以政治綁架文學。[5]這種一面以書寫再度介入政治，一面堅持「文學的理由」拔越政治的姿態，與另一位現代派作家、千禧年聲名大噪的高行健不無暗合。[6]

讀〈江行初雪〉，若我可以套用李渝的話：屬佛教的請歸於佛教。從妙善公主的剜目斷臂到少女被迫獻出腦髓，諸般靈丹妙藥，掀開佛教傳統中「布施」與「舍身」的複雜爭議。所謂菩薩應「不住色」、「不住相」布施，如何方是「不住」？[7]妙善公主大義自戕，饋贈身體作為「禮物」，癒療先前以殘暴手段阻其出家的父王，父女和解，王亦皈依三寶。妙善此舉既是「割股療親」，登峰造極的儒家孝行；亦是徹底而完美的「布施」，大乘菩薩道六波羅蜜之首的「施波羅蜜」。[8]六波羅蜜，即布施、持戒、忍辱、精進、禪定、般若，乃是菩薩成道必須完善的六種淨行。Reiko Ohnuma 考察印度佛教文學裡各類捨身相贈（gift of the body）的故事，發現其敘述模式上一個重要的共通點：這些忘我的施予者，最終都功德圓滿，證悟佛果。[9]成佛，為彌漫著血腥氣的慷慨善舉提供了終極目的，也為這些既光輝又駭人的故事預設了內在邏輯。

從釋迦牟尼捨身飼虎到藥王菩薩焚身供養，自四世紀以來的漢傳佛教徒，在三藏典籍中找到一條通向終極救贖的「肉身的途徑」，並鄭重付諸實踐。[10]這一背景凸顯李渝筆下慘遭毒手的少女作為菩薩降世的辛楚意義：這位觀音救人卻無法自救，她被迫獻出腦髓，而她的「成道」似乎並不昭示彼岸在望。這位負傷的觀音挑戰佛教聖徒傳統裡大智大能的菩薩形象，反思在一個終極救贖貌似杳不可尋的荒寂世界裡，救世主可能以何面貌惠臨人間。菩薩臉上「慈悲而淒苦的笑容」重新詮釋何為「眾生無邊誓願度」：

---

[5]李渝，〈屬政治的請歸於政治，屬文學的請歸於文學〉，《應答的鄉岸》，頁151。
[6]高行健，《文學的理由》（香港：明報出版社，2001年）。
[7]鳩摩羅什譯，《金剛般若波羅蜜經》，《大正新脩大藏經》第8冊，第235號，頁749a。
[8]Glen Dudbridge, *The Legend of Miaoshan* (Oxford: Oxford University Press, 2004).
[9]Reiko Ohnuma, *Head, Eyes, Flesh, and Blood: Giving Away the Body in Indian Buddhist Literature* (New York: Columbia University Press, 2007).
[10]James A. Benn, *Burning for the Buddha: Self-immolation in Chinese Buddhism* (Honolulu: University of Hawai'i Press, 2007), p. 8.

應跡惡世，不避輪回，與無量眾生同苦，苦無量眾生之所苦。

　　黃昏，藝術史家搭船離開潯縣。江面肅靜，「只見一片溫柔的白雪下，覆蓋著三千年的辛苦和孤寂」。[11]悠悠江水，如無盡的輪回。小說家慨嘆：「過去、現在、將來，都是歷史前去時的一個時態；神話、志異、民間傳說，無非是人生投射的故事；人的故事持續著，不過再三重複自己；重複自己，不過引發一片孤寂。」[12]

　　「無岸之河的渡引者」：文學批評家王德威一語道破李渝的小說美學。[13] 透過文學空間折射出的小說家的救世悲願，亦可如是歸結。是恰因輪回長河無岸，方須「多重渡引」，還是一任輪回長河無岸，猶自「多重渡引」？無岸與渡引的辨證，一如小說家親歷的政治激情的虛置與其畢生對「鶴的意志」的堅持。[14]歷史無解，憫願無邊。命運弄人，命運亦造人。唯有在「失去的庭園」[15]，這位「永恆的理想主義者」踏上真正的歸途[16]，自「外相」折返「心源」／「心園」[17]，撫惜「暗影裡隱藏著的志願」[18]，參悟如何「秉刀斧之筆，具菩薩之心」[19]，鑿磋精神，自救救人，在方寸天地堅守「最後的壁壘」。[20]李渝的書寫乃是「接起斷枝，拾起落瓣讓它們再開回成花」[21]，見證生命的曲折深邃在於非汨溺「黯水沉浮」[22]不能懂得「江河流遠」。[23]我們想起〈江行初雪〉裡的玄江菩薩，左手做施願印，右手做施無畏

---

[11]李渝，〈江行初雪〉，《應答的鄉岸》，頁 150。

[12]李渝，〈屬政治的請歸於政治，屬文學的請歸於文學〉，《應答的鄉岸》，頁 153。

[13]王德威，〈無岸之河的渡引者——李渝的小說美學〉，《夏日踟躇》（臺北：麥田出版，2002 年），頁 7。

[14]李渝，〈無岸之河〉，《應答的鄉岸》，頁 45；亦見李渝，〈待鶴〉，《九重葛與美少年》（新北：印刻文學生活雜誌出版公司，2013 年），頁 5～52。

[15]李渝，〈失去的庭園〉，《九重葛與美少年》，頁 257～264。

[16]郝譽翔，〈給永恆的理想主義者——評李渝《金絲猿的故事》〉，《夏日踟躇》，頁 303。

[17]李渝，《族群意識與卓越風格——李渝美術評論文集》（臺北：雄獅圖書公司，2001 年），頁 ix。

[18]李渝，《金絲猿的故事》（臺北：聯合文學出版社公司，2012 年），頁 27。

[19]李渝，《拾花入夢記——李渝讀《紅樓夢》》（新北：印刻文學生活雜誌出版公司，2011 年），頁 168。

[20]李渝，〈最後的壁壘〉，《九重葛與美少年》，頁 275～278。

[21]李渝，〈傷瘢的手，飛起來〉，《溫州街的故事》（臺北：洪範書店，1991 年），頁 103。

[22]李渝，〈作者序〉，《應答的鄉岸》，頁 4。

[23]李渝，〈江河流遠〉，《族群意識與卓越風格——李渝美術評論文集》，頁 156～157。

印。李渝注心字裡行間,寫作即是施願,施無畏,更施無悔——哪怕小說家遽然辭世的終局幽幽警示,「極限」與「極致」之間不過一隙之隔。[24]

體認「神聖」

　　李渝多年以後才發現,沈從文將成為她最敬重的中國作家。寫黃昏,寫長河,沈從文是一把妙手。1918 年 8 月,未滿十六歲的沈從文初次離家,日暮時分,呆坐岸際,看江上的薄霧與飛鳥,伶仃少年第一次嘗到「一分無言的哀戚」。[25]幾年後,年方弱冠的沈從文矢志北漂,自此故鄉的河,流淌在他的夢土,他的筆端,鬱結著「想像的鄉愁」。[26]談起他的寫作與水的關係,沈從文自述:「從湯湯流水上,我明白了多少人事,學會了多少知識,見過了多少世界!……我雖離開了那條河流,我所寫的故事,卻多數是水邊的故事。故事中我所最滿意的文章,常用船上水上作為背景,我故事中人物的性格,全為我在水邊船上所見到的人物性格。」[27]這位湘西之子懷著「不可言說的溫愛」[28],寫水邊船上的物事人情,如金介甫(Jeffrey C. Kinkley)所言,將家鄉父老塑造成一個「牧歌式的具有救贖意義的社群」。[29]

　　此處我們要著眼的正是一群水邊的「觀音」,沈從文筆下最灼灼動人的人物。首一位「觀音」非翠翠莫屬。《邊城》裡心直口快的天保,見到老船夫,第一句話就說:「老伯伯,你翠翠長得真標致,像個觀音樣子。」[30]另一處,《長河》裡掌渡船的老水手,見到心思別致的夭夭,也忍不住讚嘆:「妳頂小時我就說過,夭夭長大了,一定是個觀音。那會錯。」[31]沈從文在

---

[24]李渝,〈亮羽鶇〉,《九重葛與美少年》,頁 202。
[25]沈從文,〈從文自傳〉,《沈從文全集》(太原:北岳文藝出版社,2002 年),卷 13,頁 297。
[26]David Der-wei Wang, *Fictional Realism in Twentieth-Century China: Mao Dun, Lao She, Shen Congwen* (New York: Columbia University Press, 1992), pp. 247-289.
[27]沈從文,〈我的寫作與水的關係〉,《沈從文全集》,卷 17,頁 209。
[28]沈從文,〈題記〉,《邊城》,《沈從文全集》,卷 8,頁 57。
[29]Jeffrey C. Kinkley, *The Odyssey of Shen Congwen* (Stanford, Calif.: Stanford University Press, 1987), p. 158.
[30]沈從文,《邊城》,《沈從文全集》,卷 8,頁 91。
[31]沈從文,《長河》,《沈從文全集》,卷 10,頁 36。

為《長河》作註時解釋，「觀音」乃是「美麗通稱」。[32]換言之，在湘西地方語境裡，「觀音」一詞未必涉及佛教或宗教涵義。這並不是問題。正如「佛教文學」不必囿於正典，不必囿於體制化的佛教，對一位作家的靈魂訴求——或依 20 世紀基督教神學家田立克（Paul Tillich）的說法，「終極關懷」——的考察，亦不必囿於制度化的宗教所預設的問題意識、認知模式或慣用語匯。[33]我們即將注目的這位「觀音」無關佛教，但她的「示現」開啟了沈從文對「神聖」的一次豁然領悟：邂逅這位「觀音」帶給沈從文一番「不期而遇卻又刻骨銘心的對他在歷史境遇下的存在的理解」。[34]

1934 年 1 月，沈從文沿著沅水，重返闊別十年的故鄉。這條長河賦予他一系列關於歷史、時間與存在的啟悟。船泊鴨窠圍，午夜漁人捕魚，熊熊紅光，篤篤柝聲，水中的魚和水面的漁人之間的一場生存搏戰，讓作家頓感時間懸置，一夕洞見永恆：眼前恍若亙古，亙古吞攝未來。

兩天後，1 月 18 日，對著千古長流的河水，沈從文想起「歷史」。確切地說，他想起與文字書寫的歷史相比，惟有溶溶流水才能揭示的另一種「歷史」。這後一種「歷史」的主角，如船上的水手，灘頭年邁的縴夫，「那麼忠實莊嚴的生活，擔負了自己那分命運，為自己，為兒女，繼續在這世界中活下去。不問所過的是如何貧賤艱難的日子，卻從不逃避為了求生而應有的一切努力。……歷史對於他們儼然毫無意義，然而提到他們這點千年不變無可記載的歷史，卻使人引起無言的哀戚。」[35]「莊嚴」一詞值得細思。沈從文常常用這個詞寓指某種神性的、抽象的、超越的存在。當河流變成時間與歷史的空間化隱喻，一段溯流而上的旅程化作對歷史記憶的深層與斷層的追覓，同時化作一場個人的朝聖：這條長河讓沈從文照見湘西的「莊嚴」，照見芸芸眾生面對命運奮力掙扎的「忠實」。用宗教哲學

---

[32]沈從文，〈《長河》自注〉，《沈從文全集》，卷 10，頁 173。

[33]Paul Tillich, *Dynamics of Faith* (New York: Harper & Row, 1957).

[34]David Der-wei Wang, *The Lyrical in Epic Time: Modern Chinese Intellectuals and Artists Through the 1949 Crisis* (New York: Columbia University Press, 2015), p. 83.

[35]沈從文，〈1934 年 1 月 18 日〉，《湘行散記》，《沈從文全集》，卷 11，頁 253。

家 Rudolf Otto 的話說，沈從文重新發現了一個「靈性的」（numinous）湘西，他獲得了一種對「神聖」的體認。對「無法言說的靈」（Numen ineffabile）的證悟留給沈從文的是一份「無言的哀戚」。[36]

這種對「神聖」的體認在偶遇一位「觀音」的夜晚趨向高潮。這一晚，沈從文走上河街，去尋一個負氣空手上岸的水手。他遇見一個叫夭夭的美麗少婦，年方十九歲。水手為少婦傾情：「夭夭，夭夭，妳打扮得真像個觀音！」夭夭卻為過境的遠客動心。可是，什麼也沒有發生。夭夭的丈夫，一個隨時樂意為菸為錢出讓妻子的老菸鬼，突然叫走了她。夭夭走了，遠客的心思還縈繞在她身上。他向屋主人打聽，於是「又知道了些不應當寫在紙上的事情」：

> 到後來談起命運，那屋主人沉默了，眾人也沉默了。各人眼望著熊熊的柴火，心中玩味著「命運」兩個字的意義，而且皆儼然有一點兒痛苦。
> 我呢，在沉默中體會到一點「人生」的苦味。我不能給那個小婦人什麼，也再不作給那水手一點點錢的打算了。我覺得他們的欲望同悲哀都十分神聖，我不配用錢或別的方法滲進他們命運裡去，擾亂他們生活上那一分應有的哀樂。[37]

觀世音，觀世間音聲，施以解脫。這裡的兩位觀音卻是顛覆性的：她們的悽訴回盪世間，卻並不指向光輝偉岸的結局。在〈江行初雪〉裡，未來的菩薩夜闌一聲哀號，聞者惟有惶惶失語。在沈從文的邂逅尾聲，他聽見一個人唱〈十想郎〉小曲，曲調卑陋聲音卻清圓悅耳。他知道那是由誰口中唱出且為誰唱的，但他能夠做的，不過是「站在河邊寒風中癡了很久」。[38]心懷同情上岸的沈從文突然悟得，他不僅無力相助，他或許不該相

---

[36]Rudolf Otto, *The Idea of the Holy* (London: New York: Oxford University Press, 1958), pp. 5-7.
[37]沈從文，〈一個多情水手與一個多情婦人〉，《湘行散記》，《沈從文全集》，卷 11，頁 265、267。
[38]沈從文，〈一個多情水手與一個多情婦人〉，《湘行散記》，《沈從文全集》，卷 11，頁 265、267。

助，甚至不該假設他有資格相助。這樣的想法顯然有悖時代大潮：整個 20
世紀中國革命的基調豈不就在於拯救勞苦大眾，包括像夭夭這樣的人？此
時此刻，沈從文清晰地體認到「神聖」可能是何狀貌，是何意味，他亦在
同一瞬間看清了自己相對於這種神聖的位置：「不配」──換言之，隔絕在
外，一席無地之地。用 Otto 的話說，沈從文看見的如夭夭和水手之流的欲
望同悲哀是神聖的，同時也是「全然他者」（Wholly Other）。[39]

苦難與莊嚴

　　沈從文與李渝的書寫對現代中國的歷史與價值體系所發出的激越質
詢，恐非同時代的讀者所能輕易理解。在一個面對不公不義，血淚吶喊被
視作文學的首要職責的時代，他們扣問的卻是一個先於是非黑白、先於救
苦救難的問題，一個無論是對廣義的宗教關懷還是對 20 世紀中國革命而言
都具有根本大義的問題：苦難的意義，以及苦難與神聖之間的關係。李渝
筆下的玄江菩薩，彰顯大乘聖徒如何受苦，如何忍辱，如何歷經千百劫而
心懷慈悲與無畏。19 世紀基督教作家 George MacDonald 曾說，神之子受難
至死，非為免除世人受難，乃為世人應如何受難作出榜樣。[40]玄江菩薩的憫
願慈行，與此一說可謂交相輝映，異曲同工。對沈從文而言，當宣揚解救
大眾疾苦的革命話語占據時代主調，他依然堅持生命哀苦的啟悟意義。每
次他寫到人類「應有的哀樂」，我們都應記起，這份「應有的哀樂」源自人
類「忠實」於命運所付出的「應有的努力」。這樣的哀樂與努力合而構築了
另一種無言的「歷史」。從講述邊城故事到講述物質文化史，沈從文畢生試
圖捕捉這種歷史並向其致敬：他曾確證這種歷史的神聖與「莊嚴」。

　　對這種「無言」的歷史的皈依和對生命哀苦的自覺選擇，在沈從文的
後半生裡顯得尤其明晰。1950 年代初，作為歷史博物館講解員的沈從文在
一日黃昏，登上午門城頭，四下眺望，遠處的雜亂廣播，近處的一聲黃

---

[39]Otto, *The Idea of the Holy*, p. 25.
[40]George MacDonald, *Epea Aptera: Unspoken Sermons* (London: Alexander Strahan, 1867), p. 41.

鸝，一時入耳。他突然明白，自己正在學習「一大課歷史，一個平凡的人在不平凡時代中的歷史」。他不僅痛感「生命的隔絕，理解之無可望」，更不得不面對「自己之不可理解」。[41] 十幾年前一場長河之旅的啟悟，在蕭索京城發出意料不到的回響。可以說，此刻的沈從文一身兼攝兩角：他既是他曾說的另一種「歷史」的承負者，亦是立於其外的觀察者；他成了徒然希冀的夭夭，同時成了懂得這份徒然、更懂得這份徒然的神聖與必然意味的河畔的聆聽者。

晚年沈從文為戴乃迭英譯《湘西散記》作序時寫道，這些作品：

> ……一例浸透了一種「鄉土性抒情詩」氣氛，而帶著一分淡淡的孤獨悲哀，彷彿所接觸到的種種，常具有一種「悲憫」感。這或許是屬於我本人來源古老民族氣質上的固有弱點，又或許只是來自外部生命受盡挫傷的一種反應現象。我「寫」或「不寫」，都反應這種身心受過嚴重挫折的痕跡，是無從用任何努力加以補救的。[42]

沈從文深深明瞭，這是命運分派給他的一份「應有的哀樂」，其「全然他者」的性質決定了他的孤獨無法可解，甚至無法被他自己理解。一如他筆下的湘西兒女，他惟有「忠實」於這命運，報之以「應有的努力」——惟以如此，見證生命「莊嚴」。

直到離開臺灣多年以後，激越的革命理想經歷政治風暴的「洗禮」，直到在黯淡的生命甬道上重新發現文學如「執燈的神祇」不離不棄，李渝說，她這才真正走進沈從文的世界，一個「柔軟的、謙虛的、溫和的、渺小的，沒有地位，甚至是懦弱無能的，然而就是在這懦弱之中隱藏了巨大的情感和人的精神」的世界。她在這裡領悟的最重要的一課是關於卑微的力量：

---

[41] 沈從文，〈凡事從理解和愛出發〉，《沈從文全集》，卷 19，頁 117〜118。
[42] 沈從文，〈《湘西散記》序〉，《沈從文全集》，卷 16，頁 394。

……敘述的基線不能放得再低了，可是從基線的底下油生出從來沒有這樣從容和堅韌的耐性；有一雙眼睛靜置在敘述的後邊，包容了體諒了悲喜全體。從這樣的角度來看，沈從文的觀點有點像佛眼，又有點接近中國繪畫中的俯瞰透視，隱藏在某處的無所不見的寬宏的視角，容納下了無限山川。[43]

　　一雙沉靜的佛眼，於極低處，容攝無限山川。日後郭松棻寫下一句話遙遙與之呼應：

你要徹徹底底地絕望，沉到黑暗的最底層，才感受得到佛的存在。[44]

　　　　　　　　　　　　——選自《明報月刊‧附刊》第 30 期，2016 年 6 月
　　　　　　　　　　　　——於 2019 年 8 月 1 日修訂、補註

---

[43]李渝，〈月印萬川——再識沈從文〉，《那朵迷路的雲》（臺北：臺灣大學出版中心，2016 年），頁282～284。
[44]郭松棻，〈落九花〉，《印刻文學生活誌》第 23 期（2005 年 7 月），頁 86。

李渝小說簡論

◎柯慶明[*]

一、文學主張

> 現代主義……最重要的一個特徵，就是執著於文字，強調純文學。文字
> 是一種自我訓練，把文字密度提升到最高點是現代主義美學的基礎。我
> 想這是釐定 1960 年代現代主義的一個指標。
>
> 文字本身不但修言而且修身，這是個性和語言兩方面的事情。人如其
> 言，所以現代主義者是有潔癖的，是絕對要講純潔的，拒絕鄉愿、拒絕
> 通俗道德，拒絕同意任何人，除非自己覺得有道理。……對我來說，現
> 代主義是我生活上的一部分。我一步一步走過現代主義，可以說我們那
> 個時代對文學是一廂情願，和後來的時代可能不太一樣。文學是我們唯
> 一的愛人，而且對這個愛人我們用情專注、終身相守、至死不渝。我們
> 是獻身、我們是殉情性的。我這麼說是因為這是生活過來的一個感
> 覺。……海明威如果不是要求在文字上那麼純淨的話，他不會用槍把自
> 己轟掉，這是和後現代非常不一樣的特徵。
>
> ——《重返現代》，頁 85～86

以上這段話，見於 2008 年 5 月初在加州大學聖塔芭芭拉分校舉行的
「重返現代：白先勇、《現代文學》與現代主義國際研討會」上，在我主持

[*]柯慶明（1946～2019），南投人。發表文章時為臺灣大學臺灣文學研究所名譽教授。

的場次，我詢問李渝教授，她寫作《溫州街的故事》之際，當時的文化氛圍或一般現象，她的回答。但是「執著於文字」，只是「形式」層面的事，「內容」則見於他們的「獻身」與「殉情性」的志業與取法的對象。

二、精神淵源

李渝教授在〈最後的壁壘〉的一段話，雖然是側面的，但多少也給我們留下了，她所取法、或認可對象的一些線索：

> 曹雪芹、雨果、巴爾扎克、托爾斯泰、普魯斯特、魯迅、沈從文、吳爾芙、卡夫卡、福克納等名字所光照的文學可以啟蒙，啟發，反叛，顛覆的黃金年代，早就過去了。
>
> ——《九重葛與美少年》，頁 277

值得注意的是，除了曹雪芹以外，近代的中國作家，她只列了魯迅與沈從文。在〈朵雲〉中，16 歲的阿玉，在隔鄰夏教授自一大排《史記》後面摸出來借她的小冊子中看到了：

> 然而我又不願意他們因為要一氣，都如我的辛苦輾轉而生活，也不願意他們都如閏土的辛苦麻木而生活，也不願意都如別人的辛苦恣睢而生活。他們都應該有新的生活，為我們所未經生活過的。
>
> ——《夏日踟躕》，頁 292

以及以下的開頭：

> 人睡到不知道時候的時候，就會有影子來告別，說出那些話——
>
> ——《夏日踟躕》，頁 291

雖然小説中對此姑隱其出處，但其實前者出自魯迅的〈故鄉〉，後者則為〈影的告別〉。前者反映了魯迅對中國社會的基本認識：流離的知識分子，麻木的鄉土（或市井）小民，以及恣睢的掌權人士。而他們都「應該有新的生活，為我們所未經生活過的」（頁 292），則是他的啟蒙宏願。李渝教授的小説未嘗不是由這些類型的人物組成，而有意無意中皆反映了這種對於「新的生活」的嚮往。但深夜中前來告別的「影子」則不斷溢出了社會集體的理性思維之外，這使得魯迅遠遠超出了理性的啟蒙者，而突顯了人性個我心靈的神祕與深沉。反映在李渝小説，則為反覆出現黃昏恐慌與夜晚的難眠，或夢魘經驗。

至於前述集體「新的生活」的企望，最明顯的表現在她的三篇歷史小説，其中〈賢明時代〉寫武則天晚年繼承的危機，終究在二張的撥弄之下，和議破局，武李二姓血親迭相殘殺，直至玄宗繼統為止，但卻以「神國」一節，杜撰永泰公主李仙蕙被祖母下令杖殺，而其夫婿繼魏王武延基在神秀法師等人的協助下，攜去西疆之外兩河交會處，創立了神國：

> 國主以仁厚賢明稱世，國內體制合理，經濟昌榮，文化和諧，人都能發揮自己的擅長，物都能獲得合適的用途，婦女都有安置，老弱都有照顧，子民們都過著幸福又快樂的日子。
>
> ——《賢明時代》，頁 106

〈和平時光〉則寫韓召王舞揚，鑄劍為惠王復仇，弒親生父母而繼位，卻因鑄劍遇害的聶亮之女聶政矢志為父復仇，兩人多次遭遇，終在琴音中相知互解之餘，遂使：

> 王又以賢仁著稱，能識才用能，聽納諫言，寬和行政，廢除奴隸制度，實行均業利民的經濟政策，在華夏即將陷入暴亂的時期，締造了一段難得的和平時光。

——《賢明時代》，頁166

〈提夢〉一篇似乎很巧妙地揉合上述兩項主題，寫提夢的巴布爾可汗，征服印度德里，創建了蒙兀兒王朝，卻因懼夢而偃武修文，創建了「花園的極品」：

> 當時波斯文稱巴布爾的花園為 Pairidaeza，意指「圍在牆內的花園」，後來被英文借用，是為 Paradise「天堂」一詞的由來。
>
> ——《賢明時代》，頁209

這種期待，落在當代，則為〈待鶴〉的結尾：

> 傳說中的鶴群必將飛越千古的時空，盎然光臨輝煌的殿宇，繞金頂三匝，再一次完成現實與神話的完美結合。山谷下的人民將舉行盛大的慶典，冬麥將撒下種子，民主的一票投下讓第一個共和國建立。你抬頭仰望，就像在每一個不同的歷史時空等待著的人們，也會發出歡欣的嘆息。
>
> ——《九重葛與美少年》，頁51～52

三、敘事策略

李渝教授在〈無岸之河〉中，提出了一種「多重渡引」的敘事觀點，她首先以《紅樓夢》36 回，寫寶玉在室外窺見了賈薔與齡官「放雀」的一節情事為例，由於拉長視距，經過框格般的門窗「觀看」：

> 普通的變得不普通，寫實的變得不寫實，遙遠又奇異的氣氛出現了，難怪人物賈寶玉在窗外看得心恍神迷，悟出了天地皆虛無的道理。
>
> ——《夏日踟躕》，頁44

接著她又引沈從文〈三個男人和一個女人〉中屍姦的情事，由於故事經由
兩個男人的輾轉探索，加上民間傳說吞金女子會因得到男子的偎抱而復
活，因而「裸屍出現」之事，「這個消息加上人類無知的枝節，便離去了猥
褻轉成神奇」（頁44～45）。

　　上述的說明，不僅說明〈無岸之河〉中說故事的場景與歷程，比故事
的結局更加重要：

> 一柱天光溶瀉如泉，賜予了超現實的機遇，許諾了寓言的可能，帶領眾
> 人躍升。述說故事的時間，它的影光消長，以及當你順著它往上所見到
> 的天頂那塊方夜的幻動，現在都仍煥爛地洸漾在我的眼中。至於故事的
> 結局是真是假是悲是喜，倒是不十分在乎了。
>
> ——《夏日踟躕》，頁53

其實《溫州街的故事》各篇，或者採用中學時期的阿玉為視點，在世事尚
在知與未知之間，許多的情節，或者出於父母以至父執輩的片段講訴評
點，或者根本就採取以街談巷議、多方揣測為敘事觀點，因而頗多「疑
是」之語，而又具有不同發展多重詮釋的可能，結局遂一再變得曖昧，甚
至神奇的「傳說」，甚至「傳奇」興味。這種「是邪？非邪？」的疑似情
境，甚至到了〈夜渡〉、〈踟躕之谷〉的敘事依然是相同的策略；〈江行初
雪〉更是利用了三個聽來的故事與自己行旅的經歷對照，形成了「多重渡
引」的視野。小說作者似乎是要一再提醒我們，小說在西方，原以「虛
構」為名，而在中國亦稱之為「志怪」，稱之為「傳奇」，若非經由「傳
說」而超越「現實」或「事實」，而進入「傳奇」之域，或許我們只需「歷
史」，就不需「文學」了。因而要點在其中所反映的人心中之一種「意
境」，一種驚異的領悟。「影的告別」在現實上為不可能，但亦不妨為「文
學」上最深刻的「寓言」與「真實」。

四、文字表現

　　李渝教授的小說文字精鍊而多變，頗合隨物賦形之旨，描寫行動如〈和平時光〉：

> 女子前進，提手，伸向的卻是盤底某位置，韓王驟然驚覺，立刻轉向榻邊，索劍；霎時匕刃從盤底抽現，橫來眼前，王才看出，女子髮色跟那日刺者是一樣的豐黑！
>
> 韓王一個滾腰急翻下榻那邊，躍到二三步外，一邊舉劍準備迎接攻擊，一邊放聲呼喊「來人，來人哪！」女子踢倒案几躍上榻，飛起空中，一個橫腳猛掃過對方手腕，「啊呀！」王大叫一聲，落劍，捧住自己的腕底，向門退。
>
> 門崗衝入，東西廂禁衛啟動，兵器鏗鏘腳步倉卒，轟政還想進索，卻記得忌師的叮嚀，旋即收匕，咬住散髮，折步奔到燈臺邊，轉臂推動，讓它向帳帔傾倒。油潑灑在紗上點火燃燒，轟轟然整帳燒起，一片火光濃煙迷捲，屋裡什麼都看不見了。
>
> ——《賢明時代》，頁 140～141

可見到由《史記・刺客列傳》蛻化而出的痕跡，但至如底下這一段：

> 韓王起身——
>
> 一道強光掃進，雷聲炸響，天坼地裂，寢榻顛簸，床上的和地下的都覺得了震撼。再接一記雷霆，簡直就像扔打在窗口，窗扉碰碰撞擊，強風夾急雨拉扯鎖扣，譁然沖颭進來。乘這風馳電掣之中，蒙面女子從地上站起，用出弓之箭的速度奔向窗口，一個飛身躍出開窗，雷光乍閃，打亮一頭黑髮，不見了。
>
> ——《賢明時代》，頁 138

則直逼唐人傳奇了。至於韓王聽聶政彈琴，則更具有《莊子‧寓言》意味。她描寫狩獵、戰爭、行旅也都一一到位，足以引發讀者身歷其境的現場感。

她在《賢明時代》描寫的人物，皆為盛世皇室血親與貴幸，其服裝之繁美華麗，夜宴之隆重豐盛，既遠超《紅樓夢》，而其暗藏危機與荒淫，則近於〈韓熙載夜宴圖〉；但其寫李仙蕙戲鶴、武延基窺望，其情致，極類黛玉葬花行吟，寶玉望見感傷：

> 仙蕙不理，故意弄出呵斥的聲音，把鶴嚇退了兩步，又嗄聲喚回來。這麼引拒戲弄倒是玩出了趣味，女孩子朗朗笑了。
>
> 午後日陽，淡淡的水金色，一抹潑灑塘面，日光和水光跳躍，煙水朦朧閃耀，白色的鳥扇動著翅膀，白色的裙子鑲著金邊，閃爍著日光和水光。
>
> 兩年後，當一切都不可挽救，而這一時的情景再出現在武延基的眼前，什麼都變得遙遠又遙遠的不再記得的時候，卻有一片午後的時光，依舊像現在一樣的燦然，把一切都撫照在靜止中。
>
> 風吹桃花梨花杏花，柳絮靜靜飄揚，眼裡和心裡都迷惘了。
>
> ──《賢明時代》，頁33

尤其突然宕開到悲劇發生的兩年後，更令人產生「叢菊兩開他日淚」的感傷與迷惘。這正是情景交融、絕佳的抒情時刻之展現。

李渝教授描寫鄉野或市井小民，亦另有不可磨滅的韻致在。在〈待鶴〉中，敘述者前往探望三年前墜谷而亡的嚮導的妻子，結果她已再婚，並育有一子：

> 打點了好一陣子，丈夫才停下了手腳，拉過來小男孩，一同坐去那頭的地毯上，露著和善的笑容看這邊的我們說話，偶爾站起來，撥弄一下爐火。這是全屋暖氣的來源，十一月的山區已經很冷了。我打開背包，拿

出帶來的禮物時，孩子又湊了過來，父親仍坐在原處，羞澀又滿足地笑著。聽說不丹男子要比漢族男子好得太多呢。我想起了沈從文寫在〈丈夫〉裡的，坐在船頭撥弄著二弦琴，耐心等候妻子在艙裡做完妓女生意的丈夫了。沈從文常寫弱勢人物，想必那丈夫也是偏遠人士的；漢人的精神都忙在勾心鬥角的政治活動裡，哪顧得這些細微的心思的。

──《九重葛與美少年》，頁14～15

在〈朵雲〉中，照料夏教授，甚至與夏教授有肌膚之親的歐巴桑，在夏教授去世之後，隨著丈夫離去：

天黑得真快，歐巴桑跟男人回去的那天，才不過走到巷口，一前一後的兩個身影就昏恍起來。只有歐巴桑手腕底下的那隻白鶴，準是布上的色料沾著螢粉，反而特別清亮地映照著早來的夜光。

白鶴一顫一顫閃出灰黯的溫州街。阿玉再也沒見它回來。

──《夏日踟躇》，頁293

鶴在李渝教授的小說中別具深意，但她亦不吝將它附麗在從世俗角度或許要遭批評的歐巴桑身上。另一篇純粹以視角與文字取勝的〈亮羽鶇〉，不但以鳥為視角，而且在一對男女於野外熱情難抑的場景中，不直接點出戰事持續、隨時得面對管制征戰生離死別的時代情境，而卻以冷峻的語言，描述了他們的心境：

熱情駕馭成冷峻，狂喜淹窒在沉鬱裡，快樂唯有從悲哀來領受，虐待狂與被虐狂的氣質同體一身，都耽溺沉迷在極限和極致中。

而黃昏的光，灰藍的海洋，青蕪的山巒，灰濛的城市，茅草的山坡，以及擁抱的愛人，在即將捲入記憶的漩渦以前，都看在我的眼裡，那隻漂亮的紫羽鶇在心裡說。

──《九重葛與美少年》，頁 202

這種拉長距離，且前段出以莊嚴判斷的文體，後段繼之以抒情性的風景渲染，既巧妙又豐盛，真的是文字的饗宴。

五、情節發展

　　李渝教授小說的情節發展，其實可以歸納為幾個基本母題的反覆變奏：首先是「嚮慕」，小說開始時主角過著平板呆滯的生活，但卻突然有了「嚮慕」的對象，於是情況轉變了，或者是因此而獲得激勵，因此走向某種「自由」，也就是向更為廣大的天地邁進，走向自我實現的第一步。如〈似錦前程〉中阿玉終於要離開家巷，出國「改變世界，創造未來」，但卻仍需要那位他，在「一個永恆的黃昏，以一個天長地久的手姿，祝她前程似錦」（《九重葛與美少年》，頁 243）。在〈金合歡〉中，阿麗終因早晨慣常出現大學生的入夢，而決定進入社會「出去工作」。這種「共同存在」的意識，在對象為人時，自然亦可視為是一種初始萌芽的「好感」，或隱約的「愛意」。但亦可能轉為長久壓抑的「離散」，甚至身遭戰亂與白色恐怖命運的喚醒，如〈夜琴〉中的愛爾蘭神父與幫忙收拾的婦人，前者只有離鄉背井的離散，但後者則身經喪亂與恐怖，而在琴音中做了最溫柔與隱約的表露，因為受苦蒙難的並不僅只她一家一人。〈菩提樹〉中，阿玉父親的臺籍學生和圖書館旁的菩提樹成為交相隱喻的「嚮慕」對象，但前者突以思想犯遭到逮捕，判刑 15 年，後者則遭鋸斷移除，留下的只有所奏口琴琴音的回憶。「嚮慕」突然轉換為「恐怖」，格外令純真者驚恐畏懼。在〈收回的拳頭〉裡，阿玉上學一路上如小紅帽必須經過一群大野狼，變態人物的威迫，到了學校，唯一溫柔相待的施老師，突然在夜裡被幾個中山裝的人帶走，就此消失了，成為「恐怖」的最高點，與總裁「收回的拳頭」之講話，同樣令人不安。

　　〈夜煦〉中，敘事者歷述他的三位師長，兩個同伴的親人，如何由穿

黃色中山裝的人帶走就再也沒有回來，得出「你小時候覺得比較和氣的師長和對你比較親切比較好的人，後來都不見了失蹤了再也沒有回來從這個世界上消失了」（《夏日踟躕》，頁 196）的感受。重複的賓語，正是對其中蘊含的「恐怖」無以釋懷，因為它們正都是對他所「嚮慕」之長輩、因而也是可以取法認同對象的破壞與剝奪。

這種「恐怖」其實蘊含了一種關於「背叛」或「叛亂」的詭論。正如明明是兵敗失守，卻可以在總裁講話中成了：「我們撤守是把拳頭收回，為了再打出去更有力」（《九重葛與美少年》，頁 232）。當黨派的「主義」、「領袖」可以明目張膽地公然安置於「國家」、「榮譽」與「責任」之上，那麼「背叛」或者「叛亂」之意旨就顯得曖昧、混亂甚至顛倒了。在〈號手〉中，軍官侍衛拚命保衛總裁二十餘年，因為習於參與「暗殺、暴動、事變」，在進入承平小康的時日，遂追憶前事書寫為文字，結果被視為「通匪叛亂，策謀顛覆」的證據，總裁雖知它們只是「歷史」記述，但他的恩典，竟是「召令全國最優秀的號手前來」（《夏日踟躕》，頁 41），為軍官之死刑執行吹號。這種令人啼笑皆非的「報恩」方式，從人類的常理常情而論，是否也是一種「背叛」、「恐怖」，或者又是「叛亂」的另一椿小小範例？

長篇《金絲猿的故事》，先是以馬至堯將軍來臺、豪華的官邸瀰漫著梔子花的香氣，將軍再婚，娶了神似亂局中背叛他而去之元配的繼室。小說在令人「嚮慕」的樂園描寫之餘，是將軍之子與繼室背叛他相戀，私奔離去。故事追溯到將軍在故鄉面臨覆沒的最後戰役，以及之前他的告發至友 C 將軍、導致 C 將軍被槍決，以及元配夫人因而離去。但最為關鍵的卻是他在留為活路的臨莊，先行率隊屠殺了成千上萬前往林中迎接聖像和盛世的臨莊百姓，而且是在「將軍下令全數殲滅，不到一個時辰達成任務，昭現了鄉人再一次覆沒的預言」，這種只接受「總部」「電令」，無視眼前百姓男男女女盛裝參與慶典之實質，所進行的「三面匍伏包抄圍進，不給對方逃脫的空隙」，同時使用了追擊砲、強榴彈、「輕重機槍掃射」，以至「步槍刺刀等砍殺」的殺戮無武裝民眾，尤其是自己家鄉的民眾，已經幾近全無

心肝，不僅「背叛」了鄉民，更是「背叛」了上天有好生之德的人性與宇宙生機。特別就發生於「離正道不遠的樹林正是和平時日的狩獵所在，而此刻手中的獵物也並不稀奇」（《金絲猿的故事》，頁 190～191）。這裡既和狩獵金絲猿，以及即使來臺，家中亦仍收藏了各種獵物的遺骸等事遙相呼應；更可看出將軍和他的部隊平素「獵野圍城邑，斬截無孑餘」的習性。為什麼沒有任何人對此軍令提出質疑的詢問或暫緩的異議？臨莊的神靈與江水有知，為什麼還要接納這等貨色的骨灰？

　　儘管小說中強調臨莊是「馬至堯將軍一生心魂牽縈的城市」（頁165），是犯罪現場？還是惦念的家鄉？而將軍（的魂靈）離去時，其女卻看見一巨大的白鳥，鷺鷥飛來，「以完美的姿勢畫出結束的休止號、消失在鬱亮的天空」（頁 196），小說亦結束在將軍之女懷寧，完成以骨灰撒江的使命，搭乘飛機返臺至島上時，「一群鷺鷥從林梢騰起」，「和她一起飛行在流動的地圖上」（頁 204），使得原具宇宙生機象徵的鷺鷥，一再和臺灣，和暴戾恣睢、滿手無辜民眾血跡，卻又只認同大陸故鄉且竟以壽終的將軍牽扯在一起，讀者的反應可能是要有仁智之見的。

　　李渝教授在 1960 年代的現代主義小說家中是對白色恐怖著墨最多的人。中國對外開放後，她亦以後見之明，寫了像〈江行初雪〉與〈夜煦〉後半等所追述紅色統治下的「恐怖」情境。在這些作品中「嚮慕」與「恐怖」之外，更增添了「藝術」、「宗教」與精神疾病的「療癒」等母題。

　　〈江行初雪〉以敘事者前往中國潯縣玄江寺，因「嚮慕」其 6 世紀的觀世音菩薩像而來，先是聽聞了觀世音菩薩在身為妙善公主時「剜目斷臂救療父王」（《夏日踟躕》，頁 137）的故事，更意外知聞 1970 年代軍管後派來的新縣委，因其頭疼痴顛現象，採老家中醫的祕法，「採用身健體清的姑娘，乘命氣活躍時直接收入，由血脈及時運至腦中，以腦治腦，以腦引腦」（頁 146）的療法，以敲開一位少女的後腦殼，導致她的死亡之後獲得療癒，並下令整修菩薩，結果只是拿了油漆塗上，導致菩薩像面目全非。這種犧牲下一代青春生命來治療當權老人的「瘋狂」，確是所有「恐怖」統

治最真確的象喻。同時,「宗教」在此竟也在神話層面喻示女兒得以「剜目斷臂」的方式來「救療父王」,則它是真正能夠濟度苦難呢?還是助長苦難呢?至於藝術更是無能阻止有權有勢的粗鄙者的破壞,則創作的精神昇華,終究只是短暫的倖存而已。

〈夜煦〉寫常在紅樓演出的名伶,在婚後丈夫事業失敗之餘,捲入匪諜案,與胡琴師潛逃大陸,受到國家禮遇,成為國家最高文藝工作者,後又突以「國特」和「名伶」罪名受到點名批判,被送往北邊的邊疆,名伶失憶,退化成孩童。胡琴師每夜為她唱一首歌,十年後終於喚回了愛人的記憶。這篇小說對白色與紅色「恐怖」皆有著筆,但小說中的主體卻有大半是敘事者的焦慮症、恐懼症、失眠等經驗,一直無法有效治癒,卻在名伶復出演唱及場外街頭演唱少年的歌聲,憶起了自身少年時所聽過的聖歌,而有重生、獲得救贖的感覺。歌、樂作為「療癒」,宗教產生救贖、重生,在此則受到肯定。

六、深淵與結語

由外在情境的「恐怖」,逐漸轉入內在心理的恐慌焦慮,漸漸成為李渝教授小說寫作的題材,一如她在〈最後的壁壘〉所強調的:

> 如果文學依舊可以使人面對逆境,從生命的無奈中振作起精神,把日子好好的過下去,那麼寫小說,或者寫作,就仍是一座堅守的壁壘,一道倔強的防線,一種不妥協或動搖的信念。
>
> ——《九重葛與美少年》,頁277~278

這是否也包括了她與自己內心之深淵的面對面呢?她在〈待鶴〉中寫了「四、深淵」:

> 午夜的鐘聲響了,十二音一一敲過,一聲聲催促。跳下,跳下罷,圖形

變成了手，從地面高高聳起了邀請。

塑膠玻璃很厚，蒙積著灰塵，只見身體的輪廓在玻璃上模糊的移動，舉手投足之間晃生出重重疊疊的魅影。從縫隙往下看，大廳給日光燈照得慘白透明，天井地面的圖案愈發像疊疊的幽谷，迷離的陣式，向上發出蠱惑的誘力，召喚著，來罷，下來罷。可憐的醫預科學生，這時他得面對的，除了是往地面奔去的衝動以外，還有從地面迎來的熱烈的呼喚呢。那麼，他是面對著雙重誘惑，淪陷在雙重掙扎中了。在他佇立在這空隙前，尚未跳下之前，他一定像徘徊在地獄的斷崖邊一樣地辛苦。對旁觀者來說終局固然驚駭，然而對他，那一路糾纏不休的猶豫不決的，令他無比惶恐的心境，終局前與它的最後的搏鬥，是否還是更可怕的呢？

——《九重葛與美少年》，頁 18

同樣的「深淵」亦見於〈踟躕之谷〉：

像遙遠又鄰近的鄉園在召喚和邀請，底下是不見底的谷。他往前多走了幾步，憑臨崖的邊緣，一躍便能投入黑綿綿的谷。借這一躍就能被它收容，解體，消化和消失。過去和現在和未來都可以不存在，都不再繼續承擔和發生。

時間在崖邊停止，等待著這一躍。

——《夏日踟躕》，頁 89

這些篇章都一再反映了李渝教授的堅守與防衛。我們或許可以用葉慈（W. B. Yeats）所說：

為什麼我們應該尊崇那些死在戰場上的人們，一個人可能顯示著同樣無畏的一種英勇於進入他自己的深淵之際。

It takes more courage to examine the dark corners of your own soul than it does for a soldier to fight on a battlefield.

李渝教授為這些我們所不輕易涉足的洪荒之域，留下了既真切又珍貴的紀錄與剖析，一如她恆久的「嚮慕」，和由鶴、鷺鷥、金絲猿、海豚等所象徵的宇宙生機一樣，都是值得我們感念的。

引用書目

李渝，《夏日踟躕》（臺北：麥田出版，2002 年）

──，《賢明時代》（臺北：麥田出版，2005 年）

──，《九重葛與美少年》（新北：印刻文學生活雜誌出版公司，2013 年）

──選自《文訊》第 373 期，2016 年 11 月

無限山川：李渝的文學視界

◎梅家玲

　　李渝素來以「小說家」與「中國繪畫史學者」聞名於世。1970 年代曾與先生郭松棻共同投入海外保釣運動，郭松棻中風之後，她一直為憂鬱症所苦，2014 年甚至因此辭世。這些經歷，使得一般論者對她的關注，大抵集中於小說、藝術史、保釣、憂鬱症等幾個有限的論題之上。而《那朵迷路的雲：李渝文集》卻希望能為李渝呈現出屬於她個人的、更豐富的文學面向。

　　《李渝文集》的編輯緣起，起初不外是對於李渝的追思。2010 年秋，李渝受聘為臺大白先勇文學講座教授，在臺文所開授「小說閱讀和書寫」、「文學與繪畫」兩門課程，我時任臺文所所長，與她時相往還，遂也成為相熟的好友。她教學深受學生愛戴，尤其是小說課，其細讀深論固然令學生傾倒，對於學生的關心愛護，悉心指導，更是令人如沐春風，感念在心。她猝然辭世，讓多少人震驚不捨。然而哀慟之餘，也讓我們思索：可以用怎樣的方式，將李渝的文學書寫，以及她的文學理念仍然綿延賡續下去？於是，經由秩維、富閔和我共同討論之後，決定為她輯錄未結集的文章，編選文集，交付臺大出版中心出版。

　　秩維與富閔同是李渝在臺大任教時，最為鍾愛的學生。富閔是當今文壇新秀，兼為課程助教，與李渝互動尤其頻繁親近。李渝逝世之後，他們兩位上窮碧落下黃泉，找出她的許多未結集篇什，為數十分可觀。它們不只限於小說與散文隨筆，還有不少討論文學、電影與論翻譯文學的文字，以及曾在香港《明報月刊》刊載數月，敘寫民國人物的「民國的細訴」系

列；其中文學評論部分尤見精采。而正是在閱讀這些散佚篇什的過程中，我們發現：儘管近年來李渝的小說相當受到讀者與學界重視，她在藝術史方面的研究也知名於海內外，但這些文字所蘊含的生命遭逢、文學觀點、美學理念與人生態度，卻還不曾被仔細探討。因此，我們予以匯整，並為她編製個人創作年表，同時也附列當年臺大的授課大綱，以期讀者對於李渝能有更為全面的了解。

根據年表資料，可看出李渝其實很早就有志於文學創作。中學時期，即在父親主編的《中國一周》「青年園地」發表多篇文章。她畢生的文學志業及人生關懷，似乎在早年的〈我的志願〉一文中，便可見端倪：

> 一個人既生存世上，就不能不有一個對於將來的希望，以發揚生命的光輝，充實生命的意義。
> 我的希望是將來成為一個女作家。
> 假如說人生是一片荒涼的沙漠，那麼文學便是我尋覓的綠洲！是它滋潤了我枯乾的心靈，是它為我帶來生命的曙光。[1]

成為「女作家」，意味著致力於文學寫作的同時，意識到了自己「女性」的性別身分；而它又與「發揚生命的光輝，充實生命的意義」互為表裡。《李渝文集》雖依文章性質，分為「小說」、「散文隨筆」、「民國的細訴」、「文學與電影評論」、「文學教室」等幾個不同專輯，但綜觀全書，女性、寫作，及以文學為人生之寄託與救贖的觀點幾乎無所不在。正是三者的相互呼應，彼此生發，共同開顯出李渝的文學視界。

一、女性的故事

眾所周知，李渝的「現代主義」書寫開始於大學時代，當時文學中的

---

[1] 李渝，〈我的志願〉，《中國一周》第 437 期（1958 年 9 月 8 日），「青年園地」。

性別意識還並不明顯。其後，她因投入保釣運動與從事中國美術史研究與評論，一度中輟寫作；十餘年後，才又重新提筆，回到文學。她的女性關懷，也同時出現於各類書寫之中。1980 年，她重返文壇的第一篇小說〈返鄉〉在復刊後的《現代文學》刊出，小說女主角「純子」早年投身海外學生運動，歷經情感幻滅、學業挫折，最後學成返國，選擇赴臺灣偏鄉從事教育工作。1983 年榮獲時報文學獎小說首獎的〈江行初雪〉，藉由玄江菩薩與幾個不同女性的故事，投射對歷史與人類命運的反思。這兩篇小說中的各類女性形象，雖然多少來自於李渝自身之所聞見，然所呈顯的女性觀照，其實正相當程度地反映了李渝的女性（主義）意識。

　　1980 年代之初，臺灣女性主義思潮方興未艾，身為女性作家的李渝，同樣就此發表不少論述。所觸及的論題，從畫作中的女性形象，到女明星、女演員；從談女動物學家和猩猩的故事，到娜拉的選擇；多元豐富，不一而足。值得注意的是，她從西蒙・波娃《第二性》出發，強調「女性意識」必得奠基於「存在意識」。念茲在茲的，不是性別之間的對抗，而是超越昇華。她期許女性「不但要從卑屬奴從於男人的處境裡脫身，達到兩性平等的地位，更要把自己當做一個『人』，由自由的意志從而建立自己成為一種更好的個人。」也因此，「更有效的婦運的命題，也許要從男女平等昇進到女性的自由選擇權利——不是以男性，而是以更好的人，更好的生活，更好的遠景為指標，為自己的存在做出自由選擇的權利。」[2]

　　落實在對於各女性人物的具體評論上，她會很自然地安慰離婚的友人阿惠「既非輸家，更非弱者」，因為這將會使她「獲得一個從來不曾有過的認識自己的機會；以自己的力量重建生活，再肯定自己」。[3]她認為大家讚揚法國女演員珍・蒙若，「不僅只是認可她的藝術成就而已；這讚揚裡還包含了她作一個個人，作一個上進的女性的敬意。她以行動改變了自己的命運，成就了今日的地位。在她從演而導的過程中，我們看到了一個女性的

---

[2]李渝，〈娜拉的選擇〉，《中國時報》，1986 年 5 月 11 日，8 版。
[3]李渝，〈並非敗者〉，《中國時報》，1983 年 6 月 9 日，8 版。

努力。」[4]當然，談到女作家，她便以獲得諾貝爾獎的南非作家葛蒂瑪為例，強調她雖然寫政治小說，卻不讓政治干涉小說，脫離了政治小說；雖然寫南非，她不黑白二分，超越了本土觀和地域性，達到了評論家們所讚揚的「人類的幅度」。因此，在身為女作家方面，她也走出了「女」作家的局限，表現了她反抗意識的另一面成就。[5]

但更饒有興味的，應是她對於《伊甸思絮——我在婆羅洲與橙色猿生活的年月》（*Reflections of Eden: My Years with the Orangutans of Borneo*）一書的評論。該書作者比魯特・葛爾荻卡斯（Birutė Galdikas），是一位祖籍立陶宛的女性類人猿學（Primatology）家。她在 1971 年獲得原始人類學名學者路易・李奇（Louis Leakey）的贊助，來到印尼的原始森林，就此和猿群以及原住民生活下來，不只調查研究，還「成為猿群們的一分子，作孤兒猿的代理媽媽，受傷和受危害者的看護，把牠們養育成長後再放回森林裡去。」她以謙卑的態度對待猿群，與牠們建立「熟悉而親昵」的友誼，後來成為類人猿學著名的三位女性學者之一。這本書視原始森林為伊甸園，它寫橙色猿，也寫自己的生平。橙色猿（Orangutan）是生長在南亞洲的婆羅洲和蘇門答臘的長臂猿，毛為棕紅色，中國大陸譯為「印度尼西亞猩猩」，或「橙色長臂猿」。姑不論此一「橙色猿」是否即是《金絲猿的故事》中「金絲猿」之所本，通過這部被李渝視為「女性主義書籍」的作品，她其實想說的是：傳統科學向來由白種男性主持，穿上雪白冰涼的白色研究衣，冷靜又嚴峻。男性科學家注重客觀歸納思考分析，有具體的假設和先論，規則的過程，數據決定結論，指數、籌碼、電腦化一切，高高在上。他們懷著強勢者的態度和征服目的，要自然就範，御為人類的隸屬。然而「女性科學」卻不是這樣的，女性在人類史上本來就是受欺壓的弱勢者，「從自己的經歷而知道同情和愛護，用弱者的謙卑親和來呵護，用

---

[4]李渝，〈女明星・女演員〉，《中國時報》，1983 年 3 月 8 日，8 版。

[5]李渝，〈葛蒂瑪的《朱利的族人》和她對「女作家」的看法〉，《中國時報》，1991 年 11 月 28 日，31 版。又，同樣的觀點，也出現在她的〈夢歸呼蘭——談蕭紅的敘述風格〉一文中。

自己的身體去接觸、撫摸和擁抱。」正是此一具有女性氣質的科學研究，「宇宙和生命才能和睦綿延悠長」，因為，它的特質是：

> 介入的，親身感受的、移情的、給予的、承受的、人化的、和自然共處
> 共分同享的、抒情的。[6]

　　事實上，對於李渝而言，「親身感受的」、「人化的、和自然共處共分同享的、抒情的」態度，遠不止於女性科學研究而已，它同時是李渝的夫子自道。經由此，我們乃得以進一步深入她的創作理念與文學人生。

二、敘述的方式

　　在〈無岸之河〉一文中，李渝曾提出「多重渡引觀點」的概念，所謂「小說家布置多重機關，設下幾道渡口，拉長視的距離，讀者的我們要由他帶領進入人物，再由人物經過構圖框格般的門或窗，看進如同進行在鏡頭內或舞臺上的活動，這長距離的，有意的『觀看』過去，普通的變得不普通，寫實的變得不寫實，遙遠又奇異的氣氛出現了。」[7]這一說法向來被認為是理解其個人小說敘述美學的重要切入點。[8]然而，層層渡引，其基礎畢竟還是來自於敘述者的「視角」與「文字」。因此談到「多重渡引觀點」，一開始，李渝就是這麼說的：

> 一篇小說吸引人的地方，通常在它的敘述觀點或視角。視角能決定文字的
> 口吻和氣質，這方面一旦拿穩了，經營對了，就容易生出新穎的景象。[9]

---

[6]李渝，〈來自伊甸園的消息──女動物學家和猩猩的故事〉，《中國時報》，1995 年 5 月 8～9 日，39 版。
[7]李渝，〈無岸之河〉，《應答的鄉岸》（臺北：洪範書店，1999 年），頁 8。
[8]王德威教授即曾就此結合了李渝關於繪畫藝術的論述，就其小說之「渡引」美學，做過極為精采的論析。參見王德威，〈無岸之河的渡引者──李渝的小說美學〉，收入李渝，《夏日踟躕》（臺北：麥田出版，2002 年），頁 19～25。
[9]李渝，〈無岸之河〉，《應答的鄉岸》，頁 7。

　　然而，怎樣的「視角」才能吸引人？又是怎樣的「文字」，才容易生出新穎的景象？〈無岸之河〉並未明述。不過，此前李渝曾以〈尋找一種敘述方式〉為題，評論雷驤的文學，並在多篇文章中高度推崇沈從文與蕭紅，對沈、蕭兩人文學的論析尤其深具洞見，這些篇章，正是《李渝文集》中最精采的部分。其中許多論點，恰可作為對前述問題的回應，值得細讀。

　　首先，李渝以為：中文小說慣用一種轉述或描繪性很強的語言來進行敘述。在繪聲肖形重現景觀上它非常有效，往往能夠帶領讀者投入情景，給以身歷其境的經驗，基本上這是一種「說書人」的語言，屬於模稜性寫實主義。既有傳達故事的媒介性目的要照顧，也就比較注重外觀和動作的再現，並且在結構上偏向於口語，順從慣性語法，句形往往是主詞＋動詞＋受詞式地直線進行，句逗短捷，使用成語、套語、俗字等，想要在「痛快淋漓」或者「娓娓道來」的不同速度中，達到「明確」、「流暢」、「易讀」、「歷歷如繪」、「栩栩如生」等的高目標。這是比較為大多數作者們所採取，和為讀者們所歡迎的一種寫法。

　　然而從魯迅開始，新文學中就已經孕生了另一種文學語言的實驗：作者們以各種手段製作出破碎、蜿蜒、曖昧的長句子，似乎有意和一般語言觀念所稱許的明確流暢對立。這些語言往往是結合外來語語法而建成[10]，它有意扭曲慣用結構，使文句讀起來有意的彆扭，卻造成「理念深密井然，層層捲入內裡的氣勢」，促成文體語言的革新。她認為雷驤在這些方面的努力值得稱道，不過，

　　　　奇異的詞彙和句型連接起來未必能成就奇異的文體；唯有看事看物的角
　　　　度、視野，也就是敘述觀點不同了，才能導致文體本質上的改變。

---

[10]李渝因此十分重視翻譯，甚至認為翻譯可能比創作更重要，因為正是翻譯作品的引進，促成了文學及其語言的新變。參見〈翻譯並非次等事〉，《中國時報》，1985 年 1 月 13 日，8 版；〈翻譯比創作更重要〉，《中國時報》，1993 年 8 月 8 日，27 版。

因此，雷驤文學的另一重要特色，其實在於：

> 他的視角常是多重的；如同畫家或攝影家往後退出距離以便觀看畫面一
> 般，他與題材之間的距離常是較遠較冷的。這樣的距離使他的敘述生發
> 出靜、觀的興味。[11]

而「這種從生活來，卻又高於生活，明白生活和人性的猥瑣，卻仍在其中隱寄著期望的抒情的品質」，正是文學力量的所在。

事實上，李渝之所以如此論析雷驤的敘述「視角」與「文字」，其實源自於她對於蕭紅、沈從文等 1930 年代文學的整體觀照。1989 年，李渝在《女性人》創刊號上發表〈夢歸呼蘭——談蕭紅的敘述風格〉。她由蕭紅小說〈手〉的敘事者「我」談起，所著眼的，正是敘事視角之運用的問題：

> 「我」在語法上屬第一人稱，在敘述功能上既然是位旁觀者也就屬於第
> 三人稱，同時具備了介入者和局外人雙重身分。用這樣的「我」來說故
> 事，「我」和情況之間存在著微妙的關係。……「我」與情況之間取哪種
> 空間或距離常能決定敘述的語調或口氣。[12]

所謂「微妙的關係」，指的是：如果「我」的個性強過（所敘述的）情況，常要站出來干涉指導情況，借情節或人物的口表露自己的立場，文章的批判性就會勝過一切，1930 年代社會寫實以及後來的左翼文學的問題，往往就在於此。在李渝看來：這類敘述方式中，作者功能其實類似於過去傳統白話小說的「說書人」，致力的是介紹背景，訴說事件原委；敘事重在經由情節與時間上連貫出前因後果。然而蕭紅小說敘事的最大特色，卻是在作者與題材之間拉出「觀」的距離，使讀者——作者——題材之間的關

---

[11] 李渝，〈尋找一種敘述方式〉，《中國時報》，1987 年 10 月 2～3 日，8 版。
[12] 李渝，〈夢歸呼蘭——談蕭紅的敘述風格〉，《女性人》第 1 期（1989 年 2 月）。

係發生了移位。她平淡的語氣來自遙遠的視點,讓敘事者由「說書人」變成了「視者」。視者「擺脫了交代故事的職責,……卻能目擊情況,直接受感於象,用一種呈現性遠多於解釋詮釋交代性的文體來進行敘述」。經由〈手〉與茅盾〈春蠶〉兩篇小說的開頭處對比,李渝指出:〈春蠶〉一開始,就把人物(老通寶)、地點(塘路)、時間(清明)交代得十分清楚,敘述過程井然有序。但〈手〉的開頭卻十分突兀:

> 在我們的同學中,從來沒有見過這樣的手:藍的、黑的、又好像紫的;從指甲一直變色到手腕以上。

　　它的敘事橫空而出,沒有事件的前因後果,卻充滿了視覺性感象。相對於傳統「說書人」的工作是把事件情況總攬在手,以邏輯秩序重組後再現給讀者,「視者」的世界往往是片面的、落單的、散陳的、倏忽而偶然的。它沒有成竹在胸,全局在眼,沒有一條明確緊湊向前邁進的故事主線或者道德意識可遵循。依賴的是大量自然物象的描寫,而這些物象上又總是寄寓了視者自身的情感而成為「感象」。一旦化為句構,每每便突破傳統文法,為漢語書寫帶來新變。以〈手〉為例,全文即以富於情感的聲色光影與氣味描寫,鎔鑄為嶄新的修辭構句:

> 風車嘩啦嘩啦的響在壁上,通氣窗時時有小的雪片飛進來,在窗臺上結著些水珠。
> 她的眼睛完全爬滿著紅絲條:貪婪,把持,和那青色的手一樣在爭取她那不能滿足的願望。
> 我們在跑在跳,和群鳥似的在喧雜。帶著糖質的空氣迷漫著我們,從樹梢上面吹下來的風混和著嫩芽的香味。被冬天枷鎖了的靈魂和被束掩的

棉花一樣舒展開來。[13]

此一關於文字如何形成新變，及其與敘述視角如何互為表裡的論述，在結合李渝的女性書寫觀之後，還有更為細緻的闡析。1997 年，李渝寫下〈呼喚美麗言語〉一文，指出：傳統中國社會製造了女性的無聲和無語，但文學，卻促成了新聲新語。20 世紀初期的女作家如馮沅君、凌叔華、蕭紅、丁玲等，莫不是文學史上的「娜拉」，她們試圖從男性的語言牢籠中出走，各自尋找自己的世界，而女性的身體感官和生活特質，便是促成其得以開創新聲新語的關鍵要素。

不同於男作家的泰半外求，女作家的寫作每每是「跟著感覺走」。她們「多半愛寫真實的自己，親身的經驗，自我性很強」；「她們較為內索、感懷自身，語氣或溫馨或怨責不等，卻都喜歡傾訴、自訴、自白，甚至自言自語」；「她們不注意文法規則、小說形式和結構，常由情感或情緒帶領敘述，感覺到哪裡算哪裡，句子常常寫得很長，段落漫走鬆散，文字速度閑緩，語聲日常，語言私自……」[14]

敘事既然以感覺為尚，於是，無論是敘述視角，抑或文字語言，自然也就無須謹守章法邏輯，呈現出跳躍、閃爍的特質。李渝舉蕭紅〈呼蘭河傳〉、〈曠野的呼喊〉、〈小城三月〉等文字為例，提醒我們注意：

> 傳統小說常用的線狀結構不見了，沒有一個向前引進的明確故事脈絡，沒有固定而統一的觀點，視界不明。敘述者和題材之間的距離曖昧起來，作為媒介的說書人似有又沒有，不知在哪個立足點發聲。但是作者讀者之間的距離卻拉近了，近到兩者的身分和關係開始不清楚，時時有彼此混淆、互換、合一的情形。只是無論各別的身分定義是什麼，兩者

---

[13] 李渝，〈夢歸呼蘭——談蕭紅的敘述風格〉，《女性人》第 1 期。
[14] 李渝，〈呼喚美麗言語〉，《聯合報》，1997 年 5 月 20～22 日，41 版。

都親臨現場、親身參與。[15]

　　回到「視角」與「文字」的問題。如果說,「視角能決定文字的口吻和氣質」,那麼,當視點、距離、時態一旦曖昧,故事本身也就形狀恍惚,不具明確的情節或架構。由它所決定的文字,遂於「大量使用逗點和句點以後,句形排列出,與其說是再現的情景,不如說是心情、心緒的狀態,類近意識流」。因此,「句子可以隨時叫停,互換,觸引了停擱,踟躕,失神的效果,生出恍惚,倏忽,疏離,曖昧,虛無空靈的氣氛,更重要地,製造了文字的空間、速度,和節奏」。[16]就此而言,這已接近於「現代主義」式的寫作了。[17]

　　另一方面,正是由於回歸到個人的身體、感官與心理情感,讓敘述者以自身之聞見與情緒反應引領讀者進入小說人物的世界,所有小說中的情景,遂都不只是再現事件的現實場景,同時也是「視者」心情與心緒流動的體現。它不只邀請讀者親臨現場,更要在情景的交融流變之中,邀請讀者進入作者的意識與心緒深處,共感共通,相與進退。所謂「物色盡而情有餘」,就形式言,它固然可被歸諸「意識流」的現代主義文學技法,但此一「意識」,卻是源自於(女性)作者的敏感與深情。參照李渝的小說,從最早的〈水靈〉開始,舉凡《溫州街的故事》系列、《應答的鄉岸》、《金絲猿的故事》,以迄於最後的小說集《九重葛與美少年》,幾乎都可看到此一特質的一以貫之。[18]她以論述向蕭紅致意,卻不吝現身說法,為我們揭示出其個人「現代主義文學」之「抒情」性格的根源。

---

[15]李渝,〈呼喚美麗言語〉,《聯合報》,1997年5月20~22日,41版。

[16]李渝,〈呼喚美麗言語〉,《聯合報》,1997年5月20~22日,41版。

[17]李渝因此認為:五四以來的女作家們「20世紀中文小說的現代派,主要是由1920、1930年代的女作家……啟引了以後的脈絡發展的」。唯此處側重於談「感性」與「感象」,前述談雷驤的文字實驗,則較偏重於「理念性」的語言風格。

[18]這部分的討論亦可參見梅家玲,〈呼喚美麗言語──李渝的文學教室〉,《印刻文學生活誌》第148期(2015年12月),頁78~81。

三、視者的世界

　　無疑地，「視者」概念的提出，是李渝文學評論最為著力之處。視者「目擊情況，直接受感於象」，重呈現而不多做詮解，卻又從容堅韌，包容萬物。它不是「說書人」，無須服膺於事件表面的情節邏輯，卻不忘藉由關鍵性的意象或觀點綜攬全局，或是以婉轉變化的方式去鋪陳心緒，默默感動讀者。這是李渝的文學理念，也是自我書寫實踐的準據。基於此，文學方面她推崇蕭紅、聶華苓[19]，肯定雷驤，對於丁玲、張愛玲則不無微詞；即或是以馬奎茲為代表的拉美魔幻寫實小說與臺灣鄉土小說，也有所保留。原因無他──丁玲寫作其實不脫「說書人」習氣，她「有一把故事傳遞給讀者的使命，傳遞訊息的熱情遠勝過對展現過程的注意。使命感是這樣的急迫，以至於來龍去脈皆道盡，不給讀者任何暇想的餘地，以至於慣性寫法順手便套用，不給個人獨特手法任何的考慮。」即使是早期書寫女性內心情緒的〈莎菲女士的日記〉，李渝也認為她通篇的文字平平，感受普通，看不見深思或文采。若從作家擅長的意識形態來談，莎菲的呼喊似乎也來自「習俗要我們所相信的」層次，痛苦和快樂都不特殊或尖銳。[20]

　　至於張愛玲，雖然文字功力過人，執著於細節也體現了女性的特殊視點，但「她的觀點、文法、語聲等，都承續了例如《紅樓夢》和鴛鴦蝴蝶派的腔格」，敘述方式仍然不脫於傳統。[21]更有甚者，李渝以為，作為敘述者，張愛玲從來不曾，從來不想，從墮落中自拔出來，昇越在題材之上，促生出敘述的高度。她的眼睛雖然寒冷透澈，語聲卻是沉溺性的，而且可以沉溺到自虐、虐待和被虐狂的地步，不但不建築尊嚴，反倒冷靜地和人物一步步塌陷下去，一起落入無光的深淵。[22]她「擅寫人事人情的壞，卻不能像沈從文一樣從醜裡寫出美，像魯迅一樣從暗裡寫出亮」。因此，她最好

---

[19]參見李渝，〈重獲金鈴子──向聶華苓老師致敬〉，《中國時報》，2011 年 5 月 24 日，E4 版。
[20]李渝，〈夢歸呼蘭──談蕭紅的敘述風格〉，《女性人》第 1 期。
[21]李渝，〈呼喚美麗言語〉，《聯合報》，1997 年 5 月 20～22 日，41 版。
[22]李渝，〈跋扈的自戀──張愛玲〉，《中國時報》，1995 年 9 月 14 日，39 版。

的小說，不是夏志清所讚美的〈金鎖記〉，而是〈色，戒〉，因為，「又狠又冷的小說家這一回難得心軟，暴露了真心，雖然只有一刹那，畢竟能觸動美德，讓〈色，戒〉超過〈金鎖記〉、〈傾城之戀〉等早期代表作，不但為讀者喚回才女的風華，而且使她的藝術在頹言靡情中顫爍出異樣的精神。」[23]

擴而大之，「視者」同樣是李渝看待藝術、看待人生、看待歷史的方式。她在評論文學的同時，還有為數不少的影評文字；她對於魔幻寫實小說的異見，即是由馬奎茲小說的電影改編而來。馬奎茲的文學以「魔幻寫實」為特色，故事性固然強，仍不乏細膩的文字描寫。可是一旦改編為電影，在電影不得不刪除原著中唯有文字才能傳達的細膩片段之後，遂不免暴露了魔幻現實主義大量依賴故事來進行敘述之手法的弱點。那就是：當「故事性」凌駕於「抒情性」以後，「聲色感、好奇感是滿足了，但是讀者心裡那最深一層的柔情卻不容易發動。這是因為不發展不挖掘心態，不停留下來做分析性的描寫，卻以不斷滾動的故事向前推進主題的緣故。」[24]

據此，我們遂能理解，作為一個非專業影評人，為什麼對於不少人都予以肯定的《末代皇帝》、《童年往事》等影片，李渝卻不盡滿意，有話要說。因為，《末代皇帝》「缺乏一種能將全體場面收攬在局的史觀，影片在對文化的詮釋上，在鋪陳歷史過程和人物心態上，也就時常令人覺得比較片面，失之於浮光掠影，而且經常落到通俗的地步。」[25]同樣地，《童年往事》的「事件層出無窮，故事紛紜，各說自話，乍然而過，偶然也相當有趣，卻沒有一個片段能夠住腳，撥動起某根心底的情弦。」[26]她的褒貶，免不了引來異議，然而也正是在這些論辯之中，我們看到她別具隻眼的美學

[23]李渝，〈戒愛不戒色——張愛玲與她筆下人物〉，《明報月刊》第464期（2004年8月）。
[24]李渝，〈又荒唐‧又蒼涼：從馬奎茲到臺灣鄉土文學〉，《中國時報》，1984年9月2日，8版。
[25]李渝，〈歷史和個人——宮闈電影的聯想〉，《聯合報》，1988年10月18～19日，21版。
[26]李渝，〈童年和童年的失落：影片《童年往事》看了以後所想起的〉，《當代》第4期（1986年8月）。

品味與堅持。[27]

　　2004 年 5 月起，李渝在香港《明報月刊》開始逐期發表「民國的細訴」系列，凡六篇，藉若干民國人物，由另一向度體現她的人生觀與歷史觀。從汪精衛、楊虎城到張學良，從陳布雷與陳璉父女到梁思成和林徽因夫婦，所著眼的，不是宏大歷史中的是非功過，而是生活細節處的人情人性。在〈漢奸和共匪的情史——多情漢子汪精衛和楊虎城〉一開篇，李渝便說：

> 民國雖然是個多戰爭的時代，也是個多情史的時代。[28]

　　她談汪精衛和楊虎城，因此著眼的是「漢奸和共匪的情史」，無論是劉文貞、方君瑛、陳璧君之於汪精衛，抑是謝葆真之於楊虎城，莫不是艱險中同甘苦，患難中見真情。談張學良，她關注的是與他共同生活二十多年、負責監視他的小人物劉家夫婦，最後的視點卻停駐於將軍暮年的養蘭事業上：

> 指揮萬軍有意義，還是種蘭花有意義，複雜的生命未必能指出一個定數。只是東北大帥府的日子已經很遙遠，南國的花房裡卻有細心呵護的花種二百株，現在先後綻放。站在花架旁的老人，看著這一盆盆的千嬌百媚、妊紫嫣紅，也許會覺得，世界上再也沒有一處景象能比這眼前的更好看了。[29]

　　她看陳布雷，感受到在他無數鏗鏘有力的文章背後，「卻是一個疑懼又

---

[27] 李渝對《童年往事》的批評刊出後曾受到專業影評人齊隆壬的抨擊，她隨後又寫了回應文闡明己見。參見〈童年的再失落——電影評論的多元性〉，《當代》第 8 期（1986 年 12 月）。

[28] 李渝，〈漢奸和共匪的情史——多情漢子汪精衛和楊虎城〉，《明報月刊》第 461 期（2004 年 5 月）。

[29] 李渝，〈美人和野獸——張學良的幽禁／悠靜生活〉，《明報月刊》第 462 期（2004 年 6 月）。

掙扎的心靈,正被政治的黑水旋捲在最晦暗處隱藏在後邊等待著的,乃是抑鬱症這一頭魔獸」。他與叛逆的女兒陳璉,「持續了屠格涅夫《父與子》的故事,在我們的時代,依舊為我們講述著永久的和解和生命的無窮」。[30]

正是經由戰亂與情愛相互託喻,宏大敘述和私密記憶的彼此銘刻,李渝細緻地呈現了個人輾轉於歷史中的反抗與追求,希望與幻滅。而這些民國人物之中,李渝最感投契的,恐怕還是瞿秋白吧?在政治的莽林中,這位文學才子曾一意想開闢出理想國。然而歷經多少風暴,「一生陷在政治暗水裡的人,惦記的仍舊是文學」。在生命最後的日子裡,獄中的才子,

> 刻出四百多個印章,寫了許多字聯,送給身邊的人。鐵窗前一刀一刀專心鏤刻著印章、一筆一筆勤練著書法的藝術家,在生命的最後一程,畢竟是脫離了政治,回歸了藝文的鄉園,回到了「家」。[31]

的確,穿過詭譎多變的政治風雲,文學與藝術才是永恆的鄉園。這是瞿秋白,但又何嘗不是李渝自身的寫照?回到李渝的生命歷程,可見的是,即或少女時期暢言〈我的志願〉,她便認定「文學」是生命中的「綠洲」與「曙光」,然而,畢竟還是要經過政治風暴洗禮與憂鬱症的摧折,才更深切地體認到文學的力量。為憂鬱症所苦的日子裡,藉由斟酌字句,她感受到寫作有靜心寧神的作用。「寫」,不斷地「寫」,是她試圖重獲新生的寄託與救贖。[32]但寫什麼?怎麼寫?為何而寫?這些都曾是她 1980 年代重回文學之際,不斷自我質詰的問題。追溯其間轉折,我們於是看到沈從文的重大啟發。

李渝曾坦承,自己年輕時初讀〈邊城〉,對沈從文的印象並不好。那是個閱讀卡繆、卡夫卡、沙特、貝克特等存在主義、虛無主義、荒謬劇場的

---

[30]李渝,〈父與女——抑鬱的陳布雷與叛逆的陳璉〉,《明報月刊》第 463 期（2004 年 7 月）。
[31]李渝,〈在莽林裡搭建烏托邦——中國才子瞿秋白〉,《明報月刊》第 465 期（2004 年 9 月）。
[32]參看李渝,〈寫作外一章——怎麼活過來的?〉,《聯合報》,2007 年 9 月 26 日,E7 版。

年代，容不下溫馨的田野紀事。赴美之後，海外運動風起雲湧，沉鬱狂熱的魯迅激勵著浪漫的民族主義學生們，緩慢安靜的沈從文始終被忘記。但就在激情褪去，想起了因運動而放下了的文學，她發現：

> 在黯淡的甬道中，文學有如執燈的神祇，由祂手中發出幽靜的光，原來始終在等待著。

也就是在這一時刻，李渝重讀沈從文，體會到有別於政治運動之空妄姿態的「卑微的觀點」，以及它的敘述動能：

> 在從沈從文那兒獲得的無數好處中，最使這時的我受益的，莫過於讓人明白了謙虛或卑微之為力量。或者說，以卑微的觀點來進行敘述所能產生的巨大的動力。
>
> ……
>
> 敘述的基線不能放得再低了，可是從基線的底下油生出從來沒有這樣從容和堅韌的耐性；有一雙眼睛靜置在敘述的後邊，包容了體諒了悲喜全體。從這樣的角度來看，沈從文的觀點有點像佛眼，又有點接近中國繪畫中的俯瞰透視，隱藏在某處的無所不見的寬宏的視角，容納下了無限山川。[33]

而這「無限山川」，不也正是此後李渝文學所展現的視界嗎？從小說到散文隨筆，從創作理念到文學藝術評論，乃至於對民國人物的觀照詮解，莫不以寬宏的視角體察人間幽微，包容生命悲喜。縱使她已如早年小說〈那朵迷路的雲〉所言：「明天我即將離去，如果我不再回來。」她為我們開展的文學視界，亦將一如月印萬川，酣靜綿長。

---

[33]李渝，〈月印萬川——再識沈從文〉，《中國時報》，1988 年 9 月 19 日，18 版。

——選自梅家玲、鍾秩維、楊富閔編《那朵迷路的雲:李渝文集》
臺北:臺灣大學出版中心,2016 年 11 月

「鄉國」所指
簡評《那朵迷路的雲：李渝文集》

◎童偉格[*]

　　大約可以預期：作為一部輯錄李渝未正式出版之小說、散文與評論的作品集，《那朵迷路的雲》最貴重之處，與其說是提出如何新證始覺的文學創見，毋寧該說是就文獻意義而言，它為讀者補足了一位堅持信念的文學創作者，一生的實踐軌跡。在此文集中，這個為讀者重新添補的軌跡，向時間兩端伸延，既重現了 1960 年代，那位最初的文學青年，初履創作路程的衷誠身影，也寄存了 2000 年前後，在那似乎人人皆可想像、卻不一定人人都能持恆同理的生命困境裡，一位努力奮戰，盼在憂懼與孤鬱中，猶不喪失寫作願力之作者的踽踽自白。

　　於是，或能這麼說：這部文集，最大程度具證了一種猶如終身不渝之定見的「文學信念」，其所昂貴徵斂的，無論如何，是作者全生命的試誤或求和（李渝的表述，是願「風定」，盼「忘憂」；在這多有集體與個人苦難的路程中，「願逝者安息，生者從血淚中再站起來，並且變得更成熟更有力量，永遠不失去希望」）。而在最大程度裡，這樣一種將未遂之理想，預設為面向未來，恆定且百折不撓之嚮導的文學夢，且期盼個人在場心境，在此文學夢中艱辛昇華、即時平靜的寫作意向，其所成就與自我消解的，總是個人作品，對作者個人的意義——於是，那人人得識的寫作歷程，李渝可能自解為「迷路」。

　　李渝大致以此，共享了現代主義作者群，普同的感覺結構，也在此結

[*]小說家。臺北藝術大學戲劇學院講師。

構中，延異出獨具個人風格的寫作；就此而言，文集中的作品體裁分野，我個人認為不是太重要，因它們無一，不是由相似的言說主體所驅動。由此回看發表於 1965 年的小說〈那朵迷路的雲〉，則我猜想，其中引人思索的，倒還不在這篇少作，企圖不無生澀地動員多少虛構裝置，而似乎是在非常早初，這位作者即以最簡白修辭，表明這個主體所直感的，一種漫漶全局的迷蹤或容身。

　　似乎，在「我」的表述中，「我」始終失所據有、分錯為二，既像是一朵「無著無落，流浪的雲」，又像是「常在雲中行走」，而往往，「雲叫無數的樹在山谷裡漂流著，可是雲海裡找不到迷路的雲」。這個交錯得實的視域，可能一方面支持情感的本真——在此，作者掠影寫下的浮光，落葉，窗格的鏽蝕，均如實體現一位抒情主體的過眼親歷；另一方面，這親歷路徑所總體織就與複寫的，毋寧是多象的鄉愁，或者終究，一種特屬於小說話語的主觀綰合：在多年以後的返鄉親歷中，「我」嘗試藉個人感知，一點一點，將對故園的深切懷想，重鑄為對它之理想未來的祈盼。

　　這種對言說主體之本真的重視，及上述簡白直證的修辭結成，在文集裡，相當程度地滲透進論述話語中，於是亦不令人意外：這些評論篇章，更多的像是「傳述」，或者李渝所言的「細訴」。而其中最獨具個人深刻理解、同時亦最動人的敘述，是李渝以寫作者的觀點，對其他寫作者之寫作／生命路徑的描摹，特別是那些懷抱著為集體追求共同幸福之大志，卻受大歷史頓挫的理想主義者，與殉道者，如〈在莽林裡搭建烏托邦〉裡的瞿秋白。如準確說來，是在 1970 年代，當海外保釣運動遭遇反挫之後，李渝覺知許多政治路線鬥爭，「隱藏在最深處的最真實的那動機，無非來自人的最原始的權力欲望或嫉恨心理」，而開始有意識地研究 1930 年代中國現代小說家伊時，她特別看重的沈從文與蕭紅。前者被新中國單一政治正確性所賤棄，後者在戰亂裡含恨寂滅，這些「被侮辱與受損害的」寫作者，李渝均以個人深解，來為他們贖還價值。

　　簡單說來，其中獨具啟發的，首要是寫作者對寫作者的情感共構，如

我們所知，在評介班雅明與卡內提等人伊時，桑塔格總是更多地書寫著自我的求索。而似乎亦是緣於相似的共構與求索，李渝所描摹的作者對她而言，可能永恆具現了一種始終不為政治現實所滅絕的「鄉國」烏托邦。

此即李渝的抒情式論斷中，以義憤的排比句式所一再表述的精神信念。最激昂者，如〈六月是花開的季節〉所述：「如果西方人有宗教，中國人有鄉國；如果宗教意識能淨化情操，血源意識當蛻化成這樣的道德力量時，也可以滌洗人性」。如此，對李渝而言，一種現代主義式的，認知「文學有如執燈的神祇」的崇高信念，彷彿無須更多論證地，綰合以國族文學去尋索未來國族性的，這樣一種五四未竟的現實主義式提案，而無縫熔接地，將「鄉國」烏托邦，推上文學殿堂的至高所指。具體說來，李渝正是循此不變的熔接框架，對沈從文的作品進行個人價值重估。她認為沈從文的作品，藏存了一種去除「黨性」、「階級性」、「時代性」與「典型性」等現實政治範式，而能表現一種在國族自身的歷史中，更漫長沉澱之「中國人的真性情」的「文學性」。更進一步說，她認為「當我們看不見沈從文的歷史意識或觀點的時候，除了清淡的文體，趣味性的細節，沈從文其實並不具有太多的意義」。

顯在矛盾是：作為作品意義重要判準的所謂「歷史意識」，在李渝表述中，本質上是去歷史過程的，在靜態想像中近於詩，或者神學。就此而言，李渝參照的，主要是她已在文集中引用的，艾略特的傳統論；艾略特相信，傳統「是一個秩序的問題」，而個別作品，必須與這個「有機的整體」發生聯繫才有意義。李渝豁免的，毋寧是後續論者對這樣一種權威論調的質疑，如伊格頓即言：艾略特的歷史想像，預設了一種絕對正確的所謂「傳統」，在這樣的想像下，彷彿一切作品，都只是等待著被寫出。而這樣的想像，其實是深切的反文學。依此邏輯推論，則李渝的文學信念，亦當然可能因其純粹堅持，而一定程度地體現了上述悖反徵狀。

然而，在現代主義文學的形構中，一切精神性的「鄉國」，一切烏托邦，既然無法由其尋索者實履，上述悖反徵狀所發啟的，可能會是更如實

而可貴的寫作實踐。就此而言,李渝走入自己曾深情描摹、想像與信仰過的文學傳統,無所謂「迷路」。

——選自《文訊》第 373 期,2016 年 11 月

歷史的憂鬱
李渝小說的重寫敘事

◎劉淑貞*

亞細亞的憂鬱是整體的。

——郭松棻

歷史唯物主義者只有在作為單子的歷史主體中把握這一主體。在這個結構中，他把歷史事件的懸置視為一種拯救的標記。……他審度著這個機會，以便把一個特別的時代從同質的歷史進程中剝離出來，把一篇特別的作品從一生的著述中剝離出來。這種方法的結果是，他一生的著述在那篇作品中既被保存下來又被勾除掉了，正如在一生的著述中，整個時代既被保存下來又被勾除掉了，而在歷史流程中，整個時代既被保存下來又被勾除掉了。那些被人歷史地領悟了的瞬間是滋養思想的果實，它包含著時間，如同包含著一粒珍貴而無味的種子。

——班雅明 Walter Benjamin

一、前言：廢墟・時間

　　生於 1944 年的李渝，在臺灣文學史的光譜上，與她的小說家丈夫郭松棻，始終是一個曖昧的存在。在美學技術的層次上，李渝與郭松棻常被歸屬於現代主義世代，作品中顯而易見的意識流傾向，也常與他們的同代人王文興、白先勇等人相提並論。然而，郭與李的現代主義路線，卻也很顯

*作家，筆名言叔夏。東海大學中國文學系助理教授。

然地與臺大外文系的《現代文學》系統分殊開來，有著極為根本性上的差異1；在《現代文學》諸君扛著創新、西向的大旗，巍巍朝向「現代」的殿堂走去之際，1966 年赴美、1970 年代出返北美保釣運動的李渝，已在保釣失敗後陡然堆疊起來的歷史瓦礫碎片中，照見「現代」廢墟裡最為神祕的內核——關於時間，歷史，與人之存在。1980 年代重拾小說寫作，李渝的書寫始終圍繞著這些星叢般的命題，在溫州街的迂迴巷弄裡徘徊不去，宛如鬱滯的幽靈。這些故事，集結在 1991 年出版的短篇小說集《溫州街的故事》，作為李渝的第一部小說，這部作品既是她的起點，同時也是她日後小說寫作不斷重返的目的地——用班雅明引自卡爾‧克勞斯（Karl Kraus）的話：「起源即目標」2。李渝的小說，也是另一種將「起源」作為漫長時間裡書寫之「目標」的旅程。從溫州街的圍籬窄巷這一書寫的起源出發，李渝此後的小說，不斷地重回《溫州街的故事》裡的地景、意象與故事——彷彿那樣的起源，竟同時也是其目的地。而在如此頭尾彼此接銜、咬合的敘事裡，這才顯露了李渝小說敘事裡不斷被拋擲、卻總是重抵的、環形的時間史觀。它們是桑塔格（Susan Sontag）對班雅明所稱的、如同土星的環帶。

　　這樣散落在主體個人歷史中的、碎片般的記憶，在李渝的小說寫作中，表徵為一種歷史的憂鬱——它們往往難以被敘事組織成為一種固定的敘事，成為有效的歷史；恰恰相反地，小說作者往往無法他者化這些**時間裡的事件**，將之推離自身，而只能與之泅泳漂浮在歷史暗黑的無岸之河。

---

1 事實上，李渝於 1961 年進入臺大外文系就讀，彼時亦是王文興等人草創《現代文學》之際，李渝作品中一般被指認的現代主義傾向，卻很意外地和這條脈絡切分開來。與《現代文學》有所為而為的理念——「感於舊有的藝術形式和風格不足以表現我們作為現代人的藝術情感」、「決定試驗，摸索和創造新的藝術形式和風格」——如此拔高的音調與訴求，大相逕庭。郭松棻則參與過《現代文學》的籌備工作，但仍是自外於《現代文學》的：「就是在籌備的時候，想辦法幫他們募一些經費，至於我自己的個性，是不是想加入任何一個群體的，都是單槍匹馬，獨來獨往，王文興、白先勇、歐陽子都是我的同班同學，大概只有和他們出去旅行過一兩次。沙特那一篇會刊登是因為我一邊在寫，寫完之後就拿給他們刊登。」見簡義明，〈郭松棻訪談〉，收入封德屏總策畫，張恆豪編選，《臺灣現當代作家研究資料彙編 46：郭松棻》（臺南：國立臺灣文學館，2013年），頁 100。

2 班雅明，〈歷史哲學論綱〉，收入漢娜‧阿倫特（Hannah Arendt）編，張旭東、王斑譯，《啟迪：本雅明文選》（北京：三聯書店，2014 年），頁 273。

在小說之內，那是小說作者反覆進行的重寫運動，書寫彷彿成為這無岸之河的一道渡引[3]；在小說之外，那則是李渝晚年長期的憂鬱傾向——歷經了理想的幻滅，死亡的傾軋，還有那日復一日消蝕著主體生命的時間，終使她在晚年重寫的《金絲猿的故事》，化為一則出入歷史廢墟之縫隙的傳奇。

李渝的寫作內核為何有這樣一層團塊般的、對歷史與時間難以排解的憂鬱？她如何在小說中展現、甚至積累這層憂鬱的團塊？在漫長的小說寫作工作中，這一鬱滯凝結的憂鬱團塊，又如何溢出文本，而發為小說作者本人的終極病徵？本文嘗試討論李渝早期作品延續至今的重複意象與敘事。在幽靈般盤旋不去的街景人事、一再（如同招魂）被招回的故事與破碎耳語、夢魘般重複現身的意象：將軍，修士，九重葛與鶴，以及作為個人時間起源之象徵的溫州街……皆是作為一憂鬱的敘事者的不斷重新踏查，個人的重寫復健運動。這與李渝在保釣運動失敗後的轉向，及其對歷史所產生的反思，乃至其夫郭松棻病逝之後、「共同經歷之時間」支架的傾塌，有著難以推離的關係。以重寫的憂鬱作為徵狀的入口，本文將討論李渝小說中的時間史觀，以及其外溢發為病徵的憂鬱症狀，與書寫之間的關係。

二、溫州街的憂鬱

1965 年，李渝在《中華日報》上發表第一篇小說〈水靈〉，其後在《現代文學》、《文星》等刊物上，也相繼發表了幾個短篇。〈彩鳥〉、〈夏日　一街的木棉花〉、〈四個連續的夢〉，論者如王德威早已指出它們「遐想空靈，沉浸淡淡的頹廢色彩中，十足文藝青年的苦悶與悸動姿態。」[4]很顯然地，這幾個早期的小說篇章深受 1960 年代現代主義的氛圍影響。其後李渝與郭松棻相偕留美，轉而投身保釣運動，小說寫作戛然中斷。1970 年代初僅有

---

[3] 王德威曾有言：「……這些年來李渝經過了大轉折，終將理解歷史就是她所謂的無岸之河，書寫故事無非就是渡引的方式。」王德威，〈物色盡，情有餘〉，收入李渝著，《金絲猿的故事》（臺北：聯合文學出版社，2012 年），頁 14。

[4] 王德威，〈無岸之河的渡引者——李渝的小說美學〉，收入李渝著，《夏日踟躇》（臺北：麥田出版，2002 年），頁 9。

一篇〈臺北故鄉〉發表於美國柏克萊的《東風》雜誌。小說的末尾：「……我開始又混入這本就熟悉的社會，過著無目的的生活，直到暑假期滿，再離開臺北。然而村明是否真的打算回鄉下，一個學哲學的人在鄉村裡又能做些什麼的問題一直困擾著我。」可說是 1970 年代拋擲文學藝術、轉向政治運動，同時萌發左傾思想的李渝，對自身現存位置的自我探問。

　　1978 年李渝返臺，在復刊後的《現代文學》發表〈再見純子〉，作為她 1980 年代重啟文學書寫的先聲。1983 年以短篇小說〈江行初雪〉獲《中國時報》文學獎，1980 年代可說是李渝自政治運動的激昂退場、在左翼的熾熱理想焚燒殆盡之後，重拾寫作的開始；那遲至 1991 年始集結出版的、寫作於 1980 年代的《溫州街的故事》，便是在政治場域上走過一遭的李渝，隔著 1970 年代的那場運動所造成的裂罅，對其所曾經歷過的年少時光及居所的一種回望。

　　然而，《溫州街的故事》的意義卻顯然不僅如此。對於這部小說，李渝在序文中曾自言：「……在溫州街我度過了中學和大學這一段生活中最敏感的時光。溫州街賦於我的意義，所挑起引起的情思、祈望或幻想，應在下邊諸篇文字間透露，不在這兒重述。於我，溫州街的故事說不完；若有其他不標明『溫州街的故事』的故事，也都是溫州街故事的延續。」[5]這段文字預告了作為個人書寫史上的第一部小說，李渝此後的書寫，竟是像煙霧般地繚繞盤旋在「溫州街」的地表上，難以消散。溫州街的街道，植栽，巷弄，細碎的耳語。屋舍裡衣鬢儼然的人物鬼魂般地飄盪，在在纏繞著李渝此後的多部作品。我們可以在李渝其後的小說裡，輕易地找到《溫州街的故事》裡近似的小說零件：〈待鶴〉（2010）裡的白鶴、〈給明天的芳草〉（2012）裡的九重葛、〈無岸之河〉的修士、少年、《金絲猿的故事》裡的將軍故事……；又或者，是同一個故事的不斷重寫、延續與重新出版：2012 年的《九重葛與美少年》，即回頭收錄、重新改寫了〈收回的拳頭〉、

---

[5]李渝，〈集前〉，《溫州街的故事》（臺北：洪範書店，1991 年），頁 3。

〈似錦前程〉、〈金合歡〉三篇同樣被標記為「溫州街的故事」的小說；而寫於 2000 年的《金絲猿的故事》在 2012 年的第二版中，李渝也做了大規模的修訂。《九重葛與美少年》的後記中，李渝曾對這樣的「重寫」下過註腳：「……為結集而整理舊作，深感到一路走來的蹣跚顛簸。很多硬寫的地方令人赧顏，多篇不得不從綱領到細節到字句反覆地修理，修到了重寫的地步。」[6]

　　換句話說，在李渝漫長的寫作生涯中，這不斷回返那原初的街道「溫州街的故事」，以重寫閃現其最初之意象的形式，反覆擦拭、甚至以同樣的物件材料重新搭架文本，竟是李渝書寫的一種恆常的姿勢。

　　這樣的重寫意味著什麼呢？如果書寫者以其將近一生的時間，不斷在寫作裡回訪、重新踏查同一條街廓的物景，捕捉消逝的耳語，圍籬裡老去的臉孔，這樣的「重寫」顯然不僅僅只是哀悼（mourning）逝去的年少時光；恰恰相反地，它可能暗示著書寫者如同幽魂，難以將在時間中死去／消逝之物推離自身，安頓死物。[7]《溫州街的故事》及其徘徊，使人想及 20 世紀同樣以巴黎與柏林的地景作為浪遊地圖，一再重複踏查、造訪城市裡蜿蜒巷道的班雅明。桑塔格在談論班雅明那宛如迷宮般的晃蕩，曾引用班雅明自己的話：

> 他的目標就是成為一個熟悉街道地圖的地圖閱讀者，深知如何迷失在城市裡，同時亦能以腦子裡的地圖隨時定位出自己的位置。……他把這張地圖想像成灰色的，並為之設計了一套彩色的標誌系統，其中「清楚標示出我的朋友以及女友們的住處所在，從青年運動（Youth Movement）的『辯論廳』（debating chambers）到支持共產主義之青年集會的各式聚

---

[6] 李渝，〈最後的壁壘〉，《九重葛與美少年》（新北：印刻文學生活雜誌出版公司，2013 年），頁 276。

[7] 如同佛洛伊德細緻區分的「哀悼」與「憂鬱」兩種面對喪失之物的心理徵狀──前者是將「喪失」安置、轉化進象徵秩序之中，經由語言化為對象物，進而淡忘其痛苦，後者則是讓喪失物內化成為自我的一部分，在自我的內在裡保留喪失之物的幽魂。

會場地，停留過一夜的旅館與妓院，座落於提爾公園裡的那些作為人們目光焦點的長凳，通往不同學校與擁擠墓園的各種路徑，以及那些曾被我們掛在嘴邊，如今卻已遺忘的知名咖啡店的位址」。他回憶起某回在巴黎的雙叟咖啡館（Café Les Deux Magots）等人時，曾試圖繪製一張自己的生命圖，結果如迷宮似的圖形呈現眼前，每段重要的關係都像是一道「通往迷宮的入口」。[8]

桑塔格說，這些反覆出現的隱喻，地圖與圖形、回憶與夢境、迷宮與拱廊……是班雅明在距離童年時代如此遙遠以後，將過去的生命化為空間，並讓他得以繪製地圖的方式回頭審視逝去的時光。[9]在《德國悲劇的起源》中，班雅明提及 17 世紀巴洛克的劇作家們，憂鬱地發現歷史是個不斷衰敗的過程，他們嘗試掙脫歷史演進的方式，即是在場景裡鑲嵌入歷史——彷彿在空間之中，人可以化為如夢影般短暫的存在物；時間的刻度在此暫時消逝了。過去的經驗成為廢墟（ruins），而也就是在這樣的時光廢墟之中，將那原本只能不斷往前推移的時間，建構為空間結構裡的單行道、十字路口、密室、死巷、迴轉車道……一個無限延展的巨大的迷宮地圖。

　　《溫州街的故事》裡，錯落的巷弄，斑駁的石牆，沿著巷道逶迤而開的竹籬，竹籬裡被意識流的語句拓印得宛如幻象的人影，在在亦用那消逝的經驗，布置了一座鑲嵌著時間的迷宮場景。班雅明將過去的時間視為這個迷宮的入口。《溫州街的故事》裡最早的篇章〈煙花〉（1983），也是這樣一座由年少時光搭建起來的迷宮地圖：小說描寫少女阿蓮學琴的路程：古亭市場、雲和街、泰順街，一路蜿蜒至溫州街，鋼琴家戴老師窩居於街底的日式木房，皆是李渝記憶底蘊的城南風景。而中段開始，阿蓮去美留學，歷經初戀的幻滅、轉系，時間的侵蝕在此介入；進入末尾，長成中年的阿蓮回到人事全非的臺北城裡，再次造訪昔日學琴的溫州街底，這些年

---

[8]蘇珊・桑塔格，〈土星座下〉，《土星座下》（臺北：麥田出版，2007 年），頁 146。
[9]蘇珊・桑塔格，〈土星座下〉，《土星座下》，頁 149。

少時經歷的街景空間，皆宛如迷宮一般地被時間滲透——「站在曾站過的地方，在過去和現在之間，看見站著的是怯怯的紅格子少年，因為過度的興奮，襯衫的豆粉汁被汗水溶化了，答答地黏著脖子。直到來往的車輛驅策和提醒著，才發覺綠漆剝著細密密的朽紋；一隻蜘蛛從紋裡爬出來。」[10] 標誌著青春時光的凋零，與一條街在記憶與現實縫隙間的崩落。某種意義上，它亦是去美多年返臺後的李渝，面對陡然劇變的、不斷在「現代」的時間裡增長更迭、汰舊傾塌的「臺北故鄉」，一次出神的凝望。

　　那麼，被反覆在紙上摩挲、彷彿無論怎樣也走不出的「溫州街」呢？李渝在《溫州街的故事》書末，曾提及從美國返回臺北後，重訪臺靜農在溫州街的住處：「八七年的回臺北，父親已去世多年，覆蓋著青瓦種植著冬青的溫州街的平房多已為灰色的水泥公寓所取代，每個窗口底下都滴掛著防盜欄的鏽痕像潰瘍的眼睛。……溫州街走著走著竟迷了路，不得不攔下一輛計程車。在兩邊車停亂糟糟的巷子中間迂迴地行進，一個巷口停了下來。開不進去了，司機轉過頭來說。」[11]對 1987 年重返臺北的李渝，溫州街儼然已是個舊日的迷宮，凝縮了過去與現在的時光，這些時間取代街衢的隔間，將時間的序列解散為空間。對李渝而言，這條街還混雜著她個人的童年記憶，以及國族歷史的時間，在一次接受廖玉蕙的訪談中，李渝就曾言：

　　……溫州街那條巷子，真的是臥虎藏龍！……我的父親是臺大教授，我來到美國以後，重新開始接觸中國近代史，突然發現這裡、那裡的名字根本就是我家飯桌上常常被提到的。原來我家飯桌進行的就是中國近代史！不只是這些，有時候父親回來就說：「唉呀！今天胡適又在找牌搭子！」因為胡適的太太要打麻將，他們家離我們家很近。媽媽買菜回來

---

[10]李渝，〈煙花〉，《溫州街的故事》，頁218。
[11]李渝，〈臺靜農先生‧父親‧和溫州街〉，《溫州街的故事》，頁229。

又說：「啊！黑轎車又停在那兒！」就是張道藩來看蔣碧薇。[12]

　　或許，我們因此可以這麼說：1980 年代重返臺北文壇的李渝，在這條童年時長成、且度過了少女時期的街道上，驚訝地發現了「溫州街」澱積凝聚了一種紊亂的時間性，將中國近代史上那看似線性的歷史敘述，化為座標般的人物，宅院，地點，而終於搭建成一座時間的迷宮。她筆下的《溫州街的故事》，便成為在時間的甬道裡漫遊的場景，如同桑塔格用以指稱班雅明的話：「**並非為了恢復過去，而是試圖將過去濃縮成自身的空間形式**」。[13]集子裡的各篇主角，就是這迷宮般巷弄裡的漫遊者。〈菩提樹〉、〈朵雲〉、〈收回的拳頭〉等篇章，一個由漫遊者阿玉的晃蕩編排出的路徑──〈朵雲〉由阿玉的眼睛望出，望見父親宿舍的日常風景：「灰舊的日式木房，屋簷低低覆蓋在防盜木條上。矮冬青長得很密，一棵棵連成了圍牆。沒有大門，碎石和水泥壓成的門椿分立在中間，算是到了進口。兩三尺寬的通道，已經決決掩過來茅草，窸窸撩著阿玉的腳」[14]；或〈收回的拳頭〉裡，阿玉日日重複經過的街景：「上學走過巷子，看見早起的老人依偎著棉襖坐在門檻邊的小板凳上，穿軍服的男人拿著牙缸站在門口操練噴水到十丈造成霧花的功夫。年輕的婦人背著孩子蹲在地上引煤球。……一日的聲光在黃昏的這時匯集，凝聚成人間的條件和庶世的盛景，那一條長長的高居在牆頭的碎玻璃，迎接著日與夜的種種時態和光線。」[15]

　　圍繞著這宛如迷宮星陣般布下的路徑，散亂的時間被安插在意識流式的句子裡，敘事如同碎片般地，只能沿路撿拾，一邊拼湊一邊前進。小說以意識流的筆法，在碎語裡慢慢拼湊出這幾篇小說裡的幾個角色：陳森陽、夏教授與魏老師，皆參加過思想活動而被逮捕的歷史事件。在歷史的

---

[12]廖玉蕙，〈生命裡的暫時停格──小說家郭松棻、李渝訪談錄〉，封德屏總策畫，張恆豪編選，《臺灣現當代作家研究資料彙編46：郭松棻》，頁78。

[13]桑塔格，〈土星座下〉，《土星座下》，頁151。筆者加粗。

[14]李渝，〈朵雲〉，《溫州街的故事》，頁179。

[15]李渝，〈收回的拳頭──溫州街的故事〉，《九重葛與美少年》，頁230～231。

軸線上，這些事件皆有一個被命名指稱的名字；然而，在「溫州街的故事」的場景裡，它們卻宛如是用以布置這條街道的一個入口，一座門檻，一塊木栓……跨過了「它們」，那原本在歷史洪流中被淹沒的臉孔，便倏忽回轉了過來，使人看見被樹蔭或廊簷遮蔽下的、暗影裡的人臉。

因此，《溫州街的故事》，那反覆被重寫的同一條街景，既不是李渝摩挲再三的、被當作單純的回憶所寫下的故事，也不是作為一種歷史的再現，而是**以時間的材料所編織而成的街道**。它如同時間裡的藤蔓，從過去一路蔓長，繞經現在，而延伸、分岔向未來的時間軸。在李渝的作品裡，那樣的一株生於時間、長於時間的植物，無非正是**九重葛**。「九重葛」的身影搖曳在 1991 年出版的《溫州街的故事》，是「溫州街的故事」裡描繪眾多植栽的驚鴻一瞥；到了 2012 年載於《印刻》的〈給明天的芳草〉，它顯然化身為時間的藤蔓——「好像不過昨天才剪過，今天就又抽芽長葉冒出很多花苞了。據說你剪下一枝隨處一插，就都能活成新的一棵呢」——纏繞在李渝的書寫生涯。〈給明天的芳草〉仍是一篇關於「溫州街的故事」，描述商賈林家二房的女兒在溫州街與鋼琴老師的戀愛故事。對李渝而言，這株被重寫於多年後的「九重葛」，毋寧正象徵著那作為她個人寫作生涯上的「給明天的芳草」。重複踏寫的街衢。重複蔓長的植栽。重複發生的人物與故事。

「溫州街」顯然凝縮了李渝對時間所懷持的一種憂鬱。這重寫的憂鬱流淌在《溫州街的故事》最晚收錄的篇章〈夜煦——一個愛情故事〉中，成為《溫州街的故事》裡，一篇最具總結性意義的作品。小說由一個焦慮症患者「我」從多年不見的年少友人那裡，聽來的一個匪諜女伶與胡琴師的故事。與《溫州街的故事》裡的其他篇章一樣，小說描述的是「消失」在政治與歷史縫隙間的人們。「不見」的人，被歷史吞沒的人。但〈夜煦〉的敘事重心顯然不僅如此。那由年少友人所帶來的匪諜故事，與其說是一個久遠的敘事，倒不如說是一段被攜來的時間。它暗示著充滿夾縫的歷史，一步踏陷即可滅頂；而時間的洪流無聲，持續前進：「聽說紅樓後來改

建成舞廳又改建成電影院。後來又改建成觀光理髮院又改建成粵菜館。」[16]
徒餘的是那被僵滯積累於每一此刻的「現在」：

> 報紙看過又放下，一個故事留存心底。也許是年紀漸長也許是感官退
> 化，我的注意也沒有引起能和少年時相比的那樣的情緒。你知道你一旦
> 成為社會的一分子眾人的一部分便得鞏固企業接受體制發揮團體精神掌
> 握主動創造不可三心二意自成個體或感覺；無關的事必須被拋棄或遺
> 忘。你加入時代的巨輪培養知與愛和大家一同進入健康快樂寫實正面肯
> 定人性熱愛生活的風格，不得荒謬失落孤寂虛無和現代……直到有一
> 天，在電子錶閃過午夜三點，你發現自己還在思考前述種種論題，與自
> 己還是某個設想的對象不停地糾纏討論，中了魔一般時，才明白自己是
> 患上了失眠症。[17]

〈夜煦〉耗費了極大的篇幅，將那自「過去時間」蔓延而來、被壓抑
在歷史的岩層底下的故事，接銜上敘事者「我」的「現在時間」；這個「現
在」，不是今昔對比後、充滿失落與慨歎的「現在」；不是那樣被抒情容
攝、和解的、兩種位於彼端與此端的時間；不是相對於「過去」而存在的
「現在」。而是當時間的洪流將「過去」的時光無差別地抹平、吞噬——但
凡一切拔高的理想、懸宕在遠方的信念，還有夢，皆會在時間裡被風化而
成為廢墟，那麼「現在」也必然早已被預言為是未來廢墟的一部分，暗示
著生命在時間中的空洞。它是那一路從過去蜿蜒以來的「九重葛」，在此
刻、當下的鬱結。如同佛洛伊德（Freud）對「憂鬱」的診斷：「失去的東
西是可以經驗到的，但是無法清楚地認識到失去了什麼。」[18]在時間中，憂
鬱的敘事者知道她失去了某物，但她無法清楚地認識到失去了什麼。她沮

---

[16]李渝，〈夜煦———一個愛情故事〉，《溫州街的故事》，頁 17。
[17]李渝，〈夜煦———一個愛情故事〉，《溫州街的故事》，頁 18～19。
[18]佛洛伊德，〈悲痛與抑鬱〉，《佛洛伊德著作選》（臺北：唐山出版社，1989 年），頁 66。

喪，不安，譴責與辱罵自己。藉由重寫，她不斷校準那記憶中被時間淹沒的街廊輪廓，或許試圖藉著重寫經驗去把握那失去事物的實體。她失去的其實是她的「**現在時光**」。

三、歷史的星叢

《溫州街的故事》小說裡對時間的憂鬱構築，對歷史時間的空間化書寫，將個人私史裡的即刻，轉化為小說裡碎片化的地景布置。作為李渝政治運動挫敗後的第一部小說結集，《溫》對歷史、時間與空間的思考，顯然也必然與 1970 年代那場發生在北美的保釣運動有關。[19]對李渝而言，保釣或許也可以說是一道她個人生命地圖上的某座路標，一道圓環式的交通建築。李渝與她的夥伴在此兜旋、交會，在繞轉數圈以後，河流般地各自奔匯向不同的地方；而有時，我們卻也又在李渝那彷彿原地繞著「保釣」這座圓環打轉的小說敘事中，一再地與那些不斷被重寫的意象一次又一次地遭逢。

究竟保釣運動留給李渝的，是什麼樣的後遺（或遺產）呢？李渝那長期在小說中處理的關於歷史、政治與時間的命題，又與保釣運動的挫敗經驗之間，存在著什麼樣的聯繫？以致在《溫州街的故事》之後，時間及其唯物化的命題，竟成為李渝其後書寫的永恆命題？而今我們回顧郭李二人在 1970 年參與的北美保釣運動，那顯然不僅僅只是一個保衛國有領土的運動而已。其中涉及到史觀的轉向，以及個人存有位置的選擇。郭松棻在1985 年紐約《臺灣與世界》雜誌主辦的「保釣運動回顧」座談會上的回憶就曾如是言：

---

[19]釣魚臺事件起於 1968 年日本在釣魚臺島嶼的海域發現石油礦苗，遂對此地的主權起了覬覦之心。在歷經了擅自立碑、改名、設置日籍地址等事件後，1969 年琉球政府更暗奉日本與美國政府的允許，將島上的中華民國國旗撕毀，甚至驅逐臺灣漁船。此舉引發了 1970 年北美地區的臺港留學生的不滿，遂發起保衛釣魚臺運動。其時在美國加州攻讀學位的郭松棻、李渝、劉大任等人，皆是箇中分子。

一個群眾運動只應付眼前的政治問題而沒有以文化信念和人文透視作為
基礎總是短命的。保釣運動開始不久，就超越了實際的政治層面而開始
探索思想層面的問題，由於這一點，保釣運動才沒有成為只是一個政治
運動，而是一個規模較大的文化運動。也由於這一點，它可以呼應前面
的那個文化運動（即五四運動）而作為那個運動的承繼者。[20]

從 1949 年開始，我們在臺灣接受一套偏執的政治、文化觀念。這套偏執的
似擬理論（pseudo-theory）愈來愈扣扼了我們的思想的自由。最後它變成
不容懷疑、不許辯議的鐵律。在這鐵律的霸持之下，價值被顛倒，歷史被
拐扭。……我們從臺灣出來以後，逐漸有了了解現局的機會。也開始有機
會拾回我們的歷史——特別是我們的近代史。……在被迫無我、忘我、喪
我的愚民世界裡，有時我們也從昏噩裡猛醒一下，然而總是抬出 1919 年
來。如果我們不知道 1919 的前後關鍵，這類招牌總是無濟的。[21]

由此可見，對 1970 年代臺灣政治形勢之現狀的不滿，對臺灣政府屈從於美
日而鄉愿處理釣魚臺事件的態度，亦引發了郭松棻長期以來對國民黨政府
高壓統治的不滿情緒。保釣運動迅速成為民族文化的一種重新自我認識的
歷程。很顯然地，保釣運動在北美留學生間發酵，對臺灣政府以及美日帝
國資本主義的不滿，使它迅速染上了一種民族主義運動的色彩——從 1949
後封閉的臺灣歷史走出，試著探問「我」是誰？「我」在世界的位置為
何？而在這樣歷史性的探問之中，保釣運動非常自然地和被國民黨政府所
拒斥、禁扼的五四文化運動的精神遺產接軌：

運動喚起歷史意識和認同論題，小型讀書會形成，大家開始一起念中國

---

[20]郭松棻，〈保釣追憶錄〉，收入李渝、簡義明編，《郭松棻文集：保釣卷》（新北：印刻文學生活雜
誌出版公司，2015 年），頁 372。
[21]郭松棻，〈中國近代史的再認識〉，《郭松棻文集：保釣卷》，頁 46～47。

現代史。如果說釣運，與二十餘年來對港、臺來的我們不過是個模糊存
在的中國大陸開始了關心，並且以後很快向左傾，朝統一運動邁進，要
從這重讀中國現代史開始。……讀中國近百年半殖民史，從鴉片戰爭到
1949，不受感於列強的狠毒，政權的腐敗懦弱，人民的辛苦，愛國人士
的奮鬥與壯烈犧牲，而同情左派或思想開始左轉，大約是不可能的。魯
迅成為燈塔，瞿秋白、聞一多等整套借回來複印，沈從文小說集被傳
閱。……對那時的我們，是畢竟在延安不是在南京，在北京不是在臺
北，出現了曙光。[22]

因此，保釣運動的後半期，「統一中國」因此反而成為最激烈基進的口號，
乃是有其在文化層面（甚而超越其政治層面）的意義。[23]從五四精神的接
銜，重新梳理、嫁接「中國近代史」，郭李等人的左傾理想不免終降落在彼
時未曾踏上的「中華人民共和國」。必須直到 1974 年，郭松棻首次與其父
郭雪湖進入中國大陸、進行為期 42 天的訪問後才有所改觀。[24]

　　1974 年的中國之旅後，郭李二人漸漸退出保釣運動及統一運動的組
織。李渝說：「1974 年夏去中國，見到後期文革。現實中國和理想、理論
中國相距甚遠，外象令人不安，回來後就此一併把心中疑問帶向某種總
結，就此退出運動。」[25]這個轉折對郭李而言，毋寧都是重要的。在表層的
意義上，郭松棻就此遁入歐陸哲學的鑽研之中，而李渝開始漸次重拾小說
寫作。然而，對那「把心中疑問帶向某種總結」的李渝，保釣運動的結束
應不僅僅只是更換一種表述領域、轉向文學寫作的表層形式而已。保釣運

---

[22]李渝，〈射鵰回看〉，《郭松棻文集：保釣卷》，頁 398～399。
[23]論者如簡義明亦有言述：「……郭松棻的國家認同或中國民族主義立場，並非建立在『大國』的
妄想上，而是社會主義的理想，扁斥菁英主義與依賴國際強權的機會主義，並對任何形式的獨斷
與暴力，都保持警覺的距離。」見簡義明，〈理想主義者的言說與實踐──郭松棻釣運論述的意
義〉，《郭松棻文集：保釣卷》，頁 34。
[24]「他形容從進海關開始，整個經驗像『一場惡夢』。以前他看《人民畫報》，看《中國建設》，對
中國的進步很自豪。……然而，到中國大陸看過，才發現滿不是這麼一回事。……特別是他以在
中國大陸生活的設身處地的角度去考慮，敏感地感受到人民的生存權利和自由都不被尊重。」
[25]李渝，〈射鵰回看〉，《郭松棻文集：保釣卷》，頁 403。

動期間，郭松棻與李渝選擇將個人精神的現存，往上接銜被國民黨切斷的五四遺產。這樣的路線暗示著郭與李的行動，在論述上仍選擇了一條傳承之路，精神史的繼承之路，在某種意義上，這也是一條歷史主義（historicism）之路。

然而，1974 年的中國之行，顯然宣告了這條道路的失敗。釣運內部的分裂，以及目睹中國的現況，在在都指向李與郭過去嘗試自「歷史」之處商借的精神資源，亦不過是只是一種被建構的、空洞而同質的，關於**歷史的歷史**。換言之，李渝的轉向勢必帶著理想殞落後的餘燼，被焚毀的左翼之路，以及對歷史主義本身的巨大困惑。我認為對李渝而言，這個體認或許才是她轉向文學書寫的真正關鍵——當運動的疾呼在保釣運動後期紛雜的人事裡挫敗、崩潰，那崇高的、為人所搭建的「歷史」鷹架陡然倒塌，從而暴露了人在時間中的局限；李渝自那其實短短不到數年的保釣運動經驗中所撿存的，恐怕是歷史與時間的真義，只存在那唯物的風景之中：

> 回首釣運，於我，是加州靛藍的天空，明亮的太陽，無邪的人情——這樣的日子和關係，不是運動的活動還是道理等，形成了我的保釣記憶。這記憶常又會引出別的記憶，例如陽光的校園草地，晨昏灑在地上的晶瑩的水泉，陰涼乾淨的總圖書館和東方圖書館，線裝書的頁角蜷蜒著蟲蝕，學校餐廳的兩塊錢午餐夠兩人合吃飽，在校務大樓廣場的石階上曬太陽，鼓聲從廣場的底層傳過來，南邊電報街的漂亮嬉皮們……這一件件清晰又生動的情與景形成如鑲彩玻璃一般的記憶的圖域，與其說是和保釣有關，不如說它就是柏城求學生活的全部紀錄。[26]

換言之，保釣運動所堆疊起來的歷史崇高體，那向五四運動接續的精神性的傳承，在它所遭遇的挫敗面前整個倒塌。遺留下來的，是那時間的

---

[26]李渝，〈射鵰回看〉，《郭松棻文集：保釣卷》，頁 402～403。

連續性被打破後的碎片。個人在時間中的存有不再是線性的、精神史意義的接續，而是破碎的、如同在時間中被敲碎的細節。是早已成為廢墟的過去時間，散落在此時此地的瓦礫。於是，《溫州街的故事》也必然成為一則關於時間之碎片的故事——那「**餐桌上的中國近代史**」，看似垂直的歷史縱軸，都延展攤平成橫向的、日常空間的街巷、屋衖、單行道、大迴轉……如同班雅明面對他的柏林童年，每個復返不去的時間，積累著難以被象徵秩序收納的憂鬱；在記憶裡，都是唯物的空間路標。

唯物的時間性，難以再被歷史話語收納的時間史觀，最是見諸李渝處理歷史題材的小說文本之中。1983 年獲獎的〈江行初雪〉，敘事者「我」回到故鄉潯縣，尋找一尊 6 世紀以來的菩薩佛像。小說中的「我」渡過了霧氣氤氳的潯江，去到安放「玄江菩薩」的「玄江寺」，見到的是早已與藝術史上所載明的水成岩原跡相去甚遠、被時人鍍上金箔的菩薩佛像。〈江行初雪〉極為巧妙地藉由一尊在歷史迷霧的長河中漂流的佛像，引渡出了三個不同朝代的故事。這尊在歷史中沉浮、折射出不同向度的故事的佛像，正是李渝以其所擅長的中國美術史為切口，藉由「藝術」這樣一種理念，重新省視歷史、時間與救贖之間的辨證關係。

這裡的辨證類似班雅明在他對德國悲劇起源的討論裡所提出的論述。班雅明認為，德國悲劇在藝術哲學論文的語境中，應是一種理念，而非僅只是現象推導後的一種體裁。在這個層次上，班雅明轉入討論理念（idea）與現象物之間的關係。他說理念本身就是一種永恆的星叢（constellation）；它與現象物之間的關係，猶如星叢與群星之間的關係，而作為藝術形式的理念，就是一個在歷史中展開的聚陣過程。「在每一個起源現象中，都會確立形態，在這個形態之下會有一個理念反覆與歷史世界發生對峙，直到理念在其歷史的整體性中實現完滿。」換句話說，理念與現象物之間乃是彼此涵攝、包括與相互生成的。理念在現象中被呈現與完滿，而現象則隨時處在歷史的發展之中；因此，班雅明說，在一物之內將可以理解整個歷史；而反過來說，每一個理念都包含了世界的圖像。

是在這個意義上，〈江行初雪〉才在這趟追尋一種「起源」的旅程中，顯示了李渝特有的、關於歷史、美學與時間之間的精采辨證。這尊從歷史裡飄搖而來的「玄江菩薩」，既是旅程中追尋的理念，同時也是理念的現象物。李渝以它為星座（constellation），輻射展開的三個分屬不同時代的故事，則彷彿圍繞著這一星座的群星，倒映出不同的時間向度與皺褶。在「玄江菩薩」的這一罩頂的理念（idea）下，歷史如同時間鏤銘在佛像表層的紋理，顯露出歷史自身的圖案。這個設計儼然有李渝對主義、詞彙、歷史話語等崇高性載體的拒斥，而傾向將在時代中結晶成形的各種理念──美學形式、文學體裁、政治流派……各式拔高的話語論述，視為是時間洪流中的唯物生成。有意思的是，〈江行初雪〉在 1980 年代獲獎之後，卻與李渝為文的本意恰恰相反地，被評論者視為是一則教條式的「反共小說」；對此，李渝曾發文來表明〈江〉的旨志：

> 從遠古的興林國，經中古的南北朝，到近代的明、清，以至於來到了當下，還要持續到未來，觀世音菩薩覽越的時間大約是〈江〉文意屬的文學時間吧：它接續到過去，延伸向將來，無非想寫一個通識的題旨：歷史不過是一再發生的同一故事；生命不過是重複事件的不斷接續。過去、現在、將來，都是歷史前去時的一個時態；神話、志異、民間傳說，無非是人生投射的故事；人的故事持續著，不過再三重複自己；重複自己，不過引發一片孤寂。……誠然，當某天今日也成為宋元明清的下一個章節時，主義或體制不過都是歷史上的一個詞彙，或是歷史滔滔前去中的一股細流罷了。[27]

政治、主義、體制……凡此種種詞彙，在無岸的歷史恆河之中，都是不斷重複且反覆被時間的渦流吞噬的相似的故事。事實上，從 1980 年的〈關河

---

[27] 李渝，〈屬政治的請歸於政治，屬文學的請歸於文學〉，《應答的鄉岸》（臺北：洪範書店，1999年），頁153。

蕭索〉開始，到 1983 年的〈江行初雪〉，「河」作為無邊漫漶的歷史時間的意象，即已纏繞著李渝其後絕大部分的小說寫作（「**溫州街」最初也是一條河填成——**），成為其小說書寫的核心命題。〈江行初雪〉文末，「我」渡河離開潯縣，河面大霧瀰漫，不見堤岸，「江中一片肅靜，噠噠的機器聲單調地擊在水面，雪無聲無息地下著，我從艙窗回望，卻已看不見潯縣，只見一片溫柔的白雪下，覆蓋著三千年的辛苦和孤寂。」[28]李渝藉由這樣一趟對那崇高的、絕對神祇的追尋之旅，所欲提問的或許是：在那無邊的時間之河中，岸與救贖，是否仍有可能？

　　是在這樣的書寫脈絡下，作為李渝晚期最具代表性、且歷經了兩次重寫的《金絲猿的故事》，才因而顯露其在李渝作品中的重要位置。《金絲猿的故事》初版於 2000 年，歷經多年的修改、重寫，2012 年重新出版。《金》書以西南地區「金絲猿」的傳說貫串整個故事，敘述隨國民政府撤退至臺灣的將軍馬至堯，在再娶的夫人與兒子私奔後，女兒馬懷寧獨自前往那自小從父親處聽來的「金絲猿的故事」的起源地，追尋故事的起點；《金絲猿的故事》仍是一則關於歷史的星叢與它輻射散裂開來的群星的故事。渡河追尋「金絲猿」之故事的馬懷寧，馬將軍的西南一役，夫人與兒子的私奔故事，還有那作為全書開頭的、關於「聖像」的傳說……故事牽連著故事，這些或遠或近，彼此看似有關與無關的故事，都是圍繞著「金絲猿」那不可見的「藍色臉孔」，一個巨大的結構星叢。而關於歷史的整體，李渝想必充分地領悟：**所有的認知過程都必然是憂鬱的**；在馬懷寧終於按照夢中父親的指引，抵達了故事的終點——金絲猿所在的臨莊，她也抵達了父親敘事的那些「故事的其餘」：如同班雅明所言：「只有獲救的人才能使過去的每一瞬間都成為『今天法庭上的證詞』——而這一天就是末日審判。」[29]——驚異地發現父親及其同袍歌頌的百重崗之役，竟是屠村祭血之役；在這裡，李渝帶我們逼近了 20 世紀歷史話語的黑暗之心：「沒有

---

[28]李渝，〈江行初雪〉，《應答的鄉岸》，頁 150。
[29]班雅明，〈歷史哲學論綱〉，《啟迪：本雅明文選》，頁 266。

了存在，沒有了空間和時間，只有泥濘和泥濘，一切都淪陷在不能掙扎的泥濘裡，這一場不明不白自相殘殺的戰爭，前一局瓦解了你的精神，這一局要吞噬你的身體，而且不會留下任何痕跡或證據。」在歷史的氤氳霧河裡，一切道德與理想、正義與判準、勝利與敗負……凡此種種，終究是要被時間滅頂與覆沒：「……煙硝的氣味消散，肉體腐爛的氣味又瀰漫上來，樹林回到無知無識無關無係的日常神態，什麼都不曾發生過，都不承認發生過。……在戰爭暫停的春天的夜晚，藏躲在那一個潛黯又密封的，柔軟又溫熱的世界，貼身貼地偎抱著吸吮著，永遠不想不要再出來。……在放棄的昏酣中，任由樹林和沼淖和夜，一味親密地吞沒了。」[30]

四、救贖、渡引、傳說

在歷史漫漶無邊的大河之側，李渝小說中纏繞的地景迷宮，不啻是一則關於時間的隱喻。現在、過去與未來的意義，在其中被徹底地掏空；時間成為憂鬱的陷落。每一個時間點，都是通向另一時間點的甬洞，無差異化的時間座標。它為李渝在《溫州街的故事》其後的小說中，布置了那彷彿走不出的溫州街迷宮：相似的地景、故事、人物……一再地重複與雜沓的意象。如此的環形時間史觀，以及憂鬱地重寫，是李渝中期開始的小說寫作中，極為顯著的特徵。

或許我們可以這麼說：保釣運動之後，李渝經歷了左翼理想的幻滅，歷史記述中的「中國」成為一則虛構的故事；而「溫州街」即是這遠方星叢歷經了光年般的距離之後，時間的瓦礫碎裂而投射四散的屏幕；還有郭松棻兩次中風與驟逝……對晚年的李渝而言，何嘗不是個人生命時間的無岸之河中，難以被理念、主義等詞彙收納的「事件們」？它們在時間巨大的河面上，失去了彼此的對位，而滯跌摔成一堆，積累在一日終將結束的末尾：〈無岸之河〉裡那罹患了「黃昏症」的憂鬱症患者，毋寧是這一有關

---

[30] 李渝，《金絲猿的故事》，頁193～194。

時間之憂鬱的隱喻。它暗示著時間在這「黃昏」的排水孔淤塞、積累，碎成不連續的斷片。

　　而唯也因此，那如同定錨作用般的「書寫」，在如此無差別化的時間之河中，才顯示出其用以串連這雜亂四布、無有秩序之群星般的「事件」，而指向一種救贖的能量。1993 年的〈無岸之河〉後，李渝的多數小說，皆刻意拋去了故事與故事之間的直接聯繫。取而代之的是並列各個分屬不同時空的故事──〈無岸之河〉、〈給明天的芳草〉、〈待鶴〉……皆是這樣散布著故事與故事的小說：〈無岸之河〉組合了宴會裡被敘說的女歌手的故事，以及溫州街的修士與男孩的故事；〈給明天的芳草〉則是商賈女兒的愛情故事，與溫州街水渠裡的謀殺故事；〈待鶴〉敘事跳接，是時而出入小說故事之中、時而跳回作者自身現實身分的故事。這些小說裡的故事也像是偶然聚集的星群，各自擁有自己運行的軌道，只是因為書寫，它們被渡引至此而成為一撮星叢。〈無岸之河〉裡，李渝曾自述這樣一種小說的技術：

> 小說家布置多重機關，設下幾道渡口，拉長視的距離，讀者的我們要由他帶領進入人物，再由人物經過構圖框格般的門或窗，看進如同進行在鏡頭內或舞臺上的活動，這麼長距離的，有意地「觀看」過去，普通的變得不普通，寫實的變得不寫實，遙遠又奇異的氣氛出現了，……我們暫時或能稱之為「多重渡引觀點」的觀點，頻頻更換敘述者，綿延視距，讀者的我們經過小說家，經過「我」，再經過「號兵」，聽到一則傳言，而傳言又再引出傳言，步步接引虛實更迭，之後，像小說家自己所說的，日常終究離去了猥瑣，「**轉成神奇**」。[31]

按李渝的說法，這種「多重渡引」的小說技法，如同針線一樣地穿插在故事與故事之間，賦予事件一種全新的述說形式，而得以使事件脫離它的現

---

[31]李渝，〈無岸之河〉，《應答的鄉岸》，頁 8～9。粗體為作者強調所加。

實，成為神話般的傳奇。在李渝那環形的時間史觀裡，它也何嘗不是一種克服憂鬱的方法？它為那紊亂失序的、失去對位與方向的事件，布置了星叢的圖像，使事件與事件之間被串聯而形成一種圖騰——如同班雅明所說的，從歷史主義空洞的史詩的虛假光暈中打破歷史的連續性，從而在對歷史連續性的爆破中，獲取一種辨證意象（dialectic image）：

> 思考既是思想的運動也是思想的駐足。當思想在一個充滿張力的星座中凝結時，辨證意象就出現了，這個意象是思想運動的斷開／停頓（caesura），它的停頓點（locus）是必然的而不是任意的。總之，它出現在辨證兩極張力最大時。因此辨證意象正是在對歷史做唯物主義表徵的過程中建構起來的。它是與歷史的對象相符合的：它完全有理由被從歷史的連續體中爆破出來。[32]

班雅明認為，歷史主義只是糾合各種材料去填塞空洞而同質的時間，最終只能造就一種**普通歷史**[33]；但歷史唯物主義卻是在作為單子的歷史主體中去把握歷史；它懸置歷史事件，並將這種懸置視為是一種拯救的標記。在那裡，事件與事件之間的思考連結被斷開，形成停頓；而歷史的辨證意象便如同彌賽亞的降臨／顯靈，在歷史的連續體中被爆破出來。這樣的辨證意象用班雅明的話來說，即是「當下」對主體所敞開的門洞。而每一個當下——「時間的分分秒秒，都可能是彌賽亞側身步入的門洞。」[34]

在這個意義上，李渝用以書寫小說的「渡引」技術，則無非是一種爆破歷史之連續性，並置時間中四散浮游的事件，而將之串聯成星叢的一種技術。通過「渡引」，我們從一個故事晃蕩至下一個故事，故事之中偶爾還有其他故事……〈無岸之河〉之後，李渝顯然領略了一種全新的歷史觀，

---

[32]班雅明，〈拱廊街計畫〉，《啟迪：本雅明文選》。
[33]班雅明，〈歷史哲學論綱〉，《啟迪：本雅明文選》，頁275。
[34]班雅明，〈歷史哲學論綱〉，《啟迪：本雅明文選》，頁276。

對歷史的書寫與捕捉不是純然來自於書寫與再現，而有時尚還必須借助說故事者與聽故事者的反覆訴說，於是，《溫州街的故事》那反覆且一再被重寫的漫遊，一個又一個鑲嵌在「溫州街」這一星叢內裡的故事，在《溫州街的故事》結束以後，還必須被「再說一次」——再寫一次、再做一次「說故事的人」、再說一個故事去告訴一個「聽故事的人」；在重寫與重新訴說的行動之中，李渝建構了一個屬於書寫的「當下」的概念[35]——那個她所置身的「現代」，正也是她藉由書寫運動，將自己從歷史的無岸之河中救贖出來的一趟拯救行動。

　　李渝的「多重渡引」，連結幾個並置的故事，所顯像的，無非亦是對歷史的一種意象的把握。那樣與彌賽亞的救贖有關的一種「辨證意象」，在李渝的小說中，正是藉由書寫所招來的「傳奇」。這些傳奇式的意象多半發生在一趟邊陲之旅的追尋之中，而這個意象往往是跨越歷史的時間長河而來：在〈待鶴〉裡，那是關於「鶴的傳聞」——小說初始由北宋徽宗所畫的《瑞鶴圖》，渡引到不丹喜馬拉雅山區的黑頸鶴；小說裡的女子「我」追尋著「鶴」的傳說，展開那踏上遠方邊陲地帶的追尋之旅。有意思的是，李渝沒有讓她的小說筆法專注於這趟尋鶴的旅程。筆鋒一轉，她帶領讀者來到了「我」的過去與現在：「我」是在大學裡任教並罹患憂鬱症的學者，「我」遍歷群醫，找不著在現實荒原中的逃脫路徑；因此，小說裡的這趟不丹的尋鶴之旅，亦是個人尋求救贖的旅程。「尋鶴」——尋找一個自北宋那遙遠時光漂來的意象，一個傳奇；因為惟有「傳奇」能將個人自時間的無岸之河標記出位置，它也暗示著一種救贖的可能。小說的最後一節，李渝藉由小說中的敘事者「我」與亡魂郭松棻的對話——這裡的「我」顯然已是李渝以作者之姿跨越了小說的虛構與現實的界線——而對書寫、以及書寫所能造就的「傳奇」、以及它在歷史中所發揮的那類近彌賽亞式的拯

---

[35]班雅明說，從歷史主義中解放出來的歷史學家，應轉而把握一個歷史的星座——這個星座是他自己的時代與一個確定的過去時代一道形成的。班雅明以此建立了一個「當下」的現在概念，而在〈歷史哲學論綱〉中，他將這個概念與彌賽亞的拯救相連結。

救，有這樣辨證的對話：

> 如果一則傳說已經以完整的形式等待著你，就無須再追究了。
>
> 可是，難道情節不都是虛擬的，不都是勉強的湊合？
>
> 有什麼關係呢？只要你信任它，它就能發生你需要的作用。
>
> 怎樣的作用？難道可以用來應付，用來抵擋嗎？
>
> 是的，可以的，他說，如果你安心地迎接它。
>
> 怎麼個安心法？現實才是扎實和實際的。我說。
>
> 別小看傳說的力量，是傳說，不是現實，能對付現實。
>
> ……人間的錯失和欠缺，由傳說來彌補罷。他說。

　　藉由郭松棻的亡靈之口，在〈待鶴〉的末尾，李渝暗示了在歷史的無邊之河中，個人在時間中經歷的生命，都將被掏空而成為一個同質化的空洞。惟有透過書寫，將個人生命中的事件化為傳說──這樣的傳說，也如同鶴一般地，能飛出北宋遙遠的畫卷，飛越千古的時空與邊陲的國境，飛至溫州街的上空，拯救個人於無差別化的時間之河中。

　　由是，「傳說」作為李渝作品的關鍵詞彙，串接起她自《溫州街的故事》以降的核心命題──關於時間與歷史之憂鬱的重要語彙。〈待鶴〉的末尾，等到那傳說中的「鶴至」的李渝，得以跨越死亡與時間的阻隔，重回溫州街──「臺北的夏日。夾道的木棉。溫州街的木屋。櫛比的青瓦。瓦上的陽光。水圳從木麻黃的根底淙淙流過。」[36]──得以超越逝去時光的阻隔；在那彼處，無有生死，生者得以與亡者相聚。

　　這些大量出現在李渝作品中的「辨證意象」，在小說中往往鑲嵌於一幅畫作、一座佛像、甚至只是一則鄉野傳奇之中：白鶴（〈待鶴〉）、玄江菩薩（〈江行初雪〉）、金絲猿的傳說（《金絲猿的故事》）、自殺村的故事（〈夜

---

[36] 李渝，〈待鶴〉，《九重葛與美少年》，頁49。

渡〉）……李渝曾不只一次在訪談與自述中談及，保釣運動的理想挫敗後，
她轉向了藝術史與小說的寫作。這裡的藝術史與小說寫作，在李渝憂鬱的
時間史觀之中，顯然並不僅僅只是載體或志向的轉變──那必然涉及了藝
術與書寫這樣一種工作，有著為個人在時間長河的漫無邊際之中，拋擲定
錨，鍛成傳奇的技術。有意思的是，那同時也是抒情詩的技術。以她最敬
重的小說家沈從文的話來說，那樣的抒情，自然背負了一種串聯了個人之
離散的宿命：

> 生命在發展中，變化是常態，矛盾是常態，毀滅是常態。生命本身不能
> 凝固，凝固即近於死亡或真正死亡。惟轉化為文字，為形象，為音符，
> 為節奏，可望將生命某一種形式，某一種狀態，凝固下來，形成生命另
> 一種存在和延續，通過長長的時間，通過遙遙的空間，讓另外一時另一
> 地生存的人，彼此生命流注，無有阻隔。[37]

沈從文寫於 1961 年的〈抽象的抒情〉，開頭的這段話，不啻正是李渝耗盡
了「傳說」的書寫筆墨，向不斷在時間中消逝、變化、毀滅的個人之生
命，賦予傳說的形式，而使之凝固與延續，得以接通另一個時間裡的某一
生命。她那重寫多年、出版兩次的《金絲猿的故事》，正是展現這一抒情之
效用的極致，從而並展現了抒情在現代的一種倫理向度。在書寫的行動
上，李渝以其多年的反覆重寫，證成了其書寫行動所建構起來的一種個人
的「拯救時刻」；而在小說之中，「金絲猿」作為一個傳說，一個被懸置的
辨證意象，小說引渡了數個不同時空的故事，而「金絲猿」則是那歷史深
處的一個整體的意象，它串聯起戰爭的血腥、殘忍、對逝去時間的追憶、
悔恨與哀悼……但它本身的懸置──那張被西南偏遠山區的叢林所遮掩
的、不語的藍色臉孔，卻也是李渝賦予歷史的憂鬱迴圈，一個救贖的可

---

[37] 沈從文，〈抽象的抒情〉，《抽象的抒情》（湖南：岳麓書社，1992 年）。

能，彌賽亞的時刻。

五、結語：憂鬱與死亡驅力

對歷史與時間的憂鬱表述，發為徵狀，經常在李渝的晚期作品中，出現在其自述或小說中具體可見的憂鬱病徵。對李渝而言，那顯然也是她晚年所必須面對的內在命題：當保釣運動的熱切理想過去，徒餘現代生活中個人的生命在時間的河流裡日復一日的不斷逝去。歷史的支架崩毀，所有的象徵秩序，都無法收納那流沙般漏去的時間；這一質疑，顯然反身性地威脅到書寫者自身的存有。李渝晚期的憂鬱症傾向，在在表徵為與時間的徘徊和周旋之中；小說作品裡的主角，也經常是這一憂鬱病癥的自況。《溫州街的故事》收錄的最為晚近的篇章〈夜煦〉，敘事者即是這樣的一個在時間的無岸之河中漂流之人：「你」歷經了 20 世紀前半段的戰亂與政治鬥爭而倖存下來，「你」成為這國家不斷前進的現代城市生活裡整齊劃一的臉孔，「你」質疑著行動的徒勞與理想的耗費，而終使腳下生存的「現在」，都成為欲振乏力的海綿土地——

> 你知道核燃廢料裝在大筒裡儲存在海底不斷陰沉地發出輻射能量幾億年都不會分化消失。有一天等容器被鹽分浸爛或者因地層驟變而破裂，這海底的核廢料不就要像靨夢一樣地溢出並且漂浮上來吞蝕掉所有人類麼？暗裡你爭著眼，一個問題出現導引出下一個問題；一個句子引出一連串句子。你沒有聲音地精疲力盡地在跟自己還是一個假想對手在進行討論，愈纏愈深兩眼間的肌肉愈抽緊。救護車的警號由遠而近，鳴放出二次大戰紀錄片中的蓋世太保的警車的聲音，向這個方向駛來……但你怕什麼呢真是的，戰爭不早已過去了麼？這也又不是捉人的警車；這是救護車吶……

一小時前的打壁櫥的一幕已成過去。現在是五點過五分，天已矇亮，能

稱之為失眠的時間已經過去。你拿起桌上的昨夜剩下的牛奶，還沒喝到口中拿起的動作已成過去。你放下杯子，站起來，坐在椅上的姿勢已成過去。每一時都在這一時成為過去。⋯⋯你不斷加入行動，每個行動在行動時就已成為過去，多麼令人恐懼；你不加入行動，一回頭，什麼也沒做，一片空白，空白接續著空白，也一樣叫人恐懼。

〈夜煦〉作為《溫州街的故事》裡創作最遲的一篇小說，卻也是李渝總結了《溫州街的故事》那憂鬱的地景迷宮之後，回憶的文體在此戛然停駐，它指向個人生存的此時此刻，那早已失去時間座標的「現在」。它所指陳的，是李渝在保釣運動後所遺留的斷傷——當世界高舉的理想、主義、革命⋯⋯皆在時間的前緣被吞噬——「每一時都在這一時成為過去」——每一種行動，都必然是憂鬱而無有出口；而書寫並召喚傳奇成為抵抗時間的唯一方式，晚年在憂鬱症的纏鬥中仍持續進行書寫行動的李渝，其生命終結在自死的投身之中，也就似乎顯得有跡可循。

收入《九重葛與美少年》的短篇〈夜渡〉，或許正是解讀李渝的書寫、傳說與自弒行動，一道側身進入的洞口。〈夜渡〉的場景發生在李渝慣常布置傳說的中國西南邊陲，一個原住民的村落。這個村落同樣位於水域，需涉過那彷彿時間般阻隔的河水方能抵達。非但如此，有意思的是，李渝賦與這個神祕的村落，一個與死亡有關的傳說——此地自古流行殉情自死，「在山腳的杜鵑花叢間吹笙跳鼓唱曲饗宴之後，雙雙就向雪山跋涉，到了最幽美的地點，就會以他們選擇的方式完成意願。據說他們的魂靈將經過石峭樹尖的艱險第一國，草木不生的荒原第二國，過一座木橋，穿過一大片雲杉林的入口，就會抵達旅程的終點，『金花不謝，金果不落』在永恆的光輝中等待著他們的『玉龍第三國』，在那裡他們就能獲得人間沒有的不老的青春和不謝的愛情了。」[38]李渝在此段的末尾說：「你可別忙著大聲斥笑

---

[38]李渝，〈夜渡〉，《九重葛與美少年》，頁86。

這種說法的荒唐，低估了**憂鬱之為非凡的精神**，和它能啟動的巨大的能量了。」[39]

　　這番話顯然是與時間長年周旋的李渝，領悟出了憂鬱之為時間的本質，而死亡乃是成就永恆的終極形式，藉由小說中的這一「自殺村」之傳說的設置，暗示了一條從書寫通往傳說的道路，無非即是肉身的自死。在〈夜渡〉裡，憂鬱反向化為永恆的一種死亡驅力，通向無時間性的烏托邦。〈夜渡〉中渡過那夜晚的江河、往傳說中的玉龍山腳擺渡而去的敘事者「我」，不啻則是那無岸之河中的行旅者。小說裡偶遇的母女告訴「我」：「到了那裡，只要到了那裡，就會有一輩子的好日子了。」這樣的一場「夜渡」，其實是朝向永恆的擺渡，是以死亡作為通往救贖的入口。

　　〈夜渡〉暗示了那無岸之河中的泅泳者李渝，最後的自弒之路。這條路來自於李渝作品中長期以來所環繞的核心：時間的壞毀，歷史的憂鬱——而惟有死亡作為書寫的最後一哩路，能將自身鑲嵌進入傳說，成為歷史長河中的話語。2014 年，李渝在美國紐約家中的自弒，或許正是她長年書寫以來的最後一塊拼圖，以死亡通向了書寫中的自己，那永恆的圖像。而對她生前所描繪、鋪設的那叢屬於「溫州街故事」的星座，死去的李渝何嘗不是以自身的死亡作為一個事件，使自己化為「溫州街」這一星叢中的某一顆星，如同晨間的白鶴，振翅低昂地飛過溫州街的上空？在彌賽亞降臨的某一時刻中；在那樣的一刻，鶴將以神話之姿——「接近目標的時候，牠們會減低高度，改變隊形而周匝盤桓，伸出收著的雙腳，高舉巨大的雙翼，緩緩下降，以天使般的美妙體態和精確的定點能力，著陸人間」[40]——要將「世界領進傳奇」。

參考書目

‧簡義明，〈郭松棻訪談〉，封德屏總策畫，張恆豪編選，《臺灣現當代作家

---

[39] 李渝，〈夜渡〉，《九重葛與美少年》，頁 87。
[40] 李渝，〈鶴至〉，《九重葛與美少年》，頁 43。

研究資料彙編 46：郭松棻》（臺南：國立臺灣文學館，2013 年），頁 89
～113。

・簡義明，〈理想主義者的言說與實踐——郭松棻釣運論述的意義〉，《郭松
棻文集：保釣卷》，頁 23～43。

・廖玉蕙，〈生命裡的暫時停格——小說家郭松棻、李渝訪談錄〉，封德屏
總策畫，張恆豪編選，《臺灣現當代作家研究資料彙編 46：郭松棻》，頁
73～87。

・王德威，〈物色盡，情有餘〉，李渝著，《金絲猿的故事》（臺北：聯合文
學出版社，2012 年）。

・王德威，〈無岸之河的渡引者——李渝的小說美學〉，李渝著，《夏日踟
躕》（臺北：麥田出版，2002 年），頁 7～28。

・李渝，《溫州街的故事》（臺北：洪範書店，1991 年）。

・李渝，《九重葛與美少年》（新北：印刻文學生活雜誌出版公司，2013
年）。

・李渝，《夏日踟躕》（臺北：麥田出版，2002 年）。

・李渝，《金絲猿的故事》（臺北：聯合文學出版社，2012 年）。

・李渝，《應答的鄉岸》（臺北：洪範書店，1999 年）。

・李渝，《賢明時代》（臺北：麥田出版，2005 年）。

・李渝，〈射鵰回看〉，《郭松棻文集：保釣卷》，頁 398～399。

・李渝，〈屬政治的請歸於政治，屬文學的請歸於文學〉，《應答的鄉岸》，
頁 153。

・郭松棻，〈保釣追憶錄〉，收入李渝、簡義明編，《郭松棻文集：保釣卷》
（新北：印刻文學生活雜誌出版公司，2015 年），頁 372。

・郭松棻，〈中國近代史的再認識〉，《郭松棻文集：保釣卷》，頁 46～47。

・沈從文，〈抽象的抒情〉，《抽象的抒情》（湖南：岳麓書社，1992 年）。

・班雅明著，〈歷史哲學論綱〉，收入漢娜・阿倫特編，張旭東、王斑譯，
《啟迪：本雅明文選》（北京：三聯書店，2014 年），頁 265～276。

· 蘇珊・桑塔格，〈土星座下〉，《土星座下》（臺北：麥田出版，2007
　年），頁 140～176。
· 佛洛伊德，〈悲痛與抑鬱〉，《佛洛伊德著作選》（臺北：唐山出版社，
　1989 年），頁 66～78。

——選自「論寫作：郭松棻與李渝文學研討會」
臺北：臺灣大學臺灣文學研究所主辦，2016 年 12 月 17～18 日
——於 2019 年 7 月修訂、補註

河流與抒情：沈從文、蕭紅與李渝

◎楊佳嫻*

一、前言

　　流水不捨晝夜，旦夕推移，人們藉它移動、逃離、追尋、歸返；河流在內陸懷抱內，曲折輾轉，與岸須臾不離，哺育沿岸生計，沈從文（1902～1988）的湘西與蕭紅（1911～1942）的東北，都可以看到河流的力量。李渝（1944～2014）深受沈、蕭影響，童年時代從內陸遷居島嶼，關注鄉園如何成為創作者內心的暖土，她筆下水系意象紛繁，河流占主要位置外，還包括海洋、雨水、城市裡的水渠等。

　　李渝曾在多篇評論裡反覆分析沈從文與蕭紅作品。無獨有偶，沈從文是在離開湘西的回望、重訪湘西的刺激中，寫出〈蕭蕭〉、〈邊城〉、《長河》等作[1]；蕭紅是在離鄉後的回望裡寫出《呼蘭河傳》、〈小城三月〉等作，李渝也是在離鄉後的回望裡寫出《溫州街的故事》。再者，沈從文描繪的湘西，是水文極其複雜致密的地域，在作品裡也常見那麼一條河水晶瑩蕩漾於其中，而蕭紅《呼蘭河傳》裡，河流灌溉支撐的「呼蘭河」小城，放了無數河燈宛若銀河的水面，沉澱了生與死，苦難與麻木；至於李渝，

---

*發表文章時為清華大學中國文學系助理教授，現為清華大學中國文學系副教授。

[1] 沈從文於 1923 年（21 歲）離開湘西到北平後，共兩次返回湘西。1934 年（32 歲）在離家後首次返回湘西約一個多月。1937 年（35 歲）離開北平轉武漢，1938 年初（36 歲）再度回到湘西，住在沅陵「芸廬」，也就是他的大哥沈岳霖家裡三個多月，後轉往昆明，1946 年（44 歲）從昆明到上海，待了一個多月後又再返北平。詳細過程見糜華菱，〈沈從文年表簡編〉，《新文學史料》1995 年第 3 期（1995 年 9 月），頁 184～197；糜華菱，〈沈從文年表簡編（續）〉，《新文學史料》1995 年第 4 期（1995 年 12 月），頁 192～205。

從早年在《溫州街的故事》系列裡出現的瑠公圳，到《金絲猿的故事》裡的河流，無不與河流相始終，同時又擴及其他水緣意象。總體來看，在寫作上予以李渝重大啟示的前行者，都在離鄉之後能拉高視野，把鄉土轉化為象徵，並且同樣以河水鑲住鄉園、心園，彷彿河水終於能洗滌憂傷。

沈從文、蕭紅、李渝作品中的鄉土、鄉園之意義，前人研究已然探索得頗為徹底，此處不再贅述[2]，關注河流意象與抒情表現，三者併論，則為少見。本文試著從影響李渝寫作甚深的沈從文、蕭紅小說裡的河流意象以及如何解讀他們的作品談起，並引入「抒情小說」概念以突出三者連結，最後歸結到李渝小說裡的河流意象及詩化表現，以及與沈、蕭呼應之處。

二、沈從文與蕭紅小說裡的河流意象

李渝提過的沈從文小說，主要是〈邊城〉、〈菜園〉、〈靜〉、〈蕭蕭〉、〈丈夫〉幾篇，既不及於剛到北京蝸居公寓內所寫作的、充斥「眼淚、偷聽、性的幻想、生的寂寞」[3]主題的早期作品，也未包含他到昆明以後、集中於 1940 年代的變格創作，如《芸廬紀事》、《七色魘》或《看虹錄》等作。換言之，李渝注目的是最為「典型」、充滿牧歌情致的作品，大約寫作、發表於 1920 年代末到 1930 年代中葉之間。[4]

再者，沈從文相當自覺其生活經歷與寫作和「水」元素的關聯。他曾

---

[2] 以沈從文、蕭紅併論者，所在多有，如李舒楊，〈沈從文、蕭紅抒情小說比較研究〉（遼寧師範大學中國語言文學系碩士論文，2012 年）；武艷飛，〈目光的交匯──沈從文、蕭紅鄉土世界的構成〉（西北大學中國語言文學系碩士論文，2010 年）；鄧新東，〈在人與神之間的徘徊──對沈從文、蕭紅思想及其小說的思索〉（湖南師範大學中國語言文學系碩士論文，2008 年）。眾多論文中又以抒情、鄉土為兩大主要切入角度。李渝部分，如楊佳嫻，〈論戰後臺灣外省小說家作品中的「臺北／人」〉（臺灣大學中國文學系碩士論文，2004 年）；黃啟峰，〈河流裡的月印：郭松棻與李渝小說研究〉（中央大學中國文學系碩士論文，2006 年）；鄭穎，《鬱的容顏──李渝小說研究》（臺北：印刻文學生活雜誌出版公司，2008 年）等，均已涉及。

[3] 姜濤，〈公寓內的文學認同──沈從文早年經歷的社會學再考察〉，《公寓裡的塔：1920 年代中國的文學與青年》（北京：北京大學出版社，2016 年），頁 169。此處指〈公寓中〉、〈一封未付郵的信〉、〈遙夜〉、〈狂人書簡〉、〈絕食以後〉等篇。

[4] 這裡的意思並不是說李渝只讀了她評論過的那些篇章。不過，為了能實際而明確地闡述李渝在沈從文小說裡讀到的東西，本文仍主要參照她的評論中花了較多筆墨分析的篇章。蕭紅部分的處理也遵循此原則。

自陳童年時代，河流即是他的偷閒場所，山上連綿的陰雨天氣也往往能替他造出一方帶阻絕效果的自我空間，乃至於後來到上海謀生，濱海視野也帶給他另一種新鮮的想像。而這麼多「水」元素當中，河流最為重要——

> 到 15 歲以後，我的生活同一條辰河無從分開。我在那條河流邊住下的日子約五年。這一大堆日子中我差不多無日不與河水發生關係。走長路皆得住宿到橋邊與渡頭，值得回憶的哀樂人事常是溼的。至少我還有十分之一的時間，是在那條河水正流與支流各樣船隻上消磨的。從湯湯流水上，我明白了多少人事，學會了多少知識，見過了多少世界！我的想像是在這條河水上擴大的。我把過去生活加以溫習，或對未來生活有何安排時，必依賴這一條河水。這條河水有多少次差一點兒把我攫去，又幸虧他的流動，幫助我作著那種橫海揚帆的遠夢，方使我能夠依然好好的在這人世中過著日子！

> 再過五年，我手中的一支筆，居然已能夠盡我自由運用了。我雖離開了那條河流，我所寫的故事，卻多數是水邊的故事。故事中我所最滿意的文章，常用船上水上作為背景。我故事中人物的性格，全為我在水邊船上所見到的人物性格。我文字中一點憂鬱氣氛，便因為被過去 15 年前南方的陰雨天氣影響而來，我文字風格，假若還有些值得注意處，那只因為我記得水上人的言語太多了。[5]

若以「水」元素——尤其是河流，來檢視李渝喜愛的篇章：〈菜園〉裡，河流或水不大現身；〈蕭蕭〉裡有一條蕭蕭時常造訪的溪流，她常抱了弟弟到那裡去玩，懷了花狗的孩子，也想著喝生冷溪水看能不能了結，被人發現

---

[5]沈從文，〈我的寫作與水的關係〉，《抽象的抒情》（南京：江蘇教育出版社，2005 年），頁 185～186。原發表於 1934 年。另亦可參考張新穎，第五章「在這條河上的過往生命經驗和他的文學」，《沈從文九講》（北京：中華書局，2015 年），頁 104～108。

懷了丈夫以外男子的種，照規矩要沉水的，終於也沒有實行，但是河流在
這裡功能主要是背景；〈靜〉裡頭「曬樓後面是一道小河，河水又清又軟，
很溫柔的流著」[6]，倒是替逃難中途守候父兄消息的岳珉一家人鋪墊出一種
無可奈何的氣氛，河岸製船工人的敲打、賣針線人搖動小鼓的聲響在空氣
中盪漾著，更襯托出那股寂靜來，而這條河同時也是岳珉眺望遠景、盼望
來人之處，且母親編造的夢相應和，「珉珉我作了個好夢，夢到我們已經上
了船，三等艙裡人擠得不成樣子」[7]，河流同時象徵著遠方的消息，或動身
離開的希望；〈丈夫〉寫貧窮地方的婦人到市鎮河畔妓船上賣身，丈夫來探
望，客人來了，就得退到後艙去，而那婦人寄身的河流世界，通行著另一
套地方規矩，由水保來管事[8]，河流也聯繫市鎮與山村，運來新的商品與慣
習，使婦人變得時髦，「說話時口音自然也完全不同了，變成像城市裡做太
太的大方自由，完全不是在鄉下做媳婦的神氣了」。[9]

　　至於〈邊城〉，更是以河流人事為主軸而發展起來的。翠翠等人生活於
「傳統生活所固有的穩定的鄉土意義世界，尤其蘊含在周而復始的四季與
節慶之中」[10]，可是，這秩序不再是永恆的了，「那個坍塌的白塔，又重新
修好了。可是那個在月下唱歌，使翠翠在睡夢裡為歌聲把靈魂輕輕浮起的
年輕人，還不曾回到茶峒來」，結尾未曾給出確切訊息，只說：「這個人也
許永遠不回來了，也許『明天』回來！」兩個「也許」加強了不確定感，
意味著恆常的鄉土世界已然開始動搖。至《長河》等後起的作品則試圖為
「明天」作出回覆，顯然沈從文並非想打造一個外人莫入的桃花源，因為
「世界在變」[11]，鄉土的遠景應該是外來現代性力量與康健生猛的在地人共

---

[6] 沈從文，〈靜〉，《邊城集》（長沙：岳麓書社，1992 年），頁 68。

[7] 沈從文，〈靜〉，《邊城集》，頁 76。

[8] 沈從文，〈丈夫〉，《丈夫集》（重慶：重慶大學出版社，2011 年），頁 72。「一個河裡都由他管事。他的權力在這些小船上，比一個中國的皇帝、總統在地面上的權力還統一集中。」

[9] 沈從文，〈丈夫〉，《丈夫集》，頁 69。

[10] 吳曉東，〈從「故事」到「小說」——沈從文的敘事歷程〉，《長沙理工大學學報（社會科學版）》2011 年第 2 期（2011 年 5 月），頁 87。

[11] 沈從文，《長河集》（重慶：重慶大學出版社，2011 年），頁 87。

同打造出來的（如小說裡正接受現代化中學教育的六喜、為人心直的三黑子）。

　　李渝注目的幾篇沈從文小說，雖已涉及鄉土世界的變動，卻僅僅是如〈丈夫〉、〈邊城〉這樣的擦邊球。在這些小說裡，河流既是撫慰與希望的地景，也是流通消息、讓偏遠處將自己納入國家民族想像共同體的管道[12]，運作著在國家底下的另一套秩序，同時也象徵著變化，雖然這變化仍未能真正動搖「在任何情形下還依然會好好的保留著那鄉村純樸氣質」。[13]相較於中國當代小說在 1980 年代時爆發的「河流熱」，視河流為高度樂觀、追求現代性的展演舞臺[14]，李渝喜愛的沈從文世界裡的河流，既不崇高，也不熱烈，而是鄉土穩健低調的網脈，構成了恆常的秩序。

　　再來看蕭紅。李渝著有專文談蕭紅小說的敘述風格、情愛生平與文學史上的位置，並數次將她與另外兩位中國現代文學史上的重要女性作家丁玲與張愛玲對照，甚至與魯迅、茅盾比較，強調其特殊性。李渝析論過的蕭紅作品，主要集中在〈手〉、〈家族以外的人〉（後來改寫進《呼蘭河傳》）、〈小城三月〉、〈餓〉、《呼蘭河傳》[15]，與《呼蘭河傳》幾乎同時完成（大約是 1940～1941 年間）的長篇小說《馬伯樂》，風格差異頗大，被認為不像出自蕭紅這樣的女作家之手[16]，批判國民性更為顯著且走嘲諷筆調[17]，明顯受魯迅〈阿Q 正傳〉影響並作了轉化[18]，則不在李渝鍾愛的隊伍中。李渝相當崇敬魯

---

[12] 吳曉東，〈《長河》中的傳媒符碼──沈從文的國家想像與現代想像〉，劉洪濤、楊瑞仁編，《沈從文研究資料（下）》（天津：天津人民出版社，2006 年），頁 855～865。

[13] 沈從文，〈丈夫〉，《丈夫集》，頁 68。

[14] 米家路著；趙凡譯，〈大河奔流──張承志《北方的河》中的水療旅程與史詩凝視〉，《澳門理工學報》第 18 卷第 2 期（2015 年 4 月），頁 85。或見王一川對於 1980 年代前期中國對於「黃河」的崇高想像的解說，《中國形象詩學》（上海：三聯書店，1998 年），頁 231。

[15] 其他如〈麥場〉、〈曠野的呼喊〉、〈廣告副手〉等，主要是一、二句舉例，此處暫且不論。

[16] 艾曉明，〈女性的洞察──論蕭紅的《馬伯樂》〉，《中國現代文學研究叢刊》1997 年第 4 期（1997 年 11 月），頁 60。文中指出幾點：《馬伯樂》不寫東北、不是《呼蘭河傳》式的童年視角、不寫女性經驗、不是以女性擔任主要人物，使其不像一般熟習的蕭紅，也與女作家的常見寫法不同。

[17] 黃文倩，〈雙面蕭紅──論《呼蘭河傳》與《馬伯樂》的國民性意識與風格差異〉，《中正歷史學刊》第 11 期（2008 年 12 月），頁 173～190。

[18] 見艾曉明，〈女性的洞察──論蕭紅的《馬伯樂》〉，《中國現代文學研究叢刊》1997 年第 4 期，頁 61。

迅,《馬伯樂》這部「魯迅＋蕭紅」作品,卻較不受青睞,未見分析,只得到了「開始向主脈匯流(按:指文學政治化、加入男性與公眾)」[19]的判斷。看來,李渝對蕭紅的接納,與對沈從文的接納一樣,都是選擇性的。

　　〈小城三月〉雖然是描繪「河冰發了,冰塊頂著冰塊,苦悶的又奔放的向下流」[20]的季節,河流並未作為主要意象發揮效用,只有《呼蘭河傳》較多地使用河流意象。小說裡的呼蘭河小城,如同〈邊城〉一樣,是周而復始、自有秩序的鄉土世界,生老病死「都是一聲不響地默默地辦理」,即使是賣豆芽菜的王寡婦,兒子掉進河裡淹死了,「她從此以後就瘋了,但她到底還曉得賣豆芽菜,她仍還是靜靜地活著」[21];每逢盂蘭節,放河燈,河燈各式各樣,姑娘媳婦們都出門看河燈,河岸擠滿了人,同時,「這一天若是每個鬼托著一個河燈,就可得以脫生。大概從陰間到陽間的這一條路,非常之黑,若沒有燈是看不見路的。所以放河燈這件事情是件善舉」[22];寫住彷彿崩塌邊緣的破草房裡的人,原來也是膽小的,「他們過河的時候,拋兩個銅板到河裡去,傳說河是饞的,常常淹死人的,把銅板一擺到河裡,河神高興了,就不會把他們淹死了」。[23]上述例子,都能看到河流浮托著小城生死秩序,在河裡死去,自河裡脫生,是日常秩序的紐帶。那麼,對於敘述者來說,河流的意義是什麼呢?

　　　　我第一次看見河水,我不能曉得這河水是從什麼地方來的?走了幾年了?

　　　　那河太大了,等我走到河邊上,抓了一把沙子拋下去,那河水簡直沒有

---

[19]李渝,〈呼喚美麗言語〉,《那朵迷路的雲:李渝文集》(臺北:臺灣大學出版中心,2016 年),頁 366。

[20]蕭紅,〈小城三月〉,李曉明編,《蕭紅小說・散文》(長春:吉林文史出版社,2006 年),頁 25。

[21]蕭紅,《呼蘭河傳》(臺北:聯合文學出版社公司,1987 年),頁 16。

[22]蕭紅,《呼蘭河傳》,頁 39。

[23]蕭紅,《呼蘭河傳》,頁 99。

　　因此而髒了一點點。[24]

　　河流顯然象徵著時間，漫漶而無窮，人的作為如同拋下一把沙子，河水仍自顧自的流去，自顧自地清澈。這一層意義，與前述透過生死場景來顯示其作為秩序紐帶的意涵相通。同時，也呼應了她在《生死場》早就寫過的，「河水靜靜地在流，山坡隨著季節而更換衣裳；大片的村莊生死輪迴著和十年前一樣」。[25]

　　對沈從文、蕭紅作品的選擇性接受，從李渝在各評論篇章裡積累的名單來看，都偏向回歸鄉園的主題，鄉園即心園，能給予寫作一個沉穩而有餘裕的空間和取之不竭的資源，離鄉後的眺望尤其能拉開距離，促成小說藝術的完成。

三、「低觀點」、「視者」、「多重渡引」與抒情小說

　　李渝曾指出沈從文以「鬆長的句法和緩慢的節奏」[26]形成特殊風格，「絕不急躁地暴露在文字或情節的表面，他寧取遙遠而安靜的，俯瞰而悲憫的角度，以第三者的口吻，娓娓訴說著日常瑣細」[27]；也就是透過「那種舒緩從容的敘述節奏，那種真切而又含蓄的抒情姿態」、「向間接暗示和象徵的方向上用力氣」而產生的「新文體」[28]，來達到李渝讚許的安靜、悲憫、不暴露。

　　其實，〈蕭蕭〉、〈菜園〉或〈靜〉，寧靜故事背後莫不涉及更大的背景，無論是愚昧的承襲反覆、政治對純潔心靈與生命的豪奪，或戰爭造成

---

[24] 蕭紅，《呼蘭河傳》，頁82。
[25] 蕭紅，《生死場》（臺北：聯合文學出版社公司，2015年），頁134。
[26] 李渝，〈月印萬川──再識沈從文〉，《那朵迷路的雲：李渝文集》，頁280。
[27] 李渝，〈童年和童年的失落──影片《童年往事》看了以後所想起的〉，《那朵迷路的雲：李渝文集》，頁258。
[28] 王曉明，〈「鄉下人」的文體與「土紳士」的理想──論沈從文的小說文體〉，王曉明編，《二十世紀中國文學史論（上卷）》（上海：東方出版中心，2003年），頁448。

的苦難。可是，李渝強調，「抒情還是可能的」。[29]她認為，一旦故事性凌駕抒情性，「好奇感滿足了，但是讀者心裡那最深一層的柔情卻不容易發動。這是因為不發展不挖掘心態，不停留下來做分析性的描寫，卻以不斷滾動的故事向前推進主題的緣故」。[30]在這裡，李渝所指的「故事性」，應是指將小說傳奇化，以情節起伏逼人為主的寫法。然而，沈從文小說真的不重視故事性嗎？蘇雪林稱沈為「使讀者陶醉於故事的淒厲哀豔的情緒」、「原是個『說故事的人』」[31]，恰與李渝評價相對，可見他的小說具有多重面貌。〈靜〉、〈菜園〉確實是抒情性壓過了故事性，且與李渝〈收回的拳頭〉、郭松棻〈月印〉與〈草〉類似，都把死亡與政治的橫暴壓在最後，突襲地，短截地，如同刺點（punctum），「這**某個東西**扎了一下，激起我心中小小的震盪，**悟**（satori），剎那一陣空」，雖然是「額外之物」，卻是「**早已在那裡**」[32]，同時造成了「見證的危機」[33]，驀然前面大段落抒情都產生了不同的意味，並使得苦痛與歷史一同落入迷霧之中。[34]

　　順著上述認定沈從文「抒情性壓過故事性」的邏輯，李渝提出沈從文小說採用「低觀點」的看法，恰與魯迅的「高觀點」相對；後者重啟蒙，

---

[29]李渝，《金絲猿的故事》（臺北：聯合文學出版社公司，2000 年），頁 162。

[30]李渝，〈又荒唐・又蒼涼：從馬奎茲到臺灣鄉土文學〉，《那朵迷路的雲：李渝文集》，頁 248。

[31]這兩句引文出自蘇雪林〈沈從文論〉，劉洪濤、楊瑞仁編，《沈從文研究資料（上）》，頁 187、193。蘇文發表於 1934 年，她明確提出評論的包含〈夜〉、〈漁〉、〈龍朱〉、〈神巫之愛〉、〈月下小景〉等篇。而李渝分析的諸篇沈從文作品，創作或發表時間正落在 1929～1934 年間，與蘇雪林能讀到的作品相類。

[32]關於「刺點」的說明，見羅蘭・巴特（Roland Barthes）著；許綺玲譯，《明室・攝影札記》（臺北：臺灣攝影工作室，1997 年），頁 59。透過此一觀點來閱讀臺灣小說中的白色恐怖書寫的「匱缺」表現，詳細分析請見湯舒雯，〈史的暴力，詩的矗斷——臺灣白色恐怖的文學見證、癥候閱讀與文化創傷學〉（政治大學臺灣文學研究所碩士論文，2014 年），第二章第三節。

[33]見湯舒雯，〈史的暴力，詩的矗斷——臺灣白色恐怖的文學見證、癥候閱讀與文化創傷學〉，頁 33～37，引用費修珊（Shoshana Felman）與勞德瑞（Dori Laub）著；劉裘蒂譯；《見證的危機》一書觀點作為分析切入處。

[34]柏右銘（Yomi Braester），〈臺灣認同與記憶的危機——蔣後的迷態敘述〉，周英雄、劉紀蕙編，《書寫臺灣：文學史、後殖民與後現代》（臺北：麥田出版，2000 年），頁 233～235。侯如綺，〈歷史關懷與詩性特質的交鋒——李渝《溫州街的故事》與林燿德《一九四七高砂百合》比較〉一文則指出李渝如何將歷史抒情化，以淡筆與回憶的距離形成張力，《北市大語文學報》第 13 期（2015 年 6 月），頁 64～65。

以「揭露、批判、譴責、抗議、教訓」為主，前者則顯示為「柔軟的、謙虛的、溫和的、渺小的、沒有地位，甚至是懦弱無能的」，可是懦弱裡隱藏著「巨大的情感和人的精神」[35]，佛眼一般「包容了體諒了悲喜全體」。[36] 因此，沈從文小說如〈蕭蕭〉即使暗示了愚昧竟然一再重複[37]，或〈菜園〉裡平靜家園美夢因為政治清算而崩毀，也看不見明確的檢討與改革的指示，而同樣表現方式在李渝小說內也能見得。

　　不過，李渝也喜歡的名篇〈丈夫〉倒不見得是「抒情性壓過故事性」。小說裡敘述因為太過窮困，丈夫讓妻子去做船妓替家裡賺取金錢，「既不與道德相衝突，也並不違反健康」、「許多年輕的丈夫，在娶妻以後，把妻送出來，自己留在家中耕田種地安分過日子，也竟是極其平常的事」[38]，這樣說明性的文字，顯然是解釋給不把這些當平常事的非當地人聽，且一旦以印刷物形式傳播出去，閱讀的第一線主要是城市讀者（本篇小說即發表在上海《小說月報》），對於他們來說這完全是傳奇，也因此更具吸引力。[39]

　　李渝曾於帶議論的小說〈無岸之河〉裡，藉解說《紅樓夢》「識分定情悟梨香院」一節與沈從文〈三個男人和一個女人〉，提出了「多重渡引」，指「小說家布置多重機關，設下幾道渡口，拉長視的距離」，或「頻頻更換敘述者，綿延視距」，為的是讓「觀看」變得有意，「普通的變得不普通，寫實的變得不寫實，遙遠又奇異的氣氛出現了」、「日常終究去了猥瑣，『轉成神奇』」。[40]然而，〈三個男人和一個女人〉裡「我」被朋友逼著說故事，起因是「落雨」[41]導致行動暫停，等於「暫時把講故事的人和他的理想聽眾

---

[35] 李渝，〈月印萬川──再識沈從文〉，《那朵迷路的雲：李渝文集》，頁 283。

[36] 李渝，〈月印萬川──再識沈從文〉，《那朵迷路的雲：李渝文集》，頁 284。

[37] 汪曾祺，〈讀《蕭蕭》〉，李輝主編；汪曾祺著，《我的老師沈從文》（鄭州：大象出版社，2009 年），頁 85。該文論及《蕭蕭》結尾，認為是喜劇，「但是，在喜劇的後面，在諧趣的微笑的後面，你有沒有覺察到沈從文先生隱藏著的悲哀？」

[38] 沈從文，〈丈夫〉，《丈夫集》，頁 68。

[39] 吳曉東，〈從「故事」到「小說」──沈從文的敘事歷程〉，《長沙理工大學學報（社會科學版）》2011 年第 2 期，頁 84。

[40] 均出自李渝，〈無岸之河〉，《應答的鄉岸》（臺北：洪範書店，1999 年），頁 8～9。

[41] 沈從文，〈三個男人和一個女人〉，《貴生集》（重慶：重慶大學出版社，2011 年），頁 235。小說開頭「因為落雨，朋友逼我說落雨的故事。這是其中最平凡的一個。它若不大動人，只是因

都滯留在日常活動之外……作為讀者，我們也被吸引到這個封閉的環境中來」[42]，製作了講故事、聽故事的情境，「我」強調他所說的故事「太真實」，反而更加強了讀者把它當作故事來聽的心態。[43]與〈丈夫〉就結束在故事時空的確切結局不同，〈三個男人和一個女人〉在誰盜走了女屍的猜疑中，最後回到了說故事人自身，再次強調「真實性」：「有些過去的事情永遠咬著我的心，我說出來時，你們卻以為是個故事……」[44]同樣地，更增添了這「事實」的傳奇性。「多重渡引」是敘事的渡引，在李渝小說裡有時候也表現為記憶的渡引[45]，為的是能「從流動的整局中截出個人的時間」[46]，換言之，她在「多重渡引」之下想做到的，乃是在時間線性沖刷裡撐開抒情的空間，日常轉為神奇才有可能，煥發輝光；〈三個男人和一個女人〉裡，劫取女屍的消息「加上人類無知的枝節，便離去了猥褻轉成神奇」[47]，這恐怕有小說家的意志作用其間，因為消息多次轉播也可能加深猥褻。〈無岸之河〉接在小說與議論之後出現的說故事場景，以及說完故事之後，聽故事者發現這不是故事，是真人生平，故事裡男女二人結局柔情圓滿，現實中卻是各奔前程──是說故事人的修改使「日常化為神奇」。[48]

　　再來談蕭紅。討論蕭紅小說，李渝特別注重裡頭「我」作為敘述者時的位置，例如在〈手〉，「我」與王亞明之間是有距離的，有時候彷彿同情王亞明，有時候又變成嘲弄、隔離王亞明的「我們」之一，然而，多數情況下都是不介入的，「他局限了的視角正是讀者局限了的視角，他的不介入的心情也正是讀者的不介入的心情，他的好奇和無能為力也都跟我們相

為它太真實」。
[42] 王德威，〈批判的抒情──沈從文的現實主義〉，劉洪濤、楊瑞仁編，《沈從文研究資料（下）》，頁 896。
[43] 吳曉東，〈從「故事」到「小說」──沈從文的敘事歷程〉，《長沙理工大學學報（社會科學版）》2011 年第 2 期，頁 84。
[44] 沈從文，〈三個男人和一個女人〉，《貴生集》，頁 270。
[45] 鄭穎，《鬱的容顏──李渝小說研究》，頁 56。
[46] 王德威，〈無岸之河的渡引者──李渝的小說美學〉，李渝，《夏日踟躕》（臺北：麥田出版，2002 年），頁 20。
[47] 沈從文，〈三個男人和一個女人〉，《貴生集》，頁 269。
[48] 李渝，〈無岸之河〉，《應答的鄉岸》，頁 18。

近」，當作者「不再是中間媒介傳達人，退出了傳統的『說書人』的身分，擺脫了交代故事的職責，不再去介紹背景，勾描人物，訴說事件原委……用一種呈現性遠多於解釋詮釋交代性的文體來進行敘述，變成了『視者』」。[49]以「說書人」身分來敘述時，「這樣地急迫，以至於來龍去脈皆道盡」[50]，「既有傳達故事的媒介性目的要照顧，也就比較注重外觀和動作的再現（相對於表現性文字的探尋內裡），並且在結構上呈向於口語，順從慣性語法」，多使用成語、套語、俗字。[51]至於「視者」，關心的是「氣氛、感覺和心情」。[52]如此一來，「視者」落實到寫作上，蕭紅時常使用語法純樸的短句，句子之間、段落之間在意義上不見得緊密，「沒有中心導向，沒有直線邏輯」[53]，才有魯迅所看出的「女性作家的細緻的觀察和越軌的筆致，又增加了不少明麗與新鮮」[54]，或茅盾所謂「一些比『像』一部小說更為『誘人』些的東西。它是一篇敘事詩，一幅多采的風土畫，一串淒婉的歌謠」[55]，也就是李渝指出的，跳躍閃爍的文字組成與游離與潮流之外的風調。[56]

上述指出的種種「不像」小說的元素，蕭紅是有自覺的，她認為小說不見得「有一定的寫法，一定要具備某幾種東西，一定寫得像巴爾扎克或契訶夫的作品那樣」[57]，周作人則在更早就指出「內容上必須要有悲歡離合，結構上必須有葛藤、極點與收場，才得謂小說，這種意見正如 17 世紀

---

[49] 李渝，〈夢歸呼蘭——談蕭紅的敘述風格〉，《那朵迷路的雲：李渝文集》，頁 318～319。

[50] 李渝，〈夢歸呼蘭——談蕭紅的敘述風格〉，《那朵迷路的雲：李渝文集》，頁 321。

[51] 李渝，〈尋找一種敘述方式〉，《那朵迷路的雲：李渝文集》，頁 441～442。

[52] 李渝，〈夢歸呼蘭——談蕭紅的敘述風格〉，《那朵迷路的雲：李渝文集》，頁 320。

[53] 李渝，〈夢歸呼蘭——談蕭紅的敘述風格〉，《那朵迷路的雲：李渝文集》，頁 326。

[54] 魯迅，〈蕭紅作《生死場》序〉，《生死場》（臺北：聯合文學出版社公司，2015 年），頁 258。

[55] 茅盾，〈論蕭紅的《呼蘭河傳》〉，《文藝生活（桂林）》光復版第 10 期（1946 年 12 月），頁 23。

[56] 李渝，〈呼喚美麗言語〉，《那朵迷路的雲：李渝文集》，頁 358～360。

[57] 聶紺弩，《蕭紅選集》序〉，《蕭紅選集》（北京：人民文學出版社，1981 年），頁 2～3。指聶紺弩讚美蕭紅可以成為很好的散文家，蕭紅不同意，認為看似讚美，其實是否定，潛臺詞是說對方寫不了好小說，而之所以做此評價，正是因為對小說該怎麼寫的想像太局限。

的戲曲的三一律，已經是過去的東西了」。[58]而學界謂之「詩化小說」、「散文化小說」或「抒情小說」者，正是呼應了上述蕭紅與周作人的觀點，在技術上包含語言詩化、結構散文化、小說藝術思維抽象化、意境營造等[59]，故使用何種名稱，端視著眼於哪一特點上，概念內涵其實相通，汪曾祺就說「散文化小說的作者大都是抒情詩人。散文化小說是抒情詩，不是史詩」。[60]沈從文、蕭紅的作品一直都是這條系譜裡的重要組成。[61]「抒情小說」的存在，可視為古典文學裡占主導地位的抒情詩的後遺[62]，它在中國現代文學裡是有變化的，從早期敘述者（往往與作者本身有相當程度疊合）的直接發抒到後來更注重詩化形象、抒情氛圍的營造。[63]李渝注重抒情性、氣氛、心理描寫，不說教，不把故事性放第一等，雖然沒有直接援引「抒情小說」等詞彙，其實相通。

從學理上看，一般所認定的小說，是突出時間及其連續的敘事性小說（narrative fiction），換言之，小說本是時間的藝術，可是，非敘事性的詩卻想擺脫時間之流的控制，轉變成某種凝止的沉思（contemplative stasis），甚至成為「反映自我」的模式（"self-reflexive" pattern）。[64]而敘事性小說與抒情小說看待世界的方法也不同，前者將世界看成作者與讀者之外的物事（thing），後者則把世界看成是想像而成的（be conceived）。[65]當小說寫作

---

[58] 為周作人附於所譯俄國小說家 Aleksandr Kuprin〈晚間的來客〉之後的說明，並無標題。見《新青年》第 7 卷第 5 期（1920 年 4 月），頁 5～6，周作人指明〈晚間的來客〉乃是「抒情詩的小說」。

[59] 吳曉東，〈現代「詩化小說」探索〉，《文學評論》1997 年第 1 期（1997 年 1 月），頁 119。

[60] 汪曾祺，〈小說的散文化〉，《晚翠文談新編》（北京：三聯書店，2002 年），頁 33。

[61] 該系譜內還包括魯迅〈社戲〉與〈故鄉〉、廢名〈竹林的故事〉等。出處同上，頁 32～36。

[62] 中國現代小說裡的抒情傾向，可見普實克（Jaroslav Průšek），〈中國現代文學中的主觀主義和個人主義〉，普實克著；李歐梵編；郭建鈴譯，《抒情與史詩：現代中國文學論集》（上海：上海三聯書店，2010 年）。抒情詩與臺灣現代主義小說的關係，詳細解說可見柯慶明，〈六〇年代現代主義文學？〉，張寶琴等編，《四十年來中國文學》（臺北：聯合文學出版社公司，1995 年）。

[63] 賀桂梅、錢理群等，〈沈從文《看虹錄》研讀〉，《中國現代文學研究叢刊》1997 年第 2 期（1997 年 5 月），頁 257。這部分為錢理群的發言。

[64] René Wellek, Austin Warren, *Theory of Literature* (New York: Harcourt, Brace & Company, 1956), p. 222.

[65] Ralph Freeman, *The Lyrical Novel: Study in Hermann Hesse, André Gide, and Virginia Woolf* (New Jersey: Princeton University Press, 1963), p. 8.

者也希望擺脫時間的控制，在緊要處停下，讓情緒、氣氛突出，推擴出內省與沉思的空間，不讓故事的訴說變成主要推力，就會傾向詩那一邊；把詩的質素引入小說裡，以濃縮象喻取代說明功能的文字段落，更有效且更富層次地表現人的內心活動。[66]

　　總的來說，沈從文的「低觀點」放平看視角度，不以啟蒙指導為務，也不以製作劇情高低潮為目標，蕭紅的「視者」則保持一定程度的疏離，呈現多於說明解釋，感受先於邏輯，可以說沈、蕭有一定的共通性，並且因為這些特性而使得小說出現了詩化、抒情化的傾向；而李渝又從中淬煉出「多重渡引」的方法，層層引渡，使「日常化為神奇」，痛苦困難之中仍能「從黑暗裡掙扎出光明」。[67]此一執著，也主導了她「溫州街的故事」系列小說基調。

四、李渝小說裡的河流意象與抒情化表現

　　循著上述沈從文、蕭紅二人小說裡的河流意象，以及李渝對於沈、蕭二人作品的認識所引出的不以故事性為念的小說觀點，以下同樣將分析李渝小說裡河流意象如何發揮功能，以及「低觀點」、「視者」、「多重渡引」的實踐而帶來的詩化、抒情化。為說明便利、突出焦點起見，將河流意象與小說的詩化表現分開闡述，然而，李渝不少小說都是二者兼具，或未有河流意象的小說裡也仍然實踐其詩化筆法。

（一）河流意象

　　發表於 1965 年的作品，時年約二十歲出頭的李渝就寫過：

> 或許我能在乾枯的沙石中找到一條流水，它流著流著，竟又分出五條
> 河，叫你吃了一驚。
> 河水萌芽的地方，石叢裡竟抽出了一棵樹。我不知道它是什麼，可是那

---

[66]梁秉鈞，〈中國現代抒情小說（上）〉，《文訊》第 25 期（1991 年 2 月），頁 64～65。
[67]李渝，〈夢歸呼蘭——談蕭紅的敘述風格〉，《那朵迷路的雲：李渝文集》，頁 338～339。

麼明亮，那麼燦爛豐滿，它必是花的一種。[68]

乾枯中發現流水，流水蘊含生機，讓沙石中抽長出花木來。如果這生機持續蔓延下去，未必不能成為一處庭園。[69]河流與生機之間的聯繫，十分明確。

河流的意義不僅止於此。預備出版第二部小說集時，李渝曾想命名為《無岸之河》，「水河無岸，不是屬於少年的無懼理想和疆域麼，這真是夢之畫了」[70]，可見水與無限而柔韌的理想世界是畫上等號的。抒情在李渝小說裡的展布，多次結合與水相關的意象，比起沈從文與蕭紅的河流意象還要更擴大——霧、雨、河流與海都出現過，不以故事流暢線索為要，讓表現替代說明，再苦悶悲痛的現實裡面都可能清掃出一塊空間來。而李渝通過以上方法，期望能從小說裡抽煉出引領向上的光，亦近於沈從文學生汪曾祺揭示的，「一個小說家才是真正的謫仙人……他不斷體驗由泥淖至青雲之間的掙扎，深知人在凡庸、卑微、罪惡之中不死去者，端因還承認有個天上，相信有許多更好的東西不是一句謊話，人所要的，是詩」[71]，把「詩」同「天上」「更好的東西」聯繫起來，可見這裡的重點不見得是指跨越不同文類，而更是追求向上的理想層次。[72]以下即舉例說明李渝小說中的河流意象。

例如〈無岸之河〉，中年男子夢見紅色河水，苦苦思索下才想起那正是年少時在城南求學無比熟悉而現下已然被掩蓋的瑠公圳，「很多年前，新生

---

[68] 李渝，〈五月淺色的日子〉，《那朵迷路的雲：李渝文集》，頁76。

[69] 李渝曾說：「我想我之無法寫小說，不是因為工作繁忙、生活瑣屑、機車群囂張、文藝觀遷異或者世界改變等，只不過是因為在自己的心中，失去了這一座庭園。」見〈失去的庭園〉，《九重葛與美少年》（新北：印刻文學生活雜誌出版公司，2013年），頁264。

[70] 李渝，〈作者序〉，《應答的鄉岸》，頁4。據李渝於序中自述，即將出書時逢郭松棻中風倒下，一切終於較能安適後回到這部小說集，現實人事竟充作浮沉時的攀木，反而盼望有岸了，故改為《應答的鄉岸》。

[71] 汪曾祺，〈短篇小說的本質〉，《汪曾祺全集・散文篇》（北京：北京師範大學出版社，1998年），頁29。

[72] 吳曉東，〈現代「詩化小說」探索〉，《文學評論》1997年第1期，頁126。

南路曾是一條簡單的雙行道，兩邊生長著茂鬱的千層樹和亞麻黃，中間流著一條深入路面的水溝，清澈見底，緩慢流行，溝邊的浮草和石塊之間漂浮著一團團的血絲蟲」[73]，黃昏時分，夕陽映射，和血絲蟲交匯為豔麗的光景，對男子來說，是世界上最美的一條水。然而，如此豔美的水道也可能變成驚悚舞臺，發現水裡浮沉著一截手臂，謀殺案牽連著政壇名人祕事，有一天忽然全部偵查結束，以現代化之名進行填河工程，成了今日寬闊的新生南路。那時候，少年正與追尋自我的難題搏鬥，「歷史從身邊經過也不知曉」[74]，可是，到底在往後歲月裡遭逢打不開的心結時，又想起了年少時代的水道，埋藏在現代化道路底下正如被現實疊疊的石塊壓抑一般。

　　而《金絲猿的故事》，是將河流意象、抒情寫作與「多重渡引」結合起來的作品。小說一半場景在溫州街，仍可視為「溫州街的故事」系列之作。河流出現於全書後半，追尋父親、鄉園與追尋河流，聯繫在一起——

> 灰青色的天空，灰黃色的山脈，灰白色的水，船身緩緩向前，切開灰綠色的水心，在莊嚴的灰色裡，河水延展去無限的前方，從相反的方向懷寧重走父親馬至堯將軍當年叱吒鄉興的路程，逐漸進入日昇月落人事迭錯的過去。
>
> 河水沉鬱如古鏡，映照著過去現在和未來；在溫煦的灰色的輝光中，回溯千萬里空間和時間，鳥瞰的視點，故事重現。[75]

　　河水即記憶，能鑑照過去與未來。馬懷寧抱著父親骨灰，將它傾落在父親朝思暮想的鄉園的河流[76]，彷彿重蹈父親過去的轍痕。等到聽完了父親故事裡零落的那一部分，船行又平穩地滑過河面，風吹開樹林，有什麼在

---

[73] 李渝，〈無岸之河〉，《應答的鄉岸》，頁 38。
[74] 李渝，〈無岸之河〉，《應答的鄉岸》，頁 40。
[75] 李渝，《金絲猿的故事（經典版）》（臺北：聯合文學出版社公司，2012 年），頁 119。此為李渝做過增刪重寫的新版，以下引文以新版為主，必要時參照舊版。
[76] 李渝，《金絲猿的故事（經典版）》，頁 167。

林頂聚集又穿越。——是金絲猿嗎？航行在河流上也就等於航行於父親記憶的水道，而水岸上潛藏著金絲猿，透露隱約之光，「如同一簇流星，一片月光，一截載負著月光的河水，以目眩的速度飛掠過林端」。[77]當馬將軍身陷困境，從水面倒影見到金絲猿藍顏色的臉，而同袍們則以圍獵金絲猿當作珍貴集體記憶的縮合點，女兒則在完成父親願望的旅程中瞥見那流動金光，如同王德威於「經典版」序言中所說：「藉著金絲猿的閃爍出沒，故事情節層層展開，此起彼落、若即若離，形成微妙的網絡。就此，李渝不再斤斤計較傳統敘事的起承轉合；她要召喚的是一種互緣共生的想像，一種只宜屬於詩的抒情境界。」[78]

經過相當程度上的刪改重寫，「經典版」將原本書中情不自禁提及沈從文之處刪去了：「沿江往上走，見柏子在江邊撐筏。」[79]是馬懷寧完成父親給予的任務，進入西南保護區時的感想，「柏子」為水手代稱，同時也是因為靠近了沈從文筆下的世界。在初版《金絲猿的故事》裡大幅描寫的西南歷史地理，是來自李渝一趟真實旅行；記述那趟旅行的散文裡，浮現了沈從文身影，「粼粼的水光，譁然的水聲，流著和響著，從早晨流響到夜晚，從夜晚流響到早晨，在白色的日頭下，在閃耀的星斗下，不休不止地流響著。中夜，月光晶瑩，寢室空間充滿了河水，我對自己說，你畢竟是在這黔東湘西，令沈從文魂夢縫繫的鄉國了」。[80]那種以片想取代全體鳥瞰、影影綽綽的「低觀點」，在行動中伴隨著父親的記憶、或曾嵌入與沈從文的連結，都是一再地設置渡口，拉長視距，有意識地觀看，兼具「視者」與「多重渡引」。如同將軍的第二任妻子「影射第一位夫人，身軀內除了自己以外還有第一位夫人」[81]，懷寧的旅程，除了自身感受，還有父親的感受，而讀者在懷寧與將軍的兩重視野之餘，還有作者加上去的沈從文的指涉，

[77]李渝，《金絲猿的故事（經典版）》，頁198。
[78]王德威，〈物色盡，情有餘（經典版序）〉，《金絲猿的故事（經典版）》，頁8。
[79]李渝，《金絲猿的故事》（臺北：聯合文學出版社，2000年），頁140。
[80]李渝，〈被遺忘的族類〉，《那朵迷路的雲：李渝文集》，頁404～405。
[81]李渝，《金絲猿的故事（經典版）》，頁29。

這「多重渡引」簡直像是任豐手上的翻毛餡餅一樣層次豐富。

《金絲猿的故事》不急於交代來龍去脈，也未必把重現大時代當作目標，而是讓馬將軍前半生時而閃回（flashback），時而魂兮歸來，借夢境與幽靈訴說；從原版到新版，在飲食烹飪細節和庭園植物種類加重了表現分量，表現將軍蟄居時光的華貴、懷寧成長過程裡的溫暖，和祕密愛情開展時的溼鬱。李渝的小說寫作不尚直線邏輯、注重氣氛感覺，不急於推動敘事，而更常停駐在小說人物感覺鮮明的時刻；故事雖具備了大時代元素如戰爭、遷徙，她更關心的卻是生活與愛情。籠罩在戰後氛圍中的和平時代，牌桌廝殺取代了實際戰役[82]，「不曾經過戰爭的人等待著一件欲死欲活的愛情」[83]，戰爭與愛情同樣是方死方生。可以說，李渝有意解消「戰爭」在歷史敘事中的崇高性，不只以打牌、愛情這類日常或私人事務來比擬，連「溫州街的故事」系列的固定主角阿玉上學遲到，過程也寫得與戰爭無異，多的是「追蹤」、「埋伏」、「迂迴隱藏」、「戰局」、「前線」等字樣，並自喻為「衝鋒陷陣的士兵」[84]；當具決定性的戰役發生時，阿玉難忘的卻是極為私人的、遲到而尷尬的冬天早晨，她的日常小戰役與之後失去了蹤影的施老師[85]，個人難以施力的慘烈戰爭變成了遙遠背景，能給予個人溫暖與輝澤的，往往是渺小的私人回憶，而未必是史冊大事。

接著，繞回來看較《金絲猿的故事》更早發表的〈關河蕭索〉。這篇小說裡流動的是異鄉之河——「我」來到紐約參加保釣遊行，同時拜訪父親舊友蔦叔，卻在臨河公寓 12 樓，被長窗框起的河景所震撼，「既不藍似海，又不像普通水道一樣黃濁，隔著玻璃遠看過去，朦朧卻又清麗得如同元朝上好的青瓷器色。它以同樣的姿態和速度，沒有來源也沒有去向，在

---

[82] 李渝，《金絲猿的故事（經典版）》，頁 51。文中刻意將打牌對峙過程形容為戰事。

[83] 李渝，《金絲猿的故事（經典版）》，頁 61。

[84] 李渝，〈收回的拳頭——溫州街的故事〉，《九重葛與美少年》，頁 220～224。

[85] 李渝，〈收回的拳頭——溫州街的故事〉，《九重葛與美少年》，頁 231。小說裡，阿玉眼中溫煦和藹的施老師被控以「匪諜」罪名，而那場戰役則指的是 1955 年 1 月 18～19 日發生於國共之間的「一江山島戰役」。

六方既定空間裡永恆地起伏著」[86]，由於站在較高的位置，視距不同了，也就是《金》書裡提到的「鳥瞰的視點」，使得窗景彷彿畫作般靜定，永恆，無所謂來處與去處——拉高視野重看世界，或懷抱著昂揚如鶴的意志[87]，一直是李渝小說內救贖生命的方式。

　　「我」半夜裡醒來看月下河景，銀光幻境，「它不再是紐約的一條河；它是淡水河，是黃河，是家鄉城外的河，或者更確切地說，是他王國裡的一條河」，現實與記憶裡的河重合了，記憶與文化的河也重合了，讓漂泊在外的蔿叔寄託心靈，因為河水「用它溫柔而節奏性的拍動，將流浪和望鄉的心都懷抱在它迎接著的水流裡」。這裡提到淡水河、黃河，除了指涉為故鄉、故國的生活場景外，顯現出地緣情結（place attachment）外，二者也已上升為文化意象（culture image）[88]，如淡水河常被視為臺北的母親之河，黃河常被視為中國或華夏文明的母親[89]；但是，李渝卻同時消解了地緣情結的個人執著與文化意象的強烈象徵意味，紐約的河流本與淡水河、黃河相去甚遠，卻在拉高、拉遠的視野中，彼此疊合，相互流通，蔿叔「放逐自己在兩種方地以外，終於在這臨河公寓的頂樓，建立了他的鄉園」[90]，兩種方地，指的是中國與臺灣，而李渝一再指出鄉園即心園，當然心園也就是鄉園，蔿叔一顆心為窗外的河流所撫慰，帶著他的鄉思與對文化的理解，即使在異國任一名中文圖書館館員，也一樣能甘願。其實，和沈從

---

[86] 李渝，〈關河蕭索〉，《應答的鄉岸》，頁 158。

[87] 〈朵雲〉結尾，歐巴桑離去時挽的包袱布上有白鶴圖紋，「一顆一顆閃出灰黯的溫州街」，《溫州街的故事》，頁 200；〈無岸之河〉第三部分就取題為「鶴的意志」，《應答的鄉岸》，頁45。

[88] 地緣情結（place attachment）指的是「人們對某特定的地方存有根的感覺」且這種經驗是「相當個人的」，見 Paul A. Bell, Thomas C. Greene, Jeffery D. Fisher, Andrew S. Baum 著；聶筱秋等譯，《環境心理學》（臺北：桂冠圖書公司，2003 年），頁 93。文化意象（culture image），指除了單純意象指涉外，還包含了價值判斷、立場抉擇，「使用者的範圍超過一時一地，甚至跨越了不同的藝術門類」者，見石守謙、廖肇亨主編，《東亞文化意象之形塑》（臺北：允晨文化公司，2011 年），頁274。

[89] 如林文義著有《母親的河：淡水河記事》，或報紙報導跨校性質環境教育組織成立，標題即為「守護母親河！北部多校成立淡水河流域守護聯盟」（《自由時報》，2016 年 5 月 6 日）等等；將黃河比喻為母親者，事例亦多，如蘭州市即樹立有「黃河母親」雕像，中國人民大會堂牆上懸掛有巨幅繪畫《黃河，母親》，科普讀物取名為《黃河——我們的母親河》等。

[90] 李渝，〈關河蕭索〉，《應答的鄉岸》，頁 167。

文、蕭紅的小說一樣，李渝的寫作，地緣情結也很強烈，一再地回到溫州街，然而，〈關河蕭索〉畢竟揭示出另一種可能。這是否也指向李渝這樣遠離出生的中國、遠離成長的臺灣的寫作者（類似蔿叔），逐漸淬煉出來的一種安放自我的方式？一種與過往海外作家習於書寫的「失根」情節不同的視野？

在對於河水極其細膩的描寫後，小說才接上了「我」終於加入保釣遊行隊伍，走在異鄉街上，「洶湧澎湃浩瀚遙長，如同大江之水」。[91]〈關河蕭索〉前半部對於河流如此依戀，正是為了作為後半部異鄉裡的愛國遊行的托寓，河流能夠包容，也能夠沖激，洶湧；如同小說副標題指出的，為紀念「柏克萊保釣運動一二九示威十周年」[92]，河水懷抱著的不僅是漂泊異鄉的蔿叔，也涵括了在異鄉呼喊家國的那份激越，而「我」顯然認為這個運動改寫了國族的形象：「中國人的臉也可以這樣光輝彩耀麼？除了麻將桌上的臉也有這樣的臉麼？」[93]小說命名裡的「關河」，不僅指蔿叔牆上掛著的柳永詞句，大可以指涉江山、山河之意，亦能與保釣運動所吶喊的「釣魚臺，中國地」相互呼應。

《溫州街的故事》系列顯然具有強烈地緣情結，其中的〈朵雲〉藉著老教授神祕傳遞「中國人，是不能不看的」。[94]魯迅，亦儼然將魯迅上升到文化意象的位置。但是李渝不膠著於此，如〈關河蕭索〉裡的河流意象，就展現了心靈的騰躍能力，如果欠缺了這份能力，就不可能出現她一再強調的，以拉高視野、重現輝光來獲致的救贖。

（二）抒情化表現與「多重渡引」

李渝早年小說〈水靈〉，以「黑煙草色的頭髮飄得遠遠的」暗示友人溺海而死，「我在水中失去她，必然能在水中找到她」，而當友人的影子從海中浮現，環繞著上升的光輝，竟讓也跟著踩進水裡的「我」感覺到「溫暖

---

[91] 本段以上引文均出自〈關河蕭索〉，《應答的鄉岸》，頁164～166。
[92] 李渝，〈關河蕭索〉，《應答的鄉岸》，頁157。
[93] 李渝，〈關河蕭索〉，《應答的鄉岸》，頁166。
[94] 李渝，〈朵雲〉，《溫州街的故事》，頁198。

的壓抑感覺」，從胸口逐漸上升到頭頂。[95]岸上的寒冷和水中的溫暖對比，主角情願追求死亡的溫暖。雖然也能勉強拼湊出一點情節，但是，主導全作的卻不是敘事，而是疏離、異樣的感受，天光雲影水聲與恍惚流盪意識的大量描繪。同一年還發表了〈彩鳥〉、〈夏日 一街的木棉花〉[96]，也是類似風格之作，寫風與海濱沙灘的溫度，暮色點滴，寫不明所以的夢，句子與句子看上去似乎不太連貫，欠缺邏輯，時間彷彿膠著不前，在感覺層面旋繞，「注意語言對於主題的暗示性」[97]，有如現代主義詩作。[98]李渝曾說，「松菜常提醒，那幾篇才是小說」，甚至認為這些作品的渾然與天真，「一種純摯的小說氣質再難自動流露」[99]，顯然讚許這一類高度詩化的小說寫法。

之後李渝小說的敘事性逐漸增強，可是，從來不會上升到「高視點」或純以故事性取勝。早年高度詩化的寫法，仍可在後來作品中找到痕跡，甚至可以說是構成理於文學風格的關鍵。例如〈菩提樹〉裡，穿梭在宿舍與校園之間、串起小說情節的阿玉，認識了父親的學生陳森陽後，「昏懵的時光裡，倒有一件事在萌芽滋長。是什麼，阿玉不想探個究竟，不如讓它原原本本，水藻一株蕩漾在海底，漂撩著夏日的沉悶和孤寂」。[100]在描寫阿玉情感震盪處，敘事停止了，按下了時間的暫停鍵，以空間取代時間，阿玉聽陳森陽敘述鄉下油菜花田間飛來過冬的海鷗，眼前蝴蝶變成了白色水鳥，水鳥將她帶往海的幻想：

馬尾草叢生在低地，亞麻黃給風吹去了一邊傾。

灰白的沙土漫延。沙盡的所在，海水鑲著花邊在邊緣迎接。

---

[95]李渝，〈水靈〉，《九重葛與美少年》，頁266～273。原發表於1965年。
[96]二篇均收錄於李渝《應答的鄉岸》（臺北：洪範書店，1999年）。
[97]汪曾祺，〈小說的散文化〉，《晚翠文談新編》，頁36。
[98]鄭穎，〈鬱的容顏〉，頁97。指出李渝這些早期作品「像現代詩一樣耽美，無寫實景深」。
[99]李渝，〈作者序〉，《應答的鄉岸》，頁2。
[100]李渝，〈菩提樹〉，《溫州街的故事》，頁152～153。

水裡漂游著一簇簇的花斑魚。魚背上閃爍著金屑似的日光。

沉落到最低，隨著流波在搖盪，呀，不正是那株水藻。

修長的藻葉像無數手臂，節奏而溫柔地捲繞撫搓，解放了焦慮的肢體。

阿玉，父親的叫喚聲，先回家去吧，不早了。

匆匆從窗椽的海底轉回，阿玉拿起了飯盒的布口袋。[101]

藻草意象呼應前述，暗示少女暗地裡滋長的情意。然而，結合李渝推崇的沈從文與蕭紅的文學筆法來看，更重要的是這裡也同樣以感覺的表現取代講述說明，抒情性壓過故事性，「給風吹去了一邊傾」也不屬於順暢語法，每個段落都極短，段與段之間，是幻想的日光如水流游走，金屑閃爍，藻草捲撫，是感官的連接而非意義的連接。然後，父親聲音驀然響起，把阿玉從「窗椽的海底」再接引回現實——窗外怎麼會是海底呢？是陳森陽織就的世界讓阿玉沉浸到那自由流動的嚮往裡，海底就是她的心底。陳森陽既是撩動阿玉的因由，又是將阿玉帶到幻境、映現自我的渡引者，喊停敘事之流，撐開抒情空間。李渝在此處表現的不是阿玉與外在世界的遭逢，而是內在的抒情視野。[102]而當陳森陽被判刑，菩提樹被鋸斷，阿玉恍惚聽見「在徹底的黑暗裡，樹說，倒有另一種聲音從不遠的地方傳來」[103]，原來是海水起伏的聲音，伴隨著口琴，看見月光升高，阿玉放下心來，則海又變成了希望，被囚禁的身體裡還有一方內在的海，保有那隱密的自由。此處聯繫感情與希望的水，雖然不是河流，卻也產生了與〈關河蕭索〉類似的作用。

〈傷癒的手，飛起來〉裡，阿玉的父母清出舊照片，討論起頭腦好極了的「老三」，後來去了延安。也意外清出了父親早年學畫的作品。父親慎

---

[101]李渝，〈菩提樹〉，《溫州街的故事》，頁154～155。

[102]Ralph Freeman, *The Lyrical Novel: Study in Hermann Hesse, André Gide, and Virginia Woolf*, pp. 9-11. 抒情小說並非摒除敘事，而是把敘事小說常用的各種技術轉換了使用的方式，且焦點不同，不再是主角與外在世界遭逢後產生的衝突，而是指向微物、感覺或思想，並將之密合成為主角內在的抒情視野。

[103]李渝，〈菩提樹〉，《溫州街的故事》，頁176。

重重拾畫筆的過程裡，總夾雜著關於「老三」的談論——

真是的，母親說，給老三說了一夜，就什麼都放下，真去畫畫了。

因為在這裡，父親放下茶碗，用指頭輕點著自己的胸膛，在這裡，喜歡著呀。

若是有熟悉的客來，說完一陣話而臨到要告別的時刻，隨客起身站在廳房的出口，就會不安地閣著手，嚅嚅地說，請來看一件東西——

不成熟的，畫著玩的，書房裡父親對客人說。

有一天，若能畫出一張好畫——

昏暝時間獨坐的父親，這樣仰起頭——

窗外後鄰一排屋簷停憩著回巢的鴿子，搓擦著灰色的頸羽。

炭火上潑一碗水，爆出一陣濃密的白煙，蜿蜒飛上去簷邊掛著新月的低天。

一江山在哪裡，母親說。

在福建的東南海岸，在金門的西南角。是最近大陸的地方，是反共抗俄的前哨，地理老師在課堂上說。我們的撤退，有如拳頭的收回，為了再出擊時更有效，校長在週會上說。[104]

當了地下黨員的「老三」，長期放在心底的對於藝術的愛好，在溫州街逐步豐厚起來的生活細節，乃至於剛剛發生的一江山島戰役（1955），通過短促段落不斷轉換，如不同樂調般此起彼落。一江山島戰役對於臺美關係以及臺灣作為受美國保護的「復興堡壘」，具有決定性的意義。[105]換言之，保障了父親能繼續寧靜習畫，保障了簷下炭火、回巢鴿子所象徵的日常生活。反過來看，在一江山戰役如火如荼的大背景下，卻花了許多筆墨寫父親重

---

[104]李渝，〈傷癒的手，飛起來〉，《溫州街的故事》，頁99～100。
[105]1955年1月29日，美國國會通過「福爾摩沙決議案」，授權美國總統可以在必要時派兵協助中華民國保衛臺澎領土。此案直到1974年10月26日廢止。

拾畫筆的跚蹋與較真，不也是從整局中截出個人的抒情時刻來？同時，不見了的「老三」留給阿玉父母的，是對於理想的嚮往，和青年時代颯爽的回憶，而回憶繼續滲透在他們遷到臺灣以後重起爐灶的生活裡，像一種指引，也是前面提過的，「多重渡引」同時是回憶的渡引。論及「抒情小說」時，「回憶」的視角也是個重點，且回憶浮現於小說裡也往往是非邏輯性的，「體現為心境與情緒的瀰漫，在這種瀰漫中小說不斷閃回既往歲月留給作者印象深刻的那些記憶場景」[106]，過去與當下，私人生活與戰爭，在段落跳躍之間，不需要給出線性邏輯的敘事，也能拼合出一組外省族群在戰後臺灣硝煙未散時的生命圖景。

五、結論

　　李渝在文學史上找到了能與自己聯繫起來的前行者，並且有意識地學習。[107]她念茲在茲是「使意識形態蛻變為共通的柔情」[108]，不把意識形態的爭奪當作文學的目的，並不等於否定政治的存在與作用，而是她認為文學要表現的是另一層次──不是一級一級走進無光的所在（張愛玲語），而恰恰是要「從醜裡寫出美，從暗裡寫出亮」[109]，避免自溺，有所超升。從日常轉為神奇，正是一種提升，避免泥足在瑣碎與猥褻中；在快速推動的歷史浪潮中抽取出個人時間，保有抒情可能，不願處處將文字局限於功能性的角色，順從慣性用法，而能切斷線性的、普通的聯繫，通過字句段落關係的再造，塑造文體，並與題材保持距離，使敘述能生出觀者的興味[110]，也同樣是為了把光提煉出來。

---

[106]吳曉東、倪文尖、羅崗合著，〈現代小說研究的詩學視域〉，《中國現代文學研究叢刊》1999年第1期（1999年2月），頁71～72。

[107]鄭穎採訪整理，〈在夏日，長長一街的木棉花──記一次訪談的內容〉，《鬱的容顏》，頁190。李渝受訪中說：「有一段時間我就拚命念沈從文，不斷學習學習學習。」

[108]李渝，〈〈江行初雪〉附錄──屬政治的請歸於政治，屬文學的請歸於文學〉，《應答的鄉岸》，頁156。

[109]李渝，〈戒愛不戒色──張愛玲與她筆下人物〉，《那朵迷路的雲：李渝文集》，頁211。

[110]李渝，〈尋找一種敘述方式〉，《那朵迷路的雲：李渝文集》，頁441～446。此文藉著評析雷驤的小說，對於已經在蕭紅相關論析裡談過的「視者」與文體等問題，再行闡述。

　　再者，李渝在少女時代文章裡就提過，未來志願是要成為「女作家」[111]，她在各式散文或論評裡，也對「女作家」一脈多所致意。她認為男性多代表公眾面，承接大寫的歷史，女性則承接私有的歷史、私人的記憶，比較隱藏、包容；通過「溫州街的故事」系列裡的女學生「阿玉」，可以敘述出不一樣的故事，而私人記憶的好處則是可以隨時出現[112]，從（女性）作者敏感深情的特性出發，隨意識而閃爍在情景的交融流變中[113]，與李渝崇尚的有意識新造的文體，和自沈從文作品悟出的「低觀點」、「多重渡引」與自蕭紅作品悟出的「視者」觀點，方才互為表裡，造就其獨樹一格的抒情小說。

參考書目

一、作家作品

- 沈從文，《邊城集》（長沙：岳麓書社，1992 年）。
- 沈從文，《抽象的抒情》（南京：江蘇教育出版社，2005 年）。
- 沈從文，《丈夫集》（重慶：重慶大學出版社，2011 年）。
- 沈從文，《長河集》（重慶：重慶大學出版社，2011 年）。
- 沈從文，《貴生集》（重慶：重慶大學出版社，2011 年）。
- 李渝，《溫州街的故事》（臺北：洪範書店，1991 年）。
- 李渝，《應答的鄉岸》（臺北：洪範書店，1999 年）。
- 李渝，《金絲猿的故事》（臺北：聯合文學出版社公司，2000 年）。
- 李渝，《金絲猿的故事（經典版）》（臺北：聯合文學出版社公司，2012 年）。
- 李渝，《九重葛與美少年》（新北：印刻文學生活雜誌出版公司，2013 年）。

---

[111] 李渝，〈我的志願〉，《那朵迷路的雲：李渝文集》，頁 72。此文寫於李渝高中時期。
[112] 鄭穎採訪整理，〈在夏日，長長一街的木棉花〉，《鬱的容顏》，頁 190～191。
[113] 梅家玲，〈導讀——無限山川：李渝的文學視界〉，《那朵迷路的雲：李渝文集》，頁 13～14。

- 李渝，《那朵迷路的雲：李渝文集》（臺北：臺灣大學出版中心，2016年）。
- 汪曾祺，《汪曾祺全集・散文篇》（北京：北京師範大學出版社，1998年）。
- 汪曾祺：《晚翠文談新編》（北京：生活・讀書・新知三聯書店，2002年）。
- 汪曾祺，《我的老師沈從文》（鄭州：大象出版社，2009年）。
- 蕭紅，《呼蘭河傳》（臺北：聯合文學出版社公司，1987年）。
- 蕭紅，《蕭紅小說・散文》（長春：吉林文史出版社，2006年）。
- 蕭紅，《生死場》（臺北：聯合文學出版社公司，2015年）。

二、學術論著

（一）專書

- 王一川，《中國形象詩學》（上海：上海三聯書店，1998年）。
- 王曉明編，《二十世紀中國文學史論（上卷）》（上海：東方出版中心，2003年）。
- 石守謙、廖肇亨主編，《東亞文化意象之形塑》（臺北：允晨文化公司，2011年）。
- 周英雄、劉紀蕙編，《書寫臺灣：文學史、後殖民與後現代》（臺北：麥田出版，2000年）。
- 姜濤，《公寓裡的塔：1920 年代中國的文學與青年》（北京：北京大學出版社，2016年）。
- 張新穎，《沈從文九講》（北京：中華書局，2015年）。
- 劉洪濤、楊瑞仁編，《沈從文研究資料》（上）、（下）（天津：天津人民出版社，2006年）。
- 鄭穎，《鬱的容顏——李渝小說研究》（臺北：印刻文學生活雜誌出版公司，2008年）。
- Barthes, Roland. 著；許綺玲譯，《明室・攝影札記》（臺北：臺灣攝影工

作室，1997 年）。

· Bell, A. Paul. and Greene, C. Thomas. and Fisher, D. Jeffery. and Baum, S. Andrew.著；聶筱秋等譯，《環境心理學》（臺北：桂冠圖書公司，2003 年）。

· Freeman, Ralph. *The Lyrical Novel: Study in Hermann Hesse, André Gide, and Virginia Woolf* (New Jersey: Princeton University Press, 1963).

· Wellek, René. and Warren, Austin. *Theory of Literature* (New York : Harcourt, Brace & Company, 1956).

（二）學位論文

· 湯舒雯，〈史的暴力，詩的壟斷——臺灣白色恐怖的文學見證、癥候閱讀與文化創傷〉（政治大學臺灣文學研究所碩士論文，2014 年）。

（三）期刊論文

· 米家路著；趙凡譯，〈大河奔流——張承志《北方的河》中的水療旅程與史詩凝視〉，《澳門理工學報》第 18 卷第 2 期（2015 年 4 月），頁 85～94。

· 艾曉明，〈女性的洞察——論蕭紅的《馬伯樂》〉，《中國現代文學研究叢刊》1997 年第 4 期（1997 年 11 月），頁 55～77。

· 周作人，〈〈晚間的來客〉譯後記〉[114]，《新青年》第 7 卷第 5 期（1920 年 4 月），頁 5～6。

· 吳曉東、倪文尖、羅崗合著，〈現代小說研究的詩學視域〉，《中國現代文學研究叢刊》1999 年第 1 期（1999 年 2 月），頁 67～80。

· 吳曉東，〈從「故事」到「小說」——沈從文的敘事歷程〉，《長沙理工大學學報（社會科學版）》第 26 卷第 2 期（2011 年 3 月），頁 82～89。

· 吳曉東，〈現代「詩化小說」探索〉，《文學評論》1997 年第 1 期（1997 年 1 月），頁 118～127。

---

[114]原文並無標題，此處方便整理起見，暫以此一標題為記。

‧侯如綺，〈歷史關懷與詩性特質的交鋒——李渝《溫州街的故事》與林燿德《一九四七高砂百合》比較〉，《北市大語文學報》第 13 期（2015 年 6 月），頁 51～79。

‧梁秉鈞，〈中國現代抒情小說（上）〉，《文訊》第 25 期（1991 年 2 月），頁 63～68。

‧黃文倩，〈雙面蕭紅——論《呼蘭河傳》與《馬伯樂》的國民性意識與風格差異〉，《中正歷史學刊》第 11 期（2008 年 12 月），頁 173～190。

‧賀桂梅、錢理群等，〈沈從文《看虹錄》研讀〉，《中國現代文學研究叢刊》1997 年第 2 期（1997 年 5 月），頁 243～258。

‧糜華菱，〈沈從文年表簡編〉，《新文學史料》1995 年第 3 期（1995 年 9 月），頁 184～197。

‧糜華菱，〈沈從文年表簡編（續）〉，《新文學史料》1995 年第 4 期（1995 年 12 月），頁 192～205。

——選自「論寫作：郭松棻與李渝文學研討會」
臺北：臺灣大學臺灣文學研究所主辦，2016 年
——於 2017 年 7 月修訂

立望關河到鶴群歸來：李渝小說跨藝術互文的懷舊現象[1]

以〈關河蕭索〉、〈江行初雪〉、〈無岸之河〉、〈待鶴〉一組小說為主

◎蘇偉貞・黃資婷[*]

初看上去，懷舊是對某一個地方的懷想，但是實際上是對一個不同的時代的懷想──我們的童年時代，我們夢幻中更為緩慢的節奏。從更廣泛的意義上看，懷舊是對於現代的時間概念、歷史和進步的時間概念的叛逆，懷舊意欲抹掉歷史，把歷史變成私人的或者集體的神話，像訪問空間那樣訪問時間，拒絕屈服於折磨著人類境遇的時間之不可逆轉性。

──博伊姆，《懷舊的未來》（*The Future of Nostalgia*）[2]

一、前言：懷舊作為歷史的回眸

李渝（1944～2014）創作始於 1960 年代中葉[3]，源頭可上溯 1961 年進入臺大外文系，斯時臺灣現代主義的系譜肇始之《現代文學》創刊不久，

---

[1]本論文原型為蘇偉貞指導黃資婷之碩士論文，〈待鶴回眸：李渝小說研究〉（成功大學現代文學研究所碩士論文，2014 年）之部分內容。業經黃資婷充分同意與授權，由蘇偉貞執掌重寫全文，期在既有基石上進一步深化文本分析、聚焦研究課題、擴充理論觀點。特此說明。本文為 105 年度科技部專題計畫「立望關河到鶴群歸來：李渝小說跨藝術互文與懷舊──以〈關河蕭索〉、〈江行初雪〉、〈無岸之河〉、〈待鶴〉一組小說為主」（MOST 105-2410-H-006-089）之部分研究成果。
[*]蘇偉貞：作家、成功大學中國文學系教授。黃資婷：成功大學中國文學系博士生。
[2]斯維特蘭娜・博伊姆（Svetlana Boym）著；楊德友譯，《懷舊的未來》（南京：譯林出版社，2010 年），頁 4。
[3]李渝第一篇小說〈水靈〉發表於《中華日報・副刊》，1965 年 5 月 19 日。

形式上或主題上都影響了臺灣一代青年作家[4]，李渝亦難以自外，是文壇公認的現代主義風格實驗作家。[5]畢業後赴美柏克萊加州大學改修中國藝術史獲博士學位，師承高居翰（James Cahill, 1926-2014），留學期間因參與始於 1970 年代的保釣（釣魚臺）運動，政治影響，停止寫作之外也和臺灣文壇失去聯繫，反而在 1980 年代中譯高居翰《中國繪畫史》[6]、巴爾（Alfred H. Barr, 1902-1981）《現代畫是什麼？》[7]，引介西方學者如何觀看中國藝術、現代藝術概念在臺出版，臺灣讀者得見李渝深厚的美術史訓練一面及以端麗的藝術史故事滲入小說演化傳奇手法所本，也為日後重返創作關徑，源由此結合小說家與藝評家雙重身分書寫，未見論述，要知道此兩種身分同聲相應同氣相求，小說展示了創作風格，而藝論浮凸了獨具的美學眼光，本文因此有意從此角度切入，探討李渝小說跨藝術互文現象。誠如上述，李渝小說研究早期有黃碧端〈在迷津中造境──評李渝的《溫州街的故事》〉[8]、王德威〈無岸之河的渡引者──李渝的小說美學〉、鍾玲〈霧中花──李渝〈朵雲〉的敘事方式〉[9]、林幸謙〈敘事主體的在場與不在場──李渝〈朵雲〉的「雙重渡引」空間〉[10]等單篇論文，或為書評，或著重敘事，多略過李渝藝術史經歷，亦少深入探討李渝受中國畫散點透視法啟發而興生的小說「多重渡引」理論且如何影響創作。除王德威〈無岸之河的渡引者──李渝的小說美學〉對李渝小說現代主義風格及藝術史訓練有較全面的剖析，另鄭穎專書專論《鬱的容顏──李渝小說研究》從具有現代化概念的中國式「美學原鄉」想像、多重渡引與蒙太

---

[4]李育霖，《翻譯閾境──主體、倫理、美學》（臺北：書林出版公司，2009 年），頁 138。

[5]王德威，〈無岸之河的渡引者──李渝的小說美學〉，《夏日踟躕》（臺北：麥田出版，2002 年），頁 9。

[6]高居翰（James Cahill）著；李渝譯，《中國繪畫史》（臺北：雄獅圖書公司，1984 年）。

[7]巴爾（Alfred H. Barr）著；李渝譯，《現代畫是什麼？》（臺北：雄獅圖書公司，1981 年）。

[8]黃碧端，〈在迷津中造境──評李渝的《溫州街的故事》〉，《聯合文學》第 88 期（1992 年 2 月），頁 111～112。

[9]鍾玲，〈霧中花──李渝〈朵雲〉的敘事方式〉，《文學世紀》第 52 期（2005 年 7 月），頁 42～43。

[10]林幸謙，〈敘事主體的在場與不在場──李渝〈朵雲〉的「雙重渡引」空間〉，《文學世紀》第 52 期，頁 44～47。

奇敘事技法之雷同、溫州街記憶跡痕、中國式憂鬱如何於作者筆下發酵等四個切面論述，十足難得。[11]近期關注文學、藝術史及現代敘事關聯的則有楊佳嫻〈記憶・啟蒙・溫州街——論李渝的「臺北人」書寫〉[12]及劉淑貞〈歷史的憂鬱——李渝小說的重寫敘事〉、王鈺婷〈原鄉・文化與歷史感懷——論李渝小說《金絲猿的故事》〉、黃啟峰〈由「除魅」到「復魅」：論李渝《九重葛與美少年》的抒情風格與現代性反思〉、鍾秩維〈行動中的藝術家——李渝文學的「當代性」〉等。[13]

　　嚴格說來，李渝創作以來作品並不多。停筆多年，李渝曾在 1980 年以〈返鄉——再見純子〉[14]復出，但自承之前因投入保釣運動《戰報》、《東風》編務，小說文字、內容俱受影響且「滯留在戰報體的餘波中」不盡理想。[15]所幸這位現代風格的實驗者，沉潛下來，調動藝術史美學，才在 1983 年以〈江行初雪〉奪得《中國時報》小說大獎順勢重返文壇。及至 1990 年代才陸續結集出版《溫州街的故事》（1991）、《應答的鄉岸》（1999），二書皆圍繞故里敘事，透露通過懷想反思召喚記憶心念內核。細究李渝書寫一路走來，早期作品〈水靈〉（1965）、再開筆的〈江行初雪〉（1983）、晚期〈待鶴〉（2010），既銜接亦賡續，見出現代主義手法的繼承與揉變，於文學本位嘗試、過渡與迴旋，不只是變形銜接「文學少女的囈語」[16]生成文學語言，更始終不脫內視與傷懷：「人死後是有魂靈的，也許我們死了還會再回來」[17]、「整個潯縣是個睜不開眼睛的人，迷茫地走在一

---

[11]鄭穎，《鬱的容顏——李渝小說研究》（臺北：印刻文學生活雜誌出版公司，2008 年）。《鬱的容顏——李渝小說研究》為鄭穎 2004 陸續發表之升等論文，2008 年才結集出版。

[12]楊佳嫻，〈記憶・啟蒙・溫州街——論李渝的「臺北人」書寫〉，《中國文學研究》第 17 期（2003 年 6 月），頁 199～224。

[13]上述皆臺灣大學臺灣文學研究所 2016 年 12 月 17～18 日主辦「論寫作：郭松棻與李渝文學研討會」發表論文。

[14]李渝，〈返鄉——再見純子〉，《現代文學》復刊第 10 期（1980 年 3 月）。

[15]李渝，〈鄉的方向——李渝和編輯部對談〉，《印刻文學生活誌》第 83 期（2010 年 7 月），頁 83。

[16]李渝，〈鄉的方向——李渝和編輯部對談〉，《印刻文學生活誌》第 83 期，頁 83。

[17]李渝，〈水靈〉，《九重葛與美少年》（新北：印刻文學生活雜誌出版公司，2013 年），頁 268。

個醒不過來的夢裡」[18]、「人間最悲傷的事，莫過於每一事每一物每一件，無不在每分每秒中，無法挽回的變成為過去。」[19]如此反覆呢喃思辨時間的流變與荒謬，一體標誌了李渝創作「現代主義式症候群」文章，難怪王德威早在 21 世紀初便稱李渝「現代主義未完」，預言了《九重葛與美少年》單篇〈待鶴〉及重寫改寫舊著的〈三月螢火〉（2012）、〈叢林〉（2013）[20]，在原有的基石上開啟「下一個『現代』的起點」。[21]結合上述，可以說，談論李渝，無法擺脫「現代主義所強調的審美情操及主體信念」[22]，值得玩味的是李渝之於被歸類「現代主義小說家」，曾有回應：

> 現代主義是我成長時所遇到的主要風格，自然深受它影響，至於是不是「現代主義小說家」，是另一回事。如果從文體來說，有意不同於傳統常識性的敘述法，追求異樣述寫，也許可算是現代主義罷，可是，文學史上，哪一個時代的作者又不是在做這樣的事呢？你方才說，很難想像一個現代主義作家竟能對古典中國這麼感興趣，其實就已經幫我回答問題了。[23]

　　李渝創作向來主張擺脫一般敘述，「追求異樣述寫」自不待言，然而「現代主義重鎮」名號多年來如影隨形揮之不去，難怪李渝反述：「文學史上，哪一個時代的作者又不是在做這樣的事呢？」不爭的是，李渝文學之路的嘗試過渡轉型銜接既往，是朝向了王德威所言，現代主義未完並非指稱文學形式之復辟，而是下一個「現代」的起點。[24]細究李渝上述回應，很清楚的勾描出在現代主義的框架裡，自有超越之道，中國古典作為一個方

---

[18]李渝，〈江行初雪〉，《應答的鄉岸》（臺北：洪範書店，1999 年），頁 137。
[19]李渝，〈待鶴〉，《九重葛與美少年》，頁 37。
[20]〈三月螢火〉原為〈冬天的故事〉（1990），〈叢林〉原為〈亮羽鶼〉（2009）的第一部分，未在報刊發表，直接收於 2013 年出版的《九重葛與美少年》。
[21]王德威，〈無岸之河的渡引者──李渝的小說美學〉，《夏日踟躇》，頁 8～9。
[22]王德威，〈無岸之河的渡引者──李渝的小說美學〉，《夏日踟躇》，頁 7。
[23]李渝〈鄉的方向──李渝和編輯部對談〉，《印刻文學生活誌》第 83 期，頁 84。
[24]王德威，〈無岸之河的渡引者──李渝的小說美學〉，《夏日踟躇》，頁 7。

法，正是多年藝術史的訓練發為小說創作，區隔了她的青年時期與再出發
的小說風格，〈江行初雪〉十足具說明性。[25]這也給了本文一個啟發，中國
古典意象之滲入文本產生歷時感與色彩形象的一體淘煉，讓既往書寫主題
上昇，李渝借鏡的文本譬如《紅樓夢》[26]或者中國繪畫獨有的卷軸畫作，透
過緩緩展開，「揉捏詞彙，翻轉句子，使書面文字發出色彩和聲音」，正是
這樣的「現實和非現實更疊交融」之境，向我們喻示如何「拓寬了中文小
說的道路」。[27]所謂揉捏、翻轉，進入不同文本及媒材之運用，於小說形式
上形成劉紀蕙的「跨藝術互文性」現象，充分見出李渝對古典意象的辨證
與創革，一般咸認，懷舊常以思鄉的情緒呈顯，周蕾指出這種情緒有著
「進而延伸成為緬懷往日時光，或是將過往已逝種種加以浪漫化的傾
向。」[28]周蕾也同時指出，懷舊最重要的面向是這種回歸慾望以及不斷的作
勢回歸，藉此抗拒加之人類的悲劇性分化。[29]這樣的永劫回歸般的懷舊姿
態，適正貫穿李渝青春初經營成長的「溫州街」父輩鄉愁故事內心，復在
晚期回望「茫然時空裡失去了面容」之來路書寫歷程，一路以來，「地域
性、回憶性、追懷永恆少年的鄉愁」成分漸少，鄉的疆界消解，書寫昇
華，內外終抵「非關原鄉與記憶」境地。[30]

　　換言之，「死了還會再回來」、「一個醒不過來的夢裡」、「每一事每一物
每一件，無不在每分每秒中，無法挽回的變成為過去。」可以說，懷舊是

---

[25] 本文討論的〈關河蕭索〉、〈江行初雪〉、〈無岸之河〉、〈待鶴〉四篇文本，皆為李渝 1983
年再出發的作品，不同於早期〈彩鳥〉、〈水靈〉、〈五月淺色的日子〉少女式抒情至上，是將
視覺藝術帶入小說創作，從 1978 年至 1990 年李渝亦持續在《雄獅美術》、《當代》、《中國時
報》等發表藝評可見文學／藝論摻揉性。詳見黃資婷，〈待鶴回眸：李渝小說研究〉。

[26] 李渝談《紅樓夢》人物賈寶玉的啟迪，明白了賈寶玉的超越想像：「我們讀紅樓，知道寶玉出身
富貴，盡受呵護，卻不知全書只有他一人在經歷著、承擔著全體的悲傷憂苦。」賈寶玉所證成
的，是美的靜謐時刻還原、超越、昇華。見李渝，《拾花入夢記──李渝讀紅樓夢》（新北：印
刻文學生活雜誌出版公司，2011 年），折頁、封底。

[27] 李渝，《拾花入夢記──李渝讀紅樓夢》，頁 8。

[28] 周蕾（Rey Chow）著；蔡青松譯，〈懷舊新潮：王家衛電影《春光乍洩》中的結構〉，《中外文
學》第 410 期（2006 年 7 月），頁 45。

[29] 周蕾著；蔡青松譯，〈懷舊新潮：王家衛電影《春光乍洩》中的結構〉，《中外文學》第 410
期，頁 48～49。

[30] 李渝自言《溫州街的故事》明顯的處理著鄉愁。引自李渝，〈鄉的方向──李渝和編輯部對
談〉，《印刻文學生活誌》第 83 期，頁 87。

上述小說的共同點，懷舊作為主體論，在在指涉了失去與過往，而頻頻召喚鄉愁，正是懷舊的內核，本文因此有意挪用晚近美國學者斯維特蘭娜・博伊姆（Svetlana Boym）重新定義的懷舊（Nostalgia）理論，主要將懷舊抽離耽溺、懷鄉，甚至自毀的負面語境，將之擴大深化為「時代症狀」與「歷史情緒」層面，來掌握、研析李渝小說時間不斷重返或者召喚歷史紋理並與藝術論彼此縱橫錯雜的交互關係。

梳理《溫州街的故事》、《應答的鄉岸》從書名取向到單篇內容〈朵雲〉（1991）、〈關河蕭索〉等，刻畫精心編識父輩戰亂流離世變下的生活側面創傷紋路，在這個面向進一步借鑽研中國美術史理性思路的訓練，調度古典詞語，藉以不斷重構原鄉，及至晚期翻寫《賢明時代》一代女皇武則天紊亂動蕩的時代故事，工筆細描「歷史不只是還原過去，也是創造過去」命意，賦予歷史新樣貌。符合了博伊姆論述，懷舊有著在「現代」語境裡不斷前行對時間軸的反叛特點，意欲抹除掉歷史，消解既非現在亦非過去狀態，反轉時間「不可逆」性之路徑。亦是在這樣的基調上，博伊姆規納出兩種懷舊類型：修復型懷舊（restorative nostalgia）與反思型懷舊（reflective nostalgia），二者特點整理如表列：

修復型懷舊與反思型懷舊比較

懷舊類型	修復型懷舊	反思型懷舊
面向	強調「懷舊」的「舊」	強調「懷舊」的「懷」
與想像群體之關係	試著喚起民族的過去和未來，思考集體的圖景象徵和口頭文化	著力個人的和文化的記憶，側重個人的敘事

		傾向諷喻、幽默感，指明對歷史的懷想與批判並非對立，認為人們也可以從動人的記憶中做出判斷
抱持態度	懷抱政治、嚴肅性，強調對待歷史應嚴陣以待	傾向諷喻、幽默感，指明對歷史的懷想與批判並非對立，認為人們也可以從動人的記憶中做出判斷
與懷舊對象時間上的距離和位移	企圖拉近與懷舊所指物的時間距離和位移。距離上通過親密體驗和所渴求物件的在場得到補償；位移則可依靠返鄉，最好是集體返鄉來醫治	總是與懷舊所指物維持一定的距離，透過距離感來來講述主體故事與過去、現在、未來的關係
最終目的	重建家園和故鄉的徽章和禮儀，以求征服時間以空間展現時間	珍惜記憶的碎塊，以時間來展現空間，透過文學與藝術的神遊來重返故鄉

這裡要說明的是，博伊姆的修復型懷舊與反思型懷舊並不強調二元對立。梳理兩種懷舊類型，反思型懷舊著重的是個人、私我細節，不服膺民族主義集體意識，反思指示了「新的可塑性」[31]，既遙遙呼應佛洛伊德的哀悼（mourning）與憂鬱（melancholy）心理[32]，以文學形式迂迴返鄉，隔出實際地理位置的「故鄉」距離。亦符合若節李渝上述所提非關原鄉與記憶的內核，是還鄉本身永遠的延異了。

從懷鄉的角度看李渝早期小說，她筆下 1949 年代大陸來臺知識分子，由一個人走向集體被推往無以名狀的未來，湮鬱心境難以追索，有若「遺」民，時移事往，恍然理解歸鄉之不可能卻不可不見，懷舊成為馬路命名學靈感源頭，以臺北為例，漢口、武昌、重慶、承德、松江、吉林、

---

[31]斯維特蘭娜‧博伊姆著；楊德友譯，《懷舊的未來》，頁 55。
[32]斯維特蘭娜‧博伊姆著；楊德友譯，《懷舊的未來》，頁 62。

廣州、溫州……大陸城市成了街或路名滲入現下生活,是為雙重的懷舊。
從早期的現代主義成色的空靈小品到 1980 年代對藝術與歷史反思,再催化
到注意鋪陳演繹走向具有晚期風格的接力敘事,穿透個人記憶與集體記憶
時間軸銜接時間空間化跨藝術互文性(interart intertextuality),現代主義手
法的繼承與揉變,浮凸李渝文本書寫懷舊策略,且始終牽制了她的書寫與
文/美學觀,博伊姆的懷舊理論提供了很好的觀照;相似的「跨藝術互文
性」論述亦可在劉紀蕙《文學與藝術八論:互文‧對位‧文化詮釋》、《孤
兒‧女神‧負面書寫:文化符號的症狀式閱讀》見到,其文字藝術與視覺
藝術間的互文辨證,十分精要,是明證李渝創作的流動性與延伸性很好的
依據:

> 以文字再現並改寫視覺圖像的策略中,所揭露的文字藝術與視覺藝術間
> 互文關係的辨證,以及其中主體/客體的相對位置。我認為,要閱讀文
> 本中的互文以及互文所指向的「屬於他處的體系」,我們除了需要語言與
> 文化的內在知識之外,還需要設法揭開詩人延自個人歷史與時代歷史而
> 形成的文字癖性,以及其語言中流動的政治、文化和情慾的想像。[33]

此外劉紀蕙還關注電影文本分析跨藝術互文,如考克多與高達的作品
揉雜了照相、繪畫、文字、音樂等諸多藝術形式,可說在在開展了文化符
號系統的多重對話模式。[34]跨藝術經歷之於李渝,她大學時期拜孫多慈門下

---

[33]跨藝術互文性(interart intertextuality)為劉紀蕙進行文學與藝術的跨學科研究,在克莉斯蒂娃互
文性的基礎上,提出來的觀念。劉紀蕙在《文學與藝術八論:互文‧對位‧文化詮釋》(1994)
一書,以西方研究案例為主,分析眾多藝術文本如何跨域交織與辨證。到了《孤兒‧女神‧負面
書寫》(2000)將研究範圍鎖定臺灣不同時期的作家的圖像修辭與非寫實書寫,譬如針對臺灣讀
畫詩的跨藝術互文性提出兩種觀看模式:一是帶有中國古典文化元素的「故宮博物院」;二是受
西方現代藝術影響的「超現實拼貼」。見劉紀蕙,《文學與藝術八論:互文‧對位‧文化詮釋》
(臺北:三民書局,1994 年)。劉紀蕙,《孤兒‧女神‧負面書寫兒:文化符號的症狀式閱讀》
(臺北:立緒文化出版公司,2000 年),頁3。
[34]劉紀蕙,〈跨藝術互文與女性空間:從後設電影談蘿茲瑪藝術相對論〉,《中外文學》第 300 期
(1997 年 5 月),頁 52~81。

習畫，出國後先修讀視覺藝術創作，後轉向鑽研藝術史，繪畫背景在她小說文本中留下清晰可見的線索，以文字形式涵括並消化了文學與視覺藝術兩種不同的藝術系統，小說才能達到博伊姆所云「以時間來展現空間，透過文學與藝術的神遊來重返故鄉」[35]的懷舊之境。換言之，小說文字展現繪畫視覺性，不僅豐富了文學作品的表達層次，亦為「跨藝術互文性」具體表現，是李渝進行文學／視覺藝術之修辭轉喻的文化表徵及對照。主要李渝小說常有對應的畫作。〈江行初雪〉對應五代南唐畫家趙幹同名畫作，呈現初冬漁民的辛苦；〈關河蕭索〉對應近代畫家任伯年、傅抱石的國族隱喻〈關河一望蕭索〉，秋日闌殘之感帶出清末風雲幻變的年代；〈無岸之河〉（1993）、〈待鶴〉皆借重宋徽宗《瑞鶴圖》鶴的意象，此多重視角之創作手法，發為小說，〈無岸之河〉甚而成為其討論小說技巧「多重渡引」美學觀的示範作。從上文可知，深於讀畫詩傳達詩人觀畫產生共鳴的單一關連，小說與畫作之間，更可提昇為多層次為對同一母題跨媒材之再創造。綜合上述，本文援引博伊姆的懷舊理論，並參照跨藝術互文性（interart intertextuality）論點，依創作時序探討李一組具有懷舊題意的小說〈關河蕭索〉、〈江行初雪〉、〈無岸之河〉、〈待鶴〉及對應畫作、美術論／文論的交互關係、文本的懷舊現象及李如何挪用與調度文學／美術史之元素。

二、關河一望蕭索

　　1960 年代後期李渝開始漫長的辟地異鄉留學生涯，在 1960、1970 年代海外留學生文學勃興之際，刻寫留學心理、生活層面傳達對母土思念之書寫應運而生[36]，和李渝寫作背景相仿的於梨華（1931～）、吉錚（1937～1968）、叢甦（叢掖滋，1939～）等[37]，可說是其中最具代表的女作家，同

---

[35] 斯維特蘭娜・博伊姆著；楊德友譯，《懷舊的未來》，頁 56。
[36] 范銘如，〈嫁出去的女兒──海外女作家的母國情節〉，《眾裡尋她：臺灣女性小說縱論》（臺北：麥田出版，2002 年），頁 111～112。
[37] 於梨華 1947 年先入臺灣大學外文系，後轉歷史系。1950 年代赴美，1960 年代著墨留學生主題小說《歸》（1963）、《也是秋天》（1964）、《又見棕櫚，又見棕櫚》（1966）等，認為「留學生

樣以文學存身,李渝無疑是個異數,她作品裡絕少出現留學生涯的揣度不安,反而對國族認同之主體辨證別有所思,宜乎藝術史訓練,既搭建回游中國藝術領域又給予豐富創作的養分,這才使她遠逸之後的創作主題。

〈關河蕭索〉是李渝少數以留美時空甚而指涉參與的保釣政治運動為背景之作。見證了 1970 年 12 月 9 日臺灣和香港留學生為主的「保衛釣魚臺」運動紐約主場開始延燒歷史關鍵時刻[38],這場運動,李渝和郭松棻雙雙趕上了[39],港臺學生合流,李渝言「很有左派的激進開明精神」[40],李渝和同在舊金山的郭松棻組成的柏克萊隊伍示威的對象,除了美、日政府,還有當年臺灣國民黨執政當權,進一步觸發了臺灣出身的留學生們開始直面中國性的模糊曖昧與民族主義主導性的思考。寫於 1981 年的〈關河蕭索〉副標題「柏克萊保釣運動一二九示威十周年」一望可知為紀念當年。「關河蕭索」典出北宋詞人柳永〈曲玉管〉「立望關河蕭索,千里清秋」[41],柳永一生仕途坎坷,轉而為詩往往道盡秋士易感河山氣象蕭條冷索情狀。近代藝術家任伯年(1840~1895)、傅抱石(1904~1965)接續此一命題,繪畫〈關河一(再)望蕭索〉,是從詞意到形象的賦比興。李渝〈關河蕭索〉敘

文學」代表作家。吉錚 1954 年臺大外文系肄業轉赴美讀貝勒學院,在臺時期即開始寫作,主要作品中在 1962 年至 1967 年完成,出版有《孤雲》(1967)、《拾鄉》(1967)、《海那邊》(1967),作品著重以女性視角刻畫留學生生活。叢甦 1962 年臺大外文系畢業後赴美,著有《白色的網》(1969)、《秋霧》(1972)等。

[38] 1970 年 9 月 10 日,美日兩國達成協議,預備在 1972 年把美軍二戰時所占領的琉球交予日本,當中包括釣魚島。激起了臺港海外學子的激憤,自主組織進行示威遊行各項活動。1970 年 11 月 17 日,美國普林斯頓大學的臺灣留學生組成「保衛釣魚臺行動委員會」,抨擊美國與日本「私相受授」,呼籲中華民國政府「外抗強權,內爭主權」,1971 年 1 月 29 日,二千多位臺灣及香港留美學生在聯合國總部外面示威,高呼「保衛釣魚臺」,同步分別在華府、紐約、舊金山、西雅圖、洛杉磯、芝加哥等地舉行第一次保釣示威活動。保釣運動,「維基百科」(來源:http://zh.wikipedia.org/wiki/%E4%BF%9D%E9%87%A3%E9%81%8B%E5%8B%95)。

[39] 郭松棻 1966 年赴柏克萊加州大學攻讀比較文學。1969 年獲比較文學碩士。1971 年專注投入保釣運動放棄修讀博士學位。

[40] 李渝,〈鄉的方向:李渝和編輯部對談〉,《印刻文學生活誌》第 83 期,頁 80。

[41] 柳永〈曲玉管〉原文:「隴首雲飛,江邊日晚,煙波滿目憑闌久。立望關河蕭索,千里清秋。忍凝眸。杳杳神京,盈盈仙子,別來錦字終難偶。斷雁無憑,冉冉飛下汀洲。思悠悠。暗想當初,有多少、幽歡佳會,豈知聚散難期,翻成雨恨雲愁。阻追遊。每登山臨水,惹起平生心事,一場消黯,永日無言,卻下層樓。」轉引自鄭騫編註,《詞選》(臺北:中國文化大學出版部,1982 年),頁 34。

事主軸在保釣憶往種種，化身敘事者「我」，內向羞赧留學生，登門造訪久居紐約被父親談諷稱為「臭書生」的父執輩蔫叔，意外迎面一道中國山水畫隔著玻璃襯映河水如元朝青瓷釉色異質時空：

> 開門人正是蔫叔，然而還沒有來得及與他寒暄，一排流水從室內數面長窗就在這時一逕翻騰進我眼裡，將我怔嚇在玄關處。……六扇長窗排列在同一面牆上，因為高居公寓樓頂，所有煩惱的地上景物都超越了去，只全心全意地流著六面河水。
>
> 那河水，既不藍似海，又不像普通水道一樣黃濁，隔著玻璃遠看過去，**朦朧卻又清麗得如同元朝上好的青瓷器色**。它以同樣的姿態和速度，沒有來源也沒有去向，在六方既定空間裡永恆地起伏著。[42]

　　小說的中國顯然非為具體中國性，而更接近抒情傳統，瓷器釉色透過玻璃折射長窗外晶體六面河水，與李渝藝評畫家王無邪的每天面向哈德遜河繪出〈河夢〉、〈遠懷〉抒情視覺相襯，烘托角色心境：「它（哈德遜河）並不波瀾壯闊，更不具任何中國風味。離開中原追求心的所向的畫家，每日面對這條河，這裡的存在就是故鄉，河水就是過去、現在和未來，就是放逐和王國。」[43]這樣的姿態，小說與藝評間彼此互文（intertexuality），召喚往昔進入眼簾，「訪問空間那樣訪問時間」，符合了博伊姆的懷舊功能。「六面河水」時間雖斷面切割，卻又「六方既定空間裡永恆地起伏著」，時間的空間化，迷離撲朔逆反引領敘事進入元代往復紐約蔫叔家、曩昔臺北溫州街，與「我」父親臺北時終日打牌論是非友朋不同，蔫叔代表了敘事者認知的知識分子典型，與舊俄小說屠格涅夫《羅亭》、契訶夫《凡尼亞叔叔》不務實際、嚮往理想追求的角色羅亭、凡尼亞叔叔同一陣列。

---

[42]李渝，〈關河蕭索〉，《應答的鄉岸》，頁158。粗體字為筆者所標誌。
[43]李渝，《族群意識與卓越風格——李渝美術評論文集》（臺北：雄獅圖書公司，2001年），頁17。

　　小說進一步提到蒟叔房裡掛著南宋畫家夏圭《溪山清遠圖》及蒟叔中楷臨摹北宋詞人柳永〈八聲甘州〉書法:「漸霜風淒緊,關河冷落,殘照當樓。不忍登高臨遠,望故鄉渺邈,歸思難收。」詞畫氣韻相應相求,南北朝遙對渺邈,豈非一時代之難言印照。北宋建國之初採取崇文抑武國策,導致武備積弱,靖康之難後被迫由汴梁(開封)南遷臨安(杭州)是為南宋,構圖上北宋畫作構圖的殘山賸水之思暗寓國族支離破碎,空間處理採極淡與極黑墨分二色手法,留白即無言沉潛。南宋受離亂局勢影響,山水畫的構圖由北宋大觀式全景山水,轉變為上虛下實的邊角構圖,以表現景物的遠近、疏密、開合與高低之視覺美感。對照 1949 年隨國民黨退守離散至臺的知識分子,有的臺海兩岸皆無以棲身哀感,有的漂流往更遠海外去,故土的無著與心境之寂寥,或在藝術領域裡稍得寄寓:

> 對面老人放下酒杯,我望著他的灰髮,打皺的眼角,削瘦而顯面骨的臉。這樣一種孤傲的知識人在異域能做些什麼呢?我向他舉起酒杯,舉起金紅色,微熱的花雕酒,在純古典中國的室內,在溫柔的六十支燈光下,飲下一口。[44]

　　蒟叔心念故國已無復存,時間逆返宋朝,那個政治衰頹人世紛擾破碎的時代,卻造就了文學藝術成就的歷史之巔。文人畫的濫觴便緣於北宋蘇軾,而米芾點皴法更被視為文人畫山水的典型。此外,北宋設「翰林圖畫院」,是為院畫,此派詩畫至宋徽宗趙佶達於高峰。藝術史家張法認為北宋院畫匯集三大傳統[45],其中士子文人傳統,講究知識胸襟,強調畫外之意,

---

[44]李渝〈關河蕭索〉,《應答的鄉岸》,頁 161。
[45]所謂畫院三大傳統:一是黃家富貴。趙佶的畫,如《芙蓉錦雞圖》、《聽琴圖》,其精工綺豔,就屬黃派傳統。二是崔白、吳元瑜傳統。崔白等繼承了徐家的水墨渲染、色彩淡泊,更強調「寫生」,對客觀物件仔細觀察。三是郭熙、歐陽修、蔡襄的士人傳統,講究知識胸襟,強調畫外之意。畫院既看重文化修養,又看重畫與詩的相通,注重畫的詩意,講究畫外之書。見張法,《中國美學史》(四川:四川人民出版社,2006 年),頁 181～182。

所謂「畫外之畫」，繪畫不僅是形式上之視覺呈現，更強調觀畫之後的餘韻。及至南遷，院畫一脈自李成、關全、范寬的全景巨碑式推移為馬遠、夏圭邊角構圖。雖形制變動，但若夏圭〈溪山清遠〉上半部留白，以極淡墨色暈染淺山，賞畫之餘益添神遊空間，凡此，皆文人懷抱畫外餘韻。耽於老時光懷古幽情，企圖在現實世界仿舊，往往造成一種集體精神，博伊姆闡釋如何看待這個現象：

> 懷舊可能既是一種社會疾病，又是一種創造性的情緒，既是一種毒藥，又是一個偏方。想像中家園的夢想都不能夠也不應該得到實現。……有的時候，我們倒是情願（至少在這在個懷舊者看來）不去幹擾夢幻，讓它不多不少地就保持夢幻的狀況，而不是未來的指南。承認我們集體的和個人的懷舊，我們也能夠對這些懷舊情緒報以微笑。[46]

晚近詹明信亦重新檢視關於個人、集體記憶與懷舊之間的交互關係，反向定義懷舊——過去不僅僅過去了，而且在現時中仍然存在——至於「過去」意識，表現在歷史上，也表現在個人上，在歷史那裡就是傳統，在個人身上表現的就是「記憶」。雙線進行歷史傳統和個人記憶之探討，詹明信認為這正是現代主義的傾向。[47]之於李渝手法，將藝術史隱喻嵌入文學創作，讓漂流異域提供孤傲文人一個實體空間，一如紐約之於為叔的立足之地，將民族及主體質問置入括弧。人生是複雜的，小說也是，借道跨藝術互文由視覺藝術轉譯成文學，亦是古典到現代歷時性的再詮釋，層層交織海外留學的旅人曖昧矛盾，至此，宛如南宋士子，離開故鄉，承認一己懷舊，「不多不少地就保持夢幻的狀況」[48]，回返之際，或者才能真正獲得家園。

---

[46]斯維特蘭娜‧博伊姆著；楊德友譯，《懷舊的未來》，頁 399～400。
[47]詹明信（Fredric Jameson）著；唐小兵譯，《後現代主義與文化理論》（臺北：合志文化出版社，2001 年），頁 217。
[48]斯維特蘭娜‧博伊姆著；楊德友譯，《懷舊的未來》，頁 400。

　　蔿叔在圖書館工作，鎮日埋首古籍，文字與畫作是精神上重塑故國重要的憑仗，當年流離出走中國臺灣，故土夢斷魂消，自我放逐美國，老同學父親不以為然：「一個人跑到外地去做什麼。」[49]文人（蔿叔）與政客（父親）歧見岔出，以敘事者之見：「如果不願同流於這包圍著的令人窒息的官僚鄉愿封建保守庸碌腐敗社會，為什麼不能去他地找尋或者建立一個新的王國呢？姑且就把它當作一種逃避也罷。」[50]蔿叔身影多年早內化為「我」之價值觀，《桃花源記》避秦遠逸，真的就是一種自我意義的面對與回應。從此角度省思，李渝以文學藝術神遊懷舊，小說託付蔿叔、保釣遊行「一列知識分子的行伍走在異鄉的一條長街上……如同大江之水」之集體失落，交織蔿叔飄零異鄉、「我」參與保釣運動孤寂際遇所指，接合窗外哈德遜逝水、牆上複製畫〈溪山清遠〉能指，環環相扣，終抵在異鄉臨河公寓「建立了他的鄉園」[51]，呼之欲出李渝臺北／海外、政治／美（文）學心路歷程，有如「對倒」。[52]保釣十年過去了，如詹明信所言，過去不僅僅是過去了，在現時中仍然存在，於是提筆為記，招喚角色，勾繪集體圖景和個人記憶，可說是懷舊的全面觀照。

　　至於個人部分，這裡不妨由蔿叔書法「關河冷落」詞句切入畫作。「關河」主題畫作如前述有任伯年、傅抱石。任伯年〈關河一望蕭索〉一人一騎佇立空曠淒迷的河邊，識者以為畫家傳遞了帝國入侵，百姓歷經鴉片戰爭的悲切之情，而傅抱石承襲前畫的〈關河一望蕭索〉布局，較突出離亂者世路的空漠感。李渝論《任伯年——清末的市民畫家》，是以流浪者寓意〈關河一望蕭索〉人物的孑然落單：

　　　這旅人常和一匹馬兒或驢子同行。他或停腳於大樹下，或徘徊在山徑
　　　旁，或站在蘆草中。他或下馬休憩，或正要啟程。然而在圖畫中，姿態

---

[49]李渝，〈關河蕭索〉，《應答的鄉岸》，頁161。
[50]李渝，〈關河蕭索〉，《應答的鄉岸》，頁161～162。
[51]李渝，〈關河蕭索〉，《應答的鄉岸》，頁167。
[52]「對倒」一詞來自集郵的術語，指的是兩枚相連但上下顛倒的郵票。

> 無論是如何安排，他總是一臉寂寞，在蕭瑟的樹林裡或空茫的原野上，他總是孤獨的前去。
>
> 以這樣的流浪者作為主題的人物畫往往有一類似的標題——「關河一望蕭索」。[53]

任氏端的是對「望」別有體會，分別在 1882 年、1885 年二度畫〈關河一望蕭索〉，旅人回眸茫蕪故土意境，在在展現了絕佳的筆法技巧，突破明末董其昌南北分宗論的一味提倡擬古複製，明顯將關注重心拉至「人」的身上。其中有人，呼之欲出。從集體而個人，由地理象徵而人物，標示了「流浪者作為主題的人物」的意圖，恐怕這才是李渝借畫為小說人物造型的宗旨吧。

綜而觀之，李渝〈關河蕭索〉小說呼應承襲繪畫／古體詩主題及內涵，兼而跨詩畫媒介創作以此為底蘊進而為異鄉漂零者造像，畫卷手法，散點透視並回應一己身世。令人喟嘆的是當年政治運動終究沒有給出歷史意義的答案，舅叔作為一流浪索居象徵，李渝的確有話要說，從〈關河一望蕭索〉到〈關河蕭索〉，一望再望，正是這個紀念性的標記本身，永遠延遲了還鄉本身。這就是答案了。

三、猶是初雪時節

〈江行初雪〉發表於李渝重返臺灣文壇後戒嚴時期。小說寫兩岸尚未開放三通前，從事美術史研究的敘事者「我」代表美國博物院至大陸廣州交涉來年舉辦現代繪畫交換展，行前的打算是交換事盡快辦妥往赴潯縣一睹牽動內心絲絡的「玄江寺菩薩」，並就近訪親表姨。小說開篇「我」清晨六點五十分抵達潯縣郊區機場，未曾見過面的表姨沒現身，負責接待的是官方中國旅行社老朱，安排住進立郡飯店，穿過小庭園，排列成廊的客

---

[53]李渝，《任伯年——清末的市民畫家》（臺北：雄獅圖書公司，1978 年），頁 98。

廂，雕花木窗的楠木色質沉鬱悶醬紅色，和臺北溫州街老家日式房舍同材質，但已是兩種情調，立郡飯店展現的是中式紳宦人家的氣派；溫州街老宅則有如日軍殖民遺跡。

　　下半天翻轉在老朱安排的托兒所、老人院、紡織印刷廠等進步場所時間線軸之間，惦記拂之不去的，是「玄江寺裡的那尊菩薩」[54]，那是「我」初覽任職的博物院檔案菩薩之圖片，午後的陽光斜過珂羅版光面紙隱約閃現一片金光，菩薩闔眼低垂，嘴角似笑非笑，如蠶絲纖細輪廓，追隨六世紀風格的軀體行雲流水肩部略微渾圓，「早期南北朝的肅穆已經軟化，盛唐的豐腴還沒有進襲，莊嚴裡揉和著人情。」[55]圖片標記菩薩成於「六世紀？」，問號符旨，判斷應是魏晉南北朝與唐朝過渡期之作品，自時代走來，寶相莊嚴揉和人情，歲月荏苒，「十三個世紀的時光像一隻溫柔的手，把如曾有過的銳角都搓撫了去，讓眉目在水成岩的粗樸的質理中，透露著時間的悠長。」[56]水成岩即沉積岩，質地易碎，不適複雜多層次疊加雕刻技法，於是簡潔手法便有著軟化了前朝南北朝的肅穆，而隨後的盛唐豐腴尚未浸染，過度隋朝大乘佛教國教時代，承襲輾轉盛唐佛道並重，亂世到盛世，一味溫潤質地透過現代照像技術得以保存，季節參商，後人才有幸一窺真貌。「我」不免玄想虛空，期親眼目睹石上年輪般泐紋，得以穿越返回時間現場。

　　表姨意外的在往玄江寺去的早晨出現了，姨甥倆邊敘闊邊同往古寺：

> 她的口音帶著南京腔，把「昨天」唸成了「嵯天」，「離」又都說成了「泥」，使我想起了父親的說話。在鄉音後面，她有一種持久的平衡和鎮定，不因為情緒上有什麼激動而產生了音調上的揚抑。隨著她的敘述，一種和平的感覺竟從我倦憊得很的心中浮起，倒像回到了家鄉呢。[57]

---

[54] 李渝，〈江行初雪〉，《應答的鄉岸》，頁 125。
[55] 李渝，〈江行初雪〉，《應答的鄉岸》，頁 126。
[56] 李渝，〈江行初雪〉，《應答的鄉岸》，頁 126。
[57] 李渝，〈江行初雪〉，《應答的鄉岸》，頁 132。

　　與從未見過面的長輩對話，觀聞鄉音，「我」竟像回到了家。李渝原籍安徽，小說虛構的「潯縣」，應指江蘇南京近郊，玄江應是南京名湖玄武湖和長江的綜想。鄭穎認為〈江行初雪〉很明顯是向魯迅致敬，魯迅出身浙江紹興，筆下的〈在酒樓上〉被夏志清譽為「研究中國社會最深刻的四部作品之一」[58]，小說中的酒樓指的是「S 城的一座酒樓」，這城是敘事者「我」和至友呂緯甫年輕時一起革命「戰鬥」之處，辛亥革命的風浪過後呂緯甫消沉逃盾，刻畫了知識分子的形象和精神的失落，在一「深冬雪後，風景淒清」的中午，「我」在懷舊的驅使下去 S 城尋訪諸舊友，遍尋不遇，登上酒樓，與呂緯甫不期而遇。小說描寫外別重逢的兩人透過玻璃窗戶「眺望樓下的廢園」，呂緯甫眼前的廢園「忽地閃出我在學校時代常常看見的射入的光來」，與〈江行初雪〉的「我」視見玄江菩薩情境極相似。

　　鄭穎也指出〈在酒樓上〉的 S 城離故鄉不遠，可用故鄉指稱。而〈江行初雪〉的潯縣雖與臺灣地理位置遙遠阻隔，卻在聆聽表姨與父親相似的口音中返鄉，因此〈在酒樓上〉的相遇使革命舊識的原初浮現，〈江行初雪〉則是陌生的「自家人」召喚重而的家鄉感，鄭穎指證此皆「永劫回歸」地重演了「歷史無意義重複輪迴」。[59]除此，兩篇小說皆側重知識分子的夢想與精神追求，呂緯甫重返 S 城的目的，一件是奉母命為三歲時夭亡的小兄弟遷葬，另一件是給老鄰居姑娘阿順送兩朵剪絨花。一為早夭的生命舉行遷葬儀式，一以傳統民間藝術傳情。至於〈江行初雪〉則如上述是為見懸念的菩薩，哪知菩薩全身已被塗上厚厚的金漆，夢想瓦解幻滅，符

---

[58]夏志清，《中國現代小說史》（香港：友聯出版社，1979 年），頁 35。其他三部作品為〈祝福〉、〈肥皂〉、〈離婚〉。

[59]鄭穎認為〈江行初雪〉很明顯的是向魯迅致敬，「在魯迅的『故鄉』（魯鎮、或 S 鎮），迷信和對死亡的恐懼，移轉成封建意識底層者的自我賤蔑和自我羞辱，如祥林嫂的捐土地廟門檻供人踐踩；落伍的醫病邏輯對人身體與自尊的侵害，如〈父親的病〉或〈藥〉裡的砍頭蘸血饅頭；乃至一種困居其中，徹底灰色虛無的絕望，一如〈在酒樓上〉的故人緯甫……等。然而，魯迅在 20世紀初對傳統愚昧的憤怒與譏誚，在世紀末的〈江行初雪〉中，「永劫回歸」地重演了。李渝小說中呈現的恐怖感，除了那封鎖小鎮的恐怖感，還多了一層歷史無意義重複輪迴，20 世紀中國人白白虛耗地走了近百年的痛切絕望。」鄭穎，〈江行初雪：從傳統山水畫到余承堯，李渝的小說美學與自我救贖〉，《鬱的容顏——李渝小說研究》，頁 19。

合了鄭穎「歷史無意義重複輪迴」看法。對「我」而言，菩薩雕像藝術史
價值比宗教意義高出許多。當「水成岩」曹衣出水般的溫柔不復見，取而
代之是金碧輝煌的俗氣。惠江住持以玄江菩薩捨身救父的故事，試圖將敘
事者帶入屬於宗教的崇高情懷，仍無法平復「我」對古老文物遭受破壞被
騙與惘然：

> 騙我的，當然不是菩薩，不是老朱，不是玄江寺的方丈，他們只不過跟
> 我一齊受騙而已。一千三百年累積下來的文明可以在一刻間就被完弄得
> 點滴不存！[60]

　　但一如〈在酒樓上〉的我也有往昔精神失落的遺憾，透過呂緯甫的回
憶及兩項返鄉目的，使得故事線索有了較多層次，同樣的，〈江行初雪〉
「我」對菩薩的高度冀望落空，但接著渡出的玄江菩薩三個原型與傳奇，
同樣豐富了〈江行初雪〉的敘事。一是《潯江府誌》讀到梁文帝為女兒慈
真公主祝禱病苦，建佛寺還願的玄江菩薩；二是住持惠江陳述的妙善公主
救父修成正果供為觀世聲音佛；三是表姨所說潯縣縣委家裡的岑姓護士腦
傷不治，原來是縣委頭痛聽信中醫開的怵方，引進年輕身健體清的女孩腦
血，以腦補腦，女孩死那天潯縣湧現大霧不散，霧散後，避過險頭的縣委
下令替玄江菩薩貼金身，重塑金身的菩薩面容像極岑女，岑女母親從此守
著菩薩不肯離去，即「我」訪玄江所見的乞丐狀女子。三則故事層層引出
小說時間跨度，輾轉成為傳奇。
　　小說結尾點出「江行初雪」意象挽承南唐畫院學生趙幹所繪《江行初
雪》。有別於士大夫漁隱題材，畫作紀實了南唐江南漁民初雪時節捕魚景
況，傳達了漁民日常生活形象。376.5 公分的畫卷由右至左，蘆葦、寒林、
漁獵等等繪畫主題，讓枯樹左側覆蓋一層初雪，更顯畫中人物捲袖在水中

---

[60] 李渝，〈江行初雪〉，《應答的鄉岸》，頁135。

等待漁獲樣貌。如此江水意義的完成，必須等到「我」結束潯縣行因大霧
飛機無法起飛改搭小汽輪走水路得以完成，作者讓「我」用一種最接近畫
面漁民的方式貼近蕭瑟蘆桿的江水，午後不早不晚，落下宛如人生行旅的
初雪，「江中一片肅靜，噠噠的機器聲單調地擊在水面，雪無聲無息地下
著，我從艙窗回望，卻已看不見潯縣，只見一片溫柔的白雪下，覆蓋著三
千年的辛苦和孤寂。」[61]敘事者此時成為佇足《江行初雪》畫裡的旅人，旅
程的最終，她與趙幹的位置重疊，旁觀並側記下眼前畫面。耐人尋味的
是，一如博物院「玄江寺菩薩」圖片被標記，畫卷後滿是清高宗題跋與收
藏家之印記，畫作經傳多人之手，最後藏於臺北故宮博物院。「玄江寺菩
薩」卻是輾轉傳說，從六世紀到 1980 年代，「是曾經的確發生過，而且還
要繼續發生下去的事實呢？」惟小說中玄江菩薩命運也如《江行初雪》畫
作，每傳一個時代便多增添一層傳奇。《江行初雪》的身世至今仍未定奪，
藝術史家陳傳席認為《江行初雪》乃臨摹王維《捕魚圖》，惜後者已散失，
無從直接對照，陳徵引旁證，以北宋晁補之論《捕魚圖》人物與場景之文
字描述對比《江行初雪》；另有一說，John Hay [62]便認為是民間風俗畫，據
《棲霞區志》所載，《江行初雪》所繪符合了南京一帶的冬日景象，石守謙
則認為「畫院學生趙幹狀」可能是南唐李後主親題。[63]《江行初雪》於藝術
史之重要性除了如栩如生的寫實技法外，也是論辯南唐畫院是否存在，亦
或者實為入宋之後，趙幹於北宋畫院之作？學者們的論辯重寫了畫作的歷
史，與小說相同，每一次的新發現，都隨著時間層層渡引出一則又一則的
故事[64]，李渝轉換原畫記載民間風俗功能之意義寫小說，由岸與岸，敘事主

---

[61]李渝，〈江行初雪〉，《應答的鄉岸》，頁 150。

[62]John Hay, " Along the River during Winter's First Snow': A Tenth-Century Handscroll and Early Chinese Narrative", *The Burlington Magazine*, vol. 114, no. 830 (May, 1972), pp. 294-303.

[63]石守謙，〈風格，畫意與畫史重建──以傳董元《溪岸圖》為例的思考〉，《國立臺灣大學美術史研究集刊》第 10 期（2001 年 3 月），頁 9。

[64]學者 John Hay、石守謙、陳傳席、蔡星儀、韓剛等人多有論證。可參考陳傳席，《中國山水畫史（修訂本）》（天津：天津人民美術出版社，2008 年）；蔡星儀，〈趙幹《江行初雪圖》創作年代之我見──兼談南唐有無畫院〉，《蔡星儀中國畫史論文選》（石家莊：河北教育出版社，2012 年）；韓剛，〈也談《江行初雪圖》製作時代──三論唐畫院有無〉，《美術學報》2014

體並無強烈的流亡心態，卻也銘刻既非歸人亦非過客的矛盾心境，詠物達志、託興寓情，誠如李渝所言，由藝術手法呈釋現實情況，無非「以達移情作用」[65]，此轉折可說與李渝流動的生命際遇形成對照，李渝生於抗戰動亂重慶，幼年隨父母離散臺北，大學畢業赴美留學輾轉舊金山、紐約，流轉城市，李渝之主體認同是歷時性的，字裡行間在在流露對古老中國文人傳統的心馳神往。反映在成於六世紀的玄江菩薩，小說多重渡引菩薩曲折故事，暗寫傳統與現代結合。尋尋覓覓抵於中國朝向改革開放「現代化」邁進之時，見聞倖存的藝術文物已成美麗又怵目駭人無法考據的鄉梓傳說，這是逆反中國性認同了[66]，於是飛行而來渡河而去，「河流帶動了歷史空間想像」[67]，當船身向蒼茫的前路開去，藉著黃昏天候釀雪意而開始飄起雪絮到雪索索下，層層揭示時間沉積無聲的變化，那強烈吸引藝術研究者的悲憫素淨年代，如「卻已看不見潯縣」一併「隱失在飛雪裡」。[68]

四、多重渡引與艤舟鶴望

河流意象貫穿〈關河蕭索〉及〈江行初雪〉形成航道，有了不一樣的視野，沉浮其間，如渡無岸之河人生，將記憶一水放生的心念不言而喻。換言之，江河承載往事，成為一種隱喻。李渝私淑沈從文[69]，沈從文喻河水為生命之流世所認知，河水與記憶與敘事，是李渝反覆訴說的內核，《金絲猿的故事》說得更直白，「河道開始，時間重獲，延伸到過去與未來，……河水伸入記憶的深處，經過半世紀的時間，千里外的空間，鳥瞰的視點，

年第 5 期，頁 4～16。

[65] 李渝〈江行初雪〉發表後，感於有時被認為是反共小說，闡述文學政治之間的關係，李渝特寫〈附錄〉登在《中國時報》。見李渝〈〈江行初雪〉附錄——屬政治的請歸於政治，屬文學的請歸於文學〉，《應答的鄉岸》，頁 155～156。原文發表於《中國時報‧人間副刊》，1984 年 3 月 25 日。

[66] 李渝對於中國性的認同與想像，可回溯到宋代以前。「明清以後的中國人，在宗教藝術上表現的貪婪無厭，簡直是不可原諒。」李渝，〈江行初雪〉，《應答的鄉岸》，頁 138。

[67] 王德威，〈無岸之河的渡者——李渝的小說美學〉，《夏日踟躇》，頁 17。

[68] 李渝〈江行初雪〉，《應答的鄉岸》，頁 150。

[69] 李渝深受沈從文影響，曾言沈從文是心中的祖師級老師。見李渝，〈鄉的方向——李渝和編輯部對談〉，《印刻文學生活誌》第 83 期，頁 78。

故事重現。」[70]所有故事不脫記憶原初。

　　荷蘭學者杜威・德拉埃斯馬（Douwe Draaisma, 1953-）《記憶的隱喻：心靈的觀念史》指出用來比喻記憶的隱喻不僅強調了記憶的不同面向，隱喻識成的記憶史還向我們展示了記憶的不同類型，杜威還說，透過隱喻，便能看出創造這個隱喻的人的意圖，換言之，隱喻帶出時代與創造者的知識背景與文化線索，「本身就是一種記憶」。[71]以此檢視李渝小說的大河時間裡總有一隻展翅禽鳥，不僅形成一條記憶與隱喻的創作主軸，呼之欲出李渝創作之所繫。

　　〈無岸之河〉（1993）可說是李渝小說／創作美學示範之作，小說分三段故事，一、多重渡引觀點；二、新生南路中間會有一條瑠公圳；三、鶴的意志。「多重渡引觀點」一段，李渝夾議夾序用以詮釋其「多重渡引」美學觀點；「鶴的意志」，則借宋徽宗《瑞鶴圖》中鶴造型，建構日後小說「記憶」原型。

　　〈無岸之河〉第一段開宗明義道出小說吸引人的地方在敘述觀點或視角，經營出新穎的景象。進一步舉例《紅樓夢》36 回賈薔提著籠雀哄齡官高興，被齡官指是在打趣賣身無法掙脫籠子的她們，賈薔慌忙雀放生，齡官又說放雀是護諷她沒人可投靠，曲意折磨賈薔，讓親眼目睹的賈寶玉「領會了愛情的真義」[72]，接著將視角轉到沈從文〈三個男人和一個女人〉敘事者軍隊班長「我」、同袍瘸腿號手與鎮上豆腐鋪年輕老闆三名男子同時戀上一位美麗女子，後來不知道為什麼女子吞金而亡，出埋當天號兵失蹤，第二天滿身黃泥歸營說女子屍身不見了，因為當地據說「吞金死去的

---

[70]李渝，《金絲猿的故事》（臺北：聯合文學出版社公司，2000 年），頁 95。此段文字在經典版改寫為「河水沉鬱如古鏡，映照過去現在和未來；在溫煦的灰色的輝光中，回溯千萬裡空間和時間，鳥瞰的視點，故事重現。」李渝，《金絲猿的故事（經典版）》（臺北：聯合文學出版社公司，2012 年），頁 119。

[71]杜威・德拉埃斯馬（Douwe Draisma）著；喬修豐譯，《記憶的隱喻：心靈的觀念史》（廣州：花城出版社，2009 年），頁 4～5。

[72]李渝，〈無岸之河〉，《應答的鄉岸》，頁 7～8。

人，如果不過七天，只要得到男子的偎抱，便可以重新復活。」[73]兩人尋去
豆腐鋪，大門反鎖，年輕老闆不知去向，營裡又流傳女人裸屍出現在某山
洞石床上。沈從文採用偏遠地區情節，透過不同敘述者，綿延視距，「步步
接引虛實更迭」，是為「多重渡引觀點」手法，鋪排示範後，才能引領進入
敘事者類似的「多重渡引」經歷，敘事始於一次「我」與友人相約酒店晚
餐，友人遲遲未到而巧遇知名女律師與朋友一年一度說故事聚會，受邀加
入這場聚會，於是得以聆聽輪值女歌唱家的故事，生出和上述小說敘事類
似的情節。美麗的女歌手愛上世家男子，兩人不顧眾人反對雙宿雙飛天涯
演唱，後來世家子受傷成殘，女歌手亦步亦趨形影不離，故事結局女歌手
退休後帶著世家子回到故鄉安靜終老。狀似浪漫愛情喜劇，事實上在轉述
的過程中，女歌手改變了結局，實情是，世家子成殘後兩人協議分手，女
歌唱將他送進療養院，再嫁一位著名的將軍。一場故事蛻變，醞含「現實
醞生出幻象，日常演化成傳奇」，小說層層疊疊反身指涉了一己創作觀[74]，
以此段故事與《紅樓夢》、〈三個男人和一個女人〉作了聯結。接著第二段
故事「新生南路中間會有一條瑠公圳－溫州街的故事」，很清楚，李渝要講
的是溫州街的故事，早年瑠公圳未填平前活水流過李渝成長的溫州街與小
說中的城南某大學，大學裡一俊美修士老師護衛著清秀的男學生，男學生
畢業後事業有成逐漸與修士失去了聯繫，一日報紙看修士進入沉睡狀態無
醒來趨勢，男學生請了假造訪沉睡的修士，也尋找瑠公圳，瑠公圳早不見
了，填平後的瑠公圳成為一條「平坦的筆直的明確的肯定的堅硬的公路」，
和前段「多重渡引觀點」看似無關的內容，此時引出了「河水」意義，提
示了我們，這不僅是一條「惘川」[75]，也演繹了創作技藝承載時間、記憶之
流的美學手法，通過時間滄桑，才能抵於李渝另一記憶隱喻——鶴，於是
有了第三段「鶴的意志」，「鶴的意志」何指？這是本文所關注的。本段敘

---

[73]李渝，〈無岸之河〉，《應答的鄉岸》，頁9。
[74]李渝在作品中討論創作觀的還有〈失去的庭園〉。
[75]參照李渝，〈望穿惘川〉，《金絲猿的故事》，頁93～137。

事借七八歲女孩看見一隻大鳥——鶴展開，女孩並不知道她見到是一隻鶴，但女孩默默觀察明白了鶴的姿勢即鶴的言語，她學習鶴的動作與鶴相互接應，小說渡引藝術史中鶴意象的流變，召喚隱喻：

> 鶴在我們的世界消失，從前可繁榮過呢。你看漢朝的帛畫或磚畫上不是常常出現一隻側身展翅的大鳥嗎？謹慎的學者們不敢妄為它定名，稱它為「神祕之鳥」，我們細細核對形狀，卻可以肯定地說它就是鶴。[76]

李渝認為小說與繪畫兩種創作媒介的表現差異，關鍵在「時間」。繪畫如果是時間上的有岸之河，那麼文學即是無岸之河，穿針引線將歷史的時間軸展開。「鶴的意志」談及藝術史裡，漢朝、唐朝對於鶴意象之鍾情，至宋朝宋徽宗上元節次夕二十隻鶴倏忽或飛或停佇在簷的鴟尾上繪《瑞鶴圖》達於高峰，此外蘇軾遊赤壁夜半寂寥江面飛來一隻鶴、多情賈寶玉怡紅院音飼養著鶴的事典，直指那是人類無福消受的美的形象，唯有少數心靈能體會。牠就如此飽含著歷史寓意來到女孩面前，成了互動及說話的對象。小說結尾，女孩搬走後，鶴也不見了，果然是「神祕之鳥」，取而代之的意象是遷移過境的候鳥隱喻：

> 秋天時，候鳥仍舊過境，一種白肚灰身的鳥，一點也不受車輛飛馳在周身的影響，三兩成雙結伍，靜靜地掠過水面，或者停在水央啄食。據說這是種原生在東北亞和西伯利亞地區的鳥，……牠們立下南飛的志願，遙路上常在溫暖的臺灣停留，通常不能完成飛行便衰竭在途中。[77]

鶴隨時間既消失又流離，結合了河水命題與離散宿命，蒍叔如此，宋徽宗如此，溫州街住民離散來臺亦如此，這註定是一場消亡難以言說的故事。

---

[76] 李渝，〈無岸之河〉，《應答的鄉岸》，頁45。
[77] 李渝，〈無岸之河〉，《應答的鄉岸》，頁50。

但明知不可為而為，正是記憶的堅持。流水與鶴皆如是。從小說痕跡看，小說從「多重渡引觀點」始，穿過「新生南路中間會有一條瑠公圳」，而得「鶴的意志」，如此線性敘事安排，絕非偶然，要知道，航行、飛翔，都在擺脫地理時空的地心引力，象徵了逸出現實回歸純粹的創作世界。

2010 年李渝接續自《瑞鶴圖》中「鶴的意志」意象，再寫〈待鶴〉，這回場景來到佛教之國不丹。敘事者借田野團隊遠赴不丹除了看鶴、為新近公開的一批藏經窟內壁畫圖卷裝運下山編目留影外，還有探望三年前訪鶴旅程失足落崖的嚮導遺孀，記憶渡引事件，敘事者腦海停格在走她前面的嚮導失腳一聲喊叫跌落陡岸，驚恐畫面如故障的影像卡在放映機的齒輪間，記憶之心滯留在原時間糾纏原情況中，一個下沉的深淵。終於她再度越過疊嶺層巒來到遺孀家門，不意遺孀已再嫁並育有一子，當事人已放下再也回不來的伊人，時間與往事進入下一輪「季節交換的時候」[78]，而那樣的峽谷，如夢似幻任何時地都會出現，像勾魂的手臂召喚著：「來罷，下來罷，這裡是寧靜的所在。」[79]

告別遺孀，敘事者與團隊保護站會合後續登四千多米藏經窟。田野任務曲折困難畢竟完成，極目與六千多米荒瘠巍嶺迢迢相望，傳說中「每年秋冬交替的時候，喜馬拉雅山的黑頸鶴飛過崇山峻嶺，迢迢南來越冬，路上在固定一天，總會停歇不丹西北山區的一座寺院，著金色的屋頂匝飛三圈」[80]，鶴群繞翱翔盤旋的天庭華閣。畫面直如宋徽宗《瑞鶴圖》。但上去金頂寺的路徑坍陷消失了，這邊嶺上倒有觀景臺，可走上去，「凡去看鶴，徒步才有福氣的。」[81]果然，鶴至，夜深保護站屋內，夢者來訪，問道：「是自願來的麼？」答以：「自然是自願的。」

如果一則傳說已經以完整的形式等待著你，就無須再追究了。……

---

[78] 〈待鶴〉第六節小標。李渝，〈待鶴〉，《九重葛與美少年》，頁 31。
[79] 李渝，〈待鶴〉，《九重葛與美少年》，頁 39。
[80] 李渝，〈待鶴〉，《九重葛與美少年》，頁 6。
[81] 李渝，〈待鶴〉，《九重葛與美少年》，頁 41。

人間的錯失和欠缺，就由傳說來彌補罷。[82]

由《瑞鶴圖》而現實金頂飛鶴而如鶴般刷至的夢者，互為滲透對照，來訪之人是誰？「還有誰，是松棻呢。」[83]以鶴喻人，深刻體會鶴肢體語言的小女孩長大了，遇見傳說中如鶴珍奇的男人郭松棻，人世的傳說完成，但 2005 年郭松棻辭世，鶴般的影像始終縈迴，2010 年 7 月發表在《印刻文學生活誌》第 83 期的〈待鶴〉[84]可以說是郭松棻離開後李渝重新執筆一篇不能不寫的小說，人間的錯失和欠缺，真實生活裂縫難補，之前的美學思考與記憶，都可在這篇小裡找到痕跡。2014 年李渝以自殺結束生命，雖殘忍，是如〈待鶴〉裡遺孀另一形式的放下，亦像是郭松棻覺得寫得很好的《金閣寺》，小說中瘋狂迷戀金閣寺的沙彌非燒掉金閣寺不可，「不燒金閣寺，就得燒自己」，李渝的解讀是，「要使自己活著，保持著有，沒有別的選擇，就得讓它變成無。」[85]李渝親手滅寂「我」，好騰出生命變成無，傳說以她主導的形式走向完整，她始終是位待鶴人。

五、小結：時間遺址

關於追憶與懷舊，這是李渝永恆的主題與「最後的壁壘」[86]，總是重寫反覆修改舊篇，她不諱言：

> 為結集而整理舊作，深感到一路走來的蹣跚顛簸。很多硬寫的地方令人赧顏，多篇不得不從綱領到細節到字句反覆地修理，修到了重寫的地步。[87]

---

[82]李渝，〈待鶴〉，《九重葛與美少年》，頁 47、48。
[83]李渝，〈待鶴〉，《九重葛與美少年》，頁 51。
[84]李渝，〈待鶴〉，《印刻文學生活誌》第 83 期，頁 38～59。
[85]李渝，〈待鶴〉，《九重葛與美少年》，頁 39。
[86]李渝，《九重葛與美少年》跋名。
[87]李渝，〈跋——最後的壁壘〉，《九重葛與美少年》，頁 276。

如是仔細檢視舊作，逐字逐句刪減增補，反映了李渝尋求超越傳統與自我反骨路徑姿態，懷舊對她從來不是「對傳統的重新發明」，李渝表示：「繪畫固然從來不應失去描繪夢想或烏托邦的權力，但是無論是畫餅充饑還是投射到另外一個世界，總要來自個人的強烈的內在欲望。當藝術不再是受感的心靈，不再是『激情』，它便不再是藝術。」[88]所謂投射，正是博伊姆反思型懷舊的內核，李渝筆下鄉國以溫州街為想像起點，非實體存在，以回憶召喚 1950、1960 年代與父親往來之文人，於溫州街家中餐桌牌桌上的大小事。無論是〈關河蕭索〉為叔紐約家中窗外元代瓷器色澤的河流；或是〈江行初雪〉敘事主體以學術之名至中國尋訪佛像（精神膜拜物）後落空，都是浮懸頂空，一個不存在於地圖上的地址。現實中的返鄉早非重點，創作中畫出有與無的線軸遊戲（fort/ da game），作家因以書寫重構心中的原鄉。所以「人物穿梭，事物啟動」，從遙遠進入這裡稍停駐再離去，皴筆工筆點畫暈染勾描懷舊的鄉國，終點即是過程，以文學扭轉時間之不可逆。

鄉關何在？鶴究竟有沒有歸訪都城汴京，《瑞鶴圖》是目擊事實還是浪漫想像？畫家在跋中題詩述懷：「清曉觚棱拂彩霓／仙禽告瑞忽來儀；飄飄元是三山侶，兩兩還呈千歲姿。」軸頁有畫有書有文，繪圖並記事，賦予畫面故事情節，李渝〈待鶴〉中肯定畫家每一片瓦每一簇羽毛每一飛翔的姿勢，為傳說「提供了鑿鑿的證據」[89]；相對，李渝以真實個人歷史為摹本入小說，提供了虛構的可能。可以這麼說，李渝窮究藝術史裡的靈光神喻造型，縮轉時間、記憶沒入〈關河蕭索〉、〈江行初雪〉、〈無岸之河〉、〈待鶴〉，河水、鶴鳥便是達到金頂的美學手法、路徑以及堅持。作家一生以文字製造記憶遺址，虛構緜言、真實情節互文編織，抹去真假邊界，深化了人生與藝術。於是〈無岸之河〉、〈待鶴〉北宋迢迢飛越銀灰藍晚空展翅、

---

88 李渝，〈民族主義‧集體活動‧心靈意志〉，《族群意識與卓越風格──李渝美術評論文集》，頁 6。
89 李渝，〈待鶴〉，《九重葛與美少年》，頁 6。

不丹高嶺氣旋金頂寺院曼妙匝繞、途經臺灣南返總無法順利完成航行路線客死異鄉的鶴們或候鳥形象空靈擬態，而〈關河蕭索〉、〈江行初雪〉裡的河水寫意與行旅鄉關，一而再，再而三轉境「彼邦、另地、他鄉」[90]替換地輿場域。值此〈無岸之河〉、〈待鶴〉〈關河蕭索〉、〈江行初雪〉文字書畫與虛構體驗接榫，傳遞懷舊，不外言情。

參考資料

（一）專書

・王德威主編，《夏日踟躇》（臺北：麥田出版，2002 年 7 月）。

・李育霖，《翻譯閾境——主體、倫理、美學》（臺北：書林出版公司，2009 年 4 月）。

・李渝，《九重葛與美少年》（新北：印刻文學生活雜誌出版公司，2013 年 6 月）。

・李渝，《任伯年——清末的市民畫家》（臺北：雄獅圖書公司，1978 年 2 月）。

・李渝，《金絲猿的故事（經典版）》（臺北：聯合文學出版社公司，2012 年 8 月）。

・李渝，《金絲猿的故事》（臺北：聯合文學出版社公司，2000 年 10 月）。

・李渝，《拾花入夢記——李渝讀《紅樓夢》》（新北：印刻文學生活雜誌出版公司，2011 年 4 月）。

・李渝，《族群意識與卓越風格——李渝美術評論文集》（臺北：雄獅圖書公司，2001 年 11 月）。

・李渝，《應答的鄉岸——小說二集》（臺北：洪範書店，1999 年 3 月）。

・范銘如，《眾裡尋她：臺灣女性小說縱論》（臺北：麥田出版，2002 年 3

---

[90] 李渝並未去過不丹，〈待鶴〉以不丹為背景，借用了地理上的遙遠，設立一個場域目的，是在實況不盡理想時，可以作為轉境。李渝，〈鄉的方向——李渝和編輯部對談〉，《印刻文學生活誌》第 83 期，頁 86。

月）。

・夏志清，《中國現代小說史》（香港：友聯出版社，1979 年 7 月）。

・張法，《中國美學史》（四川：四川人民出版社，2006 年 4 月）。

・陳傳席，《中國山水畫史（修訂本）》（天津：天津人民美術出版社，2008 年 4 月）。

・劉紀蕙，《文學與藝術八論：互文・對位・文化詮釋》（臺北：三民書局，1994 年 10 月）。

・劉紀蕙，《孤兒・女神・負面書寫兒：文化符號的症狀式閱讀》（臺北：立緒文化出版公司，2000 年 5 月）。

・蔡星儀，《蔡星儀中國畫史論文選》（石家莊：河北教育出版社，2012 年 7 月）。

・鄭穎，《鬱的容顏──李渝小說研究》（臺北：印刻文學生活雜誌出版公司，2008 年 9 月）。

・鄭騫編註，《詞選》（臺北：中國文化大學出版部，1982 年 4 月）。

・巴爾（Alfred H. Barr）著；李渝譯，《現代畫是什麼？》（臺北：雄獅圖書公司，1984 年 1 月）。

・杜威・德拉埃斯馬（Douwe Draaisma）著；喬修豐譯，《記憶的隱喻：心靈的觀念史》（廣州：花城出版社，2009 年 9 月）。

・詹明信（Fredric Jameson）著；唐小兵譯，《後現代主義與文化理論》（臺北：合志文化出版社，2001 年 6 月）。

・高居翰（James Cahill）著；李渝譯，《中國繪畫史》（臺北：雄獅圖書公司，1984 年 1 月）。

・斯維特蘭娜・博伊姆（Svetlana Boym）著；楊德友譯，《懷舊的未來》（南京：譯林出版社，2010 年 10 月）。

（二）論文

1. 期刊論文

・石守謙，〈風格，畫意與畫史重建──以傳董元《溪岸圖》為例的思

考〉，《國立臺灣大學美術史研究集刊》第 10 期（2001 年 3 月），頁 1～36。

· 李渝，〈返鄉——再見純子〉，《現代文學》復刊第 10 期（1980 年 3 月）。

· 李渝，〈待鶴〉，《印刻文學生活誌》第 83 期（2010 年 7 月），頁 38～59。

· 李渝，〈鄉的方向——李渝和編輯部對談〉，《印刻文學生活誌》第 83 期（2010 年 7 月），頁 74～87。

· 林幸謙，〈敘事主體的在場與不在場——李渝〈朵雲〉的「雙重渡引」空間〉，《文學世紀》第 52 期（2005 年 7 月），頁 44～47。

· 黃碧端，〈在迷津中造境——評李渝的《溫州街的故事》〉，《聯合文學》第 88 期（1992 年 2 月），頁 111～112。

· 楊佳嫻，〈記憶·啟蒙·溫州街——論李渝的「臺北人」書寫〉，《中國文學研究》第 17 期（2003 年 6 月），頁 199～224。

· 劉紀蕙，〈故宮博物院 v.s. 超現實拼貼：臺灣現代讀畫詩中兩種文化認同建構之模式〉，《中外文學》第 295 期（1996 年 12 月），頁 66～96。

· 劉紀蕙，〈跨藝術互文與女性空間：從後設電影談蘿茲瑪藝術相對論〉，《中外文學》第 300 期（1997 年 5 月），頁 52～81。

· 鍾玲，〈霧中花——李渝〈朵雲〉的敘事方式〉，《文學世紀》第 52（2005 年 7 月），頁 42～43。

· 韓剛，〈也談《江行初雪圖》制作時代——三論唐畫院有無〉，《美術學報》2014 年 5 期，頁 4～16。

· John Hay, "Along the River during Winter's First Snow: A Tenth-Century Handscroll and Early Chinese Narrative", *The Burlington Magazine*, vol. 114, no. 830 (May, 1972), pp. 294-303.

· 周蕾（Rey Chow）；蔡青松譯，〈懷舊新潮：王家衛電影《春光乍洩》中的結構〉，《中外文學》第 410 期（2006 年 7 月），頁 41～59。

2. 學位論文

- 黃資婷，〈待鶴回眸：李渝小說研究〉（成功大學現代文學研究所碩士論文，2014 年）。

3. 研討會論文

- 王鈺婷，〈原鄉・文化與歷史感懷——論李渝小說《金絲猿的故事》〉，「論寫作：郭松棻與李渝文學研討會」（臺灣大學臺灣文學研究所主辦，2016 年 12 月 17～18 日）。

- 黃啟峰，〈由「除魅」到「復魅」：論李渝《九重葛與美少年》的抒情風格與現代性反思〉，「論寫作：郭松棻與李渝文學研討會」（臺灣大學臺灣文學研究所，2016 年 12 月 17～18 日）。

- 劉淑貞，〈歷史的憂鬱——李渝小說的重寫敘事〉，「論寫作：郭松棻與李渝文學研討會」論文（臺灣大學臺灣文學研究所，2016 年 12 月 17～18 日）。

- 鍾秩維，〈行動中的藝術家——李渝文學的「當代性」〉，「論寫作：郭松棻與李渝文學研討會」（臺灣大學臺灣文學研究所，2016 年 12 月 17～18 日）。

（三）電子媒體

- 保釣運動，「維基百科」
http:/zh.wikipedia.org/wiki/%E4%BF%9D%E9%87%A3%E9%81%8B%E5%8B%95

——選自《臺灣文學研究學報》第 24 期，2017 年 4 月

女性意識、現代主義與故事新編：李渝的〈和平時光〉

◎梅家玲

　　即使生活在現代，古老的故事與文學經典仍然是我們生活中的重要精神資產。它展示著人文世界中不曾遺忘的過去，卻也因為被不斷地改寫衍生，投射出書寫者的特定關懷與時代風貌。此一文學現象古已有之，源遠流長；自魯迅《故事新編》以短篇小說系列結集出版之後，更隱然成為現代文學中的一個次文類，不斷召喚有心者耕耘灌溉，琢之磨之。[1]

　　另一方面，「現代主義文學」素來追求創新與「陌異化」，「女性主義」則以批判父權、解構大敘述是尚。面對具有強大傳統元素的「故」事，身為女性的現代主義文學家，將會如何進行「新」編？放置在文學史的發展脈絡中，此一「新」編又將具有怎樣的意義？在此，已故女性小說家李渝取材於先秦刺客復仇故事的〈和平時光〉，恰與魯迅的《故事新編》中的〈鑄劍〉形成饒有興味的對話，正是一個值得注意的切入點；而她的藝術視野、女性意識與現代主義美學理念，適所以成為研探其「故」事新編之作的關鍵。

一、〈和平時光〉的「故」事與「新」編

　　2005 年，李渝出版中篇小說集《賢明時代》，收錄三篇「故事新編」之作，〈和平時光〉即為其中之一。[2]小說由兩段復仇故事構成：一是韓公

---

[1] 繼魯迅《故事新編》之後，此一書寫模式在現代文學中不絕如縷，相關研究可參見祝宇紅，《「故」事如何「新」編──論中國現代「重寫型」小說》（北京：北京大學出版社，2010 年）。

[2] 《賢明時代》共收錄〈賢明時代〉、〈和平時光〉、〈提夢〉三篇小說，其中〈和平時光〉原刊於

子舞陽密令劍匠聶亮鑄劍，刺殺季父，為父復仇；二是聶亮鑄劍完成後為舞陽所戮，其女聶政矢志為父復仇，苦練劍術琴藝，甚至為圖接近韓王，不惜毀容毀音。儘管歷經萬難，卻在入宮奏琴時與識曲擅琴的韓王成為知音，放棄行刺。而後，韓王識才用能，寬和行政，「在華夏即將全面陷入暴亂的時期，締造了一段難得的和平時光。」[3]全文凡三節：「鑄劍」、「復仇」、「猗蘭操」。從前兩節題名，很容易令人聯想到魯迅《故事新編》中的〈鑄劍〉[4]：該小說敘述鑄劍師干將為王鑄劍之後見戮，其子力圖報仇的經過[5]，相對於魯迅其他「新編」，它應是較為「認真」的一篇，歷來論者大都給予高度評價，所論或集中於魯迅對人物性格的深入刻畫、細節之增補；或是復仇「以後」情節的添加，以及因之而生的、對於復仇之正義與正當性的消解、嘲謔與批判等。

　　李渝曾多次提及年輕時深受魯迅影響，〈和平時光〉敘述劍匠之女為父復仇的故事，雖然主角人物不同，然而以小說向魯迅致意、與魯迅對話的意圖宛然可見。耐人尋味的是，李渝並未為《賢明時代》全書撰寫任何序記，卻獨獨在這篇小說之後附上了一篇〈後記——關於「聶政刺韓王」〉，說明其本事之所從出，以及它與古代音樂美術的關聯。很顯然地，儘管此一本事最早出現於《戰國策‧韓策二》「韓傀相韓」，其後《史記‧刺客列傳》亦有記載，然而蔡邕《琴操》所敘的〈聶政刺韓王〉，才是李渝真正的「故」事之所本。不同於《韓策》之側重政治鬥爭，《史記》彰顯聶政的「士為知己者死」，《琴操》一則將故事中的仇刺緣由轉向了劍匠之子的為父復仇，再則，更凸顯「琴」在此一故事中的關鍵作用：聶政先前為報父

《印刻文學生活誌》第 2 期（2003 年 10 月）。

[3]李渝，《賢明時代》（臺北：麥田出版，2005 年），頁 166。

[4]1927 年，魯迅在《莽原》半月刊發表短篇小說〈眉間尺〉，1932 年編入《自選集》時改名為〈鑄劍〉，之後並與其他取材自神話傳說的新編之作共同結集為《故事新編》。

[5]該本事當是取《吳越春秋》、《列異傳》與《搜神記》所述故事雜糅而成；其中《太平御覽》所錄存之《吳越春秋‧逸文》敘寫鑊中三頭相咬的場面，為其他文獻記載所無，更是〈鑄劍〉之所本。參見周楠本，〈關於眉間尺故事的出典及文本〉，《魯迅研究月刊》2003 年第 5 期（2003 年 5月），頁 61。

仇而習劍，入宮行刺未成；繼而習得精湛琴藝，漆身毀音，落齒變相，入宮為王奏琴，終得於韓王醉癡於琴音之際，抽出琴中預藏的匕刃刺殺韓王，最後自刎身亡。

在此，「琴」無疑是繼「劍」之後，完成「復仇」行動的重要關目。〈和平時光〉承此衍發，因此不僅以同樣出自於《琴操》收錄的古曲〈猗蘭操〉作為最後一節題名，並且著力經營二者間的辯證關係，突顯「新」編之用心；另一方面，李渝將主角聶政的性別由男性轉換為女性，將原本是刺殺對象的仇敵改寫為識曲的知音者，因而放棄行刺，化血腥暴力為藝術與和平，毋寧更值得注意，而這正是其「女性意識」與「現代主義文學」的具體美學實踐。她以此向魯迅致意，卻終究是要自出機杼，別開洞天。為原先向來以男性為中心的「故」事新編之作，開展迥然不同的新貌。

二、「劍」與「琴」、「暴力」與「藝術」的辯證

無論是魯迅〈鑄劍〉抑是李渝〈和平時光〉，其故事起因皆緣於劍匠為王鑄劍後為王戮殺；子女為報父仇，同樣以劍（匕刃）作為行刺之具；「劍」作為奪人性命的「兇器」，其暴力血腥性格，不言可喻。相對於此，「琴」之所作，原本即為調理情性之用[6]，其後更成為君子雅士修身養性的寄託，向來被賦予高度美學與藝術性的想像。然而，「劍」是否同樣可以開展出「藝術」的面向？而「琴」，又是否可能在有心者的運用之下，走向「暴力血腥」之途？《琴操・聶政刺韓王》記述聶政憑藉精湛琴藝而入宮行刺韓王一事，正體現出「琴」實為啟動復仇事件的重要憑藉。〈和平時光〉推而進之，更就「琴」與「劍」演繹「暴力」與「藝術」的辯證。如開篇不久，敘寫公子舞陽有刺殺季父季姜之意，奏琴時「弦聲挑釁，音色剛愎，怨恨撻伐之心都在表面」；然而行刺前於花園練劍，所體現出的，卻

---

[6]如蔡邕《琴操・序首》即明言：「昔伏羲氏作琴，所以禦邪僻，防心淫，以脩身理性，反其天真也。」

是「俊拔的神氣，醉人的姿勢，讓陪伴在身旁的人兒心恍神迷」[7]；這便預示了「劍」與「琴」在一般被視為「兇器」與「修身之具」的同時，其實還內蘊著另一悖反的能量。不止於此，無論是聶政父親燃爐鑄劍，「重複又重複，鍛打又鍛打」，抑是聶政從師習劍，「什麼都看不見」，都於用心琢磨技藝的同時，遙指超越現實殺戮的美感境界。相對地，聶政父親指導女兒琴藝，卻是將「練琴」與「復仇」相提並論[8]，因此，「琴裡一樣是戰域」，務必要「反覆的摸索和摸索，鍛煉又鍛煉，學習在變化中知己知彼」；「於是學生晝夜奏彈如同執行攻擊，擊得一屋子都激揚著貫徹著聲音，擊得弦斷了指甲折了，從折了的底下滲出血，染紅了指頭。」[9]

最後，刺客夜暮入宮彈奏，琴曲由華美歡快而益趨悲涼，琤琮聲中，所幻生出的，遂是兩軍對壘的戰爭場面：

> 崢崢嶸嶸開指，驅策出英勇的戰士，全體進入戰場，擺下無聲的陣勢。
> 旌旗蕭蕭的聳立，盔鎧靜靜的閃爍，座馬默默的等候。親自帶領麾下各軍大夫、輔佐和司馬，相擊所得勇士護衛在左右，肅立在隊伍的最前頭。
> 沙塵撲打在臉上，勁風吹颳在耳邊，飛揚起塵土，飆激起水石，張開千萬把弓，兩軍無聲的逼近。旌幟遮暗了日頭，矛戈掩蔽了眼睛，敵人比烏雲還洶湧。
> ……
> 人眾漸漸減少，行列漸漸稀疏，箭盡了弩折了，刃鈍了戟斷了。士卒們都倒下了，將軍們都犧牲了，三軍覆沒，人體填塞著溝渠，鮮血沁紅了土地，英魂和鬼神聚會，曠野充滿了幽靈。

---

[7] 李渝，《賢明時代》，頁110、121。
[8] 父親說：「聶政，妳要是在琴術上用下和復仇同等的苦心和精神，讓琴術達到使聽者忘神失我的地步，那時候，妳就能完成為我復仇的誓願。」李渝，《賢明時代》，頁148。
[9] 李渝，《賢明時代》，頁149～150。

　　然而微妙的是，隨著琴曲音聲裊裊，彈奏的刺客，原先「手指緊握五指凹槽刺匕」，到後來卻是「掌中的刺匕不見了」。「月光靜照，弦音越發輕盈，釋放了一路攬來的幽靈，現在只想邀引鳥聲和獸聲，風聲林聲和水聲，於是各聲聚會，相互釐定，聲聲相應，扶持援引，在循環又循環的餘音裡，走向靜杳」。長夜漸盡，黎明將來，就在「音止的這時」，人間瑣屑的一天開始，「日光進入庭殿，在柱和柱間如同在弦和弦間尋找位置，各就各位，等待著。君和臣，敵和我，聽者和奏者，復仇和被復仇的雙邊全體，都在水金色的光裡融解。」

　　聶政漆身毀音，矢志復仇，她苦練琴藝多年，念茲在茲的終極目標，便是攜琴帶劍，刺殺韓王。但是什麼緣故，讓她面對韓王之後放棄復仇，選擇了和解？又是什麼原因，使得原本滿溢悲涼殺戮之氣的琴音得以轉為輕盈，止於靜杳？琴與劍，暴力與藝術的辯證融和，固然是重要原因，但更關鍵的，毋寧是：

　　　畢竟是面對面，相互傾訴了身世，聆聽了相互的故事，一同走過了過去。[10]

而這便涉及了小說的另一重要關懷：易「男性」為「女性」、化「復仇」為「知音」。

三、「女性」與「知音」：女性意識、藝術回歸與故事新編

　　「知音」一詞，源自於《列子・湯問》伯牙子期的故事：伯牙善鼓琴，子期善聽琴，曲每奏，鍾子期輒窮其趣。伯牙乃舍琴而嘆曰：「善哉，善哉！子之聽夫志，想象猶吾心也。吾於何逃聲哉？」後遂有子期身故，伯牙絕弦不復彈琴之說，以表知音難遇之意。「音」雖實指外在可聽可聞之

---

[10]以上引文，俱見李渝《賢明時代》，頁161～165。

音聲樂曲,然引而申之,亦擴及於內在之「心」的相知相契。也因此,〈和平時光〉,在表述聶政、舞陽於琴藝互為「知音」的同時,亦添加二人於個人身世際遇方面的相感相通。而促發此一「新」編的關鍵,自當是李渝別具一格的「女性」意識。李渝曾在一項訪談中表示:女性的情質較男性溫潤且更具包容性,關注的是私人的歷史與記憶,因此,如果她作為一個小說的文本,那麼從她可以讀到的東西就比較多。到了〈和平時光〉,我最後乾脆就用女的作為主角,因為女性才會發展人間關係。[11]

顯然,正史中的男性刺客聶政,在〈和平時光〉中轉變為女性,其實是李渝的有意為之。1980 年代,臺灣的女性主義思潮方興未艾,李渝於沉潛多年後重回文壇,亦就此發表不少論述。然而有別於其它基進的女性主義作家,李渝談女性問題,首先從西蒙・波娃《第二性》出發,強調「女性意識」必得奠基於「存在意識」。她念茲在茲的,不是性別之間的對抗,而是超越昇華,「為自己的存在做出自由選擇的權利。」[12]奠基於此,她看重女性的特殊情質及處世態度,並以一位女性類人猿學(Primatology)家比魯特・葛爾荻卡斯(Birutė Galdikas)研究橙色猿(Orangutan)的過程為例,具體說明男女兩性的性別差異。這位女性學者深入猿群,不只調查研究,還「成為猿群們的一分子,作孤兒猿的代理媽媽,受傷和受危害者的看護,把牠們養育成長後再放回森林裡去」。她以謙卑的態度對待猿群,與牠們建立「熟悉而親昵」的友誼。相對於男性科學家注重客觀歸納思考分析,懷著強勢者的態度和征服目的要自然就範,御為人類的隸屬,「女性科學」則迥然有異。原因是,女性在人類史上本來就是受欺壓的弱勢者,因此,更能夠「從自己的經歷而知道同情和愛護,用弱者的謙卑親和來呵護,用自己的身體去接觸、撫摸和擁抱」。正是此一具有女性氣質的科學研究,「宇宙和生命才能和睦綿延悠長」,因為,它的特質是:

---

[11]鄭穎,〈在夏日,長長一街的木棉花──記一次訪談的內容〉,收入鄭穎,《鬱的容顏──李渝小說研究》(臺北:印刻文學生活雜誌出版公司,2008 年),頁 190~191。
[12]李渝,〈娜拉的選擇〉,《中國時報》,1986 年 5 月 11 日,8 版。

介入的，親身感受的、移情的、給予的、承受的、人化的、和自然共處
共分同享的、抒情的。[13]

回到〈和平時光〉，我們亦得以明瞭，小說對於韓王舞陽身世及其「復
仇」事件的新編，正是殺父之仇得以化解的重要關目。

究諸正史，戰國諸韓王並未有以「舞陽」為名者。《戰國策》、《史
記》、《琴操》等本事記敘聶政行刺，也未曾提及韓王曾經歷為父復仇之情
事。〈和平時光〉敘述舞陽以季父季姜毒殺父親惠王，為報父仇而聘請劍匠
鑄劍，之後戮劍匠、殺季父、弒生母，繼位為召王，應是取干將莫邪之子
之為父報仇，以及呂不韋與秦始皇嬴政之間的糾葛傳說雜糅而成。李渝移
花接木，巧為鎔裁，一方面提示舞陽與聶政二人看似各別的「復仇」之
舉，其實既是環環相扣，也是冤冤相報；另方面，它為二人營造若相彷彿
的身世遭遇，聲氣相通的心緒情懷，最後讓「君和臣，敵和我，聽者和奏
者，復仇和被復仇的雙邊全體都在水金色的光裡融解」，原因就不僅止於二
人都是識曲擅琴之士而已，而是更多了一重彼此身世上的相互理解；她要
告訴我們：原來，真正的「知音」，不止於音樂律曲方面的相知相賞，更由
於「畢竟是面對面，相互傾訴了身世，聆聽了相互的故事，一同走過了過
去」，觸動了情懷心靈的相感相惜；其間的千迴百轉，亦只有女性人物才能
深刻地感知體悟。

回顧李渝的美學觀與個人生命經歷，此一易「男性」為「女性」，化
「復仇」為「知音」的故事新編絕非偶然。證諸其創作歷程，她的女性意
識原就是強調「從自己的經歷而知道同情和愛護」；而她所堅信的「現代主
義」，則是「從悲劇中找力量」。[14]她親歷保釣運動的政治風雲，沉潛多年後
再度回到文學，所見所思，遂是悲劇中的力量、暴力之後的和平，是文學

---

[13]李渝，〈來自伊甸園的消息——女動物學家和猩猩的故事〉，《中國時報》，1995 年 5 月 8～9 日，
39 版。
[14]鄭穎，〈在夏日，長長一街的木棉花——記一次訪談的內容〉，《鬱的容顏——李渝小說研究》，頁
190～191。

藝術中的超越與永恆。〈和平時光〉於《印刻文學生活誌》發表後不久，她
為香港《明報月刊》撰寫「民國細訴」系列，藉若干民國人物細訴生活日
常中的人情人性，朝華夕拾，正是由此著眼。其中對於瞿秋白就刑前獄中
生活的一段敘寫，尤其具有代表性意義：

> 等候判決的日子，瞿秋白讀書、練字、寫詩，寫「山城細雨作春寒，料
> 峭孤衾舊夢殘」的句子、寫「夕陽明滅亂山中，落葉寒泉聽不窮；已忍
> 伶俜十年事，心持半偈萬緣空。」最後一首詩。據說獄中他刻出四百多
> 個印章，寫了許多字聯，送給身邊的人。鐵窗前一刀一刀專心鏤刻著印
> 章、一筆一筆勤練著書法的藝術家，在生命的最後一程，畢竟是脫離了
> 政治，回歸了藝文的鄉園，回到了「家」。[15]

　　如果復仇的結果只是冤冤相報，如果暴力的正義不過是以暴易暴，那
麼，以能夠「發展人間關係」的女性取代執意於報仇雪恨的男性，以恆久
綿長的藝術追求轉化血腥的滅絕殺戮，是否能為宇宙人生開啟不同風景？
瞿秋白生命最後的藝文回歸，正是面對無情政治之腥風血雨的超然回應。
參照〈和平時光〉引《樂人傳》為全文作結，〈後記〉所敘多圍繞「聶政刺
韓王」於後世音樂美術方面所受到的注意，李渝的用心，不言可喻。

四、「視者」的世界：現代主義小說的女性抒情美學

　　檢視學者對於「故事新編」的小說研究，歷來大多聚焦於「本事」異
同的參照比對。事實上，人物情節的重新編組，固然是「新『編』」顯而易
見的特色，但美學範式的翻轉改易，更是不宜忽略。甚至於，正是緣於美
學範式的推陳出新，帶動敘事語碼的變化，其新編之用心，才得以突顯。
李渝終其一生，所服膺的都是現代主義文學的創作理念。論析她的〈和平

---

[15]李渝，〈在莽林裡搭建烏托邦——中國才子瞿秋白〉，《明報月刊》第465期（2004年9月）。

時光〉，亦當由此著眼。

　　基本上，現代主義作家向來相信語言會構成意義：只要找到精確的語言符號——如意象、象徵，便可使作品充滿意義。從作家立場看，現代主義傳統是一種自覺成分濃厚的傳統，不論詩人或小說家，都相信自己應該為現代生命找到精神上的出路，作家對於自身的角色有著高度的自覺與自我期許。這種自覺反映於小說的敘述技巧與敘事觀點或視角的斟酌，奠定了現代主義在小說的形式實驗方面最大的成就。[16]

　　參照於李渝的小說美學觀，她向來強調「視者」在小說中的敘事功能，正是基於敘述技巧與敘事觀點的斟酌；與此同時，遂有敘事語言的不斷變化翻新。在她看來，傳統（寫實）小說的作者有如「說書人」，對於小說人物情節一切了然於心，小說敘事，即是就其間因果關係予以鋪陳。「視者」有別於此，他是具有主觀抒情特質並且富於現代主義文學精神的敘事者，其敘事特色在於能「目擊情況，直接受感於象，用一種呈現性遠多於解釋詮釋交待性的文體來進行敘述」，因此敘述視角經常飄忽閃爍，文字語言則充滿視覺性或聽覺性的「感象」。而這也正是現代主義小說與一般寫實主義小說敘事不同之處。她曾以蕭紅的〈手〉與茅盾〈春蠶〉兩篇小說的開頭處對比，具體闡析其間差異。李渝指出：〈春蠶〉一開始，就把人物（老通寶）、地點（塘路）、時間（清明）交代得十分清楚，敘述過程并然有序。但〈手〉的開頭卻十分突兀：

　　在我們的同學中，從來沒有見過這樣的手：藍的、黑的、又好像紫的；
　　從指甲一直變色到手腕以上。

　　它的敘事橫空而出，沒有事件的前因後果，卻充滿了視覺性感象。相對於傳統「說書人」的工作是把事件情況總攬在手，以邏輯秩序重組後再

---

[16] 參見蔡源煌，〈從現代主義到後現代主義〉，《從浪漫主義到後現代主義》（臺北：雅典出版社，1987 年），頁 76～77。

現給讀者，「視者」的世界往往是片面的、落單的、散陳的、倏忽而偶然的。它沒有成竹在胸，全局在眼，沒有一條明確緊湊向前邁進的故事主線或者道德意識可遵循。依賴的是大量自然物象的描寫，而這些物象上又總是寄寓了視者自身的情感而成為「感象」。一旦化為句構，每每便突破傳統文法，為漢語書寫帶來新變。以〈手〉為例，全文即以富於情感的聲色光影與氣味描寫，鎔鑄為嶄新的修辭構句：

> 她的眼睛完全爬滿著紅絲條：貪婪，把持，和那青色的手一樣在爭取她那不能滿足的願望。

> 我們在跑在跳，和群鳥似的在嘈雜。帶著糖質的空氣迷漫著我們，從樹稍上面吹下來的風混和著嫩芽的香味。被冬天枷鎖了的靈魂和被束掩的棉花一樣舒展開來。[17]

　　回到〈和平時光〉，整體而言，它雖然看似以一般定義下的全知視角敘事以重敷衍故事為主，而且並非以最適合觀景受感的「我」作為敘事者，但無論「視角」抑或「語言」，所體現的，仍然是「跟著感覺走」的「視者世界」；所體現出的，正是「故」事的情節內容之外，由書寫體式所形構的「新」編。

　　舉例言之，〈和平時光〉有不少段落，正是「作為媒介的說書人似有又沒有，不知在哪個立足點發聲」。如聶亮鑄劍完成，即將入宮獻劍，母女一路送行的敘述，即是一例：

> 檐角螺花沾露，地霜一層晶瑩，天邊斜掛著不願去的月亮，淡淡的一彎水印。一前一後三人踽踽行走，巷面留出了彳亍的三串鞋痕。

---

[17]李渝，〈夢歸呼蘭——談蕭紅的敘述風格〉，《女性人》第 1 期（1989 年 2 月），頁 90～112。

依依送出了巷口，送出了路頭，送出了郊邑。「回去吧，」聶亮說。

一程又一程，望見了城池，望見了城郭。「回去吧，」聶亮說，「回去吧。」[18]

在此，敘事者既像是交代紀事，又像是喃喃自語，「不知在哪個立足點發聲」。螺花沾露，地霜晶瑩，月亮遲遲不願離去，既是外在物象，也是內心感象，隱含著此去將成永訣的傷悲。而「送出了巷口，送出了路頭」、「望見了城池，望見了城郭」，「回去吧，」「回去吧，」「回去吧。」反覆迭宕，又何嘗不是以複沓縈迴的言語節奏，投射出心緒的依依難捨，情感的宛轉牽延。

不止於此，小說中以跳躍恍惚的文字、倏忽曖昧的時態進行敘事抒情的部分所在多有，以下這段敘述尤其具有代表性：

父親擱在板車上送回來的時辰是正午，陽光白晃晃的沒有一點暖意，被戮殺而失血的臉是青白的顏色；母親從樑上解下的時辰是午夜，沒有月亮的夜裡，被懸掛而失血的臉是青黑的顏色。二臉輪番出現在荒久的夜裡，手指揮甩，擊打在臉上，擊打在弦上，宮商角徵鵲起，揚起激昂的音符齊鳴，盤旋扯纏搏鬥，一室的喧譁和淬桀，刀鋒錚響玉石俱焚，從煉爐重新流出鮮紅的鐵漿，熔液和火焰燃燒又蔓延。[19]

這原是聶政苦練琴藝的時刻，然而傷慟回憶不時閃現心頭：父親見戮，母親懸樑，她手指揮甩，奮力擊打的琴弦上疊映著父母親亡故失血的臉龐；琴聲鵲起，有如鑄劍時的刀鋒錚響，玉石俱焚。回憶與現時，練琴與鑄劍，殺戮仇恨與琴藝追求，是如此這般地交相錯雜，倏忽流轉。正午的陽光毫無暖意，午夜時分漆黑沒有月亮，這是外在實景，更是內在心

---

[18] 李渝，《賢明時代》，頁118。
[19] 李渝，《賢明時代》，頁150。

情。效果確乎如李渝所言：傳統小說常用的線狀結構不見了，敘事因隨情感流變而迂迴宛轉；它以鮮明的意象召喚讀者親臨現場，與主人公同情共感，相與進退；也以其間的女性情感與抒情特質，為「故事新編」開展出現代主義小說書寫的嶄新風貌。

四、結語

　　綜觀文學史發展，取材於古代故事而予以重新改寫的文學現象總是奕代迭出，不絕如縷。1920、1930 年代，魯迅以《故事新編》為現代文學此類書寫開啟先河，無論他的態度是油滑還是認真，用心是批判還是嘲謔，他的男性觀點與「寫實主義」文學模式，始終是後繼者的書寫主流。然而，作為女性的「現代主義」作家，李渝卻就此開展出完全不同的視野、關懷與敘事方式。她的女性意識奠基於存在主義，強調的不是性別之間的競爭對抗，而是期待女性要「以更好的人，更好的生活，更好的遠景為指標，為自己的存在做出自由選擇的權利」。她體察到女性情質中的溫潤包容、抒情易感，形諸書寫，遂能夠既著重於「發展人間關係」，又在書寫上體現出跳躍、流動、注重「感象」的特質，從而牽動小說敘事視角與語言文體的新變。她所堅信的現代主義原就崇尚「為藝術而藝術」，強調語言建構意義、創造秩序的功能，而海外保釣的政治風雲，更使她從中體悟到「從悲劇中找力量」的一面。也因此，與魯迅〈鑄劍〉取材相近的〈和平時光〉，遂在傳統「復仇」事件之外，開展出「暴力」與「藝術」的辯證、化仇敵為「知音」的可能，以及歷經殺戮之後，「和平時光」的彌足珍貴。

　　李渝的用心，使我們體認到「故事新編」不止是重述過去，反映時代，更所以成為一種寄託理想，突顯性別特質的敘事美學形式。對映於當下的政治與社會現實，我們或許不免要問：她的理想與想像是否過於一廂情願，不切實際？文學與藝術，是否真能超越一時一地的現實局限，走向永恆？無論答案如何，李渝的美學信念與她的〈和平時光〉，都見證了當代女性作家有別於過去男性觀點的關懷思辨與文學實踐，所完成的「故事」，

因此遂不再只是關注時代政治等大敘述的「他」的故事（HIS-story），而是著眼於藝術追求、富於女性特質的「她」的故事（her-story）。

　　　　　　　　——選自「中國傳統的創造性轉化：中國文學國際研討會」
　　　　　　　　香港：恒生管理學院主辦，2018 年 12 月 10～11 日
　　　　　　　　——於 2019 年 10 月修訂

那天，椰林裡有小金絲猿

◎楊富閔

豔陽的秋，騷動的文學新信徒

許多人認識小說家李渝是從《溫州街的故事》開始。

2010 年，我們認識李渝，則是從《包法利夫人》開始的……。

李渝老師 2010 年下半年應臺大臺文所「白先勇文學講座」之邀，重返母校，開設「小說閱讀與書寫」、「文學與繪畫」兩門課程，於她而言，在臺大，每個學生都是學弟妹，每棟建築、每株植物，都有說不完故事，我們有幸與老師結緣於文學，想來是這個秋天，最好的事。

記得，剛開學，她就說：「寫小說，很難的。」可這支不怕難的小金絲猿行伍，仍舊相逢新生大樓 504 教室，小金絲猿群組來自園藝系、物理系、獸醫系、農經系、森環系、生科所、外文系、歷史系、電機所……。那是門 10：20 的課，我誇口告訴她：「八點，我就會到教室準備了。」擔任教學助理的我，隨口說了句讓她安心的話，怎料到，李渝老師還真八點多就在教室等我。那天下課，她說：「回來臺大上課，我其實很緊張。」是的，那天，2010 年 9 月 15 日，傳說椰林大道開始有小金絲猿身影出沒，一級瀕危動物，文學新信徒。

還有半年，不急。

那天，老師端坐，字句清楚地念了段魯迅〈影的告別〉：「人睡到不知道時候的時候，就會有影來告別，說出那些話──」然後，她告訴我們，她當年讀到這段文字時，心中「啪」的一聲，老師喜歡使用「啪」的一

聲,形容人在糊塗太久後,終於懂了些什麼。那天,我們紛紛張大眼睛,啪的一聲,繼續念完了:「有所我不樂意的在天堂裡,我不願去;有所我不樂意的在地獄裡,我不願去;有所我不樂意的在你們將來的黃金世界裡,我不願去。」我們心中有個角落,正在隱隱騷動。

　　李渝老師總像個小女孩,毫無保留分享她對文學的狂愛,她會說:「這小說寫得太好了,我們還寫什麼呢!」她總用「我們」。她還會說:「這段好極了,好的不得了,聿哲,要不要說說你的看法,小如、陳曦,談談你的意見?宇倩、虹巧、佑軒、明道,大家說說看吧。」她且不止一次提醒:「我不希望你們當小說家,太辛苦了,你們就儘管讀吧,或去看畫吧。」每個星期三,晨光還在,而正午豔陽同時疊映在 504 教室,在經典面前時,我們與老師都成了學生。偶爾,我會覺得是她的熱情感染了我們,她說:「細節、細節!精讀、精讀!」文學是我們共同的話題,李渝老師,是我們遠在紐約的朋友,此刻,她在臺灣,陪我們繼續讀了福樓拜、喬艾斯、福克納、卡夫卡、吳爾芙、沈從文與蕭紅,度過 10 月、11 月。

以同種姿態,追尋回家的路

　　那天,臺文所聖誕派對,12 月,她說:「臺灣學生都不太喜歡發言。」但事實是,在研究室,和她掏心掏肺的學生卻未曾間斷過,問診文學,更多時候,是生活起居的關切,現在的學生,為了一點小事就弄得天翻地覆,她說:「看臺北的山吧,臺北的山多可愛;還有宜蘭平原,多美!」學美術的李渝老師原來是個綠手指,常在課堂上提及她美國的小花園,這才讓我明白,為何她剛到臺文所,就急著拯救那批萎在資源回收區的蘭花植栽,剛剛、我就跑去看蘭,蘭花明明還在。

　　那天,我拎一頁紙向她要一行字,贈予臺文所留作紀念。孰知,老師的研究室老早擠滿粉絲,交報告的(薇雅、書甫、俐穎)、談心的(許洴、白哲)、湊熱鬧的(我與栢傑),隨後,在我們起鬨之下,老師頑童般拿起十二色粉蠟筆伏案構圖作畫,我們央她畫顆臺灣,她真跟著畫了,她還點

綴了帶著笑臉的小花幾朵，藍筆波紋比擬海洋，澎湖、蘭嶼和綠島。最後，極細簽字筆緩緩寫下：「鄉在文字裡，鄉在未知的遠方。」那天，我才隱約曉得，所謂鄉土，其實是一種姿態，對生命致敬，作無窮無盡之追求，同臺語發音的「鄉」，深邃且崇遠，可誰都不知道，「鄉音」最後會落歇於何方。

那天，寒流來襲，低溫六度，我們在臺文所口譯教室為她辦了場歡送會，本要為她歌唱、送她裴勇俊大海報，但想到她總說：「就是寫，繼續寫。」最後，我們只草草端個 85 度 C 買的小蛋糕，點上歲數問號的蠟燭，在光聖為我們伴奏的吉他聲裡唱〈至少還有你〉。接著，我們忍了一學期，偷偷捧出《金絲猿的故事》、《夏日踟躇》、《應答的鄉岸》、《溫州街的故事》、《賢明時代》來向作者索取簽名，老師有點彆扭，她害羞地說：「我寫字這頁撕下來，就可以拿去二手書店賣錢了。」

真的，那天，她也才終於說：「常常，我覺得，有個人比我更適合回來教你們讀小說、寫小說，我想，我這次，是代替他回來的。」

2011 年 1 月 18 日，課程結束，成績打完，這回，是小金絲猿要獨立長大的時刻了。於是，那天，我與秩維、信全、席昕在辛亥路，目送她坐上了計程車，揮手說再見，掉頭，我回到研究室，想起她在《臺大八十，我的青春夢》上的那篇文章：

> 故鄉畢竟是故鄉。美麗的地貌和純樸的人民，是父親的寶愛。懷抱在溫柔綿延的山巒和河流中的臺北，是松棻的出生地。親愛的父親，現在安眠在故鄉溫暖的土裡。親愛的松棻，夢魂纏綿繾綣，和我一同走在回家的路中。
>
> ——李渝，〈春深回家〉，2008

親愛的李渝老師，2011 年，農曆年前夕，臺大後門槭樹星形黃葉已落了滿地，這個冬天，我們也開始留心校園裡植物的各色變化了：地質系館

前的銀杏、國發所外兩行直挺挺的楓香、女九前粉色美人樹……這個初春
時分，妳返紐約，我們各自回家，但在椰林大道上，有群小金絲猿或嬉戲
跳躍、或單臂懸掛樹冠，或隱或現在文學院、在圖書館，或跌或撞、或哭
或笑，跟隨走在好前面的母金絲猿身後，步入文學的夢涯。

　　我是這樣相信，總有一天，我們定會在文學裡重逢。

──選自《文訊》第 309 期，2011 年 7 月

不再重逢

◎楊富閔

　　我自己寫過兩篇關於老師的文章：分別是刊於《文訊》的〈那天，椰林裡有小金絲猿〉與刊於《印刻》的〈季節交換的時候〉。前者記述 2010 年李渝客座臺大的教與學，後者是 2014 年的追悼文，同時作為《那朵迷路的雲：李渝文集》編纂的代後記。

　　極度恐懼除了文學讀寫之外的談論，2011 年在臺文所客座教授辦公室，即與老師約好：我們在文字裡重逢。

　　原以為是對於青年寫作的期勉話語，不想到這句話遂變成日後參與文集編纂的精神支柱與決念基礎。李渝尚未成書的文字敘事數量可觀，必要也需要進行一個整理，於是 2016 年，在李渝老師的公子 Gabriel 的同意與協助之下，我們有了《那朵迷路的雲》。

　　重逢之路也許早在結識李渝刻正即已開展。碩班有幸擔任課程助理，長達半年時間必須協助業務運作，小說課是每個星期三早上 10 點於新生大樓 504 教室，教室後頭生著一排菩提樹；繪畫課則是每個星期四早上 9 點在臺文所口譯教室，冬天住宿校舍的我常睡過頭，秩維總能及時幫忙機器架設與畫作播放，我與秩維也是在繪畫課，就坐在老師的斜前方，加深了對彼此、對文學、對世界的認識。

　　說不定那時文集也開始同步生出了形狀。興趣於文獻史料的我，開始留意李渝文學的發表狀況，大數據與資料庫的年代，關鍵字的查詢固然幫了不少忙；人工的手感的蒐整卻無可替代，這次文集不少作品即是多年來我與秩維在圖書館、舊書攤一頁頁地翻出來。仍記住雙手發抖在圖書館複

印刊登 1950 年代《中國一周》的幾篇短文。文章上端繫了女校時期的大頭人像。十四、五歲的李渝在這裡。

文集的輪廓初具規模，卻是來自 2014 年的小型追思會。秩維製作的李渝年表，以海報方式展於文學院二十教室，年表工作是認識作家的地基工程，而後在梅家玲教授的博班必修課堂，形成了從年表到一本書的製作共識。

從年表出發，順藤摸瓜：複印、打字、聯絡、勘誤、分輯、會議等，每一條新謄錄的資料都讓人欣喜，都是提供未來讀者識別李渝的徑路，路自己慢慢長出來了。

《那朵迷路的雲：李渝文集》隸屬梅教授主編的「臺灣文學與文化研究叢書」，同時兼具史料與文學意義。我們三人抖擻沒有鬆懈。文集選作皆是不曾收於李渝著作的文章，為此雖是集合了李渝創作六十年來的舊文，卻也是一本值得賀誌的新書。

書封風貌來自李渝畫作，原圖留字：「綿延的北海岸線」，作畫於 2010 年秋天的臺北，李渝贈給趨勢教育基金會陳怡蓁女士，謝謝陳女士慷慨提供我們設計。2010 年的一個歲暮傍晚，老師帶著畫作來到臺文所辦公室，正在鑽研影印機器的掃描功能，準備留下圖檔。我及時出現。畫作篇幅因為超過影印版面，於是我們各自擁有了分成兩段的北海岸線。綿延的北海岸線，那朵迷路的雲，書的內容與外在巧妙的連成一氣。

全書分成五輯：「那朵迷路的雲」、「重獲的志願」、「莽林裡的烏托邦」、「視者的世界」、「尋找一種敘述方式」，其中「尋找一種敘述方式」附錄兩份當年教授的課程大綱，書目的指定與參考，自然得以窺見同時作為小說家／教學者的李渝，之於文學寫作的關懷旨趣與風格養成。李渝在 1980 年代重新回到寫作行伍，此後陸續發表諸多的文學意見，如今念來仍是擲地有聲：先進、卓越、風格、視點、表現、文體、情性……這些詞彙是李渝於教學現場與文字書寫不曾休止的一再複述，現在它以「李渝文學教室」的面目登場。

近年李渝研究逐漸受到重視，在質與量都有顯著提升。文集的出版至少得以補充傳記資料的部分，比較脈絡性地看待李渝的從開始到現在。我以為李渝與「世界文學」的關係、她對於「翻譯」的念茲在茲，尤其是「譯者」身分的注重，以及始終閃現在她的文學書寫的追尋身姿：地理的容顏，山水的紋路，跋涉與提升，懼夢的造境，文體的誕生……李渝文學留給我們持續細究的廣袤篇幅。

2015 年 7 月的一個早晨，我接到《文訊》封德屏總編輯的電話，知道了老師已經回到臺灣，幾個小時之後進塔安座北投一處。我與秩維連忙相約，攔了計程車來到了現場，在誦經與蟬聲之間，跟著大家合掌祝禱，在幢幢人影之間，終於看到老師棲身的骨灰罈。

《那朵迷路的雲：李渝文集》是梅家玲教授、秩維與我，對於一名卓越作家的無限敬意。

我們在文字裡重逢。

——選自《文訊》第 373 期，2016 年 11 月

輯五◎
研究評論資料目錄

作家生平、作品評論專書與學位論文

專書

1. 黃啟峰　　河流裡的月印：郭松棻與李渝小說綜論　臺北　秀威資訊科技公司

　　2008 年 5 月　257 頁

　本書為碩士論文出版。全書共 5 部分：1.緒論──自由中國與左翼思想；2.作家論
──重要的他者，志業的共體；3.作品論（一）──空間與記憶的辯證；4.作品論
（二）──歷史碎片中的文學意義；5.結論──歷史的出走，現代的回歸。

2. 鄭　穎　　鬱的容顏──李渝小說研究　臺北　印刻文學生活雜誌出版公司

　　2008 年 9 月　194 頁

　本書從李渝的美術評論出發，藉余承堯到趙無極的中國山水畫，探索小說家心源世
界，並就其戀物癖式的靜物觀微素描、「多重渡引」的敘事技巧，分析其美學、執
念、纏擾與思辯。全書共 4 部分：1.江行初雪──從傳統山水畫到余成堯，李渝的小
說美學與自我救贖；2.由「多重渡引」論李渝小說中的現代性與歷史書寫──從《溫
洲街的故事》到《賢明時代》；3.凝視與回望──李渝的現代主義小說實踐；4.夏鬱
且豐饒──從李渝畫論，探其身為小說創作者的心源世界。正文後附錄〈在夏日，
長長一街的木棉花──記一次訪談的內容〉

學位論文

3. 紀姿菁　　論現代主義旅美女性小說家──以歐陽子、叢甦、陳若曦、李渝為

　　研究對象　東華大學中國語文學系　碩士論文　郝譽翔教授指導

　　2007 年 7 月　148 頁

　本論文討論現代主義旅美的女性小說家，以歐陽子、叢甦、陳若曦與李渝為研究對
象，對現代主義在臺灣的發展作概述，討論《現代文學》對現代主義小說的影響和
現代主義小說的成就。全文共 8 章：1.緒論；2.《現代文學》與現代主義在臺灣；3.
從文學的移植到留學、移民之路；4.歐陽子黑暗之心的探索；5.叢甦小說中的「二度
流放」；6.陳若曦的女性關懷；7.李渝的詩化歷史敘述；8.總結論。

4. 黃啟峰　　河流裡的月印：郭松棻與李渝小說研究　中央大學中國文學系　碩

　　士論文　康來新教授指導　2007 年 7 月　188 頁

　本論文探討郭松棻、李渝夫婦學思歷程及其作品，呈現作家、作品與歷史脈落之間

的文學價值，以及文學與時代社會的關係網絡。全文共 5 章：1.緒論；2.作家論：重要的他者，志業的共體；3.作品論（一）：空間與記憶的辯證；4.作品論（二）：歷史碎片中的文學意義；5.結論。

5. **林怡君　　鉅史與私情：李渝小說研究　中興大學中國文學系　碩士論文　陳器文教授指導　2008 年 6 月　124 頁**

本論文探討李渝在大歷史與小歷史之間的書寫連結，從軍官和一般居民兩部分看李渝的亂離人書寫，和「鉅史」、「私情」之間的對話，繼而觀照小說中一再出現的「死亡」議題，最後針對李渝的說故事手法進行探究，剖析李渝如何製造其低調、冷調的獨特語言魅力。全文共 6 章：1.緒論；2.亂離人的在地化；3.追憶逝水年華——美少年之戀；4.死亡與離散；5.敘事風格的形成；6.結論。正文後附錄〈李渝訪談錄〉。

6. **薛芳芳　　記憶‧空間‧身體——郭松棻、李渝小說創作比較研究　福建師範大學中國現當代文學研究所　碩士論文　朱立立教授指導　2009 年 5 月　85 頁**

本論文以德國評論家班雅明（Walter Benjamin, 1892-1940）之現代性理論為方法，從記憶與歷史、空間與寓言、身體與政治三個面向觀照郭松棻及李渝的小說，探析兩人小說創作之異同，並尋求其於臺灣當代文學中的定位。全文共 5 章：1.創傷的詮釋：記憶與歷史；2.故事的發生：空間與寓言；3.隱喻的技巧：身體與政治；4.記憶、空間、身體：一種自由的追尋；5.餘論。

7. **柯鈞齡　　李渝小說的藝術性追尋與實踐　臺灣師範大學國文學系在職進修碩士班　碩士論文　范宜如教授指導　2009 年 7 月　197 頁**

本論文依李渝的創作時間進行歷時性分析，探討作家各階段小說特色以及藝術進程的改變。全文共 6 章：1.緒論；2.走在政治與文學間的李渝；3.小說與生命歷程的對應；4.找回「愛與意志」；5.小說中的藝術追尋；6.結論。正文後附錄〈漂流的意願，航行的意志——作家訪談錄〉。

8. **湯舒雯　　史的暴力，詩的壟斷——臺灣白色恐怖的文學見證、癥候閱讀與文化創傷　政治大學臺灣文學研究所　碩士論文　范銘如教授指導　2014 年 1 月　161 頁**

本論文以葉石濤、陳映真、郭松棻、李渝相關作品為中心，檢視臺灣小說中對白色恐怖的集體記憶及見證意義。全文共 5 章：1.緒論；2.「匱缺」與「迷態」——臺灣

白色恐怖見證小說的「症候式閱讀」；3.「見證」或「看客」？——見證臺灣白色恐怖小說中的「見」與「不見」；4.從創傷到「文化創傷」——見證臺灣白色恐怖小說的實踐；5.結論。

9. 鄧安琪　　鶴與鷺鷥的飛行——閱讀李渝與郭松棻　政治大學國文教學碩士在職專班　碩士論文　陳芳明教授指導　2014 年　146 頁

本論文以李渝為研究中心，郭松棻為對照，從兩位作家的生命史著手，採取傳記研究法、文本分析法、比較閱讀法，將兩人文本作歷時性與共時性的閱讀，進而梳理兩人作品隨生命歷程演變的軌跡，比較文本中的「同中之異」及「異中之同」。全文共 6 章：1.緒論；2.李渝與郭松棻的出發；3.出國與革命時期；4.回歸：未完的鄉愁；5.鶴與鷺鷥的飛行——李渝與郭松棻的文本比較；6.結論。正文後附錄〈李渝與郭松棻生平及創作年表〉。

10. 黃資婷　　待鶴回眸：李渝小說研究　成功大學中國文學系現代文學碩士班　碩士論文　蘇偉貞教授指導　2014 年　176 頁

本論文從李渝的小說與藝評出發，檢視文學及藝術如何互滲影響，兩個領域的對照讓相似與差異自細節裡浮出，自李渝畫論作為作者美學構築之線索，貼近作家的生命肌理，從「憂鬱的抒情時刻」、「戰亂下的愛情、記憶與時間」、「跨藝術互文中的懷舊現象」、「追憶與重複」四主題縷析。全文共 6 章：1.緒論；2.憂鬱的抒情時刻；3.傾頹夕照：戰亂下的愛情、記憶與時間；4.跨藝術互文中的懷舊現象；5.追憶與重複：《金絲猿的故事》二寫；6.復活：終於停止終於重複。

11. 邱慶玲　　鬱與癒——李渝小說中的人物塑造與物質書寫　臺灣師範大學國文學系　碩士論文　范宜如教授指導　2015 年 6 月　145 頁

本論文關注李渝小說作品，以非小說論著及散文為佐，借用心理學中「敘事治療」的部分概念，參照作家個人經歷、創作觀的變化，觀察其與文本相互滲透、影□關係，探究李渝為何與如何書寫憂鬱，並梳理其作品中的「憂鬱」和「療□貌，歸納出李渝的創作核心。全文共 5 章：1.緒論；2.鬱從何起？癒從何□小說中的人物塑造；4.小說中的物質書寫；5.結論。

12. 蔡瑋甄　　當代女性作家「故事新編體」小說研究——以西西、李□嘉義大學中國文學系　碩士論文　吳盈靜教授指導□99 頁

本論文以西西與李渝作為故事新編體小說之女性作家代表，析□

作家個人情志的展現手法，呈現故事新編體小說在當代的多樣發展性，為故事新編體創作體裁建立初步的學術討論基礎。全文共 5 章：1.緒論；2.「故」事「新」說——當代故事新編體小說發展概況；3.《故事裏的故事》——西西的「故事新編」；4.《賢明時代》——李渝的「故事新編」；5.結論。

作家生平資料篇目

自述

---

[1] 錄自李渝《溫州街的故事》序。

年 10 月　頁 5—10

27. 李　渝　　作者序——藝術共和國　族群意識與卓越風格　臺北　雄獅圖書公司　2001 年 10 月　頁 8—11

28. 李　渝　　創作無疆界　明報月刊　第 40 卷第 8 期　2005 年 8 月　頁 46—47

29. 李　渝　　創作無疆界　那朵迷路的雲：李渝文集　2016 年 11 月　頁 458—461

30. 李　渝　　漂流的意願，航行的意志　明報月刊　第 41 卷第 7 期　2006 年 7 月　頁 97—99

31. 李　渝　　漂流的意願，航行的意志　上海文學　2006 年第 9 期　2006 年 9 月　頁 105—106

32. 李　渝　　漂流的意願，航行的意志　那朵迷路的雲：李渝文集　2016 年 11 月　頁 462—469

33. 李　渝　　春深回家　臺大八十，我的青春夢　臺北　臺灣大學出版中心　2008 年 11 月　頁 204—211

34. 李　渝　　春深回家　那朵迷路的雲：李渝文集　2016 年 11 月　頁 163—168

35. 李　渝　　抒情時刻　聯合報　2009 年 9 月 12 日　D3 版

36. 李　渝　　自序——抒情時刻　行動中的藝術家：美術文集　2009 年 9 月　頁 4—6

37. 李　渝　　戰後少年　聯合報　2011 年 1 月 28 日　D3 版

38. 李　渝　　戰後少年　那朵迷路的雲：李渝文集　2016 年 11 月　頁 171—177

39. 李　渝　　跋——最後的壁壘　九重葛與美少年　臺北　印刻文學生活雜誌出版公司　2013 年 6 月　頁 275—278

他述

40.〔許俊雅編〕　　作者簡介　無語的春天：二二八小說選　臺北　玉山社出版公司　2003 年 9 月　頁 194

41.〔齊邦媛，王德威編〕　　作者簡介　最後的黃埔：老兵與離散的故事　臺北　麥田出版公司　2004 年 3 月　頁 95

42. 〔王德威，黃錦樹編〕　　作者簡介　原鄉人：族群的故事　臺北　麥田出版公司　2004 年 11 月　頁 99

43. 〔封德屏主編〕　　李渝　2007 臺灣作家作品目錄　臺南　國立臺灣文學館　2008 年 7 月　頁 321

44. 楊富閔　　那天，椰林裡有小金絲猿　文訊雜誌　第 309 期　2011 年 7 月　頁 43—44

45. 陳怡蓁　　憂鬱的才女　人間福報　2014 年 6 月 17 日　15 版

46. 張　讓　　好美！真美——回想李渝二三事　聯合報　2014 年 6 月 20 日　D3 版

47. 張　鳳　　懷念李渝　自由時報　2014 年 6 月 29 日　D7 版

48. 林佑軒　　悼憶李渝　聯合文學　第 356 期　2014 年 6 月　頁 137

49. 王曉藍　　李渝，走了　文訊雜誌　第 344 期　2014 年 6 月　頁 42—43

50. 簡義明　　理想主義者的抒情時光——追憶李渝　文訊雜誌　第 344 期　2014 年 6 月　頁 44—47

51. 楊佳嫻　　從未失去的庭園——悼李渝　文訊雜誌　第 344 期　2014 年 6 月　頁 48—50

52. 楊佳嫻　　從未失去的庭園：懷李渝　小火山群　新北　木馬文化公司　2016 年 6 月　頁 116—123

53. 何懷碩　　遙想少年李渝　文訊雜誌　第 345 期　2014 年 7 月　頁 61—62

54. 楊富閔　　季節交換的時候　印刻文學生活誌　第 131 期　2014 年 7 月　頁 152—155

55. 楊富閔　　後記二——季節交換的時候　那朵迷路的雲：李渝文集　臺北　臺灣大學出版中心　2016 年 11 月　頁 517—525

56. 童　明　　看見了你的微笑——悼李渝　中華日報　2014 年 8 月 18 日　B4 版

57. 謝里法　　懷念左過來的李渝　考辨・紀事・憶述——臺灣文學史料集刊（四）　臺南　國立臺灣文學館　2014 年 8 月　頁 151—159

58. 廖玉蕙　　生命的永遠定格——記郭松棻與李渝夫婦　聯合文學　第 364 期

2015 年 2 月　頁 44—45

59. 廖玉蕙　生命的永遠定格　像蝴蝶一樣款款飛走以後　臺北　九歌出版社
2017 年 4 月　頁 181—185

60. 劉虛心　日出——懷念李渝以及當年共同度過青春歲月的朋友們　聯合報
2015 年 5 月 4 日　D3 版

61. 劉虛心　日出——懷念李渝及當年共渡青春歲月的朋友們　縱橫北美——從
花果飄零到落地生根　臺北　秀威資訊科技　2018 年 8 月　頁 287
—293

62. 蘇偉貞　李渝（1944—2014）作家介紹　穿過荒野的女人——華文女性小說
世紀讀本　臺南　成功大學出版中心　2016 年 1 月　頁 439—440

63. 蘇偉貞　愛郭松棻　文訊雜誌　第 373 期　2016 年 11 月　頁 116—118

64. 林俊穎　白雲在天，道里悠遠　文訊雜誌　第 373 期　2016 年 11 月　頁
119—121

訪談、對談

65. 張文翽　回到廣闊的文學天地裡——訪李渝　中國時報　1983 年 10 月 2 日
39 版

66. 張　殿　回家——訪小說家李渝　聯合報　1999 年 4 月 19 日　41 版

67. 張貝雯　李渝——夜之皎潔與溫靜　誠品好讀　第 23 期　2002 年 7 月　頁
62

68. 廖玉蕙　生命裡的暫時停格——小說家郭松棻、李渝訪談錄　聯合文學　第
225 期　2003 年 7 月　頁 114—122

69. 廖玉蕙　生命裡的暫時停格——小說家郭松棻、李渝訪談錄　打開作家的瓶
中稿：再訪捕蝶人　臺北　九歌出版社　2004 年 5 月　頁 161—
186

70. 丁文玲　郭松棻和李渝、李銳和蔣韻，以文學相許　中國時報　2005 年 7 月
17 日　B1 版

71. 林怡君　李渝訪談錄　鉅史與私情：李渝小說研究　中興大學中國文學系

碩士論文　陳器文教授指導　2008 年 6 月　頁 121—124

72. 鄭　穎　　在夏日，長長一街的木棉花──記一次訪談的內容　鬱的容顏──李渝小說研究　臺北　印刻文學生活雜誌出版公司　2008 年 9 月　頁 173—194

73. 〔編輯部〕　　鄉的方向──李渝和編輯部對談　印刻文學生活誌　第 83 期　2010 年 7 月　頁 74—81

74. 宋雅姿　　鄉在文字中──專訪李渝　文訊雜誌　第 309 期　2011 年 7 月　頁 30—42

75. 李渝等[2]　　聶華苓與愛荷華國際寫作計畫　文訊雜誌　第 309 期　2011 年 7 月　頁 82—87

76. 李渝等[3]　　應答的鄉岸：從臺大到愛荷華的現代情　重返現代　臺北　城邦文化公司　2016 年 1 月　頁 78—97

77. 李渝等[4]　　現文盛會：全體作者座談　重返現代　臺北　麥田出版‧城邦文化公司　2016 年 1 月　頁 212—240

年表

78. 鄧安琪　　李渝與郭松棻生平及創作年表　鶴與鷺鷥的飛行──閱讀李渝與郭松棻　政治大學國文教學碩士在職專班　碩士論文　陳芳明教授指導　2014 年　頁 139—146

79. 鍾秩維　　李渝創作‧評論‧翻譯年表初編　那朵迷路的雲：李渝文集　臺北　臺灣大學出版中心　2016 年 11 月　頁 479—514

其他

80. 林妏霜　　李渝教授追思會　文訊雜誌　第 345 期　2014 年 7 月　頁 161—162

---

[2] 主持人：向陽；與會者：聶華苓、Nataša Ďurovičová、向陽、李渝、李銳、林懷民、格非、尉天驄、楊青矗、瘂弦、董啟章、管管、蔣韻、鄭愁予、駱以軍；紀錄：馬翊航。

[3] 主持人：柯慶明；與會者：聶華苓、李渝、廖炳惠，王德威。

[4] 主持人：王德威；與會者：聶華苓、葉維廉、白先勇、張錯、李渝、張系國、施叔青、舞鶴、朱天文、裴在美。

作品評論篇目

綜論

81. 張超主編　李渝　臺港澳及海外華人作家辭典　江蘇　南京大學出版社
　　1994 年 12 月　頁 246

82. 王德威　世紀末的中文小說——預言四則〔李渝部分〕　臺灣文學二十年集
　　1978—1998：評論二十家　臺北　九歌出版社　1998 年 3 月　頁
　　278

83. 王德威　無岸之河的渡引者——談李渝的小說　聯合文學　第 211 期　2002
　　年 5 月　頁 20—27

84. 王德威　無岸之河的渡引者——談李渝的小說　夏日踟躕　臺北　麥田出版
　　公司　2002 年 5 月　頁 7—28

85. 王德威　無岸之河的渡引者——李渝論　跨世紀風華：當代小說 20 家　臺
　　北　麥田出版公司　2002 年 8 月　頁 393—413

86. 楊佳嫻　序論〔李渝部分〕　臺灣成長小說選　臺北　二魚文化公司　2004
　　年 11 月　頁 135

87. 楊佳嫻　從臺北想像「中國」——從「鄉園」到「心園」〔李渝部分〕　論
　　戰後臺灣外省小說家作品中的「臺北／人」　臺灣大學中國文學系
　　碩士論文　梅家玲教授指導　2004 年 12 月　頁 73—81

88. 楊佳嫻　空間變遷與認同焦慮——族群空間與城市變遷〔李渝部分〕　論戰
　　後臺灣外省小說家作品中的「臺北／人」　臺灣大學中國文學系
　　碩士論文　梅家玲教授指導　2004 年 12 月　頁 122—128

89. 楊佳嫻　離／返鄉旅行：以李渝、朱天文、朱天心和駱以軍描寫臺北的小說
　　為例　中外文學　第 34 卷第 2 期　2005 年 7 月　頁 133—155

90. 鄭　穎　由「多重渡引」論李渝小說中的現代性與歷史書寫——從《溫州街
　　的故事》到《賢明時代》　2005 年海峽兩岸華文文學學術研討會
　　桃園　中國現代文學學會主辦　2006 年 1 月

91. 鄭　穎　由「多重渡引」論李渝小說中的現代性與歷史書寫——從《溫州街的故事》到《賢明時代》　鬱的容顏——李渝小說研究　臺北　印刻文學生活雜誌出版公司　2008 年 9 月　頁 37—81

92. 周芬伶　恍惚之美——聖境的再提出——書寫賢明時代——李渝的絕美追求　聖與魔——臺灣戰後小說的心靈圖像（1945—2006）　臺北　印刻出版公司　2007 年 3 月　頁 280—287

93. 鄭　穎　凝視與回望——李渝的現代主義小說實踐　2007 海峽兩岸華文文學學術研討會　桃園　中原大學通識教育中心，中國現代文學學會主辦　2007 年 6 月 2—3 日

94. 鄭　穎　凝視與回望——李渝的現代主義小說實踐　2007 海峽兩岸華文文學學術研討會論文選集　桃園　中國現代文學學會，中原大學　2007 年 9 月　頁 65—86

95. 鄭　穎　凝視與回望——李渝的現代主義小說實踐　鬱的容顏——李渝小說研究　臺北　印刻文學生活雜誌出版公司　2008 年 9 月　頁 83—114

96. 周芬伶　世紀交替小說的心靈圖象——書寫賢明時代——李渝的絕美追求　臺灣文學研究學報　第 5 期　2007 年 10 月　頁 315—321

97. 白依璇　省籍、戰後第二代、與認同危機：論六〇年代李渝、郭松棻的現代主義書寫　成大清大臺灣文學研究生研討會　臺南　成功大學臺灣文學所主辦　2007 年 12 月 22—23 日

98. 鄭　穎　江行初雪——從傳統山水畫到余承堯，李渝的小說美學與自我救贖　鬱的容顏——李渝小說研究　臺北　印刻文學生活雜誌出版公司　2008 年 9 月　頁 5—36

99. 鄭　穎　憂鬱且豐饒——從李渝畫論，探其身為小說創作者的心源世界　鬱的容顏——李渝小說研究　臺北　印刻文學生活雜誌出版公司　2008 年 9 月　頁 115—172

100. 蔣興立　　論李渝小說中的庭園書寫[5]　高雄師大國文學報　第 11 期　2010
　　　　　　　年 1 月　頁 119—138

101. 邱貴芬　　從戰後初期女作家的創作談臺灣文學史的敘述〔李渝部分〕　中
　　　　　　　外文學　第 29 卷第 2 期　2000 年 7 月　頁 313—335

102. 陳芳明　　80 年代回歸臺灣的海外文學——李渝：強烈的海島鄉愁　文訊雜
　　　　　　　誌　第 310 期　2011 年 8 月　頁 16—17

103. 陳芳明　　眾神喧嘩：臺灣文學的多重奏——一九八〇年代回歸臺灣的海外
　　　　　　　文學〔李渝部分〕　臺灣新文學史　臺北　聯經出版公司　2011
　　　　　　　年 10 月　頁 696—698

104. 林怡君　　從他鄉到故鄉：以李渝小說為例談亂離人的味覺轉向　第十二屆
　　　　　　　中華飲食文化學術研討會論文集　臺北　中華飲食文化基金會
　　　　　　　2011 年 11 月　頁 557—571

105. 湯舒雯　　由無岸而鄉岸——談李渝溫州街日式住宅空間書寫　第 11 屆國際
　　　　　　　青年學者漢學會議：域外經驗與中國文學史的重構　嘉義　中正
　　　　　　　大學中文系主辦；中正大學臺文所，哈佛訪問學者協會合辦
　　　　　　　2012 年 5 月 26—27 日

106. 朱立立，劉小新　　郭松棻、李渝等作家文學創作的藝術回歸與美學救贖
　　　　　　　近 20 年臺灣文學創作與文藝思潮　鎮江　江蘇大學出版社　2012
　　　　　　　年 8 月　頁 15—38

107. 黃啟峰　　兩代知識分子的歷史寓言書寫——論魯迅與李渝小說的「故事新
　　　　　　　編」　第 19 屆中央大學全國中文研究所研究生論文研討會　桃園
　　　　　　　中央大學中文系主辦　2012 年 10 月 20 日

108. 黃啟峰　　兩代知識分子的歷史寓言書寫——論魯迅與李渝小說的「故事新
　　　　　　　編」　嘉大中文學報　第 9 期　2013 年 9 月　頁 153—182

109. 朱立立　　臺灣旅外作家的創作——李渝——晦暗的記憶與詩性的救贖　臺

---

[5]本文透過庭園書寫觀察李渝的小說文本，獲得另一種解讀作家的視域觀點。全文共 5 小節：1.前
言；2.情慾／花園；3.城市／公園；4.山水／庭園；5.結語。

港澳文學教程新編　上海　復旦大學出版社　2013 年 1 月　頁 89
—90

110. 彭婉蕙　　將軍的懺悔與救贖——李渝的隱喻書寫　戰後臺灣小說將軍書寫
之研究　中央大學中國文學系　博士論文　李瑞騰教授指導
2013 年 6 月　頁 183—234

111. 黃啟峰　　憤怒的知識青年圖像——論張系國、李渝與劉大任小說的國族關
懷與流離書寫　第十二屆國際青年學者漢學會議：華語語系文學
與影像　臺中　中興大學臺灣文學與跨國文化研究所，美國哈佛
大學東亞語言及文明系主辦　2013 年 7 月 30—31 日

112. 陳孟君　　海洋、山水與疆界突圍：九〇年代以降的虛構美學與歷史起源反
思——重溯起源與山水臺灣——以施叔青和李渝為例　神聖與虛
構：兩岸當代小說中「國家神話」與「新歷史敘事」之辯證　臺
灣大學中國文學系　博士論文　梅家玲教授指導　2014 年 6 月
頁 400—437

113. 李筱涵　　八、九〇年代以降女性小說中的「空間再現」——隨「身」的家
國城鄉：感官知覺塑造空間感——消失的地景：流動的「空間
感」呈現〔李渝部分〕　八、九〇年代臺灣女性小說中的空間感
與身體經驗　臺灣大學臺灣文學研究所　碩士論文　梅家玲教授
指導　2014 年 7 月　頁 263—282

114. 黃資婷　　人約黃昏後／衹是近黃昏？：李渝小說中戰亂下的愛情時間　第
三十一屆南區中文系碩博士生論文發表會論文集　2014 年 8 月
頁 140—159

115. 朱立立，薛芳芳　　北美華文文學雙璧：郭松棻、李渝合論　文學研究
2015 年第 1 期　2015 年 1 月　頁 43—57

116. 黃資婷　　論李渝小說中憂鬱與抒情之力量[6]　東亞人文・2015 年卷　臺北

---

[6]本文從李渝小說與藝評〈光陰憂鬱〉談論其小說中憂鬱和抒情的力量。全文共 5 小節：1.抒情的
前奏：從〈光陰憂鬱〉談起；2.朝向死的存在：憂鬱與自決；3.與庭園：見證抒情時刻；4.異地離

　　　　　　獨立作家　2015 年 12 月　頁 49—90

117. 梅家玲　　呼喚美麗言語——李渝的文學教室　第二屆全球華文作家論壇
　　　　　　臺北　臺灣師範大學全球華文寫作中心主辦；國家圖書館，趨勢
　　　　　　教育基金會，印刻文學生活誌合辦　2015 年 11 月 28 日

118. 梅家玲　　呼喚美麗語言——李渝的文學教室　印刻文學生活誌　第 148 期
　　　　　　2015 年 12 月　頁 78—81

119. 范宜如　　江流有聲・再讀李渝　第二屆全球華文作家論壇　臺北　臺灣師
　　　　　　範大學全球華文寫作中心主辦；國家圖書館，趨勢教育基金會，
　　　　　　印刻文學生活誌合辦　2015 年 11 月 28 日

120. 范宜如　　江流有聲・再讀李渝　印刻文學生活誌　第 148 期　2015 年 12 月
　　　　　　頁 82—84

121. 黃啟峰　　被拋擲在外的「異鄉人」：現代主義世代的國族處境與流離書寫
　　　　　　〔李渝部分〕　戰爭・存在・世代精神——臺灣現代主義小說的
　　　　　　境遇書寫研究　臺北　秀威資訊科技公司　2016 年 4 月　頁 205
　　　　　　—207，224—225，232—233

122. 白依璇　　保釣世代、現代主義、民族想像：論郭松棻、李渝早期寫作及所
　　　　　　處歷史脈絡[7]　國史館館刊　第 49 期　2016 年 9 月　頁 65—98

123. 朱立立　　左翼的憂鬱心靈與詩性的美學救贖——郭松棻、李渝的文學世界
　　　　　　初探　兩岸文化發展與創新——第四屆兩岸文化發展論壇　臺北
　　　　　　世新大學，福建師範大學，福建社會科學院，福建省閩南文化發
　　　　　　展基金會主辦　2016 年 10 月 23 日

124. 朱立立　　憂鬱的心靈鏡像與詩性的美學救贖——郭松棻、李渝的文學世界
　　　　　　初探　臺灣及海外華文文學散論　臺北　萬卷樓圖書公司　2016
　　　　　　年 12 月　頁 229—244

驤；5.結論：抒情何以成為必須？。

[7]本文旨在描繪兩人於 1960 年代臺灣文學場域的創作位置，探討兩人早期寫作存在美學式的現代主義文風，以及如何與兩人往後的創作風格與思想脈絡接軌。

125. 朱立立　左翼的憂鬱心靈與詩性的美學救贖——郭松棻、李渝的文學世界
　　　　　　　初探　兩岸文化發展與創新——第四屆兩岸文化發展論壇論文集
　　　　　　　北京　文化藝術出版社　2017 年 10 月　頁 40—45

126. 李豐宸　臺灣另類現代主義的構建與實踐——以李渝的美術評論和創作為
　　　　　　　線索　2016 臺港研究生論文發表工作坊：「鯤海驪珠：港臺文學
　　　　　　　與文化」研究生學術研討會　香港　香港中文大學中國語言及文
　　　　　　　學系，清華大學臺灣文學系，臺聯大文化研究國際中心合辦
　　　　　　　2016 年 11 月 15 日

127. 柯慶明　李渝小說簡論　文訊雜誌　第 373 期　2016 年 11 月　頁 96—104

128. 梅家玲　導讀——無限山川：李渝的文學視界　那朵迷路的雲：李渝文集
　　　　　　　臺北　臺灣大學出版中心　2016 年 11 月　頁 1—20

129. 梅家玲　無限山川：李渝的文學視界——《那朵迷路的雲：李渝文集》導
　　　　　　　讀　文訊雜誌　第 373 期　2016 年 11 月　頁 105—115

130. 劉淑貞　歷史的憂鬱——李渝小說的重寫敘事　論寫作：郭松棻與李渝文
　　　　　　　學研討會　臺北　臺灣大學臺灣文學研究所主辦　2016 年 12 月
　　　　　　　17 日—18 日

131. 鍾秩維　行動中的藝術家——李渝文學的「當代性」　論寫作：郭松棻與
　　　　　　　李渝文學研討會　臺北　臺灣大學臺灣文學研究所主辦　2016 年
　　　　　　　12 月 17 日—18 日

132. 戴華萱　藏在細節裡的魔鬼——論李渝白色恐怖小說的創作美學　論寫
　　　　　　　作：郭松棻與李渝文學研討會　臺北　臺灣大學臺灣文學研究所
　　　　　　　主辦　2016 年 12 月 17 日—18 日

133. 唐毓麗　疾病新解：論李渝小說中疾病書寫的意涵　論寫作：郭松棻與李
　　　　　　　渝文學研討會　臺北　臺灣大學臺灣文學研究所主辦　2016 年 12
　　　　　　　月 17 日—18 日

134. 謝欣芩　李渝筆下的紐約／美國與時空錯置　論寫作：郭松棻與李渝文學
　　　　　　　研討會　臺北　臺灣大學臺灣文學研究所主辦　2016 年 12 月 17

日—18 日

135. 楊佳嫻　　河水的眷顧：沈從文、蕭紅、李渝　論寫作：郭松棻與李渝文學
　　　　　　　研討會　臺北　臺灣大學臺灣文學研究所主辦　2016 年 12 月 17
　　　　　　　日—18 日

136. 蔣興立　　論李渝小說中的個體與殘體　論寫作：郭松棻與李渝文學研討會
　　　　　　　臺北　臺灣大學臺灣文學研究所主辦　2016 年 12 月 17 日—18 日

137. 蔣興立　　論李渝小說中的個體與殘體　海南師範大學學報　2016 年第 12 期
　　　　　　　2016 年　頁 45—50

138. 李秉樞　　物象與廢墟：論李渝小說中的憂鬱視者　臺灣文學學會 2017 年會
　　　　　　　暨研討會：臺灣文學體制化 20 年以後　新北　臺灣文學學會主辦
　　　　　　　2017 年 10 月 21 日

139. 謝欣芩　　紐約作為鄉園之一──李渝作品的時空錯置與族裔地景[8]　淡江中
　　　　　　　文學報　第 39 期　2018 年 12 月　頁 247—272

◆單行本作品

論述

《族群意識與卓越風格》

140. 奚　淞　　導讀──激流中辨影　族群意識與卓越風格　臺北　雄獅圖書公
　　　　　　　司　2001 年 10 月　頁 4—7

《拾花入夢記》

141. 楊佳嫻　　純情時光及其告別──推薦書：李渝《拾花入夢記》　聯合報
　　　　　　　2011 年 6 月 18 日　D3 版

小說

《溫州街的故事》

142. 雷　驤　　《溫州街的故事》　中國時報　1991 年 9 月 20 日　36 版

143. 雷　驤　　中國時報「開卷」好書榜：《溫州街的故事》　洪範雜誌　第 48

---

[8]本文探究李渝作品中的紐約書寫，以紐約市為背景的文本分析，且置於臺灣旅美作家的紐約書寫
系譜中予以定位。

期　1992 年 1 月　2 版

144. 王德威　走在鄉愁的路上——評李渝《溫州街的故事》　中時晚報（時代
文學版）　1992 年 1 月 5 日

145. 王德威　走在鄉愁的路上——評李渝《溫州街的故事》　洪範雜誌　第 49
期　1992 年 9 月　3 版

146. 王德威　走在鄉愁的路上——評李渝《溫州街的故事》　眾聲喧嘩以後：
點評當代中文小說　臺北　麥田出版公司　2001 年 10 月　頁 324
—327

147. 黃碧端　在迷津中造境——評李渝的《溫州街的故事》　聯合文學　第 88
期　1992 年 2 月　頁 111—112

148. 黃碧端　在迷津中造境——評《溫州街的故事》　書鄉長短調　臺北　三
民書局　1993 年 6 月　頁 97—100

149. 王德威　秋陽似酒——保釣老將的小說〔《溫州街的故事》〕　眾聲喧嘩
以後：點評當代中文小說　臺北　麥田出版公司　2001 年 10 月
頁 388—393

150. 楊佳嫻　記憶・啟蒙・溫州街——論李渝的「臺北人」書寫　中國文學研
究　第 17 期　2003 年 6 月　頁 199—224

151. 黃啟峰　集體記憶的書寫——論《溫州街的故事》的時間、空間與敘事
2006 青年文學會議——臺灣作家的地理書寫與文學體驗　臺北
國家圖書館主辦　2006 年 12 月 16—17 日

152. 黃啟峰　集體記憶的書寫——論《溫州街的故事》的時間、空間與敘事
臺灣作家的地理書寫與文學體驗　臺北　國家臺灣文學館　2007
年 3 月　頁 71—92

153. 曾馨霈　鄉岸的應答——論李渝《溫州街的故事》的雙重鄉愁　第一屆臺
大、政大臺文所學生學術論文交流研討會　臺北　臺灣大學臺灣
文學所，政治大學臺灣文學所合辦　2007 年 11 月 25 日

154. 侯如綺　歷史關懷與詩性特質的交鋒——李渝《溫州街的故事》與林燿德

《一九四七高砂百合》比較　第十四屆文學與美學國際學術研討

會——文學的跨領域視野　新北　淡江大學中國文學系主辦

2015 年 5 月 15 日

155. 侯如綺　歷史關懷與詩性特質的交鋒——李渝《溫州街的故事》與林燿德

《一九四七高砂百合》比較　北市大語文學報　第 13 期　2015 年

6 月　頁 51—79

156. 高鈺昌　室內聲：文本的「內部」與「外部」音景——耳朵裡的街道：王

文興、李渝——溫州街的靜物畫：李渝《溫州街的故事》

「聽一見」城市：戰後臺灣小說中的臺北聲音景觀　成功大學臺

灣文學系　博士論文　2017 年 7 月　頁 64—71

157. 高鈺昌　「聽一見」文學的聲音：以李渝、郭良蕙文本中的台北聲音景觀

為例——溫州街的靜物畫：李渝《溫州街的故事》　「聲音的臺

灣史」學術研討會　臺南　臺灣歷史博物館，成功大學文學院多

元文化中心主辦　2017 年 11 月 24—25 日

《應答的鄉岸》

158. 李　進　李渝出版小說集《應答的鄉岸》越過生命暗流遠航泊岸　聯合報

1999 年 4 月 12 日　41 版

159. 施　淑　世變與事變　聯合報　1999 年 6 月 14 日　48 版

160. 施　淑　評介《應答的鄉岸》：世變與事變　洪範雜誌　第 62 期　1999 年

9 月　3 版

161. 聶華苓　癡情嘆息——讀《應答的鄉岸》隨感　聯合報　2000 年 1 月 8—9

日　37 版

《金絲猿的故事》

162. 范銘如　原鄉的追尋與幻滅——評李渝《金絲猿的故事》　聯合報　2000

年 10 月 23 日　48 版

163. 范銘如　原鄉的追尋與幻滅——評李渝《金絲猿的故事》　像一盒巧克

力：當代文學文化評論　臺北　印刻出版公司　2005 年 10 月

164. 吳達芸　聽李渝說《金絲猿的故事》　中央日報　2000 年 10 月 26 日　21
版

165. 衣若芬　《金絲猿的故事》　中國時報　2000 年 11 月 9 日　42 版

166. 郝譽翔　給永恆的理想主義者——評李渝《金絲猿的故事》　情慾世紀
末：當代臺灣女性小說論　臺北　聯合文學出版社　2002 年 4 月
頁 190—192

167. 郝譽翔　給永恆的理想主義者——評李渝《金絲猿的故事》　夏日踟躇
臺北　麥田出版公司　2002 年 5 月　頁 303—305

168. 王德威　物色盡，情有餘　讀書　2013 年第 8 期　2013 年　頁 137—141

169. 黃啟峰　主觀的真實——論臺灣現代主義世代小說家的國共內戰書寫——
美學救贖：論李渝的《金絲猿的故事》　臺灣文學研究學報　第
19 期　2014 年 10 月　頁 22—27

170. 黃啟峰　齊克果式的「主觀真理」：現代主義世代的戰爭想像與恐怖書寫
——美學救贖：追悼父祖的敗退歷史〔《金絲猿的故事》〕　戰
爭・存在・世代精神——臺灣現代主義小說的境遇書寫研究　臺
北　秀威資訊科技公司　2016 年 4 月　頁 259—263

171. 王鈺婷　原鄉・文化與歷史感懷——論李渝小說《金絲猿的故事》　論寫
作：郭松棻與李渝文學研討會　臺北　臺灣大學臺灣文學研究所
主辦　2016 年 12 月 17—18 日

172. 馬翊航　哀悼的可能：戰爭書寫的承繼與質變——禁忌與再生：李渝《金
絲猿的故事》　生產・禁制・遺緒：論臺灣文學中的戰爭書寫
（1949—2015）　臺灣大學臺灣文學研究所　博士論文　2017 年
1 月　頁 223—232

173. 吳明宗　框的延伸與修正：論臺灣現代主義與中國文革戰爭小說——記憶
的繼承與救贖：李渝《金絲猿的故事》　戰爭之框：兩岸當代戰
爭小說的演變　臺灣師範大學臺灣語文學系　博士論文　2018 年
頁 180—194

174. 楊君寧　　論李渝《金絲猿的故事》的版本改寫　南方文壇　2018 年第 2 期　2018 年　頁 165—169

《夏日踟躕》

175. 盧郁佳　　兩岸作家，同「臺」燦爛——直擊五月小說〔《夏日踟躕》部分〕　聯合報　2002 年 5 月 12 日　22 版

176. 顧　盼　　《夏日踟躕》　臺灣日報　2002 年 5 月 23 日　25 版

177. 郝譽翔　　在黑暗中，我見到了光——李渝《夏日踟躕》　大虛構時代　臺北　聯合文學出版社　2008 年 9 月　頁 200—203

《賢明時代》

178. 王德威　　「故事」為何「新編」？——李渝的《賢明時代》　賢明時代　臺北　麥田・城邦文化公司　2005 年 7 月　頁 3—6

179. 駱以軍　　孤寂世界與時光凍結——李渝《賢明時代》　聯合報　2005 年 9 月 18 日　E5 版

180. 楊佳嫻　　追索漂流身世・返觀此時此地——外省族群的臺北書寫〔《賢明時代》部分〕　文訊雜誌　第 252 期　2006 年 10 月　頁 83

《九重葛與美少年》

181. 楊佳嫻　　回來　聯合報　2013 年 9 月 7 日　D3 版

182. 楊佳嫻　　回來：《九重葛與美少年》　小火山群　新北　木馬文化公司　2016 年 6 月　頁 180—183

183. 鍾秩維　　最後一朵火焰——讀李渝《九重葛與美少年》　極光電子報　第 366 期　2013 年 8 月

184. 柚梅有關係　《九重葛與美少年》　自由時報　2013 年 9 月 29 日　D9 版

185. 黃啟峰　　由「除魅」到「復魅」——論《九重葛與美少年》的抒情風格與現代性反思　論寫作：郭松棻與李渝文學研討會　臺北　臺灣大學臺灣文學研究所主辦　2016 年 12 月 17 日—18 日

合集

《那朵迷路的雲：李渝文集》

186. 童偉格　　「鄉國」所指——簡評《那朵迷路的雲：李渝文集》　文訊雜誌　第 373 期　2016 年 11 月　頁 125—127

187. 楊佳嫻　　情史與幽光　文訊雜誌　第 373 期　2016 年 11 月　頁 122—124

188. 楊富閔　　不再重逢　文訊雜誌　第 373 期　2016 年 11 月　頁 128—129

189. 鍾秩維　　後記一——啟引　那朵迷路的雲：李渝文集　2016 年 11 月　頁 515—516

190. 范宜如　　並不迷路的雲　聯合報　2017 年 2 月 18 日　D3 版

單篇作品

191. 魏子雲　　那朵乘上吉林馬傑洛機車迷路的雲〔〈那朵迷路的雲〉〕　幼獅文藝　第 138 期　1965 年 6 月　頁 19—21

192. 封祖盛　　現代派小說的基本特徵和得失〔〈夏日一街的木棉花〉〕　臺灣小說主要流派初探　福州　福建人民出版社　1983 年 10 月　頁 213

193. 李　喬　　珠玉之間——《七十二年短篇小說選》編輯報告〔〈江行初雪〉部分〕　新書月刊　第 5 期　1984 年 2 月　頁 62

194. 李　喬　　編輯報告編序〔〈江行初雪〉部分〕　七十二年短篇小說選　臺北　爾雅出版社　1984 年 3 月　頁 4

195. 〔梅家玲，郝譽翔編〕　　作者簡介與評析〔〈江行初雪〉〕　臺灣現代文學教程：小說讀本　臺北　二魚文化公司　2002 年 8 月　頁 404—405

196. 林佩瑾　　無聲的初雪——由複調理論看李渝的〈江行初雪〉　興大中文研究生論文集　第 8 期　2003 年 5 月　頁 139—148

197. 應　磊　　負傷的觀音——從沈從文到李渝〔〈江行初雪〉〕　明報月刊　第 30 期　2016 年 6 月　頁 28—33

198. 夏志清　　真正的〈豪傑們〉　聯合報　1984 年 11 月 19 日　8 版

199. 夏志清　　真正的〈豪傑們〉　夏志清文學評論集　臺北　聯合文學雜誌社　1987 年 6 月　頁 274—279

200. 夏志清　　　真正的〈豪傑們〉　夏志清文學評論集　臺北　聯合文學雜誌社
　　　2006 年 10 月　頁 300—306

201. 夏志清　　　真正的〈豪傑們〉　談文藝・憶詩友──夏志清自選集　臺北
　　　印刻出版公司　2007 年 9 月　頁 237—242

202. 季　季　　　最後一節車廂──《七十五年短篇小說選》編選序言〔〈夜琴〉
　　　部分〕　七十五年短篇小說選　臺北　爾雅出版社　1987 年 5 月
　　　〔12〕頁

203. 季　季　　　評介〈夜琴〉　七十五年短篇小說選　臺北　爾雅出版社　1987
　　　年 5 月　頁 31—34

204. 許俊雅　　　編選序──小說中的「二二八」〔〈夜琴〉部分〕　無語的春
　　　天：二二八小說選　臺北　玉山社出版公司　2003 年 9 月　頁 22
　　　—23

205. 許俊雅　　　小說中的「二二八」〔〈夜琴〉部分〕　見樹又見林──文學看
　　　臺灣　臺北　渤海堂文化公司　2005 年 2 月　頁 212—213

206. 施莉荷　　　二二八小說的女性傷痛書寫〔〈夜琴〉部分〕　臺灣文學日日春
　　　臺中　晨星出版公司　2005 年 9 月　頁 194

207. 蔡志誠　　　歷史幽靈的詩性行吟──論〈夜琴〉　文化研究　2005 年 8 月

208. 蔡志誠　　　歷史記憶・詩性救贖・文化認同──評李渝小說〈夜琴〉　名作
　　　欣賞　2006 年第 11 期　2006 年 11 月　頁 50—53

209. 許俊雅　　　記憶與認同──臺灣小說的二戰經驗書寫〔〈夜琴〉部分〕　臺
　　　灣文學研究學報　第 2 期　2006 年 4 月　頁 87

210. 許俊雅　　　記憶與認同──臺灣小說的二戰經驗書寫〔〈夜琴〉部分〕　評
　　　論三十家：臺灣文學 30 年菁英選 1978—2008（下）　臺北　九歌
　　　出版社　2008 年 6 月　頁 512—513

211. 許俊雅　　　記憶與認同──臺灣小說的二戰經驗書寫〔〈夜琴〉〕　足音
　　　集：文學記憶・紀行・電影　臺北　萬卷樓圖書公司　2011 年 12
　　　月　頁 233

212. 黃凱珺　未婚妻／寡母／孤女：被歷史遺忘的女性「遺族」——未婚妻：「餘生」家族中的尷尬身份〔〈夜琴〉〕　從孤兒到廢人——七〇年代以來臺灣小說中的「餘生」敘事　成功大學臺灣文學研究所　碩士論文　楊翠教授指導　2008 年 7 月　頁 65—66

213. 陳惠遙　〈夜琴〉與〈稻穗落土〉重覆結構的解構閱讀　第五屆國北教大臺文所論文發表會　臺北　臺北教育大學臺灣文化研究所主辦　2009 年 7 月 11 日

214. 戴冠民　女性二二八小說中的遺族餘生記憶圖像——以〈彩妝血祭〉、〈稻穗落土〉、〈夜琴〉為例　第五屆中區研究生臺灣文學學術論文研討會　臺中　靜宜大學臺灣文學系主辦；靜宜大學臺灣文學系碩士班學會承辦　2010 年 5 月 22 日

215. 戴冠民　女性二二八小說的抵抗與傷痕——以〈彩妝血祭〉、〈稻穗落土〉、〈夜琴〉為例　璞琢——中央大學第十七屆全國中文研究所研究生論文研討會　桃園　中央大學中文系主辦　2010 年 10 月 16 日

216. 傅怡禎　挑戰大敘述的基本模式與敘事觀點——挑戰大敘述的敘事觀點：以女性為中心的敘事觀——以女性的受迫形象控訴黨國政治迫害〔〈夜琴〉〕　挑戰大敘述：1979－1987 臺灣政治小說研究　中國文化大學中國文學系　博士論文　張健，李瑞騰教授指導　2010 年 6 月　頁 126—127

217. 趙嵐音　李渝小說〈夜琴〉中的現代主義文學技巧　建國科大社會人文期刊　第 33 卷第 1 期　2014 年 1 月　頁 1—23

218. 黃雨婕　受難者家屬：日常女性的無辜與角色位移——家庭與政治的對立？〔〈夜琴〉〕　政治敘事的性別化想像　政治大學臺灣文學研究所　碩士論文　范銘如教授指導　2016 年 7 月　頁 106—107

219.〔馬森，趙毅衡編〕　對文字細膩的敏感性〔〈夜煦〉〕　潮來的時候　臺南　文化生活新知出版社　1992 年 9 月　頁 14—15

220. 陳義芝　　小說一九九三──臺灣短篇小說年度觀察報告〔〈無岸之河〉部分〕　八十二年短篇小說選　臺北　爾雅出版社　1994 年 3 月　頁 20

221. 陳義芝　　小說 1993──臺灣短篇小說年度觀察報告〔〈無岸之河〉部分〕　文字結巢　臺北　三民書局　2007 年 1 月　頁 57─58

222. 陳國偉　　邊緣化焦慮與精神流亡：外省族群書寫的空間化呈示──多重意義的精神流亡〔〈無岸之河〉部分〕　想像臺灣當代小說中的族群書寫　臺北　五南圖書出版公司　2007 年 1 月　頁 333─334

223. 黃碧端　　敘事的矛盾和失落的號聲──我看〈號手〉　中外文學　第 25 卷第 10 期　1997 年 3 月　頁 104─108

224. 莊宜文　　〈呼喚美麗言語〉　文訊雜誌　第 141 期　1997 年 7 月　頁 58

225. 周芬伶　　〈朵雲〉賞析　繁花盛景：臺灣當代文學新選　臺北　正中書局　2003 年 8 月　頁 429

226. 鍾　玲　　霧中花──李渝〈朵雲〉的敘事方式　文學世紀　第 52 期　2005 年 7 月　頁 42─43

227. 林幸謙　　敘事主體的在場與不在場──李渝〈朵雲〉的「雙重渡引」空間　文學世紀　第 52 期　2005 年 7 月　頁 44─47

228. 朱立立　　臺灣當代小說經典個案細讀──從〈朵雲〉看李渝的個人記憶、歷史創痕與美學救贖　江蘇大學學報　第 9 卷第 4 期　2007 年 7 月　頁 7─11

229. 蘇偉貞　　〈朵雲〉作品導讀　穿過荒野的女人──華文女性小說世紀讀本　臺南　成功大學出版中心　2016 年 1 月　頁 441─445

230. 〔印刻文學生活誌〕　　〈和平時光〉　印刻文學生活誌　第 2 期　2003 年 10 月　頁 210

231. 吳盈靜　　從復仇到和平之路如何可能？──論李渝〈和平時光〉中的暴力美學　第二屆「人文化成之視野與策略」國際學術研討會　花蓮　東華大學中國語文系主辦　2009 年 3 月 14─15 日

232. 〔楊佳嫻編〕　　李渝〔〈菩提樹〉〕　臺灣成長小說選　臺北　二魚文化公司　2004 年 11 月　頁 16—18

233. 張　　錯　凡人的異類‧離散的盡頭——臺灣「眷村文學」兩代人的敘述〔〈跺躪之谷〉部分〕　詩歌天保：余光中教授八十壽慶專集　臺北　九歌出版社　2008 年 10 月　頁 317—319

234. 駱以軍　哥德大教堂與曼陀羅〔〈待鶴〉部分〕　印刻文學生活誌　新北　印刻文學生活雜誌出版公司　2010 年 7 月　頁 64—71

235. 駱以軍　哥德大教堂與曼陀羅〔〈待鶴〉部分〕　胡人說書　新北　印刻文學生活雜誌出版公司　2017 年 2 月　頁 87—97

236. 王德威　等待的藝術——李渝〈待鶴〉　印刻文學生活誌　2010 年 7 月　頁 60—63

237. 鍾秩維　越界與互文的敘事學：論李渝小說〈待鶴〉的悼亡書寫　「文化流動與知識傳播——方法論與實例研究」國際學術研討會　臺北　臺灣大學臺文所主辦　2012 年 11 月 9—10 日

238. 侯如綺　本土的震盪——離散族裔面對本土化的身分調適與思索——離散者的心理以及願望：外省族裔小人物的書寫〔〈夜曲〉〕　雙鄉之間——臺灣外省小說家的離散與敘事（1950—1987）　臺北　聯經出版公司　2014 年 6 月　頁 464—466

多篇作品

239. 趙嵐音　從旅遊書寫觀點比較李渝的小說：〈江行初雪〉、〈豪傑們〉、以及〈待鶴〉　中科大學報　第 2 卷第 1 期　2015 年 12 月　頁 1—21

240. 蘇偉貞，黃資婷　立望關河到鶴群歸來：李渝小說跨藝術互文的懷舊現象——以〈關河蕭索〉、〈江行初雪〉、〈無岸之河〉、〈待鶴〉一組小說為主　臺灣文學研究學報　第 24 期　2017 年 4 月　頁 169—198

作品評論目錄、索引

241.〔封德屏主編〕　　李渝　臺灣現當代作家評論資料目錄（二）　臺南　國
　　　立臺灣文學館　2010 年 11 月　頁 1155—1161

國家圖書館出版品預行編目資料

臺灣現當代作家研究資料彙編. 118, 李渝/梅家玲、楊富
閔、鍾秩維編選. -- 初版. -- 臺南市：臺灣文學館,
2019.12
　面；　公分
ISBN 978-986-5437-40-4 (平裝)

1.李渝　2.傳記　3.文學評論

863.4　　　　　　　　　　　　　　　108018298

【臺灣現當代作家研究資料彙編】118

李渝

發 行 人　蘇碩斌
指導單位　文化部
出版單位　國立臺灣文學館
　　　　　地　　　址／70041 臺南市中西區中正路 1 號
　　　　　電　　　話／06-2217201　　　　傳　　　真／06-2218952
　　　　　網　　　址／www.nmtl.gov.tw　　　電子信箱／pba@nmtl.gov.tw

總 策 畫　封德屏
顧　　問　林淇瀁、張恆豪、許俊雅、陳義芝、須文蔚、應鳳凰
工作小組　王譽潤、沈孟儒、李思源、林暄燁、陳玟希、蘇筱雯
編　　選　梅家玲、鍾秩維、楊富閔
責任編輯　沈孟儒
校　　對　杜秀卿、沈孟儒
計畫團隊　財團法人台灣文學發展基金會
美術設計　翁國鈞・不倒翁視覺創意
印　　刷　松霖彩色印刷事業有限公司

著作財產權人　國立臺灣文學館
　　　　　本書保留所有權利。欲利用本書全部或部分內容者，須徵求著作財產權人
　　　　　同意或書面授權。請洽國立臺灣文學館研究典藏組（電話：06-2217201）

經銷展售　國立臺灣文學館藝文商店（06-2217201 ext.2960）
　　　　　國家書店松江門市（02-25180207）
　　　　　一德洋樓羅布森冊惦（04-22333739）
　　　　　三民書局（02-23617511、02-25006600）
　　　　　台灣的店（02-23625799）　　　　府城舊冊店（06-2763093）
　　　　　南天書局（02-23620190）　　　　唐山出版社（02-23633072）
　　　　　後驛冊店（04-22211900）　　　　五南文化廣場（04-22260330）
　　　　　蜂書有限公司（02-33653332）

初版一刷　2019 年 12 月
定　　價　新臺幣 390 元整
　　　　　第一階段 15 冊新臺幣 5500 元整　　第二階段 12 冊新臺幣 4500 元整
　　　　　第三階段 23 冊新臺幣 8500 元整　　第四階段 14 冊新臺幣 5000 元整
　　　　　第五階段 16 冊新臺幣 6000 元整　　第六階段 10 冊新臺幣 3800 元整
　　　　　第七階段 10 冊新臺幣 4500 元整　　第八階段 10 冊新臺幣 3600 元整
　　　　　第九階段 10 冊新臺幣 4000 元整　　　全套 120 冊新臺幣 37000 元整

GPN　1010802254（單本）　　ISBN　978-986-5437-40-4（單本）
　　　1010000407（套）　　　　　　　978-986-02-7266-6（套）

Printed in Taiwan
著作所有權・翻印必究